U0601407

元曲選（附外編）

第七册

〔明〕臧晉叔 編
隋樹森 補編

中華書局

鯁直張千替殺妻雜劇

楔子

〔外一折云了〕〔正末扮張千上開〕小人是屠家張千的便是。家貧親老。不多近遠有個員外。待要結義小人做兄弟。待不從呵。時常感他恩德多。待從來。争奈家貧生受。〔外上云了〕〔云〕哥哥。既是不嫌貧呵。

【仙呂賞花時】哥哥道不敬豪門只敬禮。不羨錢財只敬德。哥哥您兄弟有句話對哥哥題。喒便似陳雷膠漆。你兄弟至死呵不相離。

〔外云了〕〔請老母參拜了〕〔結義科〕〔外云往直西索錢了〕〔送科下〕旦等呵。

第一折

〔正末扮上墳〕〔末云〕從哥哥往直西去早半年。今日同嫂嫂與母親往祖墳去。

【仙呂點絳唇】楊柳晴軒。海棠深院。東風轉。花柳争先。忙殺鶯啼燕。

【混江龍】莎針柳線。鳳城春色滿嬌園。紅馥馥夭桃噴火。緑茸茸芳草堆烟。桃杏枝邊鬬蹴踘。綠楊樓外打鞦韆。猛聽的〔唱〕鶯聲恰恰。燕語喧喧。蟬聲歷歷。蝶翅翩翩。不由人待把春留戀。綺羅交錯。車馬駢闐。

〔云〕嫂嫂。喒墳園到那未哩。〔旦云了〕

【油葫蘆】嫂嫂道墳在溪橋水那邊。斟量來不甚遠。恰來到杏花莊景可人憐。我則見垂楊拂岸黄金線。我則見桃落處胭脂片。嫂嫂。這路兒更小呵。不去他大路上行。則小路兒上穿。騎着匹驧驊騮難把莎茵踐。正是芳草地杏花天。

〔旦云了〕

【天下樂】嫂嫂這的是留與遊人醉後眠。我想來今年。今年强似去年。若不是俺哥哥賫發有甚錢。人也似好人付。親兄弟厮顧盻。若不是俺哥哥嫂怎着兄弟祖墳前來祭奠。

〔到一園下馬旦教參拜科〕

【村里迓鼓】青盛茂竹林松塢。早來到祖宗墳院。先掛着紙錢。躬身拜從頭參見。忘不了。哥哥重恩。小可張千。前生分人想着俺哥哥有管鮑情。關張義。聶政賢。不棄俺身微智淺。

【元和令】到寒食不禁煙。正清明三月天。和風習習乍晴暄。羅衣初試穿。爲甚麼嫂嫂意留連。將言將言不言。

〔旦分付整辦祭物了旦忘人匙分付母親科〕〔旦云〕待與。〔小末云〕窩的不謊殺人也。怎生嫂嫂今日説出這般這言語。

【上馬嬌】嫂嫂從道是顛。更做道賢。恰便似賣俏女嬋娟。〔旦云了〕喫的來醉醺醺將咱來纏。眼溜溜涎。他道是休停莫俄延。

【遊四門】呀。不睹時摟抱在祭臺邊。這婆娘色膽大如天。恰不怕柳外人瞧見。又不是顛。往日賢。都做了鬼胡延。

【勝葫蘆】嫂嫂休俺哥哥往直西不到半年。想兄弟情無思念。你看路人又不離地遠。你待爲非作歹。瞞心昧己。終久是不牢堅。

〔旦云了〕〔末云〕這婦人待要壞哥哥性命。

【幺篇】嫂嫂道瓦罐終須不離一邊。你未醉後人在言。你□的我手兒脚兒滴修都速戰。莫動。不。嫂嫂和俺哥哥是幾年夫妻。〔旦云〕二十年夫妻。又不想同衾結髮。情深義重。夫乃婦之天。

【後庭花】你休要犯王條成罪愆。則索辨人倫依正典。不聽見九烈三貞女。三從四德賢。今日箇到墳園。祖宗如見。有靈魂在墓前。你往□不怕天。胡尋思一點。留歹名□百世傳。

〔旦云了〕

【青哥兒】嫂嫂你是箇良人良人宅眷。不是小末小末行院。俺哥哥離別未團圓。這些時有甚末難見。遇着春天。花柳芳妍。粉蝶翻翩。紫燕飛旋。簫管聲傳情素。因此上喬殢殢延延。虧張千難從願。

〔旦云了〕〔末詐許〕〔回家科〕

【尾聲】我這一腔鐵石心。不比你趁浪風塵怨。我雖是無歹心胡做。若這句我這句話合該一千須我不得將閑話兒展。嫂嫂你着馬先行我空說在駿馬之前。嫂嫂將着紫籐鞭催動征韉。賺的□你家解了我冤。你倚仗着有金有錢。欺負俺哥哥無親無眷。不曾見浪包婁養漢到陪錢。

第二折

〔旦上云〕准備酒食。等待小叔叔。〔云了〕〔員外上云〕〔回家敲門見酒食問科〕〔外見加酒問了〕

〔旦支吾云了〕〔外教請弟科張千不信外旦請相見科〕

【正宮端正好】撇罷了腹中愁。則今打迭起心頭悶。嫂嫂也從今後休戀別人。〔旦云了〕

若是俺哥哥一一從頭問。看我數說你一會無淹潤。

【滚繡毬】俺哥哥恰路上受苦辛。幹事忒謹勤。俺哥哥惹近遠也剛道了往來勞困。〔外云了〕〔唱〕哥哥鞍馬上遠路風塵。〔外問了〕母親又無甚證候。咫尺有些老忘渾。托賴着俺哥哥福廕。那裏有半星兒疾病纏身。〔外問了〕嫂嫂母親行更加十分孝。俺嫂嫂近日來兄弟行街崇添一倚兒親。看我説你一會叮嚀。

【倘秀才】當日哥哥不曾見半點兒文墨與我許多資本。哥哥一喫兄弟這一盞酒除外别無甚順。想哥哥山海也似恩臨幾時盡。且休説放錢的□□士。更壓着養劍客的孟嘗君。那裏有俺哥哥意分。

〔外討酒飲了〕

【滚繡毬】酒行了十數巡。連飲了□□□。〔旦教勸員外酒科〕嫂嫂你看俺哥哥不擡頭呵又兼那身困。則爲你嚇殺我也七世魔君。早則陽臺有故人。羅幃中會雨雲。不如背地裏暗傳芳信。〔外唱曲科〕哎。你箇楚襄王百忙裏唱甚末白雪陽春。〔外醉睡科〕我這酒腸寬送纔那動脚。〔末辭科旦攔住科〕被你這色膽如巫娥你則末攔住了門。諕的我無處藏身。

【倘秀才】嫂嫂我往常時草鞋兒不住脚根。到如今舊頭巾遮不了頂門。却甚末白馬紅纓彩色新。恰不道壁間還有伴。窗外豈無人。你待要怎生。

【滚繡毬】我這裏忙倒退。越趕得我緊。〔旦云了〕你是婦人家絮叨叨不嫌口困。〔旦云了〕這堝兒比不得你祭臺邊謊鬼瞞神。知他是你風魔。我我村。嫂嫂不曾你這般呵送的我有家難奔。平白裏更待要燕爾新婚。〔□云了〕不争二更前後成連理。俺哥哥知道呵敢□□□□□吊了脊觔。好是傷情。

【倘秀才】俺哥哥□□□□□與銀。我今日殺兄長呵却不知恩報恩。□□□自己貪盃惜醉人。〔旦云了〕我則理會龐涓刖了□□□□。見張儀凍殺蘇秦。好教自嗔。

【滚繡毬】這婆娘外相兒真。就裏哏。縱然面搽紅粉。是一箇油鬏髻吊客喪門。你須是他娶到的妻。至如今二十春。你全無半星兒情分。平白地磣可可剪草除根。這婆娘寸心毒哏千般計。不好也却甚麽一夜夫妻百夜恩。謊了我三魂。

〔旦云了要殺外科〕〔云〕哥哥。你醒也。張千出於無奈。逼得如此。兄弟想着哥哥山海似恩臨末曾報答。哥哥受兄弟四拜。

【叨叨令】俺哥哥湯風雙雪金蘭分。你兄弟酒裏淘真性。我則理會得哥哥賫發張屠困。我那裏重色輕君子。那裏有海棠嬌江梅韻。〔末持刀揪旦科〕〔旦云〕却怎生殺我。〔末云〕我前背殺你。大古里孟姜女不殺了要怎末哥。孟姜女不殺了要怎末哥。一朝馬死黄金盡。

【尾聲】想着婦女滄刀刃。久已後則着送了人。自家夫主無恩情。剗地戀着別人親。這婦人壞家門。倒與別人些金銀。因此上有一刀兩段歸了地府。我與你有恩念哥哥掙了本。

第三折

〔外扮鄭州官問成員外解開封府了〕〔外扮包待制上引問疑獄不明〕〔末云〕人間私語。天聞若雷。行道數十里地。見座神廟。我且問杯珓咱。

【中呂粉蝶兒】今得一箇下下云珓。不争隨順了妖嬈悶着□□□心不合神道。一會家怨氣難消。吃的來。醉醺醺。□□□□。□□道情理難饒。受哥恩殺身難報。

【醉春風】他不想夫婦恩重如山。待將一個親男兒謀算了。珠英斷臂去留名。似這婦人的少。少。我因此上手攬定青絲。殺壞了不中淫婦。我待學知心管鮑。

〔末見母母云了〕母親道旦有殺人賊了。

【快活三】殺人賊有下落。殺人賊省歸着。殺人賊今日有根苗。母親我不說誰知道。

【朝天子】母親呵壽高。您兒呵不保。不想咱人死呵天知道。母親啼天哭地淚流交。

您兒不曾將山海恩臨報。我這裏苦痛哮咷。捶胸高叫。母親你指望養兒來防備老。

〔母親云了〕不曾你兒不招。把哥哥送了。枉惹得普天下英雄笑。

【上小樓】我這裏孜孜覷了。諕的撲撲心跳。好教我戰戰兢兢。滴脩都速。魄散魂消。是俺哥哥。坐死牢。折到了他當時容貌。我是鐵石人暗傷懷抱。

【么篇】他那裏吃一杖。則如剁一刀。我這裏腹熱心慌。手忙脚亂。皮戰身搖。往常時那威風。那勢耀。人中才貌。我這裏向官人行怎生哀告。

【滿庭芳】殺人賊我招。相公把干連人放了。犯法的難饒。俺哥哥山海也似恩未報。怎肯道善與人交。那婆娘罪惡到。官人上難學。空養着家中俏。我根前欲待私情暗約。那婆娘笑裏暗藏刀。

〔外哭科〕〔包問了〕〔末云〕小人是結義兄弟。因這婦人待一心殺害哥哥。是小人殺了。

【石榴花】俺本是提刀屠番做了知心交。論仁義有誰學。俺哥哥索錢去了離別到半載之遥。那婆娘打扮來便似女猱。全不似好人家苗條。上墳處説不盡喬爲作。那裏怕野外荒郊。他從早晨間纏到日頭落。回來明月上花梢。

【鬬鵪鶉】我若背義忘恩。早和他私情暗約。後來俺哥哥來家。夜深吃的來醉倒。呀。婆娘待把俺哥哥所算了。被我賺得他手内刀。想俺哥哥昆仲情深。因此上把婆娘壞了。

【十二月】便怕甚擔煩受惱。判了個無處歸着。俺哥哥從來軟弱。幾曾見犯法違條。惜不得家親年老。好教我苦痛哮咷。

【堯民歌】哥哥你養侍白頭娘我在死囚牢。常言道舌是斬身刀。當年禍福不相交。今日官門有苦落。哥哥休焦。把這個軀好觀着。是必休教俺殘疾娘知道。

【耍孩兒】我往常時看别人笞杖徒流絞。今日個輪到絣扒吊拷。指望咱弟兄情如陳雷膠漆有誰學。登時間瓦解冰消。當初一年結義知心友。誰想咱半路裏番騰做刎頸交。淚不住腮邊落。眼見的一刀兩段。知他是今日明朝。

〔外云了〕

【二煞】俺哥哥恩義多。你兄弟情分少。爲人本分天之道。怕你瀽半碗漿水把我題名喚。提一陌錢把我呪念着燒。耳邊高聲叫。兩隻脚登着田地。他那裏攀着枷稍。

【三煞】母親第一來殘疾多。第二來年紀老。常有些不快長安樂。怕有錢時截取疋整布絹。無錢時打我條孝繫腰。淚不住行行落。哀哀父母。生我劬勞。

【四煞】哥哥咱爲兄弟非關今世親。皆因前緣前世。怎着我一心想哥哥恩念伏侍到老。誰想半路裏這婦人把哥哥所算了。不由心焦躁。因此上着命身亡。便死呵並無悔懊。

〔外云了〕

【尾聲】哥哥我死去程途多。回來的路兒少。俺哥哥行半星兒恩義不曾報。我有七十歲的親娘侍奉不到老。

第四折

〔末扮上〕

【雙調新水令】從來猛虎不吃傍窩食。送的我死無葬身之地。則爲知心友番做殺人賊。普天下拜義親戚。則你口快心直。休似我忒仁義。

【夜行船】哥哥慈悲。盛把兄弟相周急。如今謝哥哥將來的酒和食。這的長離飯永別盃。磣可可我嘗酒味。

〔外云了〕

【雁兒落】哥哥萬剮我不後悔。這裏便死呵無招對。常學着仗義心。四海皆兄弟。

【得勝令】我死呵記相識。你從今好將息。與我幹取些窮活計。休惹人閑是非。你再休貪盃。見放着傍州例。你若求妻。〔云〕常言道醜婦家中寶。休貪他人才精精細細伶伶俐俐能言快語不中。〔外云了〕娶一個端方穩重的。

【落梅風】腦背後。高聲叫起。諕的我魂離體死無葬身之地。母親道認義來的哥哥有債回的禮。母親也早難道養軍千日。

【甜水令】我則見街坊鄰里。大的小的。啼天哭地。見了我並無一個感歎傷悲。他道不愛娘。替人償命。生分忤逆。醜名兒萬代人知。

【折桂令】哎。母親早則無指望緑鬢斑衣。母親那裏有九病十殘。腰屈頭低。告哥哥且慢休推。省可裏後推前推。半霎兒午時三刻。弟兄子母别離。哭哭啼啼。切切悲悲。百忙裏地慘天昏。霧鎖雲迷。

【水仙子】一靈兒相伴着野雲飛。則聽得腦背後何人高叫起。是哥哥共母親傍邊立。我問你怎生來到這裏。險送了家有賢妻。殺嫂索償命。宜鐫刎頸碑。將我好名兒萬古標題。

題目　悍婦貪淫生惡計

　　　良人好義結相知

正名　賢明待制翻疑獄

　　　鯁直張千替殺妻

小張屠焚兒救母雜劇

楔子

〔外末上開〕老夫王員外便是。家住在汴梁西北角隱賢莊居住。家中有萬貫錢財。有個孩兒唤做萬寶奴。一家兒看承似神珠玉顆。我不合將人上了神靈的紙馬。又將來賣與別人還願。我賣的是草香水酒。似我這等瞞心昧己又發迹。除死無大災。〔下〕〔旦上開〕老身是張屠的母親。得了些癥候。看看至死。不久身亡。叫張屠孩兒來。我想一口米湯吃。〔正末上〕自家張屠的便是。街坊每順口。叫我做小張屠。娘兒兩個。開着個肉案兒。母親自二十上守寡。經今六十二歲。不想十五日看燈回來得□□加沉重。想口兒米湯吃。大嫂。家中無米。將綿襖我去王員外家當去。〔外旦云〕這襖子是故衣。只值二升米。你將去如珍珠一般。休要作賤了。〔下〕

【仙吕端正好】我則待積陰功。他則待貪財物。咱兩個利名心水火不同爐。全不肯施財周濟貧民苦。無半點兒慈悲處。

【幺篇】便□有那金銀垛至北斗待何如。當日魯子敬謁周瑜。郭原真訪亞夫。將一領新綿襖你道是舊衣服。你二升米看成做兩斛珠。不由我心勞攘意躊躇。好教我心忙怎語。

第一折

〔末將米二升到家〕大嫂。這米將去。舂得熟着。與母親煎湯吃。大嫂。你怎又煩惱。母親道又加了病癥。你放得歡喜。着母親也歡喜。你不知道這等孝勾當。

【仙吕點絳唇】母親病在膏肓。你孩兒仰天悲愴。添惆悵。母親受半世孤孀。却怎生越剗地無承望。

【混江龍】别無甚倚仗。受孤孀躭疾病受凄凉。心勞意攘。腹熱腸荒。忍凍餓誰憐兒命蹇。守孤貧争敢母親忘。常則是半抄兒活計。一合兒餱粮。看看至死。不久身亡。遇不收時月。飢饑年光。母親眼中淚不離了枕席邊。你孩兒腹中愁常潛在眉尖上。都不到一時半刻。尋思到百計千方。

【油葫蘆】〔云〕大嫂。你學幾個古人。孟氏賢達有義方。夫姓梁。常則是荆釵布襖守寒窗。爲夫的文章冠世詩書廣。爲妻的孝人仁義名真人。母親行時時親拜覆。勤勤的厮問當。便有志誠心無半點兒虚誑。常則是朝侍奉。暮煎湯。〔云〕孟光夫主是梁鴻。與他那妻無話。要我喜時。你則布襖荆釵。便是夫婦。與他荆夫主送飯。高的擎着。這個便是那舉案齊眉。大嫂。你着得那昏定晨省的勾當。

【天下樂】誰不待舉案齊眉學孟光。怕不待開張。那裏取升合糧。與人家打勤勞做生活有甚妨。怕不待時時的殺個猪。勤勤的宰個羊。覓幾文鄧通錢將我娘侍養。

【那吒令】住孤村小莊。無親族當房。若母親命亡。天那誰人覷當。大嫂你學取些賢孝心。我有寬宏量。休學那忤逆婆娘。

【鵲踏枝】帶頭面插金裝。穿綾羅好衣裳。出來的毁遍尊親。罵遍街坊。你學那曹娥女哭長城送寒衣孟姜。休學那無廉恥盗果京娘。

〔末云〕大人你學二十四孝人。

【寄生草】我雖不讀論孟□。多聞孝義章。人子孝母天養。郭巨埋子天恩降。孟宗□人天垂象。王祥卧魚標寫在史書中。丁蘭刻木圖畫在丹青上。

〔請太醫科〕〔外末醫云〕我藥用硃砂定心丸便何。

【醉扶歸】賣弄他指下明看讀廣。止不過宣明論瑞竹堂。通聖散青龍丸白虎湯。怎莫這副藥直銀七兩。量這個張屠户朝無夜糧。他可孝從心上起。可見老母親病着床。

〔云〕醫士説這藥用一錢朱砂引子。〔末云〕在上員外有他要主錢子昔是人。〔正旦云〕夫主。有俺父與我人一雙去換來。〔末見外員外與假朱砂〕〔末問〕朱砂有真假。員説害來本今死無大災。

【金盞兒】硃砂面有容光。這物色淡微黄。他那裏呪連天誓説道無虚誑。恨不得手拈疾病便離床。願母親三焦和肺腹。五臟潤肝腸。可憐見俺忤逆子。則怕妨殺俺七十娘。

〔末云〕大嫂。這假朱砂母親吐了。别無救母之方。俺兩口望着東岳爺拜。把三歲喜孫到三月二十八日。將紙馬送孩兒焦盃内做一枝人。一了好歹救了母親病。好上聖有靈有聖者。

【後庭花】我這裏望東岳人帝方。祝神明心内想。則爲我生身母三焦病。許下喜孫兒做一炷香。我這裏過茶湯。願母親通身舒暢。汗溶溶如水一江。參似冰凉。面溶溶有喜光。笑孜孜親問當。

【青哥兒】人可却便是平生平生模樣。往日往日形像。常言道孝順心是人間海上方。每日家告遍街坊。誰肯惆惶。仰告衆人。許下明香。兒做神羊。誰想道捨死回生便離床。兀的是天將傍。

【賺煞尾】〔云〕母親□病痊可有何不喜。母親病體十分安。你兒喜氣三千丈。捨了我嫡親子熱血一腔。咱人有子方知不孝娘。豈不問哀哀父母情腸。我這裏自參詳。不由我喜笑愁忘。再不搵傷心淚兩行。將孩兒焰騰騰一爐火光。磣可可一靈身喪。捨了個小冤家一心侍奉老尊堂。

第二折

〔正末扮上開云〕母親。三月二十八將近。你兒三口兒待往大安神州東岳廟上燒香去。説與母親。

〔母親云〕你去燒香休帶喜孫去。〔末云〕許願時有孫兒來。須得他同去。〔母親云〕你三口兒少吃酒。疾去早來。

【越調鬬鵪鶉】青人天又千日人有峰巒萬朶。明晃晃金碧琉璃。高聳聳樓臺殿閣。王孫每寶馬金鞍。士女每香車綺羅。正遇着春晝暄。麗日和。裊春風緑柳如烟。含夜雨桃紅似火。

〔旦末行路科旦問末〕怎生走一幾日。到不得大安神州。兀那高山便是。

【紫花兒序】鬧清明鶯聲婉囀。蕩花枝蝶翅蹁躚。舞東風剪尾婆人。你一那車塵馬足。作戲敲鑼。聒耳笙歌。不似今年上廟的多。普天下名山一座。壯觀着萬里乾坤。永鎮着百二山河。

〔末扮王員外云〕我每一年三月二十八。去大安神州做一遭買賣。到那裏賣與人的紙錢。上了神靈。我又將賣。我又有一個孩兒叫做萬寶奴。我一家兒看承似神珠玉。行好的倒無錢又無兒女。但我瞞心昧己。倒有錢又有兒。我人來死無大災。〔正旦末云〕俺三口兒來到三門下。宿歇一宵。

明日早晨還願。〔外末上〕吾是炳靈。這位是□□尹。這位是速報司。俺三位神靈。定是孝子□是忤逆之人。今有王員外瞞心昧己。不合神道。惡禍生神。城隍奉吾神令。教那急脚李能。半夜後王員外兒神珠玉人抱去。明日午時。去在那火池裏燒死。却把孝子張屠的喜孫兒虛空裏着扮做凡人先送與他母親。休教人一得是凡人。〔下〕

【金蕉葉】你去山門前人躲。你去東廊下休來人我。你向扮陰中權且歇波。我人一門沉吟了幾合。

【調笑令】別無甚獻賀。爲救俺母親活。一聖教張屠無柰何。報娘恩三年人甫。恩臨大懷躭十月。情多幾兒救母絕嗣。我爲親人一虎不河。

【金蕉葉】恩養上誰人似我。孝名兒天地包羅。將一娘煨乾就濕都正過。四十年受苦奔波。

【調笑令】爲母親疾病痾。因此上許下他。便無子息待如何。病未可不須我。古人言兒女最情多。

【小桃紅】也是前生那世寃業多。積人下六年禍。教他今生忍飢餓。受貧人。爲這人昧神造業天來大。也是他前人你作。故教他今生折剉。須是貧恨一身多。

【鬼三台】見神靈在空中坐。鬼使是天丁六合。炳靈公府君神人惡。□良司兩鬢雙皤。

闊釰長鎗排列多。有十王地府閻羅。上聖金鞭指引俺孩兒。舒聖手遮羅互我。

【寨兒令】我心恍惚。面没羅。是誰人撒然驚覺。我則見聖像嚴惡。鬼似嘍囉。排列的鬧呵。穿紅的聖體忙。穿青的子細評跋。穿綠的親定奪。似白日裏無差。元來是一枕夢南柯。

【鬼三台】那裏哭的聲音大。到來日只少個殃人貨。兒女是金枷玉鎖。你道他悲理當合。你來朝也似他。接孩兒那人姓甚麽。萬中人認的是那個。你孩兒帶着金釧銀鐲。敢遠鄉了神珠玉顆。

【禿厮兒】焰騰騰無明烈火。昏慘慘宇宙屯合。兒也咱兩個義絶恩斷在這垛。人襄襄鬧呵呵。無個收羅。

【聖藥王】尋思半多。當爐不選火。一炷香天下願心多。他那裏淚似梭。則管裏扯住我。報娘恩非是我風魔。火葬了小胡婆。

【尾】兩行清淚星眸中墮。我這九曲柔腸刀割。棄了個小冤家凄凉殺他。存得個老尊堂快活殺我。

第三折

〔外末扮急脚上開〕小人姓李名能。□州人氏。生前時曾跟磁州崔相公。相公死之後。爲神人□□君取小人做個鬼急脚。今日蒙神旨差送孝子張屠孩兒還家。我相的聖佑互做勾當的靈報。〔詩曰〕守分休貪不義財。命中合有自然來。若將巧計干求得。人不爲讎天降災。

【中呂粉蝶兒】富和貧天地安排。使心計放錢舉債。惱神靈人禍生災。那一個是人上人。他則待利上取利。全不想毒有一。便休題苦盡甘來。利名場有成有敗。

【醉春風】他則待人滿眼本錢寬。全不想得臨頭天地窄。明晃方山則木一齊排。無一個改。改。但有些八難三災。一心齋戒。把神靈人在九霄雲外。

〔末云〕奉炳靈公旨。送孝子張屠兒離了神州。

【迎仙客】出神州十字街。下東岳攝魂臺。奉聖帝速風早到來。積善的遇着禎祥。作惡的生下患害。哭的那廝急煎煎抹淚揉腮。張屠笑吟吟醉裏乾坤大。

〔外旦上開〕老身是王員外的母親。有孩兒。吾兒每年三月二十二日。去大安神州做一遭買賣。有人來說不見孫子神玉顆。我想王員外買賣上多有不合神道。折我這孫子。好去張婆婆問個信去。

〔下〕

【石榴花】我這裏入深村過長街。齊臨臨踏芳徑步蒼苔。見老娘低首淚盈腮。莫不是張屠的妳。説不沙鬢髪斑白。元來是濟貧拔富王員外。上東岳滅罪消災。據着他心平心善心寬大。何須你燒香火醮錢財。

【鬪鵪鶉】貪財的本性難移。作惡的山河易改。這小的死裏生禍。逢着善哉。你孩兒掘着喪門着太歲逢着吊客。娘莫怪責。這孩兒牙落重生。你孩兒石沉大海。

〔外旦云〕張婆。這個孩兒。是這哥送來。〔正旦迎接科。〕

【上小樓】見個婆老人他那東恰便似這人懃接待。你孩兒吃的醉眼横斜。醉墨淋漓。倒在長街。這個小嬰孩。我送來。你全家寧奈。你只望着大安州磕頭禮拜。

【么篇】一來是神明人戒。二來是天公眷愛。你孩兒爲報娘恩。感動神靈。爲母傷懷。你家私日日增。歲歲長。無災無害。你一家兒否極生泰。

〔外旦云〕哥。你與張屠幾年朋友。

【滿庭芳】俺兩箇深交數載。你張屠吃的前合後歪。慣曾出外偏憐客。違不過昆仲情懷。你孩兒便似病海中救出你母災。我便是火坑中救出你兒來。他那裏兩手忙加額。我擔着天來大利害。元來是天地巧安排。

【普天樂】問行初。添驚怪。他道我頭似土塊。身似泥胎。支更在金殿中。聽事在衙門外。牌面上書神字催香實。拂西風滿面塵埃。也不是張千李牌。也不跟州官縣宰。這一場恰便似鬼使神差。

【快活三】三門外大會垓。西廊下鬧埃埃。非干運拙共財衰。則爲他造惡彌天大。

【朝天子】你那斯最歹。直恁愛財。恰待快閻王怪。你那斯損人安已惹下禍災。〔云〕説與你王員外。再休放來生債。啼哭的摘膽剜心。傷情無柰。他道除死無大災。炳靈公聖裁。小龍王性乖。無半時摔碎了你天靈蓋。

【耍孩兒】你孩兒孝廉仁義陰功大。一炷香名揚四海。忠心報母世間希。美名兒動省驚臺。孝順名標入千秋萬古忠良傳。與媳婦兒立一面九烈三貞賢孝牌。孝名兒人都愛。姓王的禍因惡積。姓張的福已成胎。

【二煞】張家則待要稱千秋萬古名。王家則待要利增百倍財。見如今鬼神嫌街坊怪。王家是非海内憂愁深。張家安樂窩中且快哉。到二母直拜。張婆婆道與張屠少飲無名之酒。王婆婆説與王員外再休貪不義之財。

〔小旦尋孩兒科〕〔末云〕娘娘那裏有個神靈。在生時是包待制。死後爲神速報司是也。

【煞】那爺爺曾撫的社稷安。補圓天地窄。穿一領紫羅袍白象簡腰繫着黄金帶。那爺爺睁雙怪眼烏雲黑。兩鬢銀絲雪練白。那爺爺威風整神通大。斷陰司能驅鬼使。判南衙不愛民財。
【尾聲】由你香焚滿斗香。財挑萬斗財。歸家還舍沿籬寨。這早晚十謁朱門九不開。一負人烟大。止不過前山後嶺。休積做大院深宅。〔末云〕張婆婆。我留下這包袱。上面有個字。交張屠看。他□認我名字。
【煞尾】要尋處無處尋。見來時難見來。你道收藏幼子無妨礙。恰便似拾得孩兒落得摔。

第四折

〔旦末回家科〕〔末云〕大嫂。咱到家見母親問孤兒。說甚的好。〔旦云〕只說明了不見。〔離大安州下山科〕
【雙調新水令】淚汪汪心攘攘出城門。好教人眼睜睜有家難奔。仰天掩淚眼。低首揾啼痕。懶步紅塵。倦到山村。入的宅門。愁的是母親問。〔旦末到家叫門科〕〔母親問〕張屠。你二口兒來了。孩兒那去了。〔旦末跪下科〕
【沽美酒】迎門兒拜母親。猶兀自醉醺醺。〔云〕孩兒交你哥哥者。連孫兒不見了。〔唱〕你似醉如呆勞夢魂。從根至本。一聲聲說元因。想母親病枕着床時。你孩兒急煎煎無處安身。望東岳神祠一郡。格幼子喜孫兒火焚在焦盆。是你那不孝的愚男生忿。

〔婆婆云〕你二口那裏有心去燒香。你吃得醉了。丢了孩兒。我跟前説謊。道焚了。虧殺李能哥哥送來。怕你兩口不信。叫孩兒出來你看。喜孫出來。〔旦末敬怕跪下〕

【雁兒落】聽説罷諕了魂。説得我半晌如癡掙。母親暗藏着腹内憂。打迭起心頭悶。

【德勝令】這喜孫兒把火自焚了身。正日午未黄昏。皆是你媳婦嚴貞烈。也是你歹孩兒佯孝順。我記得神靈。昨夜夢裏傳芳信。這小的久已後成人。到做了凌烟閣上人。

〔母親將包袱與張屠看。張屠認得是神急脚李能的繫腰科〕〔旦云〕元來神靈先送將孩兒來了。俺一家兒望着大安神州東岳爺爺將香案來。〔末叫母親云〕我想這世間人打好歹都有報應。俺都拜謝神靈來。

【水仙子】莫謾天地莫謾神。遠在兒孫近在身。焚兒救母行忠信。報爺娘養育恩。勸人間父子恩情。爲父的行忠孝。爲子的行孝順。傳與你萬古留名。

題目　炳靈公府君神怒

　　　速報司夢中分付

正名　王員外好賂貪財

　　　小張屠焚兒救母

諸葛亮博望燒屯雜劇

第一折

〔沖末扮劉末同關末張飛領卒子上〕〔劉末云〕桑蓋層層徹碧霞。織席編履作生涯。有人來問宗和祖。四百年前旺氣家。某姓劉。名備。字玄德。大樹樓桑人也。某有兩箇兄弟。二兄弟蒲州解良人也。姓關。名羽。字雲長。三兄弟涿州范陽人也。姓張。名飛。字翼德。俺三人結義在桃園。宰白馬祭天。殺烏牛祭地。不求同日生。只願當日死。俺自破黄巾賊誅吕布之後。英雄各占一方。見今曹操據於許昌。孫權占了江東。俺權且下寨於新野。俺待舉兵與曹操交鋒。争柰無軍師。有徐庶曾言。南陽鄧州卧龍岡有一仙長。複姓諸葛。名亮。字孔明。道號卧龍先生。此人才欺管樂。智壓孫吴。論醫起死回生。論卜知凶定吉。劍揮星斗怕。書動鬼神驚。六韜三略。妙策神機。徐元直舉善薦賢。若得孔明下山。拜爲軍師。憑着關張雄虎之將。如猛虎插翅。俺弟兄三人。建安十二年春月間至卧龍岡上。訪孔明一次不遇。當年秋九月又訪孔明一次也不遇。如今是第三遭也。收拾了行裝。再請諸葛先生。走一遭去。我問兩箇兄弟者。雲長。咱弟兄三人。再請一遭去如何。〔關末云〕哥哥。咱弟兄三人。走一遭去。今求賢用士。如那太公隱於磻溪。似子房圯橋進履。咱屈膝於吾師。方可成就大事也。〔劉末云〕三兄弟。你心下可是如何。〔張飛云〕二位哥哥。昔日徐庶是脱身之計。量那村夫。省得甚麽。三年三訪。費了工夫。憑着您兄弟坐下馬。手中鎗。萬夫不當之勇。覷那曹操。掌上觀紋。不要請去。既哥哥要去。您兄弟不去。〔劉末云〕兄弟也。將在謀而不在勇。也有用着你那躁暴處。也有用不着你躁暴處。則依着你兩箇哥哥者。〔張飛云〕二位哥哥去。您兄弟斷然不去。〔劉末云〕既然三兄弟不去呵。俺弟兄二人。點就軍卒。留下趙雲劉封麋竺麋芳。您衆將緊守着新野。小心在意。則今日直至卧龍岡訪孔明。走一遭去。獨跨蒼鸞何處遊。神仙多管赴瀛洲。訪君不遇空回首。惹的那野草閑花滿地愁。〔劉末同關末下〕〔張飛云〕二位哥哥去了也。張飛也。你要尋思者。俺弟兄每曾言。一在三在。一亡三亡。兩箇哥哥去了也。我索走一遭去。我此一去。不請那村夫。我則是相伴俺兩箇哥哥。走一遭去。俺驅馬離新野。誠心謁孔明。今年又不遇。放心燒的草菴平。〔下〕〔正末扮諸葛亮領道童上〕〔正末云〕貧道複姓諸葛。名亮。字孔明。道號卧龍先生。乃琅琊陽都人也。今在襄陽城西。號曰隆中。有一岡名是卧龍岡。貧道耕鋤於隴畝。近日之間。有新野太守劉備來謁兩次。貧道不曾放參。可是爲何。我避其煩冗。不知俺出家兒人。倒大來幽静快活也呵。〔唱〕

【仙吕點絳唇】數下皇極。課傳周易。知天理。飽養玄機。常有那尊道德參玄意。

【混江龍】有朝一日。我出茅廬指點世人迷。憑着我劍揮星斗。我志逐風雷。聖明君穩坐九重龍鳳闕。顯出那大將軍八面虎狼威。〔云〕道童。你見麽。〔道童云〕師父。您徒弟見甚麽。〔正末唱〕見風篩竹影。日射松窗。我恰纔袖中發課。你去那門外觀窺。安排着香桌。准備着烹茶。〔云〕道童。這一來。〔道童云〕師父。可是何人到此也。〔正末唱〕必定是關雲長張翼德和劉備。〔云〕道童。〔道童云〕師父有何話説。〔正末唱〕你與我忙鋪下席簟。你與我半掩得這柴扉。

〔道童云〕師父。您徒弟安排下香桌。烹了茶湯。鋪下席簟。灑掃的乾净了也。〔正末云〕道童。你門首覷者。看有甚麼人來。〔劉末同關末張飛上〕〔劉末云〕兄弟。可早來到也。遠遠的看見茅菴。將俺的軍馬屯在這山峪口。安營下寨。咱弟兄三人。直至茅菴中請師父去。可早來到也。二位兄弟。俺見師父去來。〔張飛云〕二位哥。今番第三遭。這村夫若下山去呵。我和他佛眼相看。若不下山去呵。我不道的饒了他哩。〔關末云〕兄弟。你休這等躁暴。俺求賢用士哩。〔劉末云〕兄弟。你不得躁暴。休誤了大事。〔劉末見道童科云〕道童。你師父菴中有麼。〔道童云〕俺師父正在菴中盹睡哩。〔張飛做揪住道童科云〕你師父在那裏。〔道童慌科云〕老官兒。我纔不説來。師父昨日酒多了。還不曾睡醒哩。老官兒休要動手。〔張飛云〕這村夫到不納房錢。則是睡。〔關末云〕兄弟休要躁暴。〔張飛做放了道童科云〕去。我且饒你。〔道童云〕呸。可不是晦氣。此人就是箇村牛一般。〔劉末云〕道童。對你師父説去。有新野太守劉關張弟兄三人。特來拜見。〔道童云〕理會的。〔報科云〕報的師父得知。菴門首有劉關張弟兄三人來拜見師父。〔正末云〕既然一年三訪。此人誠心。我必索與他相見者。道童。你請那姓劉的過來。〔道童云〕理會的。〔做見劉末科云〕那箇是那姓劉的老官兒。俺師父有請。〔劉末云〕您二位兄弟。則在門首等者。我見了師父。

着人來請您二位兄弟。〔劉末做見科〕〔正末唱〕

【醉中天】我見他挪身起。他忙挪步上堦基。〔劉末拜科云〕師父。孤窮劉備來兩次不遇。今番是第三遭也。劉備特來相訪。〔正末唱〕玄德公你這般兩次三番勞貴體。〔劉末云〕小官特來相請也。〔正末唱〕你請貧道因何意。〔劉末云〕一年三訪不遇。今日得見吾師。實乃孤窮劉備之萬幸也。〔正末唱〕我請你箇玄德公安然坐的。〔劉末云〕孤窮劉備。斷然不敢。〔正末唱〕他口聲聲道是孤窮劉備。那一箇孤窮的他生這般舜目堯眉。

〔云〕敢問玄德公。來謁貧道。有何事務也。〔劉末云〕上告師父。俺一年三顧。因宗社遠遠而來。不避驅馳。爲漢室展轉參禮。徐元直舉善薦賢。告吾師屈高就下。今日得見尊顏。如撥雲霧而覩青天。德助軍威。揮寶劍而遣風雲雷雨。全在吾師揮毫一助。師父。你那七星劍上呼風雨。六甲書中動鬼神。九天挽得銀河水。願與三軍洗戰塵。師父若下山去呵。施展你黃石公三略法。顯揚你那吕望六韜書。重磨俺那日月光天德。再整俺那山河壯帝居。〔正末云〕將軍少罪。貧道本是南陽一耕夫。豈管塵世之事。只可脩身養性。貧道去不的也。〔劉末云〕師父。好歹下山走一遭去也。〔正末唱〕

【油葫蘆】我則待做學巢由洗是非。我一心待習道德。我可便喜登吕望釣魚磯。誰待要蝸牛角上争名利。誰待要蜘蛛網内求官位。〔劉末云〕師父隱跡於此。不知主何意也。〔正末唱〕我但穿些布草衣。但喫些麄糲食。我則待日高三丈我便朦頭睡。一任教烏兔走東西。

〔劉末云〕師父在此。好是清幽也。〔正末唱〕

【天下樂】我則是除睡人間總不知。我可便其也波實。其實可便無甚智。〔劉末云〕師父若肯下山去呵。同扶漢室。再立炎劉。有何不可也。〔正末唱〕你今日請貧道下山待出些氣力。〔云〕貧道便下山去呵。〔唱〕我其實當不的寒。我可便濟不的飢。便請下這箇卧龍岡做甚的。

〔云〕玄德公。你同誰來。〔劉末云〕有二兄弟雲長在門首。〔正末云〕道童。你請那二公子過來。〔道童云〕理會的。〔做見關末科云〕那箇是那二公子。〔關末云〕小官便是。〔道童云〕二官人。俺師父有請。〔關末云〕三兄弟。你則在門首。我見師父去。〔做見正末科云〕師父。俺三謁不遇尊師。今日得見。實乃雲長萬幸也。〔正末云〕不敢不敢。好箇將軍也。〔唱〕

【金盞兒】他生的高聳聳俊英鼻。長挽挽卧蠶眉。紅馥馥面皮有似胭脂般赤。黑蓁蓁三綹美髯垂。這將軍内藏着君子氣。外顯出滲人威。這將軍生前爲將相。他若是死後做神祇。

〔張飛做見正末喝科云〕哏。來來來。兀那村夫。俺兩箇哥哥鞠躬相請。你堅意推托。依着我呵。你與我拿鎗牽馬。我也不要。你驅馳俺兩箇哥哥。兀那村夫。你聽者。則這張飛情性强。我忙撚丈八鎗。你若不隨哥哥去。將火來我燒了你這卧龍岡。若不是俺兩箇哥哥在此。我則一槍挒殺你箇村夫。你無道理。無廉恥。無上下。失尊卑也。〔正末唱〕

【醉中天】你道我無道理無廉恥。無上下失尊卑。你將這環眼睜圓瞅定誰。奓沙起黄髭⿱髟男。〔張飛云〕兀那村夫。你相我可是如何。〔正末唱〕**你顯出那五霸諸侯氣力。**〔張飛云〕不則你說。都是這般道。張飛有五霸諸侯之分。〔正末唱〕**他不住的叫天吼地。**〔張飛云〕誰不知我是莽張飛也。〔正末唱〕**可不道你外名兒是莽撞張飛。**

〔劉末云〕師父。俺弟兄三人。遠遠而來。好共歹要師父下山去也。〔正末云〕貧道斷然去不的。〔趙雲冲上云〕腕上鋼鞭能打將。匣中寶劍掣秋霜。幼年販馬爲商賈。真定常山是故鄉。某姓趙名雲。字子龍。某文通三略。武解六韜。見在玄德公手下爲將。今有玄德公弟兄三人。上卧龍岡訪諸葛孔明去了。着某鎮守新野。誰想甘夫人生一子。主公不知。某親自去卧龍岡報喜去。可早來到也。不必報復。我自過去。〔做見劉末科〕〔劉末云〕趙雲爲何至此也。〔趙雲云〕報的主公得知。賀萬千之喜。有甘夫人所生一子。趙雲特來報喜。〔劉末云〕兄弟。打甚麼不緊。師父不肯下山去哩。既是這等。我與師父說知去。〔做見正末科〕〔正末云〕玄德公。貧道則今日便下山去。〔張飛云〕這村夫無禮。俺哥哥的面皮。到不如趙雲那。〔劉末云〕師父爲何便下山去。〔正末云〕不然。我觀玄德公喜氣而生。旺氣而長。我所以下山去也。〔劉末云〕師父。有甘夫人所生一子。有兄弟趙雲來報喜信來。〔正末云〕玄德公。貧道已知了也。我去則去。要說的明白。〔劉末云〕師父說。

小官試聽者。〔正末云〕曹操七十二郡。按着天時之地。孫權見居江東八十一郡。按着九數。乃地利之方。〔劉末云〕師父。劉備何處安身。〔正末云〕吾觀玄德公。可住西蜀也。〔劉末云〕西蜀乃是吾宗族劉璋所居之地。劉備爭忍圖之。則怕不中麽。〔正末云〕非圖之也。自有良法取之。西川五十四州。五見四。也是箇九數。是人和之地。便好道天時不如地利。地利不如人和。〔劉末云〕謝了師父者。吾師真乃是通神。喜殺孤窮霸業人。錦繡江山十萬里。今日箇茅廬一論定三分。

〔正末唱〕

【尾聲】把您這孫劉曹。吴蜀魏。鼎足三分不可缺矣。曹操天時爲第一。想孫權地利合宜。玄德公掌人和。穩勝磐石。先占了西蜀四千里。我對你箇玄德公説知。哎。你箇張將軍賭氣。我則見笑談間一陣捲征旗。〔同衆下〕

第二折

〔曹操同許褚領卒子上〕〔曹操云〕官封九錫位三公。玉帶金魚禄萬鍾。日服鴆酒千條計。夜卧丸枕有誰同。某姓曹。名操。字孟德。沛國譙郡人也。幼習韜略遁甲之書。曾爲行軍參謀之職。因某累建奇功。自破吕布之後。加某爲大漢左丞相之職。頗柰劉關張弟兄三人無禮。他不受某節制。屯軍在於新野。直至南卧龍岡。請下諸葛村夫來。拜爲軍師。要與某交戰。我欲待統兵迎敵。爭那俺軍師管通病體在身。未曾行兵。我手下有一員上將。乃是百計張遼。唤此人來商議。

有何不可。小校喚的張遼來者。〔卒子云〕理會的。張遼安在。〔張遼上云〕三十男兒鬢未斑。好將英勇展江山。馬前自有封侯劍。何用區區筆硯間。小官姓張。名遼。字文遠。乃朔州馬邑縣人也。自習兵甲之書。深曉軍陣之法。今輔佐於曹公麾下。爲上將之職。正在教場中操兵練士。有丞相呼喚。不知有甚事。須索走一遭去。可早來到也。小校報復去。道有張遼來了也。〔卒子云〕理會的。〔報科云〕喏。報的丞相得知。有張遼來了也。〔曹操云〕着他過來。〔卒子云〕理會的。過去。〔張遼做見科云〕丞相呼喚張遼。那廂使用。〔曹操云〕張遼。喚你來別無甚事。爲因劉關張請諸葛亮下山。拜爲軍師。要與某交戰。更待干罷。你則今日先下將戰書去。看諸葛亮動靜如何。小心在意。疾去早來。〔張遼云〕得令。奉丞相的將令。直至劉關張營内下戰書。走一遭去。劉關張相請諸葛亮。下山來演武操兵將。持書呈親往探虛實。看好歹回復曹丞相。〔下〕〔曹操云〕張遼去了也。〔卒子云〕去了也。〔曹操云〕小校與我喚將夏侯惇來者。〔卒子云〕理會的。夏侯惇安在。〔浄扮夏侯惇上云〕帥鼓銅鑼一兩敲。轅門裏外列英豪。三軍報罷平安喏。買賣歸來汗未消。某複姓夏侯。名惇。字元讓。佐於曹丞相麾下爲將。某文通三略。武解六韜。上的馬去。番番不濟。到的陣前。則是盹睡。若遇敵將。做不的本對。他輪刀便砍。慌的跳下馬來膝跪。正在帳裏打盹。丞相呼喚。不知有甚事。須索走一遭去。可早來到也。小校報復去。道有夏侯惇來了也。〔卒子云〕理會的。過去。〔夏侯惇做見科〕〔曹操云〕夏侯惇。我今要征伐新野。劉關張弟兄三人。他直至南陽。請下諸葛孔明來。拜爲軍師。量那村夫。何足道哉。你爲前部先鋒。領十萬雄兵。與他弟兄三人交戰。先收博望。後攻新野。則要你得勝而回。小心在意者。〔夏侯惇云〕得令。某奉丞相的將令。領十萬人馬。與劉關張相持厮殺。走一遭去。大小三軍。聽吾將令。我做元帥威風勝。大小三軍聽將令。人人捨命要當先。把你有似爺娘敬。或陞百户與千户。或做同知并縣令。賞賜金銀旋旋關。高官得做俸合請。若還得勝還營後。一人賞你一本百家姓。〔下〕〔曹操云〕夏侯惇去了也。〔卒子云〕去了也。〔曹操云〕憑着俺人强馬壯。將勇兵雄。覷劉玄德兵微將寡。一鼓而下。這一去必然平新野樊城。方趁某平生願足。我傳令莫延遲。人馬朔風疾。鞭敲金鐙響。齊和凱歌回。〔下〕〔劉末領衆將上〕〔劉末云〕某乃劉玄德是也。自從請的孔明師父下山來。衆將皆喜。今日當卓午。請師父掛軍師牌印。大小衆將。聽吾將令。軍師陞帳。威勢偏別。陣雲繚繞望空蒼。殺氣騰騰遮紅日。列能征猛將數千員。敢勇英雄千百隊。人人攢竹竿上挑紅纓。箇箇方天戟上懸豹尾。飛魚袋内。鐵胎弓上虎觔弦。走獸壺中。插鵰翎狼牙鑿子箭。前排五百雁翎刀。後擺三千傍牌手。左列千隊鐵衣郎。右排萬餘金甲將。轅門列五運轉光旗。中軍擺順天八卦蓋。八卦蓋者。是乾坎艮震巽離坤兑。東方旗青如藍靛。上有日月星辰。西方旗雪色金色。隔天河鎖南辰北斗。南方旗烈火燒天。上有十二員神將。北方旗擺似烏雲。上有九曜星官。中方杏黄旗上蛟龍戲二十八宿。俺這裏軍隨印轉行直正。罪若當刑先言定。休誤在朝天子宣。莫違閫外將軍令。衆將皆全。請師父掛軍師牌印。這早晚師父敢待來也。〔正末引道童上云〕貧道諸葛孔明是也。今日玄德公同衆將在元帥府拜貧道爲軍師。須索走一遭去。可早來到也。小校報復去。道有貧道至此也。〔卒子云〕理會的。喏。報的元帥得知。有軍師來了也。〔劉末云〕小官同衆將親自接待去。〔劉末同衆做迎接科云〕早知軍師來到。只合遠接。接待不着。恕劉備之罪也。〔正末云〕不敢不敢。量貧道有何德能。有勞玄德公用意也。〔劉末云〕軍師請。〔正末云〕玄德公請。〔劉末云〕衆將謹參。〔衆做拜科〕〔正末云〕衆將免禮。貧道不敢不敢。玄德公。衆將皆全了麽。〔劉末云〕上告軍師。前後將卒擺列的停當。未知如何。請師父觀看一遭者。〔正末云〕玄德公。大小三軍。擺布的好齊整也。靄靄征雲籠宇宙。騰騰殺霧罩征旗。軍卒有似魚鱗砌。敢戰將軍雁翅齊。〔唱〕

【南呂一枝花】我則見遮天雜彩旗。震地花腔鼓。關雲長青龍偃月刀。張翼德銀蟒可兀的點鋼毒。齊臻臻鎧甲結束。銀纏桿花稍弩。獸吞頭金蘸斧。有五千員越嶺犇彪。有百萬隻爬山猛虎。

【梁州】我今日坐中軍七重的這圍子。不幸負你那卧龍岡三謁茅廬。我可便覷寰中草寇如無物。憑着我運乾坤手段。安社稷機謀。我可便使一條妙計。更和那三卷的這天書。顯神機鎮住東吳。論人和可住西蜀。憑着這諸葛亮關羽張飛。怕甚麽曹孟德張遼的這許褚。更和那孫仲謀魯肅和那周瑜。〔劉末云〕一陣好大風也。師父。此一陣風主何凶吉也。〔正末云〕玄德公。此一陣風。不按和炎金朔。是一陣信風。這信風過處。無一時有人下戰書來也。〔劉末云〕令人門首覷者。看有甚麽人來。〔張遼上云〕某乃張遼是也。奉曹丞相的將令。

着我直至新野。下戰書去。可早來到也。小校報復去。道有曹丞相手下。差一人來下戰書。〔卒子云〕你則這裏有者。喏。報的軍師得知。有曹丞相差一人下戰書。在於轅門首。〔劉末云〕恰纔軍師語未懸口。果然有下戰書的來了也。〔正末唱〕**無一時報復。夏侯惇鐵桶般軍無數。**〔云〕着那下戰書的過來。〔卒子云〕理會的。過去。〔張遼見科〕〔衆做喝科〕〔正末云〕那厢來的。〔張遼云〕小將是曹丞相差來。下一封戰書在此。〔正末云〕將那戰書來。我試看者。〔劉末云〕將戰書與師父看。〔張遼遞書科〕〔劉末云〕師父看戰書者。〔正末唱〕**將封皮展開覷。**〔云〕誰是張遼。〔張遼云〕小將便是張遼。〔正末唱〕**哦。你是張遼下戰書。**〔劉末云〕書上可不知寫着甚麼哩。莫非是搦劉備出馬麼。〔正末云〕他那裏是搦您衆將。〔唱〕**他則是單搦這耕夫。**

〔云〕小校將筆來。背批四字。來日交戰。着那下書的回去。〔劉末云〕兀那張遼。軍師的將令。着你回去選日交兵。〔張遼云〕理會的。我出的這門來。下了戰書也。不敢久停久住。回俺丞相的話。走一遭去。奉命迴程赴許昌。書嚇劉備與關張。來朝兩陣交鋒處。試看相持戰一場。〔下〕〔張飛云〕夏侯惇領兵來索戰。衆將都簇捧着他。你看俺兩位哥哥。也立在他跟前。我看這村夫。怎生調兵。兀的不氣殺我也。〔劉末云〕上告師父。今夏侯惇統領兵來索戰。誰做先鋒。誰做合後。師父支撥軍馬。衆將聽令也。〔正末云〕您衆將近前來聽令。〔衆將云〕理會的。〔正末云〕趙雲安在。〔趙雲云〕師父呼喚小將。那厢使用。〔正末云〕你爲先鋒。領五百軍引戰夏侯惇。去博望城南門。與夏侯惇對敵。不要你贏。則要你輸。〔趙雲云〕小將得令。〔正末唱〕

【四塊玉】我這裏便呼趙雲。你可便休停住。則要你擐甲披袍統征夫。你可便橫槍縱馬爲先部。趙雲你便聽我的言。你莫信他那箇語。〔云〕趙雲。你近前來。可是喑的。〔唱〕不要你贏則那箇要輸。

〔云〕小心在意者。〔趙雲云〕得令。則今日領五百人馬。引戰夏侯惇。走一遭去。我出的這門來。〔張飛云〕趙雲。你那裏去。〔趙雲云〕我奉師父將令。着我去博望城中引戰夏侯惇去。兩陣之間。則要我輸。不要我贏。贏便是我罪。輸便是我功。〔張飛云〕我道是這村夫不會行兵。那裏廝殺處則要輸不要贏。趙雲你過來。等我過去。〔見正末科〕〔正末云〕張飛怎的。〔張飛云〕我去博望城中引戰。走一遭去。〔正末云〕張飛。你那槍快麼。〔張飛云〕槍快。〔正末云〕馬飽麼。〔張飛云〕馬飽。〔正末云〕你敢廝殺麼。〔張飛云〕敢廝殺。〔正末云〕我不用你。出去。〔張飛云〕這村夫。兀的不氣殺我也。〔關末云〕兄弟也。你則依着師父。你休躁暴。〔張飛云〕罷罷罷。趙雲你去。〔趙雲云〕則今日統領軍馬。與夏侯惇交戰。走一遭去。征旗如血染。戰馬似蛟龍。劣缺搊搜漢。英雄膽氣生。若逢征戰處。務要見輸贏。我掌吾師計。必定獻頭功。〔下〕〔正末云〕劉封安在。〔劉封云〕軍師呼喚劉封。那廂使用。〔正末云〕劉封。你也領五百軍。去博望城南門。一人一箇簸箕。等貧道祭起風來。你那裏便與我播土揚塵。〔劉封云〕小將得令。〔正末唱〕

【牧羊關】則要你魚鱗般排軍陣。雁行般列隊伍。依着我運計鋪謀。我不要你戰鬬相持。我則要你揚塵也那播土。你休去那垓心裏撞。你則向草坡裏伏。〔劉封云〕軍師。

則怕不中麼。〔正末唱〕哎。你箇義子休心怕。你正是賊兒膽底虛。

〔云〕小心在意者。〔劉封云〕得令。奉軍師的將令。領五百人馬。去博望城外播土揚塵。走一遭去。我出的這門來。〔張飛云〕劉封。你那裏去。〔劉封云〕我奉軍師將令。領五百人馬。去博望城外播土揚塵去也。〔張飛云〕你看這村夫。不會行兵。着人播土揚塵。可不眯了人眼。你過來。我見他去。〔見正末云〕兀那村夫。我去播土揚塵。走一遭去。〔正末云〕你那槍快麼。〔張飛云〕我槍快。〔正末云〕你馬飽麼。〔張飛云〕馬飽。〔正末云〕你敢厮殺麼。〔張飛云〕我敢厮殺。〔正末云〕我可不用你。出去。〔張飛云〕這村夫。兀的不氣殺我也。〔關末云〕兄弟。你則依着師父。休要躁暴也。〔張飛云〕罷罷罷。劉封你去。〔劉封云〕則今日領五百人馬。一人一箇簸箕。去博望城外。播土揚塵。走一遭去。大小三軍。聽吾將令。到來日遮天地征雲似火。槍刀明有似寒冰。仗軍師神機妙策。跟着我播土揚塵。〔下〕〔正末云〕糜竺糜芳安在。〔糜竺糜芳云〕師父。喚俺二將那厢使用。〔正末云〕糜竺糜芳。你二人領五百軍馬。博望城外等夏侯惇入的城中。你便與我舉火燒屯。〔糜竺糜芳云〕師父。小將得令。〔正末唱〕

【賀新郎】你向那博望城多准備着火葫蘆。〔云〕等他入的城來。着鹿角叉住巷口。當住城門。〔唱〕你與我先點着糧車。後燒着窩鋪。您四下裏火箭一齊去。火燒的他神嚎也那鬼哭。火燒的他馬死人無。着他在火坑中喪了性命。都着他火陣内喪了殘軀。〔糜竺云〕則怕三將軍他要去麼。〔正末唱〕你着那張將軍不索堦前怒。這的是黄公三略法。更壓着那呂望六韜書。〔云〕小心在意者。〔糜竺糜芳云〕得令。我出的這轅門來。〔張飛云〕您二將那裏去。〔糜竺云〕奉軍師將令。撥與俺五百人馬。着俺二人舉火燒屯去也。〔張飛云〕這村夫無理也。不着人厮殺。怎生放火燒人。你兩箇休去。我走一遭去。〔見正末科云〕兀那村夫。來來來。我舉火燒屯。走一遭去。〔正末云〕你槍快麼。〔張飛云〕槍快。〔正末云〕你馬飽麼。〔張飛云〕馬飽。〔正末云〕你敢厮殺麼。〔張飛云〕我敢厮殺。〔正末云〕我可不用你。出去。〔張飛云〕兀的不氣殺我也。〔關末云〕兄弟也。你休躁暴。〔張飛云〕糜竺糜芳。您去。〔糜竺云〕大小三軍。聽吾將令。三通鼓罷。拔寨起營。遮天地征人似火。槍刀明有似寒冰。仗軍師神機妙策。跟着我舉火燒屯。〔下〕〔糜芳云〕某奉軍師將令。舉火燒屯。走一遭去。奉軍師將令忙差。統軍校弓弩齊排。博望城屯糧積草。都與某暗暗藏埋。火炮響驚天動地。施謀略巧計安排。若拏住夏侯元讓。難逃這火內之災。〔下〕〔正末云〕二將軍雲長。你也領五百軍。去那滹陵渡口。用沙囊土布袋。堰住那長流水。等夏侯惇軍馬過時提閘放水。小心在意者。〔關末云〕得令。〔正末唱〕

【隔尾】關雲長你去滹陵渡。〔關末云〕師父。滹陵渡怎生堰住水口。〔正末唱〕用土布袋把長江緊當住。水渰殺的軍兵死無數。他活時節是戰夫。死後做了水卒。〔云〕二將軍雲長。〔關末云〕有。〔正末唱〕你若是得勝還營你將我來自然許。

〔云〕則要你幹事成功者。〔關末云〕得令。則今日點就五百軍馬。至滹陵渡口提閘放水。走一遭去。我出的這門來。〔張飛云〕二哥。你那裏去。〔關末云〕兄弟。你不知道。師父的將令。着我去潺陵渡口。提閘放水。走一遭去。〔張飛云〕二哥。你則道波。自從請下這村夫。搬調得俺弟兄每一頭放水。一頭放火。二哥你休去。等我去。兀那村夫。來來來。潺陵渡口。我去提閘放水去。〔正末云〕您那槍快馬飽敢厮殺麽。〔張飛云〕我槍快馬飽敢厮殺。〔正末云〕我不用你。出去。〔張飛云〕阿。又不用我也。〔劉末云〕兄弟。俺求賢用士哩。你依着師父出去。〔張飛云〕罷罷罷。二哥你去。〔關末云〕大小三軍。聽吾將令。跟着我提閘放水。走一遭去。吾師差遣漢雲長。潺陵渡口古滄浪。軍卒堰住河中水。片時翻做漢陽江。火燒博望似那田單陣。不弱如背水韓侯惡戰場。敗殘軍過潺陵渡。我着他軍馬連人水内亡。〔下〕〔張飛云〕這村夫真箇不用我。衆將去了。我好也要厮殺去。歹也要厮殺去。他不用我。我自過去。〔見科云〕來來來。兀那村夫。那裏有人不敢去的去處。我張飛走一遭去。〔正末云〕張飛。不是貧道不用你。你不爲上將。〔張飛云〕我怎生不爲上將。〔正末云〕我要差你出去。你也不能成功。〔張飛云〕我怎生不能成功。〔劉末跪科云〕師父。衆將都用了。張飛是一員虎將。可怎生不用他。你看小官之面。重用張飛。可也好也。〔正末云〕玄德公請起。張飛。我本待不用你。看玄德公之面。不是我小覰你。我如今撥與你五百人馬。到來日日當卓午。夏侯惇領一百騎敗殘人馬。往許昌路上過。我兩隻手分付在你袍袖裏。你拏不住他一箇。〔張飛云〕我若拏住他一箇呵。你可輸些甚麽。〔正末云〕貧道與你打箇賭賽。到來日巳時未時。也是輸了貧道。正日當卓午。你撞見夏侯惇人馬。若是多一箇少一箇。也輸了貧道。整整的一百騎人馬。往你跟前過去。你拏不住他一箇。〔張飛云〕我若是拏將夏侯惇來呵。你可輸些甚麽。〔正末云〕你説。你若拏將夏侯惇來。休説是夏侯惇。就是殘軍敗將。拏將一箇來。我也就當作夏侯惇。貧道就輸與你這軍師牌印。你若拏不將來。你可輸些甚麽。〔張飛云〕你放心。我睜着一雙大眼。我拏不住那夏侯惇呵。我擺一席請你。〔正末云〕要配上我這軍師牌印者。〔張飛云〕罷。我輸一顆牛頭。〔正末云〕也配不上。〔張飛云〕恁的呵。罷罷罷。我也賭着我這一顆六陽會首。則不我的賭着。連我二位哥的頭也賭着。〔正末云〕張飛。你要與貧道賭頭爭印。軍政司立了軍令狀者。〔張飛云〕兀那村夫。你聽者。我這一去。鞭敲金鐙響。凱歌齊聲唱。我輸了呵。緊綁綁剪了臂膊。直挺挺舒着脖項。我本是箇架海紫金梁。他不是托塔李天王。我得勝定掌軍師印。我不拏住不姓張。憑着這馬壯人强。我也曾鞭督郵魂飄蕩。石亭驛裏摔袁祥。這的是男兒當自强。〔正末唱〕

【紅芍藥】張將軍不索氣長吁。也不索你大叫哎高呼。我着你吞聲窨氣自然伏。你休賣弄你那武藝滑熟。〔云〕日當卓午時候。〔唱〕又不是風清過二鼓。〔張飛云〕夏侯惇若是領着九十九箇。是你輸了。若一百單一箇。也是你輸了。〔正末唱〕整整的一百箇軍卒。他每都東歪西倒自長吁。他剛剛的整理的他那身軀。

〔張飛云〕我若撞不見夏侯惇呵。也是你輸了。〔正末唱〕

【菩薩梁州】恰待出博望得程途。剛尋着走路你跟前過去。你若是拏不住。怎的支吾。

〔張飛云〕我也不信。我豹頭環眼。倒拏不住一目的夏侯惇。〔正末云〕張飛。不是我小覷你。我便與你一千軍馬。你休道是拏那夏侯惇來。你則拏的他一箇殘軍敗將來。也輸了貧道。〔張飛云〕喒兩箇賭頭争印。立下軍狀了。我若拏將夏侯惇來呵。你可休不與我那牌印也。〔正末唱〕**張將軍喒兩箇立下文書。若是你手裏親拏住。我則怕踏盡鐵鞋無覓處。你若違犯了不輕恕。**〔張飛云〕我若贏了你呵呢。〔正末唱〕**你得勝腰間掛虎符。**〔云〕張飛你輸了呵。〔唱〕**你看我斬首權謀。**

〔劉末云〕兄弟也。既然軍師重用了你。則要你得勝成功而回者。〔張飛云〕大哥你放心。則今日統十八騎烏馬長槍。去許昌路上擒拏夏侯惇。走一遭去。莫量張飛統戰兵。豹頭憨戰鬼神驚。休跨曹操能征戰。若論相持我絶倫。烏馬偏宜獅蠻帶。白袍堪襯絳紅纓。試看燕人張翼德。放心我單拏去一目夏侯惇。〔下〕〔劉末云〕張飛一時間躁暴。軍師神機妙策。量那曹兵到的那裏。衆將必然成功也。〔正末云〕主公放心。衆將此一去。必然得勝。我料張飛不能成功也。〔唱〕

【尾聲】差虎彪般大將離窩峪。管取那豺狼卧道途。呼趙雲計心腹。着劉封莫遲誤。使關公疾快去。呼糜芳共糜竺。我將張飛好囑付。撥定的軍兵一齊去。諸葛亮我有耳目。〔劉末云〕俺二兄弟提閘放水。三兄弟伏路。使不道的走了那夏侯惇哩。〔正末唱〕**使不着您弟兄每使手足。**〔云〕張飛你若輸了呵。〔唱〕**我着你那莽撞的殘生可着你做不的主。**

〔同下〕

第三折

〔夏侯惇領卒子蹦馬兒上〕〔夏侯惇云〕某乃夏侯惇是也。領十萬人馬。親爲大帥。與劉關張交戰。大小三軍。擺開陣勢。塵土起處。劉關張人馬敢待來也。〔趙雲領卒子蹦馬兒上云〕某乃趙雲是也。奉軍師將令。着我與夏侯惇相持厮殺。則要輸。不要贏。輸了是我功。贏了是我罪。前面塵土起處。敢是曹兵來也。大小三軍。擺開陣勢。來者何人。〔夏侯惇云〕你來者何人。〔趙雲云〕某乃趙雲。是你爹爹。〔夏侯惇做應科云〕哎。風大不聽見。再高着些。〔趙雲云〕某乃趙雲。是你爹爹。〔夏侯惇做應科云〕哎。風大不聽見。再高着些。〔趙雲云〕某乃趙雲。是你爹爹。〔夏侯惇應科云〕哎。〔卒子云〕應的美。元帥這箇喚做罵陣。罵的惱了就厮殺。他説是你爹爹。你可再大着些壓伏他。〔夏侯惇云〕我知道。曉的是罵陣。喒如今口强。便挣一半。我説大着降着他。我行不改名。坐不改姓。曹丞相手下大將夏侯惇。〔卒子云〕元帥大着些。〔夏侯惇云〕我知道。夏侯惇。我是你家重孫累孫。〔卒子云〕元帥。你怎麼與他做重孫累孫。倒越小了。〔夏侯惇云〕我不着你這幾箇弟子孩兒。也送不了我。一了説做小做小。天下着了。兩家交馬處。他若是一槍刺下我馬來。恰待要殺。他看一看。他道是我家重孫哩。〔卒子云〕他也殺了。〔夏侯惇云〕兀那趙雲。你領多少人馬。與我厮殺來。〔趙雲云〕我領着十萬人馬。與你交戰。〔夏侯惇云〕你且住者。

我揀兵書看一看。他兵十萬。我兵十萬。兀那趙雲。我不與你廝殺。〔趙雲云〕你怎生不與我廝殺。〔夏侯惇云〕你的是十萬。孫武子兵書曰。你兵是十萬。我兵是十萬。遇敵兵而不戰。你强我弱。不與你廝殺。〔趙雲云〕兀那夏侯惇。我這裏十萬人馬。退了五萬。則用五萬。戰你那十萬人馬。〔夏侯惇云〕我兵十萬。你兵五萬。你退了五萬。肯退了那好兵。都是囊的懦的老的小的瘸的跛的。則留下精壯的。孫武子兵書挑兵而不戰。〔趙雲云〕我十萬兵都不要。則我一人一騎。與你交戰。〔夏侯惇云〕等我再看。我兵十萬。他則是一人。越發不戰了。〔趙雲云〕怎生又不戰。〔夏侯惇云〕一人捨命。萬夫難當。操鼓來。〔二將交戰科〕〔夏侯惇云〕花腔邊鼓擂。雜綵繡旗搖。三軍齊吶喊。二騎馬相交。〔趙雲云〕看了這廝的武藝。則是如此。我虛搠一槍。佯輸詐敗。望博望城中走走走。〔下〕〔夏侯惇云〕這廝走了也。他來如狼似虎。去後似犬如貓。有你走處。有我趕處。饒你走到焰魔天。隨後駕雲須趕上。不問那裏趕將去。〔趕下〕〔趙雲上云〕某乃趙雲。佯輸詐敗。來到這博望城中。三軍望城中南門入北門出。俺進城去來。〔下〕〔夏侯惇趕上云〕三軍來到這博望城也。跟着我趕殺進城去來。〔做入城科云〕這廝走了也。這一城都是糧草。原來都是劉關張家的糧草城池。便好道功大者無過救駕。計毒者無過斷糧。先得了他糧草城池。小校先替我將四城門把住。〔卒子云〕得令。〔夏侯惇云〕怎生無有東門西門。則有南門北門。便替我關上城門。聽我將令。喒與劉關張家整廝殺了一日。今夜晚間。都解衣卸甲。不要您提鈴喝號。也不要您轉箭支更。更有鋪蓋的打開鋪蓋睡。沒鋪蓋的扯下那草來鋪着睡。怕冷的鑽入草垜裏睡一夜。

明日與他厮殺。睡去。〔衆做睡科〕〔麋竺麋芳領卒子上〕〔麋竺云〕某乃麋竺麋芳是也。奉軍師將令。着俺二將舉火燒屯。來到這博望城下也。怎生關閉着這城也。小校立起雲梯。我試望者。夏侯惇軍馬。兀的不睡着了也。等某先發一箭。我這裏急取弓和箭。搭上鳳翎毛。推出弓靶去。拽損瘦龍腰。火箭如神射。火焰騰騰飄。燎折北斗柄。燒死衆英豪。三軍齊發箭。火起了也。俺軍師府裏獻功那。走一遭去。〔同麋芳下〕〔夏侯惇做睡醒科云〕哎約。好大火。燒殺我也。三軍打開城門逃性命。走走走。〔下〕〔劉封領卒子上云〕某乃劉封是也。奉軍師將令。着某簸土揚塵。放檑木砲石。等待夏侯惇。這早晚敢待來也。〔夏侯惇慌科上云〕來到這博望山底下。上山走。〔劉封云〕夏侯惇的軍馬來了也。三軍播土揚塵。放檑木砲石。〔夏侯惇云〕哎約。又不好也。檑木砲石打將下來了。不好了。喒往潺陵渡逃命去來。〔下〕〔劉封云〕簸土揚塵放檑木砲石。打中了曹兵也。我回軍師的話。走一遭去。〔下〕〔關末領卒子冲上云〕某乃關雲長是也。奉軍師將令。着某提閘放水。來到這潺陵渡口也。夏侯惇敢待來也。〔夏侯惇上云〕三軍走走走。俺來到這潺陵渡口也。昨日與劉關張家交戰。整厮殺了一日。趙雲敗走。趕入博望城。那厮又走了。被某占了糧草城池。關了城門。濃睡一夜。來日再與他交戰。誰想中了諸葛懶夫之計。舉火燒屯。燒殺了我一半人馬。出城被他簸土揚塵。把我眯了眼。又殺了我一半人馬。到的博望山下。檑木砲石。又打殺了我一半人馬。俺如今領着敗殘軍馬。來到這潺陵渡口也。小軍兒着一箇下河去。看河裏水勢深淺。〔卒子云〕元師。則有漫脚面的水。〔夏侯惇云〕既是漫脚面的水。三軍一齊下河去。

把您身上火燒的泡。着水泡一泡。害渴的就喫些凉水。淋洗一淋洗身上。〔關末云〕夏侯惇敗殘軍馬來了也。三軍與我提閘放水。兀的不水渰了曹兵也。三軍跟着我回軍師話。走一遭去。〔下〕〔夏侯惇云〕罷了罷了。水渰下來也。三軍跟着我捽手浮捽手浮。狗跑兒浮狗跑兒浮。蹦水兒浮蹦水兒浮。鴨兒浮鴨兒浮。觀音浮觀音浮。上的這岸來。喒厮殺了一日一夜。劉備家軍將見了趙雲麋竺麋芳劉封關大王都見了。止不曾見張飛。喒不要往華容路上去。順着蜒蚰小道兒。望許昌路上走走走。〔下〕〔張飛領卒子上云〕大小三軍。擺開陣勢。夏侯惇敢待來也。〔夏侯惇領卒子慌上云〕三軍跟着我往許昌路上逃命。走走走。〔張飛云〕來者何人。〔夏侯惇云〕某乃夏侯惇是也。你來者何人。〔張飛云〕某乃張飛是也。〔夏侯惇云〕好也。趓了他一日。恰好撞在他懷裏。三叔。你是一員名將。你又是箇知禮的人。且不要動手動脚的。聽姪兒説與三叔。你要與姪兒厮殺。正是趕乏兔兒相似哩。〔張飛云〕怎生是趕乏兔兒。〔夏侯惇云〕三叔。你好歹明理也。聽姪兒説。我領出十萬人馬來。與您趙雲厮殺。趙雲敗走。着我趕入博望城。誰想趙雲又走了。我占了您糧草城池。濃睡一夜。來日再與你交戰。不想被劉封放火。燒了我一半軍馬。出的城來。被麋竺麋芳簸土揚塵。沙土眯殺了一半軍馬。有一半小軍兒。還在那裏擦眼哩。上的博望坡。檑木砲石。又打殺了一半人馬。來到潺陵渡口。被您二哥提閘放水。又渰殺了我一半人馬。便好道軍行千里。不戰而自乏。你如今要拏我去呵。則是趕乏兔兒相似。如今依着我。放我一箭之地。埋鍋造飯。人喫些茶飯。馬喫些草料。到明日我上的馬去。與你兩陣對圓。旗鼓相望。兩陣之間。你若拏了我去。萬代清名不朽。三叔。你是箇知禮的人。您孩兒不敢自專。望三叔思之。〔張飛云〕兀那匹夫。你敢與我交戰麽。〔夏侯惇云〕三叔。你要拏就拏了我去罷。〔張飛云〕你那裏有多少人馬。〔夏侯惇云〕我還不曾點軍哩。小校點一點。看還有多少人馬。〔卒子云〕一五一十。不少不多。還有一百騎人馬哩。〔夏侯惇云〕三叔。我這裏不多不少。連我則一百騎人馬。你要拏就拏了去。着人駡你一世。放我一箭之地。埋鍋造飯去。〔張飛云〕既然這等。罷罷罷。將你那着刀中箭的小軍來權爲質當。〔夏侯惇云〕我知道三叔張飛不肯。着我們一箇着刀中箭的小軍兒權爲質當。您那一箇來。與他權爲質當。〔卒子云〕元帥。我們與他厮殺了一日一夜。逃出命來。家中也有那一爺二娘三兄四弟。那箇肯去。都不肯去。〔夏侯惇云〕是。説的是。三叔。俺與你厮殺了一日一夜。火燒殺了一半。簸土揚塵。眯殺了一半。檑木砲石。打殺了一半。水渰殺了一半。都是沙裏澄金。纔逃出性命來。他家中也有那一爺二娘三兄四弟五子六妹七青八黄九紫十赤。放我一箭之地。埋鍋造飯。喫飽了。兩陣之間。你就拏了我去。着人便道是張飛活拏了夏侯惇也。萬代標名。你如今就要拏了我去。着人便道。夏侯惇與趙雲糜竺糜芳劉封關大王。整厮殺了一日一夜。人困馬乏。張飛拏了去獻功也。萬代駡名不朽。你是箇聰明人。三叔你思之。〔張飛云〕罷罷罷。放你一箭之地。〔夏侯惇云〕謝了三叔。〔卒子云〕元帥。我們如今可埋鍋造飯。〔夏侯惇云〕傻厮。埋甚麽鍋。造甚麽飯。這箇是孫武子兵書曰脱身之計。支轉他推埋鍋造飯。拏那折槍折弩破牌破鞍子。堆在一處。你如今再打些蒿草柴來。一層乾蒿子。一層濕蒿子。打起火鐮火石。燒起煙來。再砍下些柳枝來拴在馬尾巴上。揚起灰塵。煙又是那草偶。灰塵又狂天的起。風又是刮。俺在上風頭。他在下風頭。刮下煙去。則説俺真箇埋鍋造飯哩。順着蚰蜒小道兒。我直走到哈密里去也。〔卒子云〕依着元帥。將這折槍破鞍子蒿草偶起煙來了也。〔夏侯惇云〕兀的煙起了也。順着蚰蜒小道兒。走走走。〔下〕〔卒子報科云〕可不早説。報的三將軍得知。有夏侯惇走了也。〔張飛云〕怎生夏侯惇走了也。小校看多早晚時候也。〔卒子云〕日當卓午也。〔張飛云〕嗨。這軍師是能也。他道日當卓午。撞見夏侯惇。領着一百騎敗殘人馬。兩隻手分付到我袍袖裏。説我拏不住夏侯惇。休道是夏侯惇。就是敗殘軍卒也拏不住一箇。我與他賭頭争印來。果然今日撞見夏侯惇那廝。告某推埋鍋造飯去。偶煙計走了也。張飛也。眼見的輸了你也。罷。大丈夫睁着眼做。合着眼受。則今日元帥府裏請罪。走一遭去。則爲那無徒賊子説英雄。可問張飛不見功。今日箇請罪親臨元帥府。方顯軍師妙算能。〔下〕〔劉末正末領卒子上〕〔劉末云〕師父。如今二兄弟雲長等衆將與夏侯惇在博望城交戰去了。憑着師父神機妙策。衆將必然成功也。令人門首覷者。衆將來時。報復我知道。〔正末云〕玄德公。不必憂心。我觀戰討之氣。他衆將必然成功也。安排下果桌盃盤。准備慶喜。不一時有報功之將來也。〔唱〕

【雙調新水令】管教這數千員敢戰的鐵衣郎。則有箇莽張飛他可便不伏諸葛亮。則因惡戰討。我可便懶下卧龍岡。則他這戰馬刀鎗。多無那半箇時分見明降。

〔云〕玄德公。喒安排下慶喜的酒者。〔劉末云〕小校門首覷者。衆將來時。報復俺知道。〔卒子云〕理會的。〔趙雲上云〕某乃趙雲是也。奉軍師的將令。某佯輸詐敗。將夏侯惇引入博望城中。建其大功。回軍師話。走一遭去。可早來到也。不必報復。我自過去。〔見科云〕軍師。趙雲引戰夏侯惇。引入博望城中。成功而回也。〔正末云〕好將軍也。一壁有者。看有那一員將軍來。〔糜竺糜芳上云〕某乃糜竺糜芳是也。舉火燒屯成功也。見軍師走一遭去。可早來到也。不必報復。我自過去。〔見科云〕軍師。俺二將舉火燒屯。成功而回也。〔正末云〕貧道已知。且一壁有者。看有那一員將軍來報功。〔劉封上云〕某乃劉封是也。簸土揚塵。成了功也。見軍師報功。走一遭去。可早來到也。不必報復。我自過去。〔見科云〕軍師。劉封簸土揚塵。成功而回也。〔正末云〕且一壁有者。看有那一員將軍來。〔關末上云〕某乃關雲長是也。提閘放水。得勝成功。軍師府獻功。走一遭去。可早來到也。不必報復。某自過去。軍師。某提閘放水。渰死曹兵太半。成功而回。特來報功。〔正末云〕您衆將都成了功也。小校擡上果桌來者。〔卒子云〕理會的。〔正末云〕將酒來。二公子滿飲一杯。〔關末云〕關某不敢。此一陣皆托賴軍師妙算。大哥虎威。軍師先請。〔正末唱〕

【風入松】您衆將軍武藝委實强。〔云〕好將軍也。〔唱〕更那堪狀貌堂堂。捨性命便往垓心裏撞。恰便似鬧垓垓虎蕩羣羊。飲過酒今番不忘。爲將帥顯高强。

〔云〕您衆將都來全了麽。〔劉末云〕衆將皆全。則少張飛哩。〔正末云〕玄德公眼見的輸了貧道也。〔劉末云〕衆將都皆成功。未知俺兄弟張飛如何。令人門首覷者。張飛來時。報復我知道。〔卒子云〕理會的。〔張飛袒臂負荆上云〕某張飛是也。倣學春秋廉頗。袒臂負荆。軍師府裏請罪。走一遭去。〔做見關末科云〕二哥二哥。張飛來了也。〔關末云〕哎呀哎呀。兄弟也。你怎生這箇模樣。俺軍師如何。〔張飛云〕好軍師。好軍師。〔關末云〕你拏的夏侯惇安在。〔張飛云〕夏侯惇走了也。〔關末云〕怎生夏侯惇走了。兄弟。你不與軍師賭頭争印來。似此怎了也。〔張飛云〕哥哥。軍師行善言者。〔關末云〕兄弟。你則在門首。等我報復去。〔張飛云〕二哥。是必勸勸兒。〔關末云〕你有偌多小心。〔報科云〕報的軍師得知。有張飛回來了也。〔正末云〕眼見得輸了貧道也。小校將過那軍師牌印來者。着他過來。〔唱〕

【雁兒落】眼見的鞭敲金鐙響。將凱歌齊聲唱。緊綁綁拴住臂膊。直挺挺舒着脖項。

〔張飛做見科云〕軍師舊話休題。饒過張飛者。〔正末唱〕

【得勝令】張飛也你不道是架海紫金梁。他不是那托塔的李天王。得勝掌軍師印。你道是不拏住不姓張。你憑着馬壯人强。你道是鞭督郵魂飄蕩。你曾摔袁祥。〔帶云〕張飛你不道來那。〔張飛云〕我道甚麽來。〔正末唱〕你道是男兒當自强。

〔張飛云〕軍師。張飛粗鹵。乞望寬恕者。〔正末云〕張飛。夏侯惇安在。〔張飛云〕夏侯惇走了也。〔正末云〕怎生。〔張飛云〕走了也。〔正末云〕夏侯惇走了也。你與貧道不賭頭争印來。更待干罷。小校那裏。怒呼刀斧莫延遲。虎將登時血染衣。我未去許昌擒曹操。先看帳下斬張飛。小校斬了張飛者。〔卒子云〕理會的。〔劉末同衆將跪下科〕〔劉末云〕衆將跟某跪者。師父。張飛今日得罪。

怎生看小官之面。且饒過張飛。不争殺了他呵。做的箇於軍不利。劉備不敢自專。乞軍師尊鑑不錯。〔正末云〕玄德公請起。若不看玄德公之面。這其間斬了張飛多時也。且放張飛起來。〔劉末云〕三兄弟謝了軍師者。〔張飛云〕謝軍師不斬之恩。〔卒子云〕可不早說。喏。報的軍師得知。夏侯惇領一百騎人馬又來索戰哩。〔正末云〕張飛。你聽的麼。夏侯惇又來索戰哩。你敢去麼。〔張飛云〕我敢去。我敢去。〔正末云〕我撥與你三千軍馬。與夏侯惇交戰。若是贏了呵。將功折罪。若是輸了呵。二罪俱罰。小心在意者。〔劉末云〕兄弟此一去。則要你成功。休着您哥哥落保也。〔張飛云〕大哥。你放心也。則今日統領本部下人馬。擒拏夏侯惇。走一遭去。則我這軍器叢中分外别。層層疊疊緊相接。有如枯竹根三尺。恰似烏龍尾半截。打人面貌生殺氣。丢人腦蓋損英傑。饒君更披三重鎧。抹着鞭梢脊骨折。〔下〕〔劉末云〕軍師寬恕。張飛奮勇。此一去未知輸贏如何。〔正末云〕主公。張飛此去。必然成功也。〔唱〕

【鴛鴦煞尾】今日箇領三軍坐金頂蓮花帳。披七星錦繡雲鶴氅。早定了西蜀。我便訪南陽。暢道覷曹操孫權。似浮雲瘙痒。我請您玄德關張。威鎮住曹丞相。今日箇穩定家邦。史策留名後人講。〔同下〕

第四折

〔曹操領卒子上云〕恨小非君子。無毒不丈夫。某乃曹操是也。頰奈諸葛亮無禮也。將夏侯惇十萬雄兵。在博望城中。用水火盡皆折損。更待干罷。如今俺管通軍師病體痊可了也。我已令人請來拜爲軍師。某與劉玄德交戰。有何不可。小校門首覷者。若師父來時。報復我知道。〔卒子云〕理會的。〔管通上云〕寶劍離匣邪魔怕。瑶琴一操鬼神驚。講罷黄庭心散澹。綸巾羽扇細論文。貧道曹丞相麾下管通是也。本貫南陽鄧縣人也。幼年與龐德公諸葛亮同堂學業。彼各學成文武全才。今有曹丞相。將我取到魏地。教練三軍。拜爲軍師之職。我憑手策撥天關。立勳業無辭憚。貧道正在私宅。令人來報。有曹丞相來請。可早來到也。小校報復去。道有管通在於門首。〔卒子云〕理會的。喏。報的丞相得知。有軍師在於門首。〔曹操云〕道有請。〔卒子云〕理會的。有請。〔管通做見科云〕丞相。呼喚貧道。有何事商議。〔曹操云〕今日請師父來。别無他事。頗奈諸葛亮無禮。將夏侯惇十萬雄兵。盡皆折損。今日請師父來。就拜爲軍師。怎生用計。破他弟兄三人。擒拏諸葛亮。軍師主意如何。〔管通云〕此一樁事。丞相放心。我與諸葛亮同師故友。比及與劉關張交戰。我先到新野。將諸葛亮一席話説説將來。同心協力。然後破劉關張。未爲晚矣。丞相意下若何。〔曹操云〕此計大妙。軍師。你直至新野説説諸葛去。若肯佐於某麾下。擒拏了劉關張弟兄三人。將師父重賞封官也。〔管通云〕則今日便索長行。不索驅軍將。妙策旋安排。我輕輕垂下釣。着他款款上鈎來。〔下〕〔曹操云〕管通師父去了也。此一去必然成功也。果然諸葛亮肯投降某麾下。我自有箇主意。管通今日便登程。直至新野訪卧龍。若得南陽耕種叟。擒拏劉備那三人。〔下〕〔正末同劉末關末張飛趙雲麋竺麋芳劉封領卒子上〕〔劉末云〕師父。想博望燒屯這一場斯殺。多虧師父鋪謀定計。衆將得勝也。今日安排筵席。與師父慶喜者。〔正末云〕玄德公擺列衆將齊整者。我纔袖占一課。今日當卓午。必有説客至此。您衆將每則要您威風者。〔唱〕

【中呂粉蝶兒】自從和曹操爭鋒。恰如同一場春夢。擺列着蓋國英雄。一箇箇善相持。能挑戰。他可便超羣出衆。一箇箇都建了頭功。真乃是世之梁棟。

【醉春風】想昔日夢非熊。您今朝請卧龍。我可甚兩三番懶下卧龍岡。我其實怕冗。冗。我今日當權。掌軍師名項。則不如我在那半坡裏養性。

〔云〕玄德公安排酒果。准備的齊整者。不到半時。必有説客至此。則要麋竺麋芳在此。其餘將軍。都來聽令。趙雲附耳來。可是恁的。〔做打耳喑科〕〔趙雲云〕師父。連主公也着迴避。您衆將聽師父將令。麋竺麋芳。緊守着師父。小心在意者。〔正末云〕是也。〔劉末云〕師父。連劉備也着迴避。衆將聽師父將令。麋竺麋芳。緊守着師父。小心在意。〔趙雲云〕俺迴避也。〔同衆下〕〔管通上云〕貧道管通是也。自離魏地。可早來到新野。小校報復去。道有一雲遊先生。乃是管通。特來相訪。〔卒子云〕理會的。喏。報的軍師得知。有一雲遊的先生管通。在於門首。〔正末云〕我須索接待哥哥。走一遭去。〔見科云〕哥哥有請。〔管通云〕不敢。〔正末云〕哥哥。俺一向相別。拳拳在意。終日無忘。不想哥哥今日來到。實乃諸葛之萬幸也。〔管通云〕賢兄久別情懷。常思怏怏。嘆美景無多。流光易邁。想音容切切於心。思大德懸懸在念。自菴中作別以來。無一時忘於左右。今日得遇尊顔。實乃貧道之萬幸也。〔正末云〕哥哥請坐。小校擡上果桌來者。〔卒

子云〕理會的。〔正末云〕將酒來。〔做遞酒科云〕哥哥滿飲一杯。〔管通云〕不敢。賢兄請。〔做飲酒科〕〔正末唱〕

【迎仙客】俺今日飲醁醑。我這裏便捧金樽。〔管通云〕想數載舊交之情。故來探望也。〔正末唱〕喒須是二十年布衣間布衣間可便舊那箇弟兄。〔管通云〕我一徑的探兄弟來。〔正末唱〕不知你事江東。〔管通云〕我佐於曹丞相麾下。〔正末唱〕原來你便居在那漢中。〔管通云〕數載不見。今日相逢也。〔正末唱〕不想俺今日相逢。〔管通云〕貧道遠遠而來。不辭勞憚也。〔正末唱〕哥哥你便來探望勞台重。

〔云〕將酒來。〔卒子云〕理會的。〔正末做遞酒科云〕哥哥滿飲此杯。〔管通云〕兄弟。想你在玄德公麾下爲軍師。如此般峥嶸。可也不枉了也。〔正末云〕您兄弟自離了哥哥失學。也則是虛躭軍師而已矣。〔管通云〕你休謙。你休謙。〔正末云〕哥哥今日既見了您兄弟。須多飲幾杯。將酒來。哥哥滿飲此盃。〔管通云〕兄弟請。〔正末云〕麋竺麋芳。我這哥哥。難比其餘的。可會藏機之術。您這元帥府下。者麽您甚麽物件。不問你藏在何處。我這哥哥便得知道。〔管通云〕賢弟。此箇術法。也不能能智。既然二位將軍要看呵。您就在元帥府下。者麽將着是何物件。放在何處。貧道便得知也。〔正末云〕你知道麽。〔麋竺麋芳藏棋子科〕〔正末云〕你衆將軍看者。〔唱〕

【剔銀燈】非是我廳堦前賣弄。你衆將休要打鬨。若猜着衆將休驚恐。您試看變化的這神通。這的是真術藝。又不是説脱空。睜着眼都不要轉動。

【蔓菁菜】您把兩隻手拳的無縫。〔云〕麋竺麋芳。一邊一箇立地舒出手來。〔麋竺麋芳拏棋子科〕〔管通云〕您手中各有一件物。着貧道算。我知道了也。如何瞞的過貧道。您二人暗使機關。我通玄機紗用難量。您手掿着黑白二子。乾坤事一掌包藏。你拏着九箇黑棋子。他拏着九箇白棋子。你不信。二位將軍開手者。〔正末唱〕**這棋子暗包籠。端的是用功。**〔管通云〕您二位將軍試開手者。〔正末唱〕**死共活都只在我手心中。不灑了成何用。**

〔管通云〕我觀二將氣象。也無能智。你依着我。若見了曹公。必拜你爲軍師。俺丞相手下雄兵百萬。戰將千員。聲傳宇宙。威鎮諸邦。我舉薦你數遭有餘也。你跟着我去。你意下如何。〔正末云〕哥哥可也說的是。您兄弟這裏有幾間房舍。鎖着幾件物。哥哥你若相的是。您兄弟便跟哥哥去。〔管通云〕你這五間房內。每一間房內一件物。着貧道算。暗。暗。貧道已知也。量這的打甚麼不緊。〔正末云〕哥哥。你相這一間房裏是如何。〔管通云〕此房中敢是箇客商之將麼。〔正末云〕哥哥。你敢相的不是麼。〔管通云〕開了門者。〔做開門科〕〔趙雲上云〕管通。你認得某麼。〔正末云〕哥哥。你看這第二間房如何。〔管通云〕這間房内是箇二姓之將。〔正末云〕小校開了門者。〔做開門科〕〔劉封上云〕管通。你認的某麼。〔正末云〕哥哥。你看這第三間房裏可是如何。〔管通云〕此間房內。這箇將軍。雄如彪虎。猛若狻猊。戰陣有勇之將。〔正末云〕哥哥。你敢相的差了也。〔管通云〕我相的不差。你開了門者。〔正末云〕小校開了門者。〔做開科〕〔張飛上云〕管通。某在此也。〔正末云〕哥哥。你相這第四間房裏如何。〔管通云〕這間房內。這箇將軍神威狀貌。氣秉忠良。意合天心。一部神威之將。〔正末云〕哥哥。你敢猜不着麽。〔管通云〕開了門者。〔做開門科〕〔關末上云〕關某在此也。〔管通云〕這幾箇將軍。生的雄威鷙勇虎將之材。他都是上將。我不認的他。姓甚名誰。兄弟。你試説。我試聽者。〔正末云〕我一箇箇説與哥哥者。〔管通云〕他是誰。〔正末唱〕

【十二月】這箇是常山趙雲。〔管通云〕這箇是誰。〔正末唱〕這箇是義子劉封。〔管通云〕這箇是誰。〔正末唱〕這箇是燕人翼德。〔管通云〕這箇是誰。〔正末唱〕這箇是勇烈關公。〔管通云〕貧道相的不差也。〔正末唱〕哎。你箇能相法哥哥管通。你可也比衆難同。

〔云〕哥哥。這四間房。哥哥都相過了。哥哥。你看這間房裏如何。〔管通云〕我觀這間房中。氣象全别。你看那祥雲籠罩。紫氣騰騰。必是貴人之相。都壓着這幾位將軍。兄弟不信呵。開了門我試看者。〔正末做怒科云〕休開門。〔管通云〕開了者。〔正末云〕休開門。〔管通云〕你爲何不開。〔正末云〕哥哥。不争您兄弟開開這門。〔唱〕

【堯民歌】呀。我則怕頓開金鎖走蛟龍。這幾箇戰將有威風。您衆將都是廟堂臣。凌煙閣端的是可標名。論戰討超也波羣。峥嶸箇箇能。〔劉末上云〕師父。某在此處。〔正末唱〕則俺這劉玄德堪知重。

〔劉末云〕兀的不是管通。你好無禮。你怎生下説詞。着師父投降曹操。更待干罷。趙雲與我拏下管通斬了者。〔正末云〕玄德公。看貧道一師之面。饒了他者。〔劉末云〕看師父之面。囚在牢中去者。〔管通云〕罷罷罷。諸葛亮是强也。諸葛玅策占星斗。談天論地應難有。當初則説管通强。今日箇强中更有强中手。〔下〕〔劉末斷出〕因爲那曹操奸雄。將夏侯惇拜爲先鋒。遇趙雲佯輸詐敗。追趕到博望城中。着雲長提閘放水。使劉封簸土揚塵。俺軍師故使巧計。舉火箭博望燒屯。則今日收軍罷戰。再不許起動刀兵。

題目　關雲長提閘放水

正名　諸葛亮博望燒屯

關雲長千里獨行雜劇

楔子

〔冲末曹操同張文遠上開云〕幼小曾將武藝攻。馳驅四海結英雄。自從掃滅風塵息。身居宰相禄千鍾。某乃曹操。字孟德。沛國譙郡人也。幼年曾爲典軍校尉。因破黄巾賊有功。官封都尉。後因破吕布。除四寇。累建奇功。謝聖恩可憐。官拜左丞之職。某手下軍有百萬。將有千員。近有劉關張無禮。我在聖人跟前保奏過。將他加官賜賞。他今不從某調。弟兄三人私奔。暗出許都。直至徐州。殺了徐州牧車胄。奪了徐州。更待干罷。我今奏過聖人。某親自爲帥。着夏侯惇爲先鋒。統領十萬雄兵。直至徐州。擒拏劉關張。走一遭去。今朝一日統戈矛。野草閑花滿地愁。拿住三人必殺壞。恁時方表報冤讎。〔下〕〔劉末同關末上〕〔劉末云〕桑蓋層層徹碧霞。織席編履作生涯。有人來問宗和祖。四百年前王氣家。某姓劉名備。字玄德。二兄弟姓關名羽。字雲長。三兄弟姓張名飛。字翼德。俺三人在桃園結義。曾對天盟誓。不求同日生。只願當日死。俺弟兄三人。自破黄巾賊之後。某在德州平原縣爲理。不期有這徐州太守陶謙。請將俺弟兄三人到此。三讓徐州。某在此後。有淮南袁術遣紀陵軍兵。頗奈吕布無禮。他將俺徐州賺了。俺軍屯於小沛。後被吕布圍了小沛。某着兄弟張飛打此陣去。兄弟三出小沛。至許都問曹丞相借起十萬軍來。破了呂布。曹丞相領俺兄弟三人。見了聖人。不想聖人知某名姓。將兄弟三人。都封官賜賞。就在許都居住。某暗想曹操奸雄之人。某因此不從他調。俺兄弟三人。暗出許都。來到徐州。有徐州刺史車胄。不順俺兄弟。雲長襲了車胄。某在這徐州鎮守。今日兄弟教場中去了。小校門首覷着。看有甚麼人來。〔浄辦張虎上云〕朝爲田舍郎。暮登張子房。出的齊化門。便是大黄莊。某姓字不巧。巧字不姓。打箇吹盆。暗了箇大甑。我是這徐州衙門將張虎的便是。我當初是這徐州太守陶謙的手將。今佐於玄德公手下。今日差某巡邊境去來。誰想哨着曹丞相大勢軍兵。見在清風嶺安營下寨。我不敢久停久住。報與玄德公知道。小校報復去。説道張虎巡邊境回來見元帥。〔卒子云〕你則在這裏。〔卒子報科云〕喏。報元帥知道。有張虎巡邊境回來見元帥。〔關末云〕哥哥。張虎巡邊境回來見哥哥。必然有甚麼話説。〔劉末云〕叫他過來。〔卒子云〕理會的。叫你過去。〔張虎做見劉末科云〕元帥。禍事了也。〔劉末云〕張虎。禍從何來。〔張虎云〕今曹丞相領大勢軍馬。見在清風嶺安營下寨。〔劉末云〕是誰那般道。〔張虎云〕小人親自哨着見來。〔劉末云〕兄弟。我道這曹賊必不捨。今日果然領兵來。如之奈何。〔關末云〕哥哥。不妨事。不比在那許都。是他的地面。今日這裏。他領兵前來。料想不妨。等兄弟張飛來。再做商量。〔劉末云〕二兄弟道的是。一壁厢叫小校去教場中請的三將軍來。〔卒子云〕理會的。〔張飛上云〕泰山頂上刀磨缺。北海波中馬飲枯。男兒三十不立名。枉作堂堂大丈夫。某姓張名飛。字翼德。涿州范陽人也。某與俺兩箇哥哥。在桃園結義。曾對天盟誓。一在三在。一亡三亡。俺自破吕布之後。聖人加某爲車騎上將軍。爲因曹操奸雄。俺兄弟三人。離了許都。來到這徐州鎮守。今日某正在教場中。聽的小校來報。説道哥哥呼喚。不知有甚事。須索見哥哥去。來到也。小校報復去。〔卒子云〕喏。有三將軍下馬也。〔劉末云〕叫過來。〔卒子云〕理會的。將軍有請。〔張飛云〕喏。哥哥。呼喚你兄弟有何事。〔劉末云〕兄弟。今有曹操統領十萬軍兵。在清風嶺安營。離徐州不遠。似此如之柰何。〔張飛云〕哥哥。不妨事。道不的箇軍至將敵。水來土堰。者麽他那曹操。領多少軍將來。您兄弟我和他相持厮殺去。〔關末云〕住。住。兄弟也。可不道將在謀而不在勇。俺如今假如多有些軍兵。便可與他拒敵。俺如今兵微將少。怎生與他拒敵。〔張飛云〕哥哥。似起你這般説呵。俺如今不與他交鋒。喒丢了徐州城。走了罷。〔關末云〕兄弟。不然如此説。我如今有一計。〔張飛云〕哥哥有何計。〔關末云〕喒如今分軍在三處。哥哥領着三房頭家小。并大小軍將。守着這徐州。我領着五百校刀手。守着這下邳。兄弟你領着你那十八騎烏馬長槍。守着這小沛。喒就是箇陣勢。〔張飛云〕哥哥。是箇甚麽陣。〔關末云〕兄弟。喚做一字長蛇陣。假若那曹操的軍兵。來圍這小沛。哥哥這徐州軍兵。我這下邳的軍兵。都來救小沛。若圍着下邳。這徐州小沛兵。可來救這下邳。若是他圍了這徐州城。我和你下邳小沛的軍兵。可來救這徐州。便比喻這徐州似箇蛇身。俺這兩處便如那蛇頭蛇尾。似這般呵。方可與曹操拒敵。〔劉末云〕此計大妙。〔張飛云〕哥也。這計不好。是不是先折了腰。哥哥。我有一箇陣。〔劉末云〕三兄弟。你有何陣勢。〔張飛云〕哥哥。我這陣勢喚做熱奔陣。〔劉末云〕怎生喚做熱奔陣。〔張飛云〕哥也。那曹操偌近遠。領將軍兵。來到這裏。安營下寨。也正人困馬乏也。我今夜晚間。領着軍兵。直殺入曹營。尋着曹操殺了也。可不好。我殺他箇措手不及。這箇陣勢何如。〔張虎云〕三將軍。你這箇陣。不如二將軍的陣勢好。〔張飛云〕我這陣。怎生不如俺二哥的陣。〔張虎云〕二將軍的陣。是兵書裏面擇出來的。三將軍。兵書裏面。那裏有個甚麼熱奔陣。三將軍委實不好。〔張飛云〕這廝無禮。我的陣勢不好。小校把這廝推出去。斬訖報來。〔劉末關末做勸科云〕兄弟息怒。俺未曾與曹操交鋒。先殺了一員將。也做的箇於軍不利也。且饒他這遭。〔張飛云〕我若不是兩箇哥哥勸了呵。我殺了這箇匹夫。把那廝拿過來。洗剝了打上四十。搶出去。〔張虎云〕頗柰這環眼漢無禮。我好意說他。倒打了我這四十。恰才若不是玄德公勸住了呵。争些兒被這環眼漢殺了。更待干罷。你度我爲讎。我如今投奔曹丞相去。將這計策都說與曹丞相。着他做箇准備。拿住環眼漢殺了。那其間便是我平生願足。〔下〕〔關末云〕兄弟。你依着我。啗分軍三處好救應。〔張飛云〕二哥。我好也不離俺哥哥。歹也不離了哥哥。二哥。你自往下邳去。我與俺哥哥領着三房頭家小。守着徐州。二哥哥。你不去罷。我和哥哥今夜晚間。領着軍兵。直至曹營劫寨。走一遭去。我則殺他一箇措手不及。二哥。你則去下邳城去。〔劉末云〕二兄弟。三兄弟也說的是。俺兄弟兩箇共家小在這徐州城。你去保守着下邳。〔關末云〕既然兄弟堅意要去。兄弟。你則小心在意者。〔張飛云〕二哥。不是我不到的有失。你則守你那下邳。〔關末云〕哥哥與兄弟謹守徐州。關羽領着五百校刀手。往下邳去鎮守去也。曹操興師起大兵。三人各自逞英雄。張飛謹保徐州地。今朝獨守下邳城。〔下〕

〔劉末云〕二兄弟去了也。〔張飛云〕二哥去了也。哥也。喒今晚間。領着百十騎人馬。偷營劫寨。走一遭去。殺他箇措手不及。〔劉末做喚卒子請夫人科〕〔正小旦上云〕妾身甘糜二夫人的便是。正在後堂中。有主公呼喚。不知有甚事商議。須索見主公去。〔見科〕〔正旦云〕主公。呼喚俺有何事商議。〔劉云前事科〕〔正旦云〕主公。三叔叔這計策不甚好。主公。你休要去罷。〔劉末云〕計已定了。不妨事。〔正旦云〕主公。你去則去。則要你小心在意者。〔唱〕

【正宮端正好】我則怕他用心機。敢可兀的鋪謀定計。我想這曹操是那智足奸雄。信着俺小叔莽戇多英勇。〔帶云〕主公。哎。〔唱〕你則合操士馬教三軍明隄備破曹兵。則怕他排隊伍暗伏兵。則要你得勝也把他這干戈來定。

〔劉末云〕這般呵。喒留下些軍兵。緊守着這徐州城。保着三房頭家小。則今晚出城。大小三軍。聽吾將令。人人啣枚。馬須勒嘴。勿得人語馬嘶。則今夜晚間。偷營劫寨。走一遭去。〔下〕〔曹末上云〕某曹操是也。今領十萬雄兵。來到這裏。離徐州不遠。清風嶺安營下寨。小校喚將張文遠來。〔卒子云〕理會的。〔張遼上云〕筆頭掃出千條計。腹内包藏七字書。小官姓張名遼。字文遠。幼習儒業。頗看韜略之書。先曾在吕布之下爲健將。後在於曹丞相手下爲參謀。今因劉關張弟兄三人。不從俺丞相調。私奔暗出許都。來到這徐州。又殺了徐州刺史車胄。占了徐州。如今俺丞相統領十萬雄兵。親自爲帥。與劉關張交鋒。今日到此清風嶺安營。丞相呼喚。不知有甚事。須索走一遭去。報復去。説道張遼來了也。〔卒子云〕理會的。喏。報的丞相知道。有張遼在轅門首。〔曹末云〕叫他過來。〔卒子云〕理會的。叫你過去。〔張遼做見科云〕丞相呼喚小官有何事。〔曹末云〕張文遠。今日俺安營在此。離徐州不遠。俺如今怎生定計。擒拿劉關張弟兄三人。特喚你來商議。〔張遼云〕丞相。俺如今見領十萬雄兵。那劉關張兵微將少。俺如今將領軍兵。圍了那徐州城。覷他則是一鼓而下。有何難哉。〔曹末云〕你傳與衆將軍。今日少歇。到明日起營。〔張遼云〕理會的。小校轅門首覷着。看有甚麼人來。〔張虎上云〕恨小非君子。無毒不丈夫。自家張虎的便是。頗柰張飛無禮。我好意的説他。倒打了我這四十。更待干罷。我如今投降曹丞相去。將他那箇熱奔陣。我説與曹丞相。教他做箇准備。拿住這箇匹夫。那其間報了寃讎。便是我平生願足。可早來到也。〔卒子云〕那裏來的。〔張虎云〕報復去。道徐州劉玄德手下小將張虎。特來投降。〔卒子云〕你則在這裏。喏。我報的丞相知道。有徐州劉玄德手下小將張虎。見在轅門首。特來投降丞相。〔曹末云〕劉備手下小將來投降。必然有話説。教他過來。〔卒子云〕理會的。俺丞相叫你過去。〔浄見科〕〔曹末云〕你是何人。〔張虎云〕小將是劉玄德手下張虎。特來投降。〔曹末云〕你爲何來投降於某。〔張虎云〕丞相不知。俺劉玄德聽的丞相領兵前來。聚俺衆將商議。有二將軍言道。我擺箇一字長蛇陣。分三處。劉玄德守徐州。張飛守小沛。雲長守下邳。若曹丞相軍來呵。俺三下裏軍兵好救應。有張飛不肯依他。張飛言道。我擺箇熱奔陣。〔曹末云〕怎生喚做熱奔陣。〔張虎云〕張飛言道。曹丞相軍馬。偌近遠來到這裏。人困馬乏。他要今晚夜間。領兵來偷營劫寨。小將言道。二將軍。你這計策。不如二將軍計策。張飛怒了。要殺小將。玄德公勸了。打了我四十。小將因此上特來投降與丞相。〔曹末云〕張文遠。那雲長的計策是好。若劉備依着他呵。將軍分三處。俺是難與他拒敵。〔張遼云〕丞相。雲長的計雖然好。若不是這張虎來説呵。今晚張飛來偷營劫寨。俺是不做准備。〔曹末云〕張文遠。這張虎也是箇孝順的人。兀那張虎。我如今着你去古城鎮守。那裏面糧多草廣。我教你那裏受用快活去。則今日便行。〔張虎云〕謝了丞相。今日不敢久停久住。便索往古城鎮守去也。〔曹末云〕張文遠。今夜晚間。張飛來偷營劫寨。喒怎生做准備。〔張遼云〕丞相。容易。俺今夜倒下箇空營。着懸羊擊鼓。餓馬提鈴。將這十萬軍兵。四下裏埋伏了。等張飛來入的營中。俺這裏一聲信砲響。四下裏伏兵。盡舉圍上來。那其間方可拿得張飛。〔曹末云〕便傳令與軍將。都與我四下埋伏了者。我着那懸羊擊鼓。餓馬提鈴。埋伏四面隱軍兵。拿住張飛必殺壞。方顯曹公智量能。〔下〕〔劉末同張飛領卒子上〕〔張飛云〕來到這曹營也。這廝每都熟睡着也。待喒殺入去。哥哥。不中了也。劫着箇空營也。〔劉末云〕喒倒干戈走。〔曹末領卒子上云〕大小三軍圍了者。休着走了劉備張飛。〔做調陣子科〕〔劉末張飛做輸科慌走科〕〔同下〕〔曹末云〕衆將休着走了劉備張飛。喒趕將去來。〔下〕〔劉末慌上云〕如之柰何。我不信二兄弟之言。今日果中曹操的計也。後面曹操趕至。亂軍中又不見了兄弟張飛。來到這河邊。罷罷。我做箇脱殼金蟬計。我將這衣甲頭盔。放在這河邊。若曹兵來見了呵。則道我跳在這河裏也。我不問那裏。尋兄弟張飛去也。〔下〕〔張遼上云〕俺緊趕着劉備。又早不見了。兀的不是劉備衣甲頭盔。放在河邊。見俺追的近。他跳在這河裏去也。將着這劉備衣甲頭盔。丞相跟前獻功去來。〔曹末云〕某差張文遠趕拿劉備張飛去了。這早晚不見來。〔張遼上云〕某將這箇劉備衣甲頭盔。丞相跟前獻功去也。報復去。道張遼回來了。〔卒子云〕喏。有張遼回來了也。〔曹末云〕着他過來。〔卒子云〕叫你過去。〔做見科〕〔曹末云〕張文遠。劉備安在。〔張遼云〕丞相。張遼趕着那劉備到一河邊。將他那衣甲頭盔。都脱在河邊。劉備跳在河裏去了。衣甲頭盔。被張遼拿將來了。〔曹末云〕在那裏。〔張遼云〕小校將的來。這的便是。〔曹末云〕正是劉備的衣甲頭盔。劉備跳在河裏。張飛不知所在。眼見都無了也。〔張遼云〕丞相。雖然這弟兄二人無了。如今還有二將軍雲長哩。此人寸鐵入手。萬夫不當之勇。〔曹末云〕俺如今怎生拿這雲長。〔張遼云〕丞相。不可與他交鋒。則可智取。〔曹末云〕怎生智取。〔張遼云〕丞相。如今關雲長在下邳。他那家小都在徐州城中。劉備張飛和他那些軍校。都被俺殺的無了也。他那徐州城中家小。不知道無了劉備和張飛。俺厮殺了一夜。如今天明也。喒打着他的旗號。必然開門也。那其間喒把他那三房頭家小。擄在營中。却去下邳城招安關雲長去。這雲長文武雙全。他若肯降於丞相呵。可强似得徐州。〔曹末云〕張文遠。你説的也是。我也有心待要這雲長。説此人好生英雄。喒如今領百騎人馬。打着劉備旗號。去徐州城。走一遭去。〔下〕

第一折

〔關末上云〕某關雲長是也。守着這下邳城。昨日三兄弟和哥哥。曹操營中劫寨去了。小校城頭掩着。看有甚麽人來。〔曹末同張遼上〕〔曹末云〕某早晨間打着劉備旗號。賺開徐州城門。將他三房頭家小。都擄在軍中。俺如今去下邳城。招安關雲長。走一遭去。可早來到城下也。〔張遼云〕兀那城上軍校。報與您那關將軍知道。有曹丞相領兵在城下。請將軍打話。有曹丞相在此。請你雲長打話。〔卒子云〕喏。報的將軍知道。有曹丞相領兵在城下。請將軍打話。〔關末上城云〕我與他打話去。丞相。你爲何領兵來。〔曹末云〕關將軍。你剗的不知道哩。爲你弟兄每忘恩背義。私奔來到此。我今領十萬雄兵前來。夜來晚間。你那哥哥劉玄德。和兄弟張飛。都被某殺了也。〔關末云〕我哥哥和兄弟。不道的落在你那彀中哩。〔曹末云〕怕你不信呵。張文遠。將那劉備衣甲頭盔叫過看。〔張遼云〕小校。將那鞦韆板來吊上去。你試看。〔關末云〕兀的真箇是俺哥哥的衣甲頭盔。可怎生落在他手裏。〔曹末云〕雲長。你哥哥兄弟。都被我殺了也。你若肯投我呵。聖人跟前保奏過。我教你列坐諸官之右。你若不肯投降呵。你那三房頭家小。被我都拿在營中。你徐州城也被俺占了。你不降呵。等到幾時。〔關末云〕我不信。〔曹末云〕既是他不信。張文遠。將他那三房頭家小。領出來着他看。〔張遼云〕理會的。小校領過那三房頭家小來。〔正小旦辦甘糜二夫人卒子上〕〔正旦云〕妾身二人。是這甘糜二夫人的便是。不想玄德公與小叔叔張飛。與曹操交戰。弟兄二人。不知所在。不想丞相詐打俺玄德公的旗號。賺了徐州。將俺三房頭家小。都擄在曹營。今日説二叔叔雲長。在下邳城與曹丞相打話。喚俺去城下。見俺二叔叔去。誰想有這場事也呵。〔唱〕

【仙吕點絳唇】俺可便奔走東西。氣冲兩肋。心生計。恨不的插翅如飛。飛不出劍洞槍林内。

〔小旦云〕姐姐。玄德公信着三叔叔的計策。全不是了也。〔正旦唱〕

【混江龍】誰想這徐州失利。送的俺弟兄姊妹兩分離。閃殺我也仁慈的玄德。送了我也莽撞張飛。本來也無戰爭平白的起戰爭。你正是得便宜翻做了落便宜。〔小旦云〕姐姐。你見麽。兀的城頭上不是二叔叔雲長也。〔正旦唱〕我這裏猛擡頭見二叔叔在城頭上立。曹丞相倚强壓弱。俺如今受困遭危。

〔曹末云〕張文遠。將他那家小簇在那城下。叫雲長看。〔張遼云〕二將軍。你見麽。〔關末云〕真箇是我三房頭家小。可怎生落在曹營。嫂嫂。俺哥哥兄弟安在。〔正旦云〕二叔叔。自你來下邳來。當夜晚間。你哥哥和張飛去劫曹營。不想曹操得知。倒下空寨。四面圍住。軍兵都折了。你哥哥兄弟。不知所在。曹丞相詐打着你哥哥的旗號。賺了徐州。擄的俺到這曹營。叔叔。似這般如之柰何。〔關末云〕原來是這般。想兄弟那般武藝。可怎生落在他彀中。〔正旦唱〕

【油葫蘆】則俺這兄弟張飛誰近的。他端的有見識。使一條點鋼鎗敢與萬人敵。他便安排着打鳳撈龍計。誰着他便搜尋出劫寨偷營智。〔小旦云〕姐姐。玄德定計。曹操他怎生便知道來。〔正旦唱〕曹丞相暗地裏。他可早先准備。打了箇拷栳圈圍在垓心内。人和馬怎生走不能飛。

〔關末云〕嫂嫂。當初依着關羽呵。今日不道的有失也。〔正旦唱〕

曹丞相傷害着你性命也。〔正旦云〕叔叔。俺可打甚麼不緊也。〔正旦唱〕則這曹也波賊。恐害着

【天下樂】可正是船到江心補漏遲。〔關末云〕嫂嫂。如今曹丞相要招安我。我不降他來。則怕

你。〔關末云〕我想哥哥兄弟之情。我怎生歸降他。〔正旦唱〕**你若是不歸降他怒從心上起。一**

壁廂統着士卒。一壁廂探着陣勢。〔云〕叔叔。你若不肯投降。曹丞相將俺這三房頭家小。叫

聲殺壞了。〔唱〕**你那其間敢眼睁睁怎近得。**

〔關末云〕嫂嫂。我待投降來。想俺兄弟三人。對天盟誓。一在三在。一亡三亡。我若不降來。這

三房家小。見在曹營。倘若有些好歹呵。如之柰何。〔張遼云〕二將軍你見麽。你這三房頭家小。

都在俺曹營。你若不降呵。這三房頭家小。怎生了也。〔關末云〕張文遠。你説與你那曹丞相。他

若依我三樁事。我便投降。〔張遼云〕二將軍。你但言的事。俺丞相都依着。〔關末云〕我頭一樁。

我雖然投降。我可不降你丞相。我是降漢不降曹。第二樁。我和俺哥哥兄弟家屬。一宅分兩院。

第三樁。我若打聽的俺哥哥兄弟信息。我便尋去。可不許您攔當。你説去。〔張遼云〕我知道。丞

相。雲長投降。叫丞相依他三樁事。他便降。〔曹末云〕那三樁事。〔張遼云〕頭一樁。他降漢不

降曹。第二樁。他和他嫂嫂家小一宅分兩院。第三樁。他但是打聽的他哥哥兄弟信息。他便去尋

去。〔曹末云〕這其間知道他那哥哥兄弟有也無。都依的他。開了門。我和他厮見咱。〔張遼云〕

二將軍。俺丞相都依了也。你開門和俺丞相厮見咱。〔關末云〕小校開了城門。〔曹末云〕俺入的

這城來。張文遠。教他那三房頭老小。與他厮見咱。〔張遼云〕理會的。請兩箇夫人與二將軍厮見咱。〔正小旦做見關末打悲科〕〔關末云〕嫂嫂。誰想今日有這場也。當初張飛依着我不去呵。無此事也。看了曹兵那般勢大。兄弟是難逃也。〔正旦云〕想三叔他是一勇性也。〔唱〕

【金盞兒】刀劍一時催。弓弩似電光飛。伏兵四面一齊起。饒你有通天武藝怎施威。驟征駞尋家計。插翅走如飛。他可甚鞭敲金鐙響。人和凱歌回。

〔曹末與關末相見科〕〔曹末云〕雲長。一別許久也。則今日喒便往京師。見了聖人。將你重重賜賞加官。一壁厢准備車乘。老小每上車。〔關末云〕嫂嫂。您上車兒先行。〔正旦云〕多謝叔叔。〔關末云〕嫂嫂。關羽不敢。〔小旦云〕姐姐。若不是二叔叔。俺豈有今日也。〔正旦唱〕

【尾聲】今日箇救出我這亂軍中。不枉了結義在桃園内。救了俺這姊妹殘生頃刻。俺便似太山般一家兒倚靠着你。從今後照顧您這親戚。則今後信音稀。要見他容易。則除是一枕南柯夢兒裏。誰想我與玄德公厮離。俺可也是關着前世。玄德公也你正是要便宜翻做落便宜。〔同下〕

〔曹末云〕雲長。則今日喒同到許都。見了聖人。别有加官賜賞。喒則今日班師回程去來。〔下〕

第二折

〔張飛上云〕某張飛是也。不想被張虎那箇匹夫。走透了消息。曹操倒下了空營。四下裏埋伏了軍。俺整廝殺一夜到天明。混戰間不見了哥哥。如是柰何。〔劉末上云〕不想曹操倒下空營。將軍兵折盡。亂戰不見了兄弟張飛。某到徐州。不想被曹操占了徐州。可怎生是好。兀的不是兄弟。〔張飛云〕兀的不是哥哥。〔做認哭科〕〔張飛云〕哥哥。你在那裏來。〔劉末云〕兄弟。我到天明得脱。撞出陣去往徐州去。不想被曹操打着我的旗號。占了徐州也。〔張飛云〕似這般怎了。〔劉末云〕兄弟。喒去下邳。尋二兄弟雲長去來。〔張飛云〕哥也。喒尋二哥去來。〔同下〕〔净上云〕帥鼓銅鑼一兩敲。轅門裏外賣花糕。烏江不是無船渡。買賣歸來汗未消。某是這古城太守張虎是也。自從降了曹丞相。着某古城守鎮。俺這裏糧多草廣。我每日飲酒快活。小校看有甚麽人來。〔劉末張飛同上云〕事有足詫。物有固然。當日俺兩箇到的下邳。誰想雲長降了曹操。俺兄弟二人。直到河北。問太守袁紹借起軍來。與曹操交鋒。誰想雲長剌了顔良。誅了文醜。俺兩箇瞞着袁紹。私奔離了河北。兄弟。不是俺走的快呵。俺兩箇性命不保。〔張飛云〕哥也。誰想二哥不想喒桃園結義之情。今日順了曹操。〔劉末云〕兄弟。俺如今往那廂去也。〔張飛云〕哥也。我聽的前面這古城裏可是您兄弟打了四十那張虎。這廝走透消息。曹操着他古城鎮守。哥也。俺如今到的這古城。拿住匹夫殺壞了。可不報冤讎。〔劉末云〕兄弟言者當也。〔張飛云〕哥也。喒去來。可早來到古城也。兀那城上軍校。叫你那張虎打話。〔卒子云〕喏。報的將軍知道。城下有兩箇將軍。叫着將軍的名姓。教與他打話。〔净云〕甚麽人來叫我的名字。這廝正是尋死。抹着閻王鼻子。在那裏。〔卒子云〕在城下面。兀的不是。〔張飛云〕叫你那張虎來打話。〔净做見科云〕那裏走將他來。〔張飛云〕兀那匹夫。是你當初走透了消息。今日你可在這裏。更待干罷。你快出來受死。〔浄云〕罷罷。事到這裏也。大小三軍跟我來。出城與他交戰。先與我擺下個衚衕陣。〔卒子云〕怎生是衚衕陣。〔浄云〕我常贏了他便好。若是輸了呵。我便往衚衕裏走。〔張飛云〕張虎交馬來。〔做調陣子科〕〔浄云〕不中。我近不的他。走走走。〔浄下〕〔張飛云〕這廝走了。我趕將去。〔劉末云〕兄弟也。量他箇無名的小將。趕他做甚麼。兄弟也。喒見今無處歸着。這古城中糧多草廣。喒在此住些時。那其間喒可往荆州。問荆王劉表借起軍來。與曹操交鋒。也未爲晚矣。〔張飛云〕可惜走了這廝。我趕上去殺了這匹夫好來。罷罷。既哥哥説。喒入這古城去來。〔同下〕〔曹操同張遼上云〕事有足詫。物有固然。自從雲長降了某。來到這許都。我奏知聖人。封雲長壽亭侯之職。某待雲長非輕。我與雲長上馬一提金。下馬一提銀。每日筵席管待。近日有河北袁紹。遣顏良文醜爲帥。領兵前來。與某交鋒。被雲長百萬軍中。刺了顏良。又誅了文醜。得勝還營。今日在此安排筵席。犒勞雲長。張文遠。與我請將壽亭侯來。〔張遼云〕理會的。〔關末上云〕某關雲長自到許都。見了聖人。封某爲壽亭侯之職。着曹丞相待某甚厚。上馬一提金。下馬一提銀。雖然如此。我心中則是想我那哥哥兄弟。未知有也是無。近日袁紹手下有二將。是顏良和文醜。領十萬兵與曹丞相交鋒。被某十萬軍中。刺了顏良。又誅了文醜。今日曹丞相請某赴宴。須索走一遭去。〔張遼云〕壽亭侯。俺丞相久等多時也。〔關末云〕報復一聲。〔張遼云〕丞相。壽亭侯下馬也。〔曹末云〕有請。〔張遼云〕有請。〔做見科〕〔曹末云〕呀。壽亭侯鞍馬上勞神。〔關末云〕丞相。關羽托丞相虎威。則一陣被關羽刺了顔良。又誅了文醜也。〔曹末云〕今日在此安排筵宴。管待將軍。左右將酒來。壽亭侯滿飲一盃。〔做遞酒科〕〔關末云〕丞相先請。〔曹末云〕慢慢的行酒。教壽亭侯盡醉而歸。〔張遼云〕理會的。〔净上云〕殺的我那碎屁兒支支的流。我可那裏近的他。若不是我走的快呵。險被他殺了。今日來到許都也。到的曹丞相府門首。把門的報與丞相。說古城鎮守張虎來見丞相。〔卒子做報科〕〔净做見科〕〔曹末云〕張虎你爲何來。〔關末做認的背云〕兀的不是張虎。咳。誰想這厮降了曹操。我則推醉了。我聽他說甚麽。〔净云〕丞相着張虎在古城。不想近日間有劉玄德和張飛走將來。將我殺退了。奪了俺古城也。〔關末做驚云〕元來是我哥哥和兄弟。〔曹末云〕無也。這厮說差了。張文遠。把這厮推出去斬了者。〔做斬净科〕〔净云〕好也。我正是躲了點鋼鎗。撞見喪門劍。〔下〕〔關末推醉科〕〔曹末云〕壽亭侯再飲一盃。〔關末醉云〕丞相。關羽酒醉了也。〔曹末云〕呀呀呀。壽亭侯是醉了也。張文遠。扶着壽亭侯還宅去。〔卒子做扶關末下〕〔張遼云〕丞相。壽亭侯無酒也。〔曹末云〕您怎生知道。〔張遼云〕一頭裏不醉。雲長一見了張虎說他玄德張飛。雲長就推沉醉。則怕此人要去尋劉玄德張飛去。〔曹末云〕頭裏休放那厮進來也罷。張文遠。你如今宜陽宅看雲長一遭。看雲長一箇動静。你可來回話。〔下〕〔張遼云〕小官往宜陽宅看雲長。走一遭去。〔下〕〔甘糜二夫人上云〕自從俺在徐州失散。俺二叔叔不得已。降了曹丞相。到的許都。聖人封俺二叔叔爲壽亭侯。我和二叔叔一宅分兩院。俺在這宜陽宅住坐。不知玄德公如何。俺姊妹兩箇怎了也呵。〔小旦云〕姐姐。想俺二叔叔如今降了曹丞相。

受了封贈。他如今一身榮顯。他那肯想他那哥哥玄德公。這其間知他在那裏也呵。〔正旦唱〕

【南呂一枝花】今日箇難除我腹内憂。怎解我眉間皺。我可也心懷家國恨。則我這眉鎖他這箇廟堂愁。我可便有信難投。眼睁睁無人救。今日箇這凄涼何日休。〔小旦云〕當日都是三叔叔張飛的不是了也。〔正旦唱〕你當日遈英雄與曹操做敵頭。則被他倒空營俺着他機彀。

【梁州】則俺這姊妹淹留在許昌。則被那兄弟每失散在徐州。〔小旦云〕姐姐。俺想玄德公何日相見也。〔正旦唱〕我想這英雄玄德仁慈厚。他端的忠直慷慨。壯志難酬。豁達大度。納諫如流。我這裏撲簌簌淚滿星眸。俺可便看他何日樂矣忘憂。我我我折倒的骨捱捱身似柴蓬。是是是俺可也病懨懨黄乾黑瘦。呀呀呀俺可便每日家緑慘紅愁。怎生做箇解憂。半生勤苦干生受。俺叔叔花也成蜜也就。可便地久天長怎了救。〔小旦云〕姐姐省煩惱。俺好歹有一日見玄德公也。〔正旦唱〕好教我無了無休。

〔正旦云〕妹子。俺這裏閒攀着話。看有甚麽人來。〔關末上云〕歡來不似今朝。喜來那逢今日。關羽也。我恰才本無酒。我聽的那厮説我哥哥兄弟在古城。我故意推醉。來到這宅中。有俺嫂嫂逐日煩惱。他則説俺哥哥兄弟不見。每日思念。誰想哥哥兄弟。如今見在古城。我如今到於嫂嫂宅中。我且不説哥哥兄弟還有哩。我則推醉。看他説甚麽。報復去。道有關羽在於門首。〔報復科〕〔正旦云〕呀。既然二叔叔來了也。叔叔請坐。〔關末推醉科云〕嫂嫂。關羽不必坐。好酒也。我醉了也。〔正旦云〕妹子。你看俺二叔叔好快活也。〔關末云〕我怎麼不快活。我如今封官爲壽亭侯。每日筵宴管待。正好受用也。〔正旦云〕叔叔你的是也。〔唱〕

【紅芍藥】你道是新來加你做壽亭侯。〔關末云〕我上馬一提金。下馬一提銀。〔正旦唱〕枉受了些肥馬輕裘。這的是你桃園結義下場頭。枉了宰白馬殺烏牛。〔關末云〕我三日一小宴。五日一大宴。〔正旦唱〕你每日喫堂食飲御酒。你全不記往日的冤讎。想着您同行同坐數年秋。到如今一筆苡都勾。

〔關末云〕我如今官封爲壽亭侯哩。〔正旦唱〕

【菩薩梁州】今日箇你建節來封侯。登時間忘舊。如書的小叔。你可便枉看了些左傳春秋。我這裏聽言説罷淚交流。弟兄今日難相守。甚日箇得完就。誰想你結義賓朋不到頭。則他這歲月淹留。

〔關末云〕我將這條櫈椅桌都打碎了。幔帳紗橱都扯掉了。〔正旦云〕叔叔煩惱了也。妹子。喒與叔叔陪話去來。〔唱〕

【罵玉郎】則我這心中負屈應難受。不由我便撲簌簌淚交的流。我見他撲登登忿怒難收救。他那裏踢翻椅桌。扯了幔幕。緊揎起那征袍袖。

〔小旦云〕姐姐。二叔叔不知爲何至怒也。〔正旦唱〕

【感皇恩】呀。我見他並不回頭。怒氣難收。我這裏自躊躕。自埋怨。我這裏自僝僽。您嫂嫂言語的是緊。叔叔你惱怒無休。我陪有十分笑。叔叔你千般恨。我懷着九分憂。

【採茶歌】叔叔你早則麽皺着眉頭。休記冤讎。叔叔你與我停嗔息怒壽亭侯。則你那失散了的哥哥不知道無共有。方信道知心的這相識可也到頭休。

〔云〕妹妹。俺跪着二叔叔。可憐見俺姊妹二人。〔正旦小旦都做跪科〕〔關末云〕嫂嫂請起。你休煩惱。你歡喜咱。〔二旦云〕我有甚麽歡喜。〔關末云〕嫂嫂。你不知俺哥哥兄弟。見在古城。有哩。〔正旦云〕叔叔。誰那般道。〔關末云〕嫂嫂。今日曹丞相請我赴宴。有一箇張虎來説。我哥哥兄弟殺退了他。哥哥兄弟如今見在古城。我故意推醉。我特來報與嫂嫂知道。〔二旦云〕是真箇。〔關末云〕是真箇。我將曹丞相賜與我的金銀和這壽亭侯牌印。我都鎖在宜陽宅。不分星夜。便出許都。〔正旦云〕是真箇。慚愧也。叔叔。則今日收拾行李。便索長行。〔唱〕

【尾聲】則你那忠直勇烈依了你口。誰想這劉備張飛見在有。打聽的兄弟哥哥有時候。忙離了許州。盼不到地頭。俺遥望着千里的這紅塵路兒上走。〔下〕

〔關末云〕如今便收拾車乘鞍馬。尋我哥哥。走一遭去也。我驅馳不避路迢遥。我是個忠臣豈肯順降曹。想着俺相隨數載恩情厚。我因此上棄印封金謁故交。〔下〕

第三折

〔曹末上云〕我着張文遠去看雲長去了。怎生這早晚不見來。〔張遼上云〕某乃張文遠是也。奉丞相將令。去宜陽宅看雲長去。不想此人將領着他那三房頭老小。往古城去了也。我索報與丞相去咱。報復去。道張文遠求見。〔卒子云〕喏。報的丞相知道。有張文遠來見。〔曹末云〕着過來。〔做見科〕〔曹末云〕張文遠。雲長如何。〔張遼云〕關雲長將丞相賜與他的上馬一提金。下馬一提銀。并他那壽亭侯牌印。都封在宜陽宅内。雲長引三房頭老小。往古城尋玄德公張飛去了也。〔曹末云〕誰想雲長領着他家小。往古城尋劉玄德去了。我這般相待。他不辭我去了。更待干罷。喚將九牛許褚來。〔許褚上云〕馬不喫草。都把來瘦了。某九牛許褚是也。今有丞相呼喚。須索走一遭。報復去。道有許褚來了也。〔卒子做報科〕〔做見科〕丞相喚許褚有甚事。〔曹末云〕許褚。我喚你來。别無甚事。因爲關雲長背了某。將領着他三房頭老小。不辭我往古城去尋劉備去了。我今喚你來商議。〔許褚云〕丞相。俺如今領大勢軍兵趕上。活拿的雲長來。〔張遼云〕丞相。喒不可與他交鋒。想雲長在十萬軍中。刺了顔良。誅了文醜。俺如今領兵與他交戰。丞相也枉則損兵折將。〔曹末云〕似此怎生擒的雲長。〔張遼云〕丞相。俺如今則可智取。〔曹末云〕你有何智量。〔張遼云〕我有三條妙計。丞相領兵趕上雲長。則推與他送行。丞相若見雲長。丞相先下馬。關雲長見丞相下馬。他必然也下馬來。若是雲長下馬來。叫許褚上前抱住雲長。着衆將下手。第二計。丞相與雲長遞一盃酒。酒裏面下上毒藥。第三計。丞相把那西川錦征袍。着許褚托在盤中。丞相贈與雲長。雲長見了。必然下馬來穿這袍。可叫許褚向前抱住。衆將下手。恁的方可擒的雲長。〔曹末云〕張文遠此計大妙。料想雲長出不的我這二條計也。則今日領兵十萬。趕雲長走一遭去。我驅兵領將逞英豪。我這三條妙計他决難逃。擒住雲長必殺壞。方顯曹公智量高。〔下〕〔關末引正小旦上云〕嫂嫂。賀萬千之喜。喒早則出了許都也。〔正旦唱〕

【中吕粉蝶兒】則你那途路迢遥。趁西風斜陽古道。催幾鞭行色劬勞。踐紅塵。登紫陌。領着些關西小校。不索辭曹。恨不的一時間古城行到。

【醉春風】你今日棄印覓親兄。你則待封金謁故交。獨行千里探哥哥。似叔叔的少。少。少。他把你官上加官。禄上贈禄。曹丞相傲也那不傲。

〔關末云〕兀的後面有軍馬至也。〔曹末同張遼許褚上云〕兀的前面不是雲長。〔做唤關末科云〕壽亭侯兄弟也。且住者。〔關末云〕真箇是丞相領兵來趕。〔正旦云〕叔叔。曹丞相領兵趕將來。你小心在意者。〔關末云〕不妨事。〔正旦唱〕

【紅繡鞋】曹孟德能施謀略。則要你箇關雲長牢把鞍橋。喒可便嘴尾相啣緊隨着。暗暗的便埋着軍將。明明的列着鎗刀。可休似徐州城失散了。

〔云〕叔叔。小心在意者。〔關末云〕嫂嫂放心。我自知道。〔曹末上見住〕〔做下馬科云〕壽亭侯兄弟也。怎生不辭而去。〔關末云〕丞相勿罪。我不下馬來也。〔許褚云〕呀。可早一條計也。〔曹末云〕將酒來。〔許褚做斟酒科〕〔曹末遞酒科云〕雲長。既然你要去也。你下馬來滿飲一盃。〔正旦云〕叔叔。你休下馬去。〔關末云〕嫂嫂。他與喒送路。他有甚麼歹意。〔正旦唱〕

【快活三】則他那餞行的意雖好。鋪謀的智難逃。不防馬上接了香醪。我與你附耳低低道。

【朝天子】我這裏望着。定睛的覷了。曹丞相百萬軍都來到。據着他興心主意不相饒。折算你誰知道。我見他厚禮卑辭。親捧香醪。這裏面安排下斬人刀。叔叔你暗約。則依着你嫂嫂。則怕他酒裏面藏有機妙。

〔關末云〕難得丞相好心。丞相先飲過。關羽喫。〔曹末云〕可怎了。〔許褚云〕丞相放心吃。我自有解毒的。〔曹飲酒科〕〔許褚云〕呀。可早兩條計也。〔正旦云〕叔叔。我說來麼。〔關末云〕嫂嫂的是也。〔曹末云〕許褚。將那餞行禮來。〔正旦唱〕

【上小樓】他待使些鵰心鷹爪。安排下龍韜虎略。他一箇箇執鋭披堅。勒馬横鎗。舉斧輪刀。他將一領錦征袍。盤内托。我可便觀了容貌。他那裏曲躬躬一身伏着。

〔曹末云〕壽亭侯。想喒弟兄厮守許多時。也無甚與你。將這一領錦征袍。送與將軍。正好你披。請下馬來穿袍。〔關末云〕嫂嫂。我如今下馬的是。不下馬的是。〔正旦云〕叔叔。你不要下馬去。〔關末云〕我待下馬去。則怕中他的計策。我待不下馬去。可惜了一領錦征袍。你聽者。關羽從來性粗豪。哎。你箇賢達嫂嫂莫心焦。上告孟德休心困。刀尖斜挑錦征袍。〔正旦唱〕

【么篇】又不向盤内取。則向刀刃上挑。險些兒驚殺許褚。荒殺曹公。諕殺張遼。他每都。緊趕着。奸雄曹操。我問你那錦征袍要也那不要。

〔許褚云〕我見他輕輕舉起手中刀。將我登時諕一交。三條妙計都不濟。好也。顛倒丢了一領錦征袍。〔關末云〕嫂嫂先行。我隨後便趕將來也。〔正旦唱〕

【尾聲】襲車冑武藝能。刺顔良名分高。用盡自己心惹的傍人笑。哎。你箇奸雄曹操。到陪了西川十樣錦征袍。〔下〕

〔關末云〕感謝丞相厚意。丞相之恩。我異日必報也。〔曹末云〕張文遠。可不活拿了關雲長也。你趕上他。你道俺丞相問你要一件回奉之物。看他説甚麽。〔張遼云〕理會的。雲長且住者。〔關末云〕你爲何來。〔張遼云〕俺丞相的令。問將軍要一件回奉之物。〔關末云〕丞相的恩。我報了也。我與他刺了顔良。誅了文醜。他今日又要回奉之物。我隨身無甚麽值錢物件。我這一去。見了哥哥。我異日借起兵來。與您曹丞相交鋒。我若拿住你曹丞相。我這大刀下饒你丞相一箇死。便是回奉。張文遠。你快回去。你若是再趕將來。你見我這手中刀麽。我將你那曹兵都殺盡。要一箇寄信的也無。張文遠。你聽者。想着俺桃園結義弟兄情。因此上辭曹棄印與封金。久以後拿住曹公不殺壞。那其間方顯雲長回奉心。〔下〕〔張遼做見曹末科〕〔曹末云〕張文遠。雲長説甚麽。〔張遼云〕小官問他要回奉之物。雲長言稱道。他這一去。見了那玄德公張翼德。必然領兵來與俺相持。他要丞相呵。那青龍刀下饒丞相一箇死。〔曹末云〕正是使碎自己心。笑破他人口。罷。教他去。我這一回去。點就一百萬大軍。與劉關張交鋒。未爲晚矣。這一去將那百萬軍兵親點校。驅兵領將統戈矛。拿住一人必殺壞。恁時方表報冤讎。〔下〕

第四折

〔蔡陽上開〕三尺龍泉萬卷書。皇天生我意何如。山東宰相山西將。彼丈夫兮我丈夫。某姓蔡名陽。字仲威。關西人氏。十八般武藝。無有不拈。無有不會。某身披二鎧。刀重百斤。馬行千里。但寸鐵在手。有萬夫不當之勇。某新在佐於曹丞相手下爲上將。今奉丞相的令。爲因關雲長背了俺丞相之恩。領他家小。不辭而去。丞相差某領五百哨腿關西漢。直至古城。與雲長交戰鬬刀。走一遭去。大小三軍。聽吾將令。甲馬不得馳驟。金鼓不得亂鳴。不得交頭接耳。不得語笑喧呼。但違令。依軍令決無輕恕。靄靄征雲籠宇宙。騰騰殺氣陣雲高。臨軍略展英雄手。試看今番刀對刀。〔下〕〔劉末同張飛上云〕某劉玄德。自從兄弟張飛殺退張虎。奪了古城。這裏粮多草廣。俺二人權且在此停止。〔張飛云〕哥哥。不想二哥雲長。投降曹操。全不想桃園結義之心。更待干罷。喒如今不問那裏。借起軍來。務要與曹交鋒。雪徐州之恨。〔劉末云〕兄弟。争柰喒三房頭老小。不知下落。又聽的人説。與雲長都降了曹操也。三兄弟。則怕雲長聽的俺在此。他必然來也。〔張飛云〕哥哥。他戀着那曹操那般富貴。他豈肯來。他便來呵。我也不認他。〔劉末云〕看有甚麽人來。〔正小旦同關末上〕〔關末云〕嫂嫂。你歡喜咱。兀的早望見古城也。〔正旦云〕二

叔叔。一路上煞是辛苦也。〔唱〕

【雙調新水令】你保護的俺一家兒妯娌得安康。則他弟和兄這其間別來無恙。叔叔你是那擎天白玉柱。架海的紫金梁。義勇忠良。俺今日團圓日不承望。

〔關末云〕我到這古城也。把門的軍卒報復去。你道有關羽領着三房頭老小來了也。〔劉末云〕兄弟也。我道他知道喒在此呵。必然來也。元來兄弟領着三房頭老小來了也。〔張飛云〕哥。他有甚麼臉兒。我與他打話。〔劉末云〕兄弟息怒。喒同見雲長去。〔做見科〕〔關末做下馬科云〕哥哥間別無恙。〔劉末云〕兄弟。你怎生不想桃園結義之心。因何投降了曹操。〔關末云〕你兄弟無降曹之心也。〔劉末云〕我斷然不認你。〔正旦云〕玄德公息怒。聽妾身說一遍咱。〔唱〕

【殿前歡】若不是這漢雲長。則爲俺這家屬不得已可便詐投降。〔劉末云〕他受他封官來。〔正旦唱〕**壽亭侯官職無心望。甚的他快樂的這心腸。**〔云〕那一日與曹操飲酒。聽的說主公與小叔叔在此。收拾便行。〔唱〕**他封金印出許都**〔帶云〕曹操趕至灞陵橋。三計要拿雲長。二叔叔致怒。〔唱〕**嶮諕殺那曹丞相。錦征袍便斜挑在他刀尖上。**〔帶云〕若不是二叔叔。俺三房頭家小。都落在曹營。〔唱〕**怎能勾那弟兄每完聚。也不能勾今日得這還鄉。**

〔張飛云〕嫂嫂。你替他說謊。也說不過。既然不降了曹操。怎生封你爲壽亭侯。直到今日也不認你。有甚麼面顏。和你廝見。〔劉末云〕雲長。你既然不忘了俺桃園結義之心。怎生撇了俺弟兄二人。因何投降了曹操。〔關末云〕哥哥。您兄弟爲這三房頭老小。被曹操擄了。您兄弟無計所柰也。〔張飛云〕你既有兄弟之情呵。可怎生我共哥哥在此古城住許多時。你怎生不來尋我。〔正旦云〕三叔叔息怒。若不是二叔叔呵。那裏取俺性命來也。〔張飛云〕嫂嫂。我不信他説。〔正旦唱〕

【川撥棹】你那裏自參詳。張將軍不料量。他那裏説短論長。數黑論黄。斷不了村沙莽撞。你心中自忖量。

〔張飛云〕你既降了曹操也。你有何面目見俺。〔關末云〕兄弟。也是我出於無柰也。〔正旦唱〕

【七弟兄】他可便這厢。那厢。他兩箇逞能强。怒忿忿豪氣三千丈。他丈八矛輪動怎生當。這青龍刀舉起無遮當。好着我淚兩行。便有些不停當。你心下自參詳。你心下自參詳。

【喜江南】呀。則你那哥哥兄弟好商量。不比你一勇性石亭驛里摔袁祥。救了俺全家老小得安康。你自便料量。息怒波興劉滅楚漢張良。

〔劉末云〕三兄弟。雲長也則爲咱這三房頭老小也。〔張飛云〕則請二位嫂嫂來。别的我都不認。〔正小旦做見科〕〔正旦云〕玄德公。俺若不是雲長呵。那得俺性命來。〔蔡陽上云〕某矣蔡陽。來到這古城也。衆軍擺開陣勢者。〔張飛云〕你道你不順曹操。可怎生蔡陽又領軍來。〔關末云〕蔡陽這一來。他必來趕我來。兄弟。你不信呵。我如今斬了蔡陽。如何。〔張飛云〕我不信。蔡陽和你一家。你怎肯殺了他。你若是斬了蔡陽。俺便認你。〔關末云〕既然是這等。五百校刀手。擺開陣勢者。蔡陽。你爲何來。〔蔡陽云〕雲長。爲你背了丞相之恩。奉丞相命。特來擒你。〔關末云〕蔡陽。我與你言定。俺如今頭一通鼓響。咱埋鍋造飯。第二通鼓響。披衣擐甲。第三通鼓響。咱兩箇交鋒。〔蔡陽云〕你去埋鍋造飯去。〔關末云〕三軍休要埋鍋造飯。與我披衣擐甲者。交鼓響。〔劉末云〕張飛。咱看雲長與蔡陽交戰去來。〔張飛云〕哥也。怎生不交戰發擂那。〔關末云〕叫蔡陽臨陣。〔蔡陽云〕我不曾披掛。可怎生便索戰。〔做調陣子科〕〔關末做斬蔡陽科云〕我斬了蔡陽也。〔劉末云〕張飛。兀的雲長不斬了蔡陽也。〔張飛云〕左右那裏。安排筵席。請二哥來見哥哥。〔關末做拜劉末科云〕您兄弟托哥哥虎威。我斬了蔡陽也。〔張飛云〕哥哥。不枉了真虎將也。受您兄弟幾拜。〔正旦云〕二叔叔不枉了好將軍也。〔唱〕

【掛玉鈎】他恰才萬馬千軍擺下戰場。則見他忙把門旗放。顯出那棄印封金有智量。他怎肯扶立起曹丞相。斬了蔡陽。在殺場上。才聽的擣鼓三通。可又早得勝還鄉。

〔張飛云〕兩壁厢敲馬宰牛。做一箇慶喜的筵席。〔關末云〕哥哥。是你兄弟不是了也。〔劉末云〕兄弟。是您哥哥的不是了也。想兄弟您爲俺三房頭家小。您不得已而降曹操。你雖身居重職。你不改其志。此爲仁也。你不遠千里而來。被張飛與某百般發忿。兄弟你口不出怨恨之語。此爲義也。你棄印封金。辭曹歸漢。此爲禮也。不一時立斬蔡陽。此爲智也。你曾與曹操言定三事。聽的某在此。你將領家小前來。不忘桃園結義之心。此爲信也。據兄弟您仁義禮智信俱全。則今日敲牛宰馬。做箇慶喜的筵席。則爲那徐州失散各分張。今日箇古城歡會聚賢良。兄弟據着你智勇禮全誰可比。疋馬單刀斬蔡陽。則爲那妯娌賢達世間少。俺兄弟仁義果無雙。俺本是扶持社稷忠良將。俺三人永保皇圖帝業昌。

題目　灞陵橋曹操賜袍

正名　關雲長千里獨行

蘇子瞻醉寫赤壁賦雜劇

第一折

〔冲末王安石上詩云〕黄卷青燈一腐儒。九經三史腹中居。學而第一須當記。養子休教不看書。小生姓王名安石。字介甫。金陵建康人氏。官拜參政之職。今因蘇子瞻乃眉州眉山縣人也。乃蘇老泉之子。弟曰子由。妹曰子美。蘇軾與某同在帝學讀書。今應過舉。官拜端明殿大學士。小官家中安排筵宴。管待子瞻。令人請去。子瞻見僕腰插一扇。上有詩一聯。東坡因取翫之。知小官所作。庭前昨夜西風起。吹落黄花滿地金。東坡看畢後。續兩句成其一絶。他道。秋花不比春花謝。説與詩人仔細吟。此人不知黄州菊花謝。今夜晚間。安排筵席。請秦少游賀方回。與蘇東坡慶端明殿大學士。爲何夜間排設筵席。因俺夫人聞知蘇軾胸懷錦繡。口吐珠璣。有貫世之才。未曾得遇。就今晚筵間。出家樂女子數人。内藏着夫人。與衆女子一般梳粧。必要見蘇軾之面。有何難哉。令人請學士去了。這早晚敢待來也。〔外扮秦少游上詩云〕龍樓鳳閣九重城。新築沙堤宰相行。我貴我榮君莫羨。十年前是一書生。小官姓秦名觀。字少游。自元祐初舉賢良方正。東坡薦於朝。除小官太學博士。今因子瞻官拜端明殿大學士。有王安石今晚安排筵宴。請俺衆官與東坡賀職。小官須索走一遭去。可早來到也。左右人報復去。道有秦觀在於門首。〔祇候報科云〕大人。有少游大人下馬也。〔王云〕道有請。〔祗云〕理會的。大人有請。〔見科秦云〕相公早間令人來請。不敢有違。即便赴宴。〔王云〕相公。因蘇子瞻官拜端明殿大學士。小官今夜排設一宴。蔬食薄味。特請衆位相公。賀端明殿學士之職也。〔秦云〕量小官有何德能。着相公如此重意。〔王云〕蔬食薄味。無甚管待。相公請坐。左右門首看者。若有學士來。報復我知道。〔祗云〕理會的。〔外扮賀方回上詩云〕聲名德化九天聞。良夜家家不閉門。雨後有人耕緑野。月明無犬吠荒村。小官賀方回是也。今蘇子瞻官拜端明殿大學士之職。有王安石今晚安排筵宴。請俺衆官與子瞻賀學士之職。今早間令人來請。小官須索走一遭去。可早來到也。左右人報復去。道有賀方回來了也。〔祗云〕理會的。相公。有賀方回相公來了也。〔王云〕道有請。〔見科賀云〕相公早間令人來請。小官不敢有違也。〔王云〕今因子瞻拜爲端明殿大學士之職。小官略排小酌。請衆位相公爲伴客。蔬食薄味。相公請坐。〔秦云〕相公。再有何人。〔王云〕別無他客。則有子瞻學士。早間令人請去。敢待來也。〔正末扮蘇東坡上云〕某姓蘇名軾。字子瞻。道號東坡。乃西川眉州人也。幼習儒業。遊學至京師。逢一友人。姓王名安石。字介甫。金陵建康人氏。與某同館安歇。今奉聖朝舉某與王介甫及第。官裏看了某所作之業深可憐憫。加爲翰林學士。適來王介甫請俺夜宴。須索走一遭去。我想爲人半世清貧。十載苦志。學得胸中有物。爲朝廷顯官。治國平天下。當所爲也。想俺秀才每學就文章。扶持聖主。方顯大丈夫之志也。〔唱〕

【仙呂點絳唇】想伊每十載寒窗。平生指望。登春榜。今日便懷寶迷邦。誰肯待舉直錯諸枉。

【混江龍】赤緊的斯文天喪。空將這美玉韞匵藏。你便能勾片言折獄。一語興邦。不肯去蘭省一朝登北闕。便想這茅廬三顧到南陽。毛錐乏盡。鐵硯磨穿。高歌鼓腹。長笑掀髯。我則待慢登臨感慨悦他這箇仲宣樓。我則怕有才無命的在顔回巷。我則待養浩然袁門積雪。久以后空嗟嘆得潘鬢成霜。

且休説别人。則論小官。爲功名奪得國家富貴。也非同容易也呵。〔唱〕

【油葫蘆】且則説我遠志輕離父母鄉。投京師應舉場。將羣儒戰退氣昂昂。奪這翰林兩字標金榜。便是那禹門三級桃花浪。那時節進表章。纔能勾見帝王。將白衣脱在金堦上。便能勾披紫綬換金章。

【天下樂】恁時節宣賜蒙恩出建章。朱也波裳。列在兩廂。起蟄龍一聲雷震響。會風雲志四方。遂功名紙半張。也是男兒當自强。

〔云〕可早來到也。報復去。道有蘇軾在於門首。〔報科王云〕學士來了也。道有請。〔見科正末云〕相公。量小官有何德能。着介甫如此重意。〔王云〕蔬食薄味。略表寸誠。左右將酒來。學士滿飲一盃。〔正末云〕小官不敢。〔唱〕

【那吒令】我這裏自想。東坡的伎倆。怎比那東山氣象。怎做的東床伴當。主人寬東閣開。直吃的曙色曉東方亮。論甚麽日照東窗。

【鵲踏枝】且休説翰林忙。暫入他綺羅鄉。我則見燭摇紅影。月色昏黄。〔王〕學士。拚了今朝沉醉。有何不可。〔正末唱〕拚了今宵痛賞。我却甚麽檢書幌剔盡銀缸。

〔王把酒科〕學士滿飲一盃。〔遞酒與衆科賀云〕小官想與學士布衣交游。今日子瞻官拜端明殿大學士。非同小可也。〔正末云〕想小官在布衣之中。志氣不曾墮了。〔唱〕

【寄生草】今日在編修院。往常住冰雪堂。詩魂高壓山河壯。琴彈神鬼魂飄蕩。劍揮星斗昏無象。我將這九經苦志二十年。養就這五陵豪氣三千丈。

〔秦云〕想布衣之中。苦志攻習經史。今日博得金章紫綬。千鍾之禄也。〔正末唱〕

【幺篇】今日有千鍾禄。往常無半日粮。十年禮義勤習講。半生虀菜貧修養。纔落得金章紫綬高名望。我將這五車黄卷隱胸中。纔博得一輪皂蓋飛頭上。

〔王云〕左右將酒來。與學士滿飲一盃。〔與衆把酒科云〕便好道筵前無樂。不成歡笑。小官有家樂數人。着筵前吹彈歌舞爲樂。下次小的每。與我唤出那侍妾來者。〔外扮旦引衆旦上云〕妾身乃王安石夫人也。今有蘇子瞻官拜端明殿大學士。俺相公今夜排設筵宴。請衆官并子瞻學士。爲何夜間排宴。因妾身聞知子瞻有貫世之才。妾身要見一面。筵間出家樂侍妾數人。妾身隱於侍女之中。必然見之。可早來到虚簷之下也。〔見科王云〕你這十數個家樂侍女。則在於簾外。吹的吹。彈的彈。歌的歌。左右一壁厢將酒來。與學士衆位相公遞一杯。〔遞酒樂聲響科衆看科正末背云〕

此侍女中决有安石夫人。我着一個小伎倆。要賺出來。是好受用也呵。〔唱〕

【村裏迓鼓】玉鈎高掛。繡簾低放。我則見銀臺的這畫燭。開華宴樂聲嘹喨。靠着這翠矮屏。芙蓉幔。繡幃錦帳。一箇箇人如玉。花似錦。酒滿觴。俺這裏別是箇風光畫堂。

〔衆做意科賀云〕學士。你見麽。衆官聽其聲不能覩其面。小官問學士求珠玉咱。〔正末云〕理會的。〔秦云〕左右將文房四寶來。〔正末寫科云〕衆位相公勿罪。詩就了也。〔王云〕願聞。〔正末云〕只聞檀板與歌謳。不見如花閉月羞。安得好風從地起。倒吹簾捲上金鈎。〔衆笑科王云〕左右。將那繡簾捲起者。恁這十個侍女中。教一個與衆相公把一盃。〔旦云〕理會的。〔把衆酒科正末唱〕

【元和令】雕盤中靄篆香。金盞内泛瓊漿。這的是主人開宴出紅粧。列金釵十二行。一箇箇藕絲新嫩織仙裳。玉圓搓粉頸香。

〔王云〕一壁厢樂聲響者。〔正末唱〕

【上馬嬌】他每都宫樣粧。列在兩厢。知他那箇是宫主共梅香。將陽春白雪齊歌唱。夜正凉。直吃的明月轉迴廊。

【遊四門】尚兀自繞梁音韻尚悠揚。狂客惱愁腸。〔旦將羅帕藏手科正末云〕小娘子金釵墜也。〔旦用手抹頭上將帕藏手科衆笑科正末唱〕報一聲金釵斜墜烏雲上。舉手意張狂。忙。

將羅帕緊遮藏。

【勝葫蘆】呀。早露出十指纖纖春笋長。他生的顏色果非常。恰便似困倚東風睡海棠。司空見慣。全勝宋玉。想像賦高唐。

【後庭花】他生的臉銀盤膩粉粧。口微噴蘭麝香。雲鬢堆鴉翅。金釵插鳳凰。細端詳。他生的嬌容模樣。料人間無處長。想蓬萊是故鄉。宴蟠桃惹下罪殃。犯天條奏玉皇。

【柳葉兒】呀。他生在九重天上。下彩雲悞落在朝陽。他生的千嬌百媚人中樣。比花花無語。比玉玉無香。堪移在蘭舍椒房。

〔帶酒科云〕介甫。酒勾了也。〔王云〕學士再飲幾盃。〔秦云〕學士。何不作詞一首。〔正末云〕令人將紙墨筆硯來。〔王云〕下次小的每。將紙墨筆硯來。放在學士跟前。〔正末寫科云〕揣揣寫就了也。〔王云〕學士試表白咱。〔正末云〕詞寄滿庭芳。詞曰。香靄雕盤。寒生冰筯。畫堂別是風光。主人情重。開宴出紅粧。膩玉圓搓素頸。藕絲嫩新織仙裳。雙歌罷虛簷轉月。餘韻尚悠揚。人間何處。有司空見慣。應謂尋常。坐中有狂客。惱亂愁腸。報道金釵墜也。十指露春笋纖長。親曾見全勝宋玉。想像賦高唐。〔賀云〕學士好高才也。〔王云〕將酒來與學士再飲幾盃。〔正末云〕小官酒勾了也。〔做睡科〕〔旦云〕相公。天色晚了也。且歸後堂中去。〔衆云〕相公。酒勾了也。〔王云〕衆位相公。再飲幾杯去。〔衆云〕子瞻學士帶酒也。夜深令人一壁廂好生看學士。俺衆官告回也。左右將馬來。各回私宅中去。〔同下〕〔正末醒科云〕衆位相公安在。〔王云〕各回私宅中去了。〔正末云〕衆位學士去了。却纔那侍妾小娘子。也回去了也。小官告回也。〔王云〕下次每將酒來。着學士再飲幾盃。〔正末云〕相公酒勾了也。〔唱〕

【尾聲】可惜玉山頹。儘教恁金波漾。拚了箇前合後仰。終夜勞神將是下央。莫怪我酒席間言語疎狂。出離墻。月下西廂。消洒西風將醉魂爽。恁把絳紗籠近掌。我紫絲韁款放。趁天風吹下五雲鄉。〔下〕

〔王云〕蘇軾去了。叵耐此人無禮。某請你家宴。小官侍妾。淫詞戲却。更待乾罷。我到來日見了聖人説過。一者此人不知黄州菊花謝。二者趁此機會。將他貶上黄州。趁了小官之願。天色晚了也。左右收拾菓桌。我無甚事。回後堂去也。〔下〕

第二折

〔外扮殿頭官上詩云〕燮理陰陽讚聖威。經綸天地有奇才。身近玉墀新錦綉。手調金鼎舊鹽梅。小官乃殿頭官是也。今有蘇東坡。官拜端明殿大學士之職。有安石請衆官在于宅中夜宴。賀子瞻之職。酒席間王安石出侍妾數人。内有安石夫人。因要見蘇東坡之面。席間把酒。不想蘇子瞻帶酒作滿庭芳一首。戲却大臣之妻。安石奏知聖人。一者此人不知黄州菊花謝。將子瞻貶上黄州。歇馬三年。着他即便起程。小官不敢久停久住。須索回聖人走一遭去。〔外扮邵堯夫同秦賀上邵詩云〕窮通造化合天機。死生壽夭預先知。八卦能推天地理。六爻搜盡鬼神疑。某姓邵名雍。字堯夫。始家衡漳。祖諱德新。父諱古。皆隱德不仕。母李氏。其繼楊氏。某幼從父徙共城。晚還河南。葬其親於伊川。遂爲河南人。娶妻王氏。得二子。伯温仲良是也。某累蒙在朝公相薦舉。授爲潁川團練推官。某辭疾不赴。某幼時自雄其才。慷慨有大志。既學力慕高遠。自希夷授於种放。种授穆伯長。伯長授於李挺之。挺之授於某。高明觀天地之運化。陰陽之消長。以達乎萬物之變。始至落落。蓬蓽環堵。不蔽風雨。躬爨以養其父母。所居曰安樂窩。爲甕牖。讀書燕居其下。接人無貴賤親疎。言必依於孝弟忠信。今因子瞻官拜學士之職。有王安石在家庭請子瞻慶職夜宴。因席間出家樂數人。内有安石之妻。子瞻帶酒作滿庭芳戲之。次日安石與聖人説知。怒將子瞻貶上黄州歇馬。某同衆官在此十里長亭。安排酒餚。與子瞻送行。下着如此大雪。在此等候。這早晚敢待來也。〔外浄扮監押家童上云〕自家是箇解子。上司命着我監押着蘇子瞻上黄州去。出的這城來。風又大。雪又緊。他騎着馬。也不知他在前面在後頭。我伴着他這家童。迎着風雪。低着頭走。兀那家童小廝。恁官人在那裏。〔家童云〕解子哥哥。俺大人騎着馬在後面來也。我和你先走到這前頭等俺大人。〔解子云〕你也説的是。疾快行動些。〔家童云〕走走走。〔做倒科解云〕這小的可怎麼睡在大雪裏。不起來走路。却是如何。〔童云〕解子哥哥。這塔兒有些滑。〔解云〕這厮説謊。官道上偏那塔兒滑。我試走。若不滑。我打你箇弟子孩兒。〔浄做跌科云〕這裏有些兒滑。喒打兀那條路兒上去罷。〔正末騎馬上云〕小官因爲昨夜安石開宴。帶酒作一詞。不想次日安石與官裏説知。將某罷職。着這般風雪又緊。不敢久停久住。則索上黄州走一遭去。不

知何日回朝。只因席間言語疎狂。誰想有今日也呵。〔唱〕

【南吕一枝花】則爲我數盃狂酒終。今日箇三唱陽關後。一鞭催行色。滿馬載離愁。羊角風颼颼。時遇冬天候。漫漫雪不休。我如今纔出皇州。可又早漸入冰壺宇宙。

【梁州】我則見銀海凍花生的這眼底。玉樓寒聳起肩頭。摇鞭袖褭深藏手。風掀氈帽。雪壓寒裘。雕鞍懶坐。玉轡慵兜。銀粧成山岳林丘。粉填合溪澗坑溝。這雪恰便似無影月淡朦朦光照人間。這雪有如那凍流水響叮叮冰生他這岸口。這雪渾似那不香花舞翩翩風落枝頭。自思。故友。這其間銷金帳底羊羔酒。燃寶篆焚香獸。簌地氈簾下玉鈎。煞强如獨釣在江頭。

〔童云〕那騎馬的是俺相公。我在這裏等一等咱。〔解云〕也説的是。〔見末科云〕老相公。俺在前頭走。你騎着馬又在後頭。俺在後頭。你又往前頭去了。似這般大風大雪。尋一個村房草店。買兩鍾酒吃了呵。可也好。〔正末云〕你也説的是。〔唱〕

【牧羊關】你看那瑞雪迷了前路。彤雲蔽了日頭。冒風寒滿腹離愁。冷凍皮膚。寒侵肌肉。雪擁難行馬。風緊懶擡頭。我這裏戰兢兢把不住渾身冷。〔解云〕我説道若雪住了。明日行也罷。〔正末唱〕也是我官差不自由。

〔秦云〕着從人門首看着。若學士來。報復我知道。〔解云〕來到這十里長亭也。老相公且下馬避一避雪去。〔下馬見科邵云〕學士。老夫與衆相公在此長亭之上久等。與學士送行水酒三盃。權表衆情。〔正末云〕量某有何德能。也着衆相公在此等候。〔唱〕

【賀新郎】我這裏停驂舉首猛凝眸。恁在這十里長亭。衆兄等候。〔賀云〕將酒來與學士飲一盃盪寒咱。〔正末唱〕你道是勸君更盡一杯酒。則怕酒入愁腸轉更愁。〔邵云〕學士可愁甚麽。〔正末唱〕這愁煩纔了又在眉頭。〔賀云〕學士。你看風雪如花飛萬片。正好飲幾盃。〔正末唱〕你道是雪花飛千萬片。且飲酒兩三甌。我則爲花濃酒釅送的我無人救。〔秦云〕學士。異日必有相會之期。〔正末唱〕再誰想有花方飲酒。無月不登樓。〔賀云〕學士。小官想來。你與王安石同在帝學。對寒窗十載至友。不想有今日也呵。〔正末唱〕

【牧羊關】俺兩箇十年舊。到今日一旦休。纔得志便與我話不相投。則爲他家有賢妻。送了俺交絶故友。我如今苦痛分妻子。他今日談笑可便覓封侯。〔賀云〕學士。那一夜忒酒後踈狂也。〔正末唱〕都則爲一醉三更酒。〔賀云〕因此一事。貶學士上黄州歇馬。〔正末唱〕送的我孤身萬里遊。

〔秦云〕學士正授端明殿大學士。不想有今日也。〔正末云〕衆學士言者差也。自古以來。不則小生也。〔秦云〕學士。自古以來。可是何人如此。學士説一遍。〔正末云〕學士不信。聽蘇軾説一遍咱。〔唱〕

【哭皇天】論今日非吾犯。想前朝先早有。〔賀云〕學士。可是何人。〔正末唱〕韓吏部李翰林他今日立下傍州。他每是遭流的罪罪首。他兩箇文施翰墨。筆掃千軍。臨危世亂。勢盡時休。傳與俺這壞風俗歹事頭。一箇在潮陽路上。一箇在采石渡口。

【烏夜啼】他每都摇鞭舉棹無人救。送的我眼睁睁有地難投。向山林水館捱昏晝。一箇鞭裊驊騮。一箇棹撥輕舟。一箇他風濤雪浪五更頭。一箇漫烟霧障三春後。一箇漾了骸骨。一箇没了尸首。二人身死。萬古名留。

〔邵云〕左右將酒來。與學士把一盃。〔末云〕小官酒勾了也。敢問先生。這一去黄州。何日還朝。〔邵云〕學士不知。某藝祖衡漳。祖諱德新。父諱古。母李氏。其繼楊氏。某幼時從父徙共城。晚遷河南。葬其親於伊川。遂爲河南人氏。某生於祥符辛亥。雍之名。堯夫其字也。娶王氏。得其二子伯温仲良。學士你記者。〔正末云〕小官知道。則是小官這一去黄州。未知何日還朝。恁二位學士休怪。小官則今日便索登程也。〔唱〕

【耍孩兒】咱本是翰林風月三知友。做了箇犯省部條章一罪囚。再不去東華待漏五更頭。再不向國史編修。都爲那靠妻偎婦的禽獸。背地裏厮讒奏。送的我伏侍君王不到頭。不能勾故國神遊。

〔秦云〕學士這一去。小心在意。保重長行。〔正末唱〕

【二煞】我從今後無榮無辱無官守。得浄得閑得自由。蒙頭衲被睡齁齁。高枕無憂。急起來辰時前後。閑訪二三友。揀盡溪山好處遊。倒大來優游。

〔邵云〕學士於路上小心在意者。〔正末唱〕

【尾聲】我則見樵夫荷擔來山口。釣叟鳴榔返渡頭。凍雲垂。朔風透。送行人。酒數甌。別離情。詩一首。氣長吁。淚暗流。我向那山掩映野人家茅店上宿。〔下〕

〔邵云〕子瞻學士去了也。此人他那裏知道某玄妙。某觀化一巡以知。作詩曰。生於太平世。死於太平世。客問年幾何。六十有七歲。俯仰天地間。浩然獨無愧。於此熙寧丁巳孟秋癸丑。必疾終于家庭。大人要某家譜。某差使臣上黄州宣命此人問。那其間方知玄妙之機也。老夫無甚事。回私宅中去。〔下〕〔賀云〕學士去了也。若到黄州。一二載之間。小官與聖人説知。必然再宣入朝。依舊還職。俺衆官無甚事。左右將馬來。各回私宅中去。〔下〕

楔子

〔外引張千上詩云〕我做官人高貴。行法斷案不會。若是吃的飯飽。則要打盹瞌睡。小官乃黄州刺史。自小攻書。無不通曉。講百家姓趙錢孫李。念千字文天地玄黄。爛熟就如流水。並無一字差遲。聖人見喜。所除在此黄州。做個刺史。近聞蘇東坡不知爲何貶在黄州。歇馬三年。此人無投托。數次來謁小官。我則常是推托。不與他相見。今日無甚事。張千門首看着。若有甚麼人來。

報復我知道。〔張云〕理會的。〔正末上云〕小官蘇東坡是也。自到此黄州。一載有餘。活計艱辛。妻子炊爨。無計可施。今有此處刺史。與小官往日有交。小官謁托。數次不遇。今有幾件公事。於本處欲進舉説。若依着我行呵甚好。可早來到也。報復去。道有蘇東坡探望相公來。〔張云〕理會的。〔報科云〕相公。有蘇東坡在於門首。〔净云〕是蘇東坡。此人數次打攪。你説道俺相公身子困倦在睡哩。你且回去。〔張云〕理會的。俺相公説來。身子困倦。他在睡哩。你且回去。〔正末云〕此人好無禮也。小官數次拜謁。百般推故。是好輕覷人也。〔唱〕

【仙吕賞花時】我待將百姓民疾件件舉。番做了秋草人情日日疎。老夫寒儒。哎。你箇無端宰予。每日家醉卧碧紗橱。

【幺篇】却正是糞土之墻不可杇。也曾記周公吐哺書。恁一覺夢華胥。你一箇失教化的這士侶。正是朽木可兀的不堪圖。〔下〕

〔官云〕張千。蘇子瞻去了也。〔張云〕去了也。〔官云〕此人心中必然怪我也。既有聖人言語。怕他做甚麽。今無甚事。且回後堂中和夫人猜枚吃酒去也。〔下〕

第三折

〔黄魯直同佛印禪師上云〕某乃黄魯直是也。這個乃是佛印禪師。今有子瞻貶在黄州。今遇七月十五日良夜。令人置一隻船兒。安排酒餚。請子瞻共俺二人夜遊赤壁。令人去請子瞻來也。〔禪云〕

魯直。趁此風清月白。正好遊賞也。〔黄云〕既然如此。我和你江邊等候。走一遭去。〔下〕〔外扮梢公上嘲歌〕秋風颭颭響重重。鄉裏阿姐嫁了個村老公。村老公立地似彎弓。存地似彈弓。立地似掬弓。頭籠重。脚籠重。兩管鼻涕拖一桶。污阿姐如乾□抹胸。我道村野牛。村野牛。不如早死了。那竹鵰雕空占了畫眉籠。阿外。阿外。自家梢公便是。今有蘇東坡夜遊赤壁。叫俺撑着這隻船。在此等着。這早晚敢待來也。〔正末同黄魯直佛印上云〕某蘇東坡是也。自到黄州。每日與此二賢友交談作伴。約定今月十五日夜遊赤壁。走一遭去。〔黄云〕子瞻。你看月朗風清。雲收雨霽。青山聳聳。碧水茫茫。是好景致也呵。〔正末云〕端的幽奇也呵。〔唱〕

【越調鬭鵪鶉】我則見赤壁千尋。清江萬頃。水若僧眸。山如佛頂。雨收雲霽。風清月明。你看這玉露冷。銀漢耿。趁着這短棹輕舟。風恬浪静。

【紫花兒序】山明水秀。夜静更闌。會酒友詩朋。千岩風定。萬籟無聲。舒情。抵多少眼底風光展畫屏。四野如懸鏡。不是我趁浪逐波。我待要洗耳獨清。

〔禪云〕子瞻。你看碧波如練。月滿清江。攜樽俎於滄波。吹洞簫於長夜。端的清幽也呵。〔正末云〕果好景物也呵。〔唱〕

【小桃紅】你看這魚龍吹浪水雲腥。月照江心静。船過衝開水中鏡。櫓聲鳴。呀呀纔過了蘆花徑。恰便似驚飛鳳鳴。猛驚起白鷺雙雙並。因此上點破亂山青。

〔黄云〕將酒與學士把一盞。學士滿飲一杯。〔正末云〕相公與佛印同飲一盃。〔禪云〕將酒來。貧僧相陪學士飲一盃。學士你看。風清月白。景物希奇。堪可賞玩也。〔正末云〕趁此景物。正好追歡遊賞也。〔梢公云〕佛印言的是。我也要耍子哩。〔正末唱〕

【金蕉葉】人言語山鳴谷應。靠江邊把扁舟纜定。山高處有仙則名。水深處有龍則靈。

〔黄云〕子瞻。你看山花拂鼻。江聲聒耳。更幽哉也。〔正末云〕這山花可愛。這江聲不可聽也。〔唱〕

【調笑令】你道是水聲。響泠泠。呀。抵多少流盡年光是此聲。翠巍巍一帶高山静。看人間國祚豐盈。則願的吾皇萬歲社稷興。有江山依舊青青。

〔禪云〕將酒來與學士再把一盃。將簫來我試品一曲咱。〔黄云〕學士滿飲一盃。〔禪做品簫科〕〔正末唱〕

【耍三台】將品竹纔拈定。寧心聽。似簫韶九成。〔禪云〕品起洞簫者。〔正末云〕休品。〔禪云〕學士爲何。〔正末唱〕怕水底老龍驚。正風寒露冷。似引新雛紫燕花外聲。怨離凰彩鳳月下鳴。恰便似雁落平沙。猿啼峻嶺。

【聖藥王】一枝的曲未終。韻更清。便似子規枝上月三更。低一聲。高一聲。似東風花外錦鳩鳴。恰便似斜月睡聞鶯。

〔禪云〕子瞻。如此景物。何不作歌。發一笑耳。〔正末云〕理會的。將筆硯來。寫就了也。〔黃云〕學士。就表白咱。〔正末云〕壬戌之秋。七月既望。蘇子與客泛舟遊于赤壁之下。清風徐來。水波不興。舉酒屬客。誦明月之詩。歌窈窕之章。少焉。月出于東山之上。徘徊於斗牛之間。白露橫江。水光接天。縱一葦之所如。凌萬頃之茫然。浩浩乎如憑虛御風而不知其所止。飄飄乎如遺世獨立。羽化而登仙。於是舉酒樂甚。叩舷而歌之。歌曰。桂棹兮蘭槳。擊空明兮溯流光。渺渺兮余懷。望美人兮天一方。客有吹洞簫者。倚歌而和之。其聲嗚嗚然。如怨如慕。如泣如訴。餘音嫋嫋。不絕如縷。舞幽壑之潛蛟。泣孤舟之嫠婦。蘇子愀然。正襟危坐。而問客曰。何爲其然也。客曰。月明星稀。烏鵲南飛。此非曹孟德之詩乎。西望夏口。東望武昌。山川相繆。鬱乎蒼蒼。此非孟德之困於周郎者乎。方其破荊州。下江陵。順流而東也。舳艫千里。旌旗蔽空。釃酒臨江。橫槊賦詩。固一世之雄也。而今安在哉。況吾與子漁樵於江渚之上。侶魚蝦而友麋鹿。駕一葉之扁舟。舉匏樽以相屬。寄蜉蝣於天地。渺滄海之一粟。哀吾生之須臾。羨長江之無窮。挾飛仙以遨遊。抱明月而長終。知不可乎驟得。托遺響于悲風。蘇子曰。客亦知夫水與月乎。逝者如斯。而未嘗往也。盈虛者如彼。而卒莫消長也。蓋將自其變者而觀之。則天地曾不能以一瞬。自其不變者而觀之。則物與我皆無盡也。而又何羨乎。且夫天地之間。物各有主。苟非吾之所有。雖一毫而莫取。惟江上之清風。與山間之明月。耳得之而爲聲。目遇之而成色。取之無禁。用之不竭。是造物者之無盡藏也。而吾與子之所共適。客喜而笑。洗盞更酌。餚核既盡。杯盤狼藉。相與枕藉乎舟中。不知東方之既白。〔禪云〕好奇哉也。正好追歡暢飲。不覺東方漸曉。學士。俺須是回去也。〔正末云〕不覺天曉。喒收拾回去也。〔唱〕

【煞】舉目看山青。側耳聽江聲。隱遁養姓名。不戀恁世情。無利無名。耳根清凈。一心定。不受恁是非憂寵辱驚。

【尾聲】愿忘憂樂矣乘詩興。翫赤壁千尋浪鳴。脱離了眼前愁。思量起夢中境。〔下〕

〔禪云〕黄魯直。子瞻去了也。喒無甚事。回寺中去。〔同下〕

第四折

〔殿頭官上云〕小官殿頭官是也。因蘇子瞻貶上黄州。有邵雍辭逝。聖人要此人家譜。勒立碑文。詔其子問其故不曉。則有蘇子瞻知其詳細。聖人命着小官差一使命。直上黄州。請他星夜回朝。復還舊職。若與邵雍立了碑文。那其間再有加官賜賞。説與使命即便去。若來時。報復我知道。小官無甚事。回聖人話。走一遭去。〔下〕〔正末上云〕小官蘇子瞻。自到黄州。已及一載。時遇春天。對此景物。好傷情也。〔唱〕

【雙調新水令】貶黄州一載受驅馳。過一日勝如一歲。魂飛梁地遠。腸斷楚天低。芳草烟迷。夕陽外亂山翠。

〔云〕自到黄州。一載之間。遇此景物。好是凄慘人也呵。〔唱〕

【駐馬聽】春事狼藉。桃李東風蝶夢回。離愁索繫。關山夜月杜鵑啼。催促江水自奔馳。翰林風月教誰替。謾傷悲。滴不盡多少英雄淚。

〔云〕家童門首看着。看有甚麼人來。〔童云〕理會的。〔使官上云〕小官天朝使命是也。今奉聖人命。上黄州請着蘇子瞻入朝。着他依舊還職。可早來到也。報復去。道有天朝使命在此。〔童云〕理會的。〔報科云〕有天朝使命在門首。〔正末云〕道有請。家童裝香來。〔使云〕蘇軾望闕跪着。聽聖人命。因你帶酒戲作滿庭芳。聖人怒貶你在黄州歇馬三載。今經一載也。聖人將你在前罪犯都饒了。差小官將詔命你入朝。復還舊職。謝了恩者。學士。則今日星夜還朝。便索赴闕咱。〔正末云〕誰想有今日也呵。使臣請坐。家童。則今日收拾了。便索長行也。〔童云〕理會的。〔外上云〕小官乃黄州刺史。聽得有天朝使命宣蘇東坡。往時見他來。我不理他。今日宣他。倘記着我往時勾當。他不和我結冤。我如今將着這一壺酒。親自到他宅上遞一盃。一來送行。二來陪話。可早到也。我把這羞臉兒揣在懷裏。無人報復。我自過去。〔見末跽科云〕大人可憐見。小官往日公事忙。不曾探望大人。聽知大人回朝。小官無甚麼厚禮。着這一壺兒酒。一是與大人送行。二是陪話。望大人休題舊話。〔正末云〕老兄。你是何人。〔刺云〕大人。則我便是黄州刺史。〔使云〕大人滿飲一盃。〔正末唱〕

【攪箏琶】則見他便慌忙跪。舉手捧金盃。〔云〕往日小官臨門。數次拜謁。則推睡着。並不放參。〔刺云〕舊話休題。〔正末唱〕今日見奉使重宣。他纔箇克己復禮。〔刺云〕大人舊話休題。〔正末唱〕你算的箇人面逐高低。降尊臨卑。往常時得相逢是夢裏。今日百事休題。

〔刺云〕大人恕免這一遭。小官不是了。〔使云〕子瞻。此人是箇愚濁之人。不識賢士也。〔正末唱〕

【雁兒落】也不是徒流感聖德。他每纔知我縲絏非其罪。我則想人無再少年。元來這花有重開日。

【掛玉鈎】今日箇袖得春風可便馬上歸。〔云〕天使。我自到黃州。投了箇師父。他道朝野裏甚事都不管。〔使云〕可是那箇師父。〔正末指刺史科唱〕學的這刺史每傍州例。除睡人間着總不知。〔刺云〕大人可憐見。是我的不是了。〔正末唱〕得與俺妻子每團圓會。誇甚麽自己醒。說甚麽他人醉。胡盧今後。大家休題。

〔使云〕子瞻。不必久停久住。俺星夜便索臨朝。走一遭去。〔同下〕〔刺云〕早是有使臣勸他勸。怎生是了。既然他去矣。我無甚事。左右看馬來。回衙去也。〔下〕〔殿頭官上云〕小官殿頭官是也。今奉聖人命。差使臣請子瞻去了。左右門首看者。學士來時。報復知道。〔使同正末上云〕可早來到也。喒見大人去來。報復去。道有使命來了也。〔報科殿頭官云〕道有請。〔見科官云〕蘇軾來了也。〔正末云〕小官來也。〔官云〕你去時莫非怨小官麽。〔正末云〕大人。小官此時因帶酒也。小官既得罪。怎敢怨大人。〔官云〕蘇軾望闕跪着。聽聖人的命。則爲你夜間戲作滿庭芳。聖人怒貶你上黄州歇馬三年。今日邵雍辭逝。聖人敕立碑文。問其家譜。無人知道。有邵雍子伯温。言説蘇子瞻知道。聖人差使星夜請你入朝。着你復還舊職。若立了邵雍碑文。那其間再有加官賜賞。則爲你夜筵間酒性疎狂。逞詩豪戲作詞章。設瓊筵珠簾高捲。出家樂擺列紅粧。將你貶上黄州歇馬。經一載受徹凄凉。則爲邵堯夫身歸泉世。因此上遣天臣親賜朝章。享榮華依還舊職。掌三台位列都堂。今日箇加官賜賞。一齊的拜謝吾皇。〔正末云〕誰想有今日也呵。〔唱〕

【水仙子】則爲這友人開宴出紅衣。翠袖慇懃捧那箇玉盃。勸君莫惜花前醉。我不合開懷飲醁醅。霎時間不記東西。惹起詞中意。也是我酒後非。這的是負罪合宜。

〔官云〕小官大人跟前説知。殺羊造酒。做一箇慶喜的筵席。托賴着一人有德黎民樂。萬載千秋仰聖皇。

題目　王安石讒課滿庭詞

正名　蘇子瞻醉寫赤壁賦

鄭月蓮秋夜雲窗夢雜劇

第一折

〔冲末卜兒上云〕兩京詩酒客。烟花杖子頭。老身姓鄭。是這汴梁樂籍。止生得一箇女兒。小字月蓮。風流可喜。賣笑求食。郎君每見了。無有不愛的。則是孩兒一件。紙湯瓶煨着便熱。如今伴着一箇張均卿秀才。起初時怕不有些錢鈔。如今使的無了。俺這妮子戀着不肯開交。俺這門户人家。一日無錢也過不的。如今有箇販茶客人。姓李。多有金銀財物。看上俺這孩兒。昨日先送了些錢物與我。要和月蓮住。只是不得摘離張秀才。我定了一計。教李官只請張秀才。教月蓮相陪。酒席間買轉他。必然成事。我今日無事。往鄰家吃茶去。〔下〕〔末扮張均卿上云〕小生張均卿。學成滿腹文章。未得成名。近日與鄭月蓮相伴。深蒙相愛。誓結生死。奈小生囊篋漸消。老媽有見外之意。今日有箇李茶客。請我會酒。不知爲何。須索去咱。〔浄扮茶客上云〕小子姓李。江西人氏。販了幾船茶。來汴梁發賣。此處有箇上廳行首鄭月蓮。大有顔色。我心中十分愛他。争奈他和張秀才住着。插不的手。昨日我見老媽。教我請秀才飲酒。叫月蓮相陪。酒筵間用言調泛。必然成事。憑着我金銀財物。定然挨了他。早來到他門首。張兄有請。〔末云〕老兄請小生。却是爲何。〔浄云〕客路相逢。請先生閑叙一番。也令人請鄭大姐去。敢待來也。〔正旦上云〕妾身鄭月蓮是也。自與張均卿相伴。再不與閑人往來。今日賣茶的李官。請均卿飲酒。也來請我。既有均卿。我須索走一遭去。我想這花門柳户。送舊迎新。幾時是了也呵。〔唱〕

【仙吕點絳唇】驕馬吟鞭。舞裙歌扇。遲些兒見。席上尊前。抵多少陽關怨。

【混江龍】則爲俺歌喉宛轉。覷着這陷人坑似悮入武陵源。但和俺恩情一徧。不弱如流遞三年。這不義門怎栽連理樹。火坑中難長並頭蓮。眉尖傳恨。眼角留情。枕邊盟誓。袖裏香羅。尊前心事。席上恩情。傳書寄簡。剪髮燃香。都是俺鼻凹裏蜜。待嘁如何嘁。郎君每買了些虚脾風月。賣了些實拍莊田。

〔旦見科〕〔浄做口眼歪斜科云〕請大姐陪張秀才。也滿飲一盃。〔旦云〕不會飲酒。〔浄云〕小子這般人物。大姐何如不接酒。〔旦唱〕

【油葫蘆】有這等夜月春風美少年。他每惡戀纏。每日價長安市上酒家眠。〔浄云〕大姐。我多有金銀錢鈔哩。〔旦云〕你道你有錢物。〔唱〕有一日業風吹入悲田院。那其間行雲不赴凌波殿。麗春園十徧粧。曲江池三墜鞭。恰相逢初識桃花面。都是些刀劍上惡姻緣。

〔浄云〕論小子這等人物衣服。似小子的。也少有也。〔旦云〕我量你這般模樣。〔唱〕

【天下樂】你早賣了城南金谷園。乾也波虔。怎過遣。每日價宴西樓醉歸明月天。這壁廂間綺羅。那壁廂列管絃。我怕你有一日飢寒也守自然。

〔净云〕大姐。似俺這等做子弟的。有村的。有俏的。〔旦唱〕

【那吒令】那等村的。肚皮裏無一聯半聯。那等村的。酒席上不言語强言。那等村的。俺跟前無錢説有錢。村的是徹膽村。動不動村觔現。甚的是品竹調絃。

〔净云〕小子也看的過。〔旦云〕噤聲。〔生云〕小生一向深蒙大姐錯愛。〔旦唱〕

【鵲踏枝】你覷似這等俏生員。伴着這女嬋娟。吟幾首嘲咏情詩。寫數幅錦字花牋。慣播弄香嬌玉軟。温存出痛惜輕憐。

〔净云〕俏的村的。可怎生説。〔旦唱〕

【寄生草】你問我兩件事。聽俺取一句言。俏的教柳腰舞困東風軟。俏的教蛾眉畫出春山淺。俏的教鶯喉歌送行雲遠。俏的教半橛土築就楚陽臺。村的教一把火燒了韓王殿。

〔卜兒上云〕李官人請張秀才和俺家妮子吃酒。説了這一日。俺那妮子只是不肯。我親自走一遭去。〔生云〕母親來了。我且迴避者。〔下〕〔卜云〕你説甚麽哩。〔旦唱〕

【村里迓鼓】恰纔俺二人評論。評論這百年姻眷。則這母親到來。天呵不與人行方便。

〔卜云〕你且請退張秀才。留下李官。覓些錢養家。可不好。〔旦唱〕待敢要蝶避了蜂。鶯離了燕。着鏡破了銅。簪折了玉。缾墜了泉。張郎呵俺直恁的緣薄分淺。

〔卜云〕李官錢多。你只守着他罷。〔旦云〕他雖有錢。我不愛。我則守着那秀才。〔唱〕

【元和令】洞房春口内言。陽關路眼前現。賽潘安容貌可人憐。俺秀才腹中詩欺謫仙。一春常費買花錢。我怎肯不辨箇愚共賢。

〔浄云〕你要多少錢物。我儘有。〔旦唱〕

【上馬嬌】教那厮空拽拳。乾遇仙。休想花壓帽簷偏。推的箇沉點點磨桿兒滴溜溜的轉。暢好是顛。眼暈又頭旋。

〔卜云〕你不依。我就把你嫁與他。〔旦唱〕

【游四門】待教我片帆雲影掛秋天。兩岸聽啼猿。吴江楓落胭脂淺。看漁火對愁眠。旋。你與我緊張筵。

【勝葫蘆】便有那天子呼來不上船。休把女熬煎。待教我冷氣虚心將他顧戀。覷一覷要飯吃。摟一摟要衣穿。我與你積攢下些口含錢。

〔卜云〕那裏討一文錢來。孩兒。則願的你安樂者。〔旦唱〕

【幺篇】可知可知你可甚只願兒孫箇箇賢。月缺又重圓。人老何曾再少年。舌尖無甜唾。口内有頑涎。虔婆我委實難使燕鶯憐。

〔卜云〕孩兒。只留下李官人。丢開張秀才者。〔旦云〕你道只守茶客。休留秀才。與孩兒心下不同。〔唱〕

【後庭花】你愛的是販江淮茶數船。我愛的是撼乾坤詩百聯。你愛的是茶引三千道。我愛的是文章數百篇。這件事便休言。咱心不願。請點湯晏叔原。告迴避白樂天。告迴避白樂天。

【柳葉兒】他便窮如范丹原憲。甘心守斷簡殘編。他螢窗雪牖咱情願。隨機變。你使盡那不疼錢。也買不轉我意馬心猿。

〔卜云〕孩兒。我趕去那秀才。你嫁了李官罷。〔旦唱〕

【賺煞】贏得腹中愁。不趁心頭願。大剛來時乖命蹇。山海恩情方欲堅。被俺愛錢娘撲地掀天。壞了這好姻緣。我則索禱告青天。若到江心早掛帆。向金山那邊。豫章城前面。一帆風剪碎了販茶船。〔下〕

〔卜云〕李官放心。我好歹完備了這場事。〔同下〕

第二折

〔末上云〕小生張均卿。一向蒙鄭月蓮相伴。誓托終身。争柰虔婆炎凉。小生不得已。與大姐分別。今欲上朝取應。大姐又使梅香送首飾頭面。與我爲路費。我若得了官時。來取大姐。則今日上朝取應。走一遭去。〔下〕〔卜兒上云〕張秀才去了也。我使人喚那茶客去了。這早晚敢待來也。〔净上云〕鄭老媽使人來叫。説那秀才去了。今番好歹成了事罷。〔做見科〕〔净云〕今日您兒初進門來。備了一盃酒。請奶奶和大姐喫。休要推阻。〔卜云〕好好。梅香。請你姐姐來。〔梅香云〕姐姐有請。〔正旦家常扮上云〕妾身月蓮。自從那秀才去後。奶奶趕他上京去求官。我着梅香送頭面首飾爲盤費。上京應試。若得了官。便來取我。我也放心不下。今日那茶客置酒請俺。母親着梅香叫我。須索走一遭去。想俺這不義之門。幾時是了也呵。〔唱〕

【正宫端正好】詩酒翠紅鄉。風月鶯花陣。醖釀出無邊岸斷夢勞魂。近新來添了眉尖恨。閃的我人遠天涯近。

〔云〕我見那厮。想我那秀才。〔唱〕

【滚繡毬】據着他滿腹文。那堪一品人。酒席上那些談論。怎不教我似倩女離魂。我官身處投至得起使臣。散了客賓。早教我急煎煎心困。我則怕辜負了人約黄昏。不争我半披夜月才歸院。多管是獨立西風正倚門。盼殺郎君。

【倘秀才】我爲他心忙意緊。他爲我行眠立盹。一様相思兩斷魂。間别一二日。勝似兩三春。各自病損。

〔做見科〕〔卜云〕孩兒。那秀才去了。你也無指望了。〔旦云〕母親。再休題那秀才。〔唱〕

【呆骨朵】俺兩箇眉尖眼角傳芳信。等盤兒上暮雨朝雲。你將那鐵磨桿争推。錦套頭競伸。捨了命風車轉。咬着牙皮鞭趁。你有錢雖是有。俺親的則是親。
〔卜云〕李官在此。你搽些胭粉。戴些花朵。可不好。〔旦云〕我有甚心情也。〔唱〕
【脱布衫】我如今鬢刁騒强整烏雲。年紀大倦點朱唇。面皮黄羞施朱粉。腰肢瘦湘裙不稱。
【醉太平】見如今惜花人病損。俺娘和茶客錢親。却教我嫩橙初破酒微温。那的是眷姻。〔卜云〕孩兒。你命在煙花中。是這樣幹。你守着那秀才。你待要做夫人哩。〔旦唱〕如今春花已落烟花陣。夫人自有夫人分。百年誰是百年人。難尋這白頭的對門。
〔净云〕大姐。我錢多着哩。茶也有幾船。你要時。都搬來。〔旦唱〕
【醉太平】馮魁是村。倒有金銀。俏雙生他是讀書人。天教他受窘。書生曾與高人論。錢財也有無時分。書生有一日跳龍門。咱便是夫人縣君。
〔卜云〕李官人。咱吃酒來。〔旦唱〕
【倘秀才】俺娘有錢的和他伴親乍親。無錢的頂了前門後門。張郎也眼睁睁西出陽關無故人。也待花滿眼。酒盈尊。柰時間受窘。
〔净云〕我的茶值錢多哩。〔旦唱〕

【滚繡毬】倚仗蒙山頂上春。俺只愛菱花鏡裏人。敢教你有錢難奔。覷這販茶船似風捲殘雲。留取那買笑的銀。換取些販茶的引。這其間又下江風順。休戀我虚飄飄皓齒朱唇。如今這麗春園使不的馮魁俊。赤緊的平康巷時行有鈔的親。斷送了多少郎君。

〔云〕我待寄書與俺那秀才。又不知在那裏。〔唱〕

【叨叨令】兩行詩寫不盡丹楓恨。一封書空盼殺青鸞信。三停刀砍不斷黄桑棍。九稍砲打不破迷魂陣。則是爲他來也麽哥。爲他來也麽哥。空教我立斜陽盼的雙眸困。

〔卜云〕隨你。隨你。我去也。〔下〕〔净云〕大姐。你吃一盃酒。〔旦云〕你見我親麽。〔净云〕我可知親哩。〔旦云〕你且吃了酒者。〔唱〕

【滚繡毬】你若是見我親。與我飲過這一尊。不要你滴瀝噴噀。真喫的玉山頽燕爾新婚。〔净云〕我吃。我吃。〔連飲數盃科〕〔旦唱〕見他輕仰了身。摘去了巾。黑婁婁有如雷震。〔净醉科〕〔卜上云〕孩兒。你替他遞幾盃兒。也多得些東西。〔旦唱〕非是我翠袖殷勤。我教他九分酒灌十分醉。呆漢休想一夜夫妻百夜恩。枉費了你精神。

〔卜下〕〔净摟旦科〕〔旦放一交科〕〔旦唱〕

【二煞】你箇謝安把我攜出東山隱。我怎肯教宋玉空閑了楚岫雲。你則待酒釅花濃。

月圓人静。便休想瓶墜簪折。鏡破釵分。玉簫對品。彩鸞同乘。鴛枕相親。一鍋水正滚。怎教竈底去了柴薪。

〔浄云〕大姐。我醉了。〔旦唱〕

【煞尾】教這厮一席風月無音信。千里關山勞夢魂。那厮使心機賣聰俊。不隄防俺這一棍。教那厮醉裏驚醒後昏。就裏疼瘖氣忍。咱對梅印窗紗月一痕。風弄銀臺燈半昏。水侵銅壺玉漏頻。香爇金爐篆烟盡。閑語閑言酒半醺。我獨擁鮫綃被正温。管甚他家醉後嗔。我教那厮一任孤眠睡不穩。〔下〕

〔浄做醒科云〕大姐不見了。敢跟了小郎去了。我索尋去。〔下〕〔卜云〕這丫頭也不挣錢。不如賣了罷。〔浄上云〕我買。我買。〔卜云〕他不肯嫁你。别尋一家子賣與他。〔浄云〕你賣我不管〔下〕

〔外旦上云〕妾身是洛陽樂籍張媽媽是也。來到這汴梁。聞知這鄭媽媽女兒月蓮。因不挣錢。賭氣要賣。我已着人與説。做五十兩銀子買做妹子。這早晚鄭媽媽敢待來也。〔卜上云〕張媽媽。俺這妮子纏光棍。不挣錢。你將到家中。着意管束。不要慣了他。〔外旦云〕我曉的了。〔同下〕

第三折

〔正旦抱病上云〕妾身月蓮。自從那秀才去後。那茶客要娶我。我不肯嫁他。將我賣在這洛陽張媽

媽家中。依舊求食。又早半年光景。今夜是中秋。想當初共賞中秋。今日月圓人未圓。好傷感人也呵。〔唱〕

【中呂粉蝶兒】皓月澄澄。快袁宏泛舟乘興。便宮鴉啼盡殘更。九霄中。千里外。無片雲遮映。是誰家粧罷娉婷。掛長空不收冰鏡。

【醉春風】按不住情脈脈喟然聲。又添箇骨巖巖清瘦影。〔云〕好月色也。閑庭中步月散心咱。〔唱〕步蒼苔冰透繡羅鞋。暢好是冷。冷。冷。一點離情。半年別恨。滿懷愁病。

〔外旦上云〕妹子。在這裏做甚麽哩。〔旦云〕我閑走來。〔外旦云〕我見你這病體愁悶。拿了些酒食來。與你解悶。〔旦唱〕

【迎仙客】我這裏忙接待。緊相迎。量妹妹有甚德能。教姐姐好看承。姐姐索厮敬重。真然是意重人情。把月蓮真箇的人欽敬。

〔外旦云〕妹子。飲一盃酒者。〔旦云〕姐姐。我那裏吃的下去。〔外旦云〕妹子。你害的是甚麽癥候。〔旦云〕姐姐。您妹子害甚。〔唱〕

【紅繡鞋】我害的是閑愁閑悶。害的是多緒多情。害的是眉淡遠山青。害的是傷心癥。害的是斷腸聲。害的是繡衾中一半冷。

〔云〕姐姐。你試猜我這病咱。〔外旦云〕敢是相思病。〔旦唱〕

【石榴花】我恨不的把家門改換做短長亭。恨不的拆毀了豫章城。聽的唱陽關歌曲腦門疼。委實的倦聽。慘然淒聲。往常時茶裏飯裏相隨定。影兒般隨坐隨行。月窗並枕歌新令。每日價同品玉簫聲。

【鬬鵪鶉】則爲我暗約私期。致令得離鄉背井。〔外旦云〕你那秀才那裏去了。〔旦唱〕這其間戴月披星。禁寒受冷。恨則恨馮魁那箇醜生。買轉俺劣柳青。一壁廂穩住雙生。一壁廂流遞了小卿。

〔外旦云〕你當初則嫁那箇秀才。也罷來。〔旦唱〕

【普天樂】不是我酒中言。心頭病。臨風對月。見景生情。想起我舊日情。當時行。誰承望地北天南人孤另。兩下裏冷冷清清。緱山月明。藍橋水滰。楚岫雲平。

〔外旦云〕妹子。夜深了。我房中去也。〔下〕〔旦云〕我也房中睡去罷。怎禁那幾件兒助人愁悶。〔唱〕

【上小樓】鴛衾半擁。銀屏斜凭。半窗涼月。四壁蛩聲。一點寒燈。布擺下。斷人腸。淒涼光景。怎生熬畫堂人静。

【么篇】想起那心上人。月下情。空教我兜的鼻酸。哄的臉暈。札的心疼。欲解愁。可忘憂。無過酒興。誰承望酒淘真性。

〔旦做睡科〕〔生上見科云〕大姐。我來了也。〔旦云〕秀才。則被你想殺我也。〔唱〕

【快活三】是誰人喚一聲。覷絶時笑相迎。武陵溪畔俏書生。安樂否臨川令。

〔云〕秀才。我見了你就無了病了。〔唱〕

【鮑老兒】這搭兒再能見俺可憎。便醫可了天様般相思病。我則道送人在長沙過了一生。今日箇復對上臨川令。鸞交鳳友。鶯期燕約。海誓山盟。

【十二月】金釵倦整。檀口低聲。雲鬟半偏。星眼微睁。可摟抱在懷兒裏覷定。着這短命牢成。

【堯民歌】早忘了急煎煎情脈脈冷清清。早忘了撲簌簌泪零零。早忘了意懸懸愁戚戚悶騰騰。早忘了骨巖巖心穰穰病縈縈。多情。多情。逢志誠。休學李免王魁幸。

〔末云〕大姐。我去也。〔下〕〔旦驚醒科云〕原來是一場夢。〔唱〕

【俏遍】這搭兒纔添歡慶。撲箇空半晌癡呆諍。忽刺八夢斷碧天涯。空没亂無緒無情。夜幾更。畫屏影裹。玉漏聲中。依舊的人孤另。薄設設衾寒枕冷。愁易感好夢難成。千愁萬恨斷腸人。怎當那半夜三更莫秋景。比及日出扶桑。月落西厢。敢折倒了人性命。

〔旦哭科云〕張秀才也。你好下的也呵。〔唱〕

【耍孩兒】愁煩迭萬簇。凄凉有四星。别離人更做到心腸硬。怎禁蒼梧落葉凋金井。銀燭秋光冷畫屏。碧澄澄如懸磬。佳人有意。銀漢無聲。

〔云〕我這般煩惱。怎禁耳邊幾件兒聒噪人也呵。〔唱〕

【四煞】孤鴻枕畔哀。亂蛩砌下鳴。西風鶴唳秋天静。霜寒鴛帳愁無寐。雲冷紗窗月半明。添愁病。驚回一堂春色。萬籟秋聲。

【三煞】戰西風竹葉鳴。搗秋霜砧杵清。一弄兒會把愁人併。惱人心半窗娟娟疎梅影。聒人耳萬種蕭蕭落葉聲。那堪聽。簷間鐵馬。雨内梧聲。

【二煞】這一雙眼纔閉合。争奈萬般事不暫停。都是謀兒誤倒臨川令。你莫不笙歌謝館來金斗。風雪長安訪灞陵。自古多薄命。天涯流落。海角飄零。

【尾煞】淚漫漫不暫停。哭啼啼不住聲。不争這驚回一枕雲窗夢。這煩惱直哭的西樓月兒冷。〔下〕

〔净上云〕小子李多是也。如今鄭月蓮被他母親賣的洛陽張行首家中去了。我如今尋到那裏。問親去來。〔卜兒上云〕李官。你須計較停當去。那妮子不肯便嫁你。〔净云〕洛陽府判是我叔父。到那裏好歹娶了他。〔卜云〕好計。好計。〔同下〕

第四折

〔孤上云〕某姓李名敬。字仲伯。見授洛陽府判。某有一女。年方十八。未曾許娉於人。今有新除洛陽縣尹是今年新進士。欲招他爲壻。一壁廂安排下筵席者。〔净上云〕來到洛陽叔父宅門首。我自過去。〔做見科云〕叔父。受你孩兒兩拜。〔孤云〕孩兒。你從那裏來。〔净云〕從汴梁來。因有箇婦人。是鄭月蓮。您孩兒要他爲妻。叔父教人説去。完成這親事。〔孤云〕孩兒。我今日招壻。待事畢。明日替你成事。喒且後堂中去來。〔同下〕〔末上云〕小生張均卿。自到京師。一舉及第。所除洛陽縣宰。走馬赴任。但不知俺那大姐在那裏。風聞的轉賣與人。又無消息。如今府尹相公。招我爲壻。且就這門親事。慢慢再打聽大姐音耗。左右將馬來。我走一遭去。〔下〕〔孤同夫人上云〕夫人。今日新女壻過門。安排筵席十張。差人喚唱的去了。如何不見來。〔正旦同外旦上云〕妾身鄭月蓮。今有府判相公招女壻。喚俺官身。想俺那均卿秀才。知他及第不及第。兀的不煩惱殺人也呵。〔唱〕

【雙調新水令】凭欄人空望的碧雲低。隱天涯遠山憔悴。江深魚信杳。天闊雁書遲。染病躭疾。別離中過一世。

【駐馬聽】幽夢初回。待教我一紙音書傳信息。閑愁縈繫。想當初一尊白酒話別離。不争秦臺弄玉彩雲低。都做了江州司馬青衫濕。兩下裏。一般阻隔人千里。

〔外旦云〕妹子。你這病害了這一向。還不得好。可是甚麼病。〔旦云〕姐姐。你不知我這病。你聽我說。〔唱〕

【沉醉東風】待道是風寒暑濕。其中間廢寢忘食。每日家情不歡。一會家心如織。一會家似醉如癡。没理會腌臢久病疾。害的來伶仃瘦體。

〔云〕早來到也。咱見相公去則。〔做見科〕〔孤云〕我今日招壻。您衆人在意答應者。〔旦云〕理會的。〔末上云〕小生來到府前。須索過去則。〔做見科〕〔孤云〕狀元來了也。繡房中請出小姐來者。〔梅香捧貼旦上立定〕〔孤云〕那女樂把盞者。〔旦見末驚科〕〔唱〕

【夜行船】我却待翠袖殷勤捧玉盃。覷絶時半晌癡迷。我認的是實。覷得仔細。掐皮肉猶疑是夢裏。

〔云〕張秀才。你好下的也。〔末云〕原來是俺大姐。你怎生到的這裏來。教我怎生是好。〔孤怒云〕那妮子教你把盞。因何不把盞。〔夫人云〕這妮子覷看狀元。眼去眉來。不知爲甚。〔旦云〕相公聽妾身説。〔唱〕

【川撥棹】俺在那曲江池。墜鞭時曾認的。他帶減腰圍。我玉削香肌。做得來掀天撲地。寨兒中鼎沸起。

【七弟兄】俺娘若聽知。俺恁的。他便醫治。眼前面便待把陽關閉。片時間雲暗武陵溪。半霎兒水渰藍橋驛。

〔孤云〕這婦人怎敢這般説。〔净上云〕叔父。這箇正是我的媳婦。〔旦云〕呀。他怎生也到這裏。〔唱〕

【梅花酒】呀。正撞着販茶客。列舞筵歌席。錦帳羅幃。便待要雨約雲期。當日我酒斟着金罍滿。那厮人倒玉山頹。覺來時後悔。與俺娘共商議。待要我復重席。

【收江南】趁着這下江風順片帆歸。俺好姻緣生紐做惡别離。玉簫閑殺共誰吹。從來到這裏。緑窗前學畫遠山眉。

〔孤怒云〕左右公人。將大捧來。我問這婦人。〔旦唱〕

【甜水令】由你鐵鎖沉枷。一年四季。不離身體。你可甚花壓帽簷低。我則道地北天南。錦營花陣。偎紅倚翠。今日箇水净鵝飛。

〔孤云〕新壻。你認的這婦人麽。〔末云〕委的是小官舊室。〔净云〕是我的老婆。〔卜兒上云〕不要争。出上錢的就嫁他。〔孤云〕您當初是怎生來。〔旦云〕相公停嗔息怒。聽妾身訴説一遍。妾身姓鄭。小字月蓮。有這張秀才相守。許做夫妻。争柰無錢。走將這箇茶官。買轉俺娘。逼我嫁他。妾身堅意不肯。俺娘將秀才趕出。妾身將首飾頭面。使梅香送與秀才。言定得官後來娶妾身。秀才得了盤纏。往長安應舉。再無首耗。不想今日在這裏相見。望相公可憐。怎生方便咱。〔孤問末生云〕新壻。你心中却是如何。〔末云〕教小官一言難盡。當初委實是夫妻來。今蒙相公恩顧。小官怎敢别言。〔孤云〕夫人小姐回後堂中去。人間天上。方便第一。就着這筵席。與狀元兩口兒。今日完成夫婦團圓。您意下如何。〔末旦謝科〕〔卜云〕我便是老丈母哩。〔净云〕好没意思。替别人挣了老婆。我也去。〔下〕〔旦唱〕

【折桂令】再休題孟母三移。你狗行狼心。短命相識。恨惹情牽。魂勞夢斷。雨約雲期。今日箇成就了鸞歡鳳喜。何消你愛錢娘唱叫揚疾。今日箇共守鴛幃。半掩朱扉。我待學村裏夫妻。步步相隨。

〔孤云〕天下喜事。無過夫婦團圓。〔下闋〕

題目　張秀才奮登龍虎榜

正名　鄭月蓮秋夜雲窗夢

劉千病打獨角牛雜劇

第一折

〔冲末孛老兒上云〕急急光陰似水流。等閑白了少年頭。月過十五光明少。人到中年萬事休。老漢是這深州饒陽縣人氏。姓劉。是劉太公。我有箇兄弟是折拆驢。我那兄弟有些膂力。前年去泰安神州争交賭籌去了。一向不曾來家。我有箇孩兒。唤做吃劉千。不知怎麽。這孩兒不肯做莊農生活。則待要刺槍弄棒。學拳摔交。時常裏把人打傷了。我今日着他使牛耕地去。説與沙三伴哥。跟着劉千耕地去。若使牛去便罷。他若和人厮打呵。休着我知道。我不道的饒了他。今日無甚事。老漢我自回家中去也。〔下〕〔凈扮折拆驢領快喫飯世不飽上〕〔折拆驢云〕路歧歧路兩悠悠。不到天涯未肯休。有人學的輕巧藝。敢走南州共北州。自家折拆驢的便是。我是這深州饒陽縣人氏。俺弟兄三箇。子父四人。則俺這老子最大。我爲甚麽唤做折拆驢。我有氣力無氣力。一頭驢往我面前走過去。我一隻手揪住騣。一隻手揪住尾。使氣力則一折。把那驢腰就折拆了。因此上就唤我做折拆驢。三月二十八日。東嶽泰安神州。我和獨角牛劈排定對。争交賭籌。部署扯開藤棒。被那獨角牛則一拳。打了我兩箇牙。二年打了我四箇牙。今年是第三年。諕的我就不敢去了。〔快喫飯云〕哥。你爲何就不敢去了。〔折拆驢云〕也與我這牙做主是阿。我在這村裏。教着幾箇徒弟。就賣些觔骨膏藥兒。這早晚香客未來全哩。等香客來了呵。擂三合。看有甚麼人來。〔正末同禾倈上〕〔禾倈云〕哥哥。你看俺這莊農人家。春種夏鋤。秋收冬藏。春若不種。秋收無望。俺做莊農的。比您這學擂的。可是如何也。〔正末云〕倒不如俺學擂的好也呵。〔唱〕

【仙吕點絳唇】你則說春種秋收。使牛耕耨。爲村叟。我和你話不相投。我則待鬬智相搏手。

〔禾倈云〕你可受用些甚麼。你喫的是甚麼。〔正末唱〕

【混江龍】我喫的是肥羊法酒。〔禾倈云〕不如俺莊農家的茶飯倒好。〔正末唱〕强如您鞭丢酸棗醋溜溜。〔禾倈云〕依着你怎生。〔正末唱〕俺則說劈排定對。〔禾倈云〕俺可是怎生。〔正末唱〕您則待壓耙扶籰。〔禾倈云〕依着你可往那裏耍去。〔正末唱〕我去那碾麥場中打套子。煞强如您漚麻坑裏可都摸泥鰍。〔禾倈云〕您怎生不做莊農生活。則好打擂。可是爲何也。〔正末唱〕這的也是我專心好。我相伴的是沙三趙二。更和這伴哥王留。

〔禾倈云〕哥哥。你這等刺槍弄棒。争交賭籌。每日出來瞞着父親。你可怎生支持也。〔正末云〕起起起來也。〔唱〕

【油葫蘆】每日介相喚相呼推放牛。繞着他這莊背後。〔禾倈云〕俺可往那裏耍去來。〔正末唱〕我可敢一直兒走到地南頭。您去兀那熟耕地裏可都翻觔陡。〔禾倈云〕你可做些甚麼那。〔正末唱〕都不如我向花桑他兀那樹下學搏手。〔禾俫云〕依着哥哥心。可是怎生。〔正末唱〕我有心待燃了香。剃了我這頭。〔禾俫云〕哥也。你這般面黄肌瘦。怎生赢的人也。〔正末唱〕休笑我渾身上無那四兩山鷄肉。〔禾俫云〕哥也。你憑着些甚麽武藝敵對人也。〔正末唱〕憑着我這一對瘦拳頭。

〔禾俫云〕哥也。你就能跌快打。左手打三條好漢。右手打三條好漢。你也則好在俺這當村裏施展。你敢往那裏去。〔正末唱〕

【天下樂】我可也敢走南州共北州。我可便雲也波遊。繞着那天下走。〔禾俫云〕哥也。你便走。可也不得馳名也。〔正末唱〕我若是不馳名我便不姓劉。〔禾俫云〕你父親母親。則怕你争交賭籌。打人惹禍。着我跟隨着你哩。〔正末唱〕俺爺將我行也是跟。俺娘將我坐也是守。則被他每拘束的我來不自由。

〔禾俫云〕哥也。父親着你使牛耕地。你便煩惱。你聽的道厮打呵。你便歡喜。可是爲何。〔正末唱〕

【那吒令】説着他這種田呵。我三衙家抹丢。道着他這放牛呵。我十分的便抖擻。提着道是拽拳呵。美也我精神兒便有。我可便打熬成。我敢則是温習就。憑着我這武藝滑熟。

【鵲踏枝】有一日賽口願到神州。〔禾倈云〕到的那裏。與俺做些甚麼。〔正末唱〕我與你便畫尊神軸。背着案拜岳朝山。撞府冲州。〔禾倈云〕到那裏憑着你甚麼那。〔正末唱〕憑手眼要衣食便有。〔禾倈云〕哥也。到的那裏。你趁些甚麼。〔正末唱〕我趁相搏到處雲遊。

〔禾倈云〕哥也。你看兀那裏打擂哩。你領着我看一看去。〔正末云〕那裏這般小打鼓兒響。喒看去來。〔折拆驢云〕徒弟靠前。等香客來全了擂三合。這一箇有異名。喚做快喫飯。這箇喚做世不飽。世不飽着拳打將去。快喫飯有拳還將來。手停手穩看相搏。〔世不飽打科〕〔快喫飯遮科〕〔快喫飯世不飽做倒科〕〔正末云〕我上的這路臺來。兀那教手。你問我這擂如何。〔折拆驢做笑科云〕呵呵呵。倒好笑。那裏走將這箇後生來。他無那錢鈔賞俺。他待要舖獎我。我問你這擂如何。〔正末云〕你這擂直屁。〔折拆驢云〕是有那直屁。我可不放你哩。兀那後生。你既是省的呵。恰纔左軍裏一箇。右軍裏一箇。怎生拏。怎生跌。你敷演一遍。我試看咱。〔正末云〕我試敷演這擂咱。〔唱〕

【寄生草】這一箇吐架子先纏住手。〔帶云〕這一箇展不的也。〔唱〕怕扣落緊刺了頭。這一箇撞入去往上可便鼻凹裏扣。這一箇着昏拳厮打住胡厮紐。你與我中間裏解開分前後。麥場上禾豆您親收。你若到兀那泰安州銀碗難能勾。

〔正末做脚勾凈科了〕〔折拆驢做跌倒科云〕哎喲。哎喲。這厮好無禮也。我聽他説話。他把手上頭晃一晃。脚底下則一絆。正跌着我這哈撒兒骨。兀那厮。你敢和我厮打麼。〔正末云〕打將來。

〔折拆驢做打科〕〔正末做跌倒折拆驢打科〕〔世不飽云〕打將來了。俺兩箇家去了罷。〔同快喫飯下〕〔折拆驢云〕打殺我也。徒弟每都那裏去了。〔正末唱〕

【單雁兒】早則倒倒倒了你箇教頭。則我這右拍手輕盪着你可早難禁受。似倒了一箇糠布袋。摔翻了箇肉春牛。呸毦毦毦不害你娘羞。你原來是箇蠟槍頭。

〔正末做揪折拆驢手跌科〕〔禾倈云〕劉千哥哥又厮打哩。我叫老的來。父親父親。哥哥又厮打哩。〔孛老兒上云〕在那裏厮打哩。〔禾倈云〕兀的不是。〔孛老兒云〕好也好也。〔孛老兒做打正末科云〕着你休厮打。你又惹人。小禽獸。你不聽我的言語。〔折拆驢云〕老的休打他。打他便是打我一般。恰好都打了我了。〔孛老兒云〕兀的不是折拆驢兄弟。〔折拆驢云〕原來是哥哥。〔折拆驢做拜科云〕哥哥。多時不見。〔孛老兒云〕兄弟。你認的這小的麽。〔折拆驢云〕這箇是誰。〔孛老兒云〕則他便是你姪兒劉千。〔折拆驢云〕恰纔打我的。是姪兒劉千。我去時孩兒則這般大。〔孛老兒云〕劉千過來。拜你叔父來。〔正末云〕這箇是誰。〔孛老兒云〕是你叔父。〔正末云〕這箇是叔叔。早是您姪兒不曾衝撞着叔叔也。〔折拆驢云〕你則這般。打出我屁來哩。哥哥。孩兒忙也是閑。〔孛老兒云〕孩兒忙哩。〔折拆驢云〕孩兒忙便罷。若閑呵。我教他幾箇搏手兒。〔孛老兒云〕且顧了你着。〔折拆驢云〕哥哥。你家去安排茶飯。我和姪兒便來。〔孛老兒云〕劉千。你和叔父同來。我先回家去也。〔下〕〔折拆驢云〕孩兒也。你這般省的呵。三月二十八日泰安神州。我和你去争交賭籌。你敢和獨角牛敵對去麽。〔正末云〕叔叔。那裏有這般好擂的。我和他擂去。〔折

拆驢云〕孩兒也。除了獨角牛。再無好漢了也。〔正末云〕叔叔。你放心也。〔唱〕

【尾聲】賣弄你有楞角。無敵手。哎。你箇折拆驢的叔叔免憂。你則是滿口裏薰豁獨角牛。則今番我直着抹了那廝芒頭。我生性忒搊搜。相搏罷我着他一筆都勾。我着他但題起這劉千來呵〔云〕兀的不是劉千來也。〔唱〕我直着他撲碌碌的望風而走。〔折拆驢云〕你可休誇了大口也。〔正末唱〕你穩情取花成蜜就。〔折拆驢云〕你看那獨角牛身凜凜。貌堂堂。你這等瘦巴巴的。則怕你近不的他也。〔正末唱〕你休笑我黃乾黑瘦。我可敢則今番我直着頂替了那一座泰安州。〔同下〕

第二折

〔旦兒上云〕只爲兒夫身染病。發願街頭捨義漿。妾身不是别人。乃劉千的渾家是也。爲俺男兒身子不快。我對天許下捨一百日義漿。捨了九十九日。則有今日一日。在此閑坐也。看有甚麼人來。〔獨角牛同凈快喫飯世不飽上〕〔獨角牛云〕一對拳寰中第一。兩隻脚世上無雙。自家行不更名。坐不改姓。石州馬用的便是。俺家祖傳三輩。是這擂家出身。俺祖公公是没角牛。俺父親是鐵角牛。到我這一輩。唤做獨角牛。每年三月二十八日。上東嶽泰安神州争交賭籌。劈排定對。比並高低。頭一年不知那裏走將一箇甚麼折拆驢來。與我争交賭籌。部署扯開藤棒。被我則一拳。打了他兩箇牙。第二年那廝又走將來争交。又喫我打了他兩箇牙。把那廝打的喪膽亡魂。我耳消耳息。打聽的深州饒陽縣。有箇小廝。喚做甚麼吃劉千。説那小廝一對拳。似剪鞭相似。我這麼箇好漢。天下無對手。我則怕那廝打了我芒頭。兄弟每。您跟着我尋那廝去。若是尋着他呵。衆兄弟每。您着舍利拳打倒那廝。稱了我平生願足。我問人來。兀那搭義漿去處便是。兄弟每。飲馬去來。〔快喫飯云〕理會的。牽過馬來飲馬。〔旦兒云〕兀那君子。你好不達時務。不曉事也。人喫的茶飯。可怎麼將來飲馬。〔獨角牛云〕這婦人倒生的好也。嗯。兀那婦人。誰不曉事。你家裏有甚麼好男子好漢。叫他出來。〔旦兒云〕這人好無禮也。我喚我父親去。〔做叫科云〕父親。〔孛老兒上云〕媳婦兒也。做甚麼這般大驚小怪的。喚我做甚麼。〔旦兒云〕您孩兒正搭義漿。一夥男子漢。人喫的茶飯。他要飲馬。我説他。他倒罵我。〔孛老兒云〕這廝好無禮也。他在那裏。〔旦兒云〕兀那裏不是。〔孛老兒云〕哥哥每。好不曉事也。人喫的茶飯。怎生喂頭口。〔獨角牛云〕兀那老弟子孩兒。你説誰哩。衆弟兄每。與我打這老弟子孩兒。〔做打倒孛老兒科〕〔獨角牛云〕我不打你。家裏有甚麼年紀小的後生。着他出來。我和他略擂三合。〔旦兒云〕好也。你打倒我父親也。我喚我叔叔去。叔叔出來。〔折拆驢在古門道云〕孩兒。喚我做甚麼。〔旦兒云〕你出來。〔折拆驢云〕我忙哩。〔旦兒云〕你做甚麼忙哩。〔折拆驢云〕我捉虱子哩。〔旦兒云〕那裏要緊。有人打倒我父親也。〔折拆驢云〕這廝無禮也。他是盆兒罐兒。〔旦兒云〕怎麼是盆兒罐兒。〔折拆驢云〕他好歹有耳朵也。〔旦兒云〕假似罐兒呢。〔折拆驢云〕也有耳朵兒。〔旦兒云〕一夥人打倒我父親也。〔折拆驢上云〕這弟子孩兒合死也。過來。我打那弟子孩兒去。〔做見獨角牛科〕〔獨角牛云〕那箇好男子好漢。教他出來。則我便是獨角牛。〔折拆驢做走科〕〔旦兒做攔科云〕你那裏去。〔折拆驢云〕孩兒也。你不知道。他正是我的牙主兒。〔旦兒云〕他打倒俺老子。可怎生是好也。〔折拆驢云〕打倒你老子。干我腿事。〔旦兒云〕叔叔。没柰何。你救我父親咱。〔折拆驢云〕孩兒也。一了説明槍好趓。暗箭難防。我暗算他。搬將過來。則一拳打倒那廝。救你父親。打不倒。你趓開條路。我好走。〔旦兒云〕你靠前。〔折拆驢捱打科云〕唱喏哩。〔獨角牛回身打浄倒科〕〔折拆驢云〕老叔看牙。輕着些兒。〔獨角牛云〕兄弟每也。你看打倒的是誰。〔世不飽云〕理會的。我試看咱。〔做看科〕〔世不飽云〕哥也。我道是誰。原來是折拆驢。〔獨角牛云〕我若無手眼。不喫這廝打倒了。衆人向前打那廝。〔衆做打科〕〔折拆驢云〕娘也。打殺我也。法度利害。禍不是好惹的。〔獨角牛云〕哏。那廝。你要我饒你麽。〔折拆驢云〕可知要饒哩。〔獨角牛云〕你要我饒你。叫我十聲老子。〔折拆驢云〕羞人化化的。怎麽叫。〔獨角牛云〕不叫。我就打殺你。〔折拆驢云〕老叔休打。等我叫。〔做叫科〕〔獨角牛應科了云〕兄弟每。這廝怕俺也。喒喫酒去也。〔同快喫飯世不飽下〕〔孛老兒云〕他去了也。你起來罷。〔折拆驢云〕去了不曾。〔孛老兒云〕不妨事。你起來。他去了。〔折拆驢云〕這弟子孩兒好造物。不去了。這廝爛羊頭。喫我打一頓。〔孛老兒云〕休對孩兒説。喒家去來。〔同折拆驢下〕〔旦兒同折拆驢扶正末上〕〔正末云〕大嫂。你熬口粥湯去。哎喲。娘也。我好頭疼也。〔折拆驢云〕哎喲。爺也。我好牙疼也。〔正末云〕叔叔。你怎麽來。〔折拆驢云〕不曾怎麽。〔正末云〕你看你那頭上土。〔折拆驢云〕我不說。〔正末云〕你不說呵怎生。〔折拆驢云〕我打滚來。〔正末云〕你那口裏血。〔折拆驢云〕我剔牙來。〔正末云〕你說也不說。〔折拆驢云〕我不說。〔正末云〕你真箇不說。我則一拳。打了你那滿口裏牙。〔折拆驢云〕你則近的我這牙。孩兒也。我說則說。你休要煩惱。〔正末云〕我不煩惱。你說。〔折拆驢云〕孩兒。你那媳婦兒。爲你染病。許下捨義漿。正捨義漿。有那世裏對頭獨角牛。他又調戲你媳婦。又打倒你父親。我勸他來。又着他打了我兩箇牙。孩兒也。你是箇男子漢。頂天立地。噙齒戴髮。帶眼安眉。連皮帶肉。帶骨連皮。你這般寃讎。怎生不報。〔正末云〕這厮好無禮也。〔唱〕

【越調梅花引】將我箇年老的尊堂恁厮拍。年紀小的妻兒廝逗來。好着我忿怒夯胸懷。我今日踐塵埃。這厮好情理切害。不報了寃讎和姓改。

【紫花兒序】休道是劉劉劉千的這和尚。便是那釋迦如來。被這厮惱下蓮臺。〔折拆驢云〕孩兒也。你身子不停當哩。將息你那證候咱。〔正末唱〕將我這神眉剔竪。把我這病眼來睁開。我好怨恨那箇喬才。一會兒氣的我渾身上津津的汗出來。〔折拆驢云〕孩兒也。倒是些兒好汗。〔正末唱〕美也覺我這身子兒輕快。〔折拆驢云〕孩兒也。你這般面黄肌瘦。眼嵌縮腮。兩條腿恰似麻稭。十箇指頭有如燈草。你且將息幾日去。〔正末唱〕你笑我臉似刀條。腿腿腿似麻稭。

〔折拆驢云〕那獨角牛身凛凛。貌堂堂。身長一丈。膀闊三停。横裏五尺。豎裏一丈。剔留秃圞。恰似箇西瓜模樣。看了你這般一搓兩頭無剩。腰兒小。肚兒細。喫的飽。快放矢。則怕你近不的他麽。〔正末唱〕

【耍三臺】常言道我虎瘦呵雄心在。你可便休笑我眼嵌縮腮。你道他偌來肥胖。你道我恁來大小身材。不是我自説口自莊主自邀買。我是那那吒社裏横禍來的非災。則今番破題兒和他相摶。他可敢寄着一場天來大利害。

〔折拆驢云〕孩兒也。這擂家漢要眼睛轉。拳頭取勝。觔脈亂。撲手成功。眼睛不轉。打人不着。觔脈不亂。撲人不倒。則怕你近不的他也。〔正末唱〕

【絡絲娘】若是獨角牛今番撇臺。着那廝淺水魚兒摸來。山海也似冤讎我和他劈甚麽排。不是我舌尖口快。

〔折拆驢云〕那獨角牛。你聞名不曾見面。他生的塔也似一條大漢。井椿也似兩條腿。醬鉢也似一對拳頭。栲栳來也似一箇肚子。烏盆也似一雙眼睛。覷了你這般面黄肌瘦。則有老蜻腰兒的氣力。撲蜽吼的威風。聽的打擂。常害頭疼。你敢近不的他麽。〔正末唱〕

【紫花兒序】我怎肯主着面拳廝撲。和他兩箇廝捱。你看我倒蹬兒智廝瞞由咱擺劃。俺兩箇硬廝併暗廝算。濃鬧裏休着那布束解。直打的這壁破那壁傷磣可可嘴塌鼻歪。

〔折拆驢云〕孩兒也。你上的那路臺去。一箇左邊。一箇在右邊。中間裏部署扯了那藤棒。擂家漢要智的擒。打的擒。肚有智。瞞過人。一狠二毒三短命。便是擂的舊家風。你怎生遮截架解。你試説一遍。我試聽咱。〔正末唱〕看那厮拽大拳可這般出出出的趕來。你看我跌過脚輕輕的倒檯。吐架子扒下來嘴縫上颼颼的着我扣落拍。直打的摇着頭跌着脚道好好好擂可這般失驚打怪。

〔折拆驢云〕孩兒也。你使的是上三路。下三路。中三路。可是那一路拳。你一發對我説一遍咱。

〔正末唱〕

【尾聲】你看我横裏丢竪裏砍往上兜往下抛虎口裏截臂骨扛紐羊頭枷稍墜馬前劍撲手有那三十解。着那厮拳起處我搬趄過可叉則一拳打下那厮班石露臺。恁時節小颩兒那粧么。〔云〕衆人道。打打打了。好好好擂。〔唱〕我着他渾花兒可兀的大喝聲啋。〔下〕

〔折拆驢云〕一箇好兒也。他的那撲手熟。他的倒是横裏丢。竪裏砍。往上兜。往下抛。虎口裏截臂骨。扛紐羊頭帶蹄兒。倒賣十伍貫。〔唱〕他道是馬前劍撲手有三十解。〔外呈答云〕好唱也。好唱也。〔折拆驢云〕隨邪的弟子孩兒。那裏唱的好。〔下〕

第三折

〔外扮香官領張千上〕〔香官云〕萬里雷霆驅號令。一天星斗焕文章。小官乃降香大使是也。方今聖人在位。天下太平。八方寧静。黎庶安康。端的是處處樓臺聞語笑。家家院落聽歡聲。今日是三月二十八日。乃是東嶽天齊大生仁聖帝聖誕之辰。小官奉命降香一遭。端的是人稠物穰。社火喧譁。別的社火都賽過了也。還有這一場社火。乃是那吒社。未曾酌獻。張千。與我喚將部署來者。〔張千云〕理會的。部署。相公喚你哩。〔部署領打擂四人上〕〔部署云〕依古禮鬭智相搏。習老郎捕腿拏腰。賽堯年風調雨順。許人人賭賽争交。自家部署的便是。今日是三月二十八日。是東嶽聖誕之辰。俺預備社火。賽神酌獻。都停當了也。有香官相公呼喚。須索見相公。走一遭去。〔見科云〕相公。部署來了也。〔香官云〕那吒社社火。停當了麽。〔部署云〕相公。都停當了也。〔香官云〕今年頭對是誰。〔部署云〕今年頭對是獨角牛。二年無對手了。則有今年一年哩。〔香官云〕若是今年無對手呵。銀碗花紅表裏段匹。都是他的。與我喚過獨角牛來。〔部署云〕理會的。喚將獨角牛來者。〔張千云〕理會的。獨角牛安在。〔獨角牛上云〕打遍乾坤無對手。獨占那吒第一人。自家獨角牛的便是。我在這泰安州東嶽廟上。每年三月二十八日。東嶽聖誕之辰。我在這露臺上。跌打相搏。争交賭籌。二年無對手了。今年是第三年也。有香官呼喚。須索走一遭去。〔部署云〕獨角牛。香官相公喚你哩。〔做見科〕〔香官云〕你便是獨角牛。〔獨角牛云〕小人便是。〔香官云〕你二年無對手也。則有今年。若是再無對手呵。這銀碗花紅表裏段匹。就都賞你。香客還未全哩。等香客來全了時。脱剥下來搊三遭。〔獨角牛云〕理會的。那一箇好男子好漢。敢出來擂三合麽。〔正末同折拆驢上〕〔正末云〕叔叔。來到了麽。〔折拆驢云〕孩兒。來到也。

那露臺上便是獨角牛。你看那狗骨頭生的那箇模樣。你近的他。你便過去。你若近不的他。喒家去了罷。〔正末唱〕

【正宮端正好】我來到這泰安州。我可便不住您兀那招商店。那廝便緊和我釘釘膠粘。把一池綠水可也渾都占。可怎生不放俺這傍人僭。

〔獨角牛云〕那一箇好漢。敢出來與我獨角牛擂三合。〔正末唱〕

【滚繡毬】他將那名姓呼志氣來呫。他在那露臺上光閃。果然是名不虛傳。他可也忒自專。說大言。自誇輕健。可是他空說在駿馬之前。我打這廝東頭不說可在這西頭說。我打這廝上口不呫下口呫。無恥無廉。

〔云〕哥哥。報復一聲。小人是深州饒陽縣人氏。姓劉。是吃劉千。特來與獨角牛來廝擂。〔部署做報科云〕喏。外面有箇人。特來與獨角牛來賭擂。〔香官云〕着他過來。〔正末做見科云〕大人。小人是深州饒陽縣人氏。姓劉。是吃劉千。特來與獨角牛來廝擂。〔香官云〕則怕你近不的他麽。你可有甚麽親人。〔正末云〕見有我叔叔在門首。〔香官云〕叫你那叔叔進來。〔正末云〕叔叔。大人喚你哩。〔折拆驢做見科云〕大人。小人是折拆驢。〔香官云〕你是那小的甚麽人。〔折拆驢云〕小人是他叔叔。〔香官云〕你既是他叔叔。那獨角牛可利害。拳頭上無眼。倘若還有些高低。可如之柰何。他既要搏擂呵。你便親手立張文書。方纔放他廝擂去。〔正末云〕叔叔。不妨事。你則管寫與他。〔折拆驢做寫文書科云〕大人。小人寫了文書也。〔香官云〕你畫上字。〔折拆驢云〕小人畫了字也。〔香官云〕既然畫了字也。您過去廝擂去。〔折拆驢云〕喒且在一壁者。〔香官云〕部署。香客來全了麼。〔部署云〕來全了也。〔香官云〕着那獨角牛脱剥下。遶着露臺搊三遭。〔部署云〕理會的。兀那獨角牛。香客全了也。你脱剥下搊三遭。〔獨角牛做脱剥了科云〕這東壁廂。有甚麽好男子好漢。出來劈排定對。争交賭籌來。〔獨角牛折拆驢打科〕〔折拆驢趓科〕〔獨角牛云〕東壁廂無有。敢在西壁廂。這西壁廂有好男子好漢。出來與我争交賭籌來。〔又打折拆驢科〕〔折拆驢又趓科〕〔獨角牛云〕西邊廂没有。敢在東邊。〔折拆驢云〕呸。你則認的我。〔正末云〕我上的這露臺來。我和他擂去。〔部署搽科云〕兀那小廝靠後。〔折拆驢吐門户科〕〔部署云〕你來怎的。〔折拆驢云〕我來噴水來。〔部署云〕兀那小廝。你看那獨角牛。身凛凛。貌堂堂。一箇好漢。恰便似煙薰了的子路。墨灑就的金剛。你這等面黄肌瘦。眼嵌縮腮。一搭兩頭無剩。你可到的那裏。則怕你近不的他也。〔正末唱〕

【倘秀才】哎。你夥看的每休將咱來指點。您可休量小人不是箇馳名的這好颩。打這廝囊裹盛錐自出尖。獨角牛。有饑兔。打這廝説大言。

〔獨角牛云〕兀那小的。你這等一箇瘦弱的身軀。要和我兩争交賭籌廝打呵。你曾辭你家中父母不曾。〔正末唱〕

【白鶴子】誰不道你威凛凛。誰不道我瘦懨懨。誰不道你有能奇。誰不道我無扎墊。

〔獨角牛云〕兀那折拆驢。這箇是你姪兒。我看這小廝。面黄肌瘦。一搭兩頭無剩。他休説和我擂。着部署扯開藤棒。我則一拳。我就打做他一箇螃蠏。〔折拆驢云〕你要打譚。我和你打箇譚。休題那螃蠏。俺孩兒動起手來。打的他七手八脚。一迷哩横行。則怕打破你那蓋。〔獨角牛云〕我和你再打箇譚。如今部署扯開藤棒。我一脚踢做你箇煎餅。〔折拆驢云〕休題那煎餅。俺孩兒打起來。諕的你軟癱。〔部署云〕甚麽軟癱。〔折拆驢云〕煎餅可不軟癱。〔正末唱〕

【白鶴子】你笑我身子兒尖。可也使不着臉兒甜。本對也可不道三角瓦兒阿可赤可兀的絆翻了人。則我這一對拳到收贏了你箇颩。

〔部署云〕看頭合擂。左軍裏一箇。右軍裏一箇。不要揪住裩兒。不要拽起袴兒。手停手穩看相搏。〔正末與獨角牛擂科〕〔獨角牛倒科〕〔折拆驢云〕倒了也。〔獨角牛云〕不倒。不倒。〔折拆驢云〕休題那不倒。背着糙米還家去。那箇是不搗。〔獨角牛云〕不算交。〔折拆驢云〕可知道不算交。把那鼻涕來沾靴底。那的是不算膠。〔部署云〕看第二合擂。左軍裏一箇。右軍裏一箇。休要揪住裩兒。不要拽起袴兒。手停手穩看相搏。〔正末唱〕

【倘秀才】我恰纔吐架子左閃來右閃。我踢了箇提過脚裏膁也那外膁。嘴縫上直拳並塌那廝臉。着這廝頭完擂。早着拳。打這廝自專。

〔部署云〕獨角牛。你有拳打將去。劉千。你有脚踢將去。休要揪住裩兒。不要拽起袴兒。手停手穩看相搏。〔擂科〕〔獨角牛倒科云〕我輸了也。〔折拆驢拏空桶做傾科云〕我着你爛羊頭喫一頓。

〔正末唱〕

【伴讀書】贏了的休談羨。輸了的難遮掩。打這廝自獎自誇自丰鑑。休想道虎嚇的咱家善。併一千合者波休想劉千喘。

【笑歌賞】看看看的每俺俺俺這完擂不甚險。呸呸呸使不着你那句美也那唇甜。您您您老的每休埋怨。告告告那部署休心倦。哥哥哥你水莫噴。您您您鼓輕攧。來來來來來來來來喒休把這排場占。

〔部署云〕相公。劉千贏了獨角牛也。〔香官云〕既然劉千贏了也。將那銀碗花紅表裏段疋。都賞劉千。加他做深州饒陽縣縣令。着他走馬赴任。便索長行。〔折拆驢云〕孩兒也。恰纔還是你善哩。若是我。我腰節骨都攧折他的。喒回家去來。〔正末唱〕

【尾聲】打一拳有似着一劍。踢一脚渾如剁一鐮。這廝人也憎鬼也嫌。無處發付那千層樺皮臉。可又早頹氣了馳名第一颭。〔同折拆驢下〕

〔香官云〕劉千去了也。小官不敢久停久住。左右那裏將馬來。回大人話。走一遭去。獨角牛施呈威風。欲贏取羊酒花紅。被劉千爭交跌打。方顯是天下英雄。〔同下〕

第四折

〔孛老兒上云〕歡來不似今朝。喜來那逢今日。老漢劉太公的便是。誰想劉千跟着他叔父去泰安州。與獨角牛劈排定對去了。說道孩兒贏了也。先拏將花紅銀碗錦襖兒來。我不信。使的出山彪打聽去了。這早晚敢待來也。〔正末扮出山彪上云〕自家出山彪便是。跟着劉千哥哥泰安州去。俺哥哥贏了也。我先將花紅銀碗錦襖。去叔父跟前報箇喜信去咱。〔唱〕

【雙調新水令】獨角牛無對整三年。則今番賽還了他那口願。說劉千一箇展。值看官滿懷錢。端的是名不虛傳。看了那幾合擂不曾見。

〔孛老兒云〕出山彪孩兒來了也。你哥哥在那泰安州。與那獨角牛怎生劈排定對。你說一遍。我試聽咱。〔正末云〕父親。俺劉千哥哥贏了也。我將着這錦襖子銀碗花紅。父親跟前來報喜信來也。〔孛老兒云〕既然你哥哥贏了獨角牛也。怎生兩家相搏。你試說一遍。我試聽咱。〔正末唱〕

【夜行船】獨角牛肥膜相搏呵吁他則落的一聲喘。可是他空說在駿馬之前。他則待舉意兒贏。他其心兒不善。可是他捉住鼓自開一遍。

〔孛老兒云〕你那哥哥等開住呵。會那箇在左邊。那箇在右邊。怎生遮截架解。你說一遍。我試聽咱。〔正末唱〕

【川撥棹】獨角牛氣衝天。他向那露臺上說大言。賣弄他能拽直拳。快使横拳。你比俺劉千絕後光前。去也鄭州出曹門較遠。都部署將藤棒傳。

〔孛老兒云〕怎生擂鼓篩鑼。吶喊摇旗。你試說一遍咱。〔正末唱〕

【七弟兄】鼓兒着撒邊。撒邊。〔云〕手停手穩看相搏。〔唱〕你可便看。咱拳合手停各自尋機變。一箇拳沉脚重謹當先。俺哥哥身輕體健能挪展。

〔孛老兒云〕俺劉千與獨角牛怎生㔗排定對。你試再説一遍。我試聽咱。〔正末唱〕

【梅花酒】呀。獨角牛拽大拳。劉千見拳。來到跟前。火似放過條蠶椽。出虚影到他胸前。劉千使脚去手腕上剪。他敢迤逗的到露臺邊。接住脚往上掀。胖身軀怎回轉。膂力的是劉千。

【喜江南】滴溜撲人叢裏騰的脚稍天。俺哥哥他將那渾錦襖子急忙穿。早笙歌引至廟門前。獨角牛自專。則他那輸了的臉兒可憐見。

〔孛老兒云〕既然贏了也。俺一家兒都往深州饒陽縣縣令之任去。到大來歡喜殺我也。俺孩兒心懷意滿。且休論他長我短。獨角牛輸與劉千。俺得了花紅銀碗。

題目　般般社火上東嶽

正名　劉千病打獨角牛

施仁義劉弘嫁婢雜劇

楔子

〔冲末扮李遜抱病同旦兒春郎上〕〔李遜云〕腹中曉盡世間事。命裏不如天下人。小生姓李。名遜。字克讓。祖居汴梁人氏。嫡親的三口兒家屬。渾家張氏。孩兒春郎。小生幼習儒業。今春應過舉。新除錢塘爲理。至望京店染起疾病。不能動止。我這病。覷天遠。入地近。眼見的無那活的人也。大嫂。你去熬口粥湯我食用。〔旦兒云〕理會的。〔下〕〔李遜云〕春郎。將過桌兒來。將紙墨筆硯來。〔春郎云〕父親。桌兒紙墨筆硯俱在此。〔李遜云〕春郎。你看你母親熬粥湯去。〔春郎云〕理會的。〔下〕〔李遜云〕我爲甚支轉他子母二人。小生平日之間。與人水米無交。我倘若有些好歹。争奈嬌妻幼子。歸於何處。使我切切在心。拳拳在念。我聞知洛陽有一人。姓劉。名弘。字元溥。此人有疎財仗義之心。我如今修一封書。等我身亡之後。着他子母二人。投奔劉弘員外。我寫這書者。李遜也。你怎生做那讀書的人。我與劉弘素不相識。這書上叙甚麼寒温的事。則除是恁的。我仿春秋一椿故事。宰國臣與乞成子赴壁一事。白者是素也。我與他素不相識。紙者居也。正意的則是托妻寄子。劉弘員外是讀書的人。見其書解其意呵。收留他子母二人。若見其書不解其意啊。李遜也。也是我出於無柰。春郎。唤你母親來。〔春郎同旦兒上〕〔春郎云〕父親。母親來了也。你放精細者。〔旦兒云〕員外。喝口粥湯兒者。〔李遜云〕大嫂。我那裏喫的粥湯。趁我這一回兒精細。分付您者。〔旦兒云〕員外。你有何言語囑付也。〔李遜云〕我若身死之後。您子母二人。將着這封書呈。直至洛陽。投奔劉弘伯父去。他見是我的書呈。必然收留您子母二人也。〔春郎云〕理會的。父親精細者。〔李遜云〕大嫂。春郎。我這病越沉重也。您扶着我者。便好道鳥之將死。其鳴也哀。人之將死。其言也善。一聲長嘆淚凝眸。堪恨春郎志未酬。幼子嬌妻無所托。一封書信緊相投。孤窮李遜今朝喪。天使文人不到頭。屍骸未入棺函內。一靈先到洛陽遊。大嫂。春郎。我也顧不的你也。〔做死科〕〔下〕〔旦兒同春郎做哭科〕〔旦兒云〕哎約。員外也。則被你痛殺我也。春郎。便將你父親焚化了。寄在報國寺裏浮坵着。俺將着書呈。投奔洛陽劉弘員外去來。〔春郎云〕理會的。母親。您孩兒將父親的骨殖。寄在這南薰門外報國寺裏。俺子母二人。則今日直至洛陽。投奔劉弘伯父去。哎約。父親。則被你痛殺我也。〔同旦兒下〕〔太白星上云〕閬苑仙家白錦袍。海山銀闕宴蟠桃。三峯月下鸞聲遠。萬里風頭鶴背高。貧道乃上界太白金星是也。職掌人間賞善罰惡録料長短之事。行善者增添福禄。作惡者減算除年。因赴天齋以回。親見下方洛陽有一人。姓劉。名弘。字元溥。此人是箇巨富的財主。争奈有二事缺欠。一者夭壽。二者乏嗣。貧道按落雲頭。化做一雲遊貨卜的先生。與此人説箇詳細。有何不可。來到這市廛中。遠遠的望着劉弘。這早晚敢待來也。〔正末上云〕老夫洛陽人也。姓劉。名弘。字元溥。年四十五歲也。某家洛陽祖居乃三輩也。我祖父劉從古。我父劉明叔。某是劉元溥。祖宗以來。所積家財。萬貫有餘。争奈到我行。乏其後嗣。我平生所望者。止是此也。我今日上的長街。來探幾個老士夫。喫幾杯悶茶者。下次小的每。把那馬來牽的靠後些兒。休衝撞着相識朋友。我信步閑行者。〔見科〕〔太白云〕兀的不是劉弘。我叫他一聲。劉弘。劉元溥。〔正末云〕誰呼我的名。呀呀呀。一個鬚髮盡白的老先生。好道貌也。我這洛陽城中。未嘗見這箇老先生。作揖老先生。〔太白云〕稽首。〔正末云〕如何識在下。〔太白云〕我識你是劉弘。你可不識貧道。我是箇雲遊貨卜的先生。我善能風鑑。〔正末云〕先生既會相呵。何不與在下決疑者。〔太白云〕我看你是箇巨富的財主。你今年多大年紀也。〔正末云〕在下拙年至四十有五也。〔太白云〕哦。你四十五歲。劉員外。我這陰陽。不順人情。我説則説。你則休煩惱。你有兩樁兒缺欠不全。〔正末云〕敢問老先生。可是那兩樁兒缺欠。〔太白云〕員外。你一者夭壽。壽不過五旬而亡。止有五年的限次也。〔正末做悲科云〕哎約。劉弘也。恰纔師父道壽不過五旬而亡。止有五年的限次。劉弘也。你是看書的人。豈不聞子夏云。死生有命。富貴在天。何懼之有。這個不妨事。敢問師父那一樁呢。〔太白云〕這一樁最當緊。你當來乏嗣無兒也。〔正末做悲科云〕師父。你打人呵休打着那痛處。説人呵休説着那短處。更做道是陰陽不順人情者波呵。〔唱〕

【仙吕賞花時】我和這貨卜的先生可在這路上逢。他恰纔上下端詳觀了我這面容。〔太白云〕據富貴不在石崇之下也。〔正末唱〕**他道我據富貴若石崇。**〔太白云〕争柰你壽夭也。〔正末唱〕**争柰我其壽可也不永。**〔太白云〕你多有資財。則是少個兒童也。〔正末唱〕**他又道我多財**

禄更少個兒童。〔帶云〕則一句。〔唱〕

【么篇】道的我恍惚如同兀那一夢中。〔云〕這陰陽不順人情。不可以不信也呵。〔唱〕我這裏稽首躬身問箇吉凶。〔云〕師父道在下夭壽。師父道在下絶嗣。師父如何全美的壽數。如何得有這子嗣。師父一發與迷人指路者。〔太白云〕你問貧道如何得這子嗣。如何得全你這壽數。劉弘。你肯依貧道八箇字。便能彀全美也。〔正末云〕師父。是那八箇字。〔太白云〕你自牢記者。是婚姻死葬鄰保相助。行好事。積陰功。若依此語。自然增添福壽也。〔正末云〕謝指教。謝指教。嗨。好言語也。婚姻死葬鄰保相助。這八個字。俺這秀才每口裏念的則是顛倒爛熟的。未嘗有人行的到也。〔唱〕他道着我行好事積陰功。〔云〕師父。再有甚麼指教。〔太白云〕則不貧道一人。兀的不又一人來也。疾。〔下〕〔正末回頭科云〕在那裏也。呸呸呸。好大風。眯了眼也。眯了眼也。作揖老先生。可那得箇人來。師父也。那壁無人。可怎生連他也不見了也。青天白日。知他是神也那是鬼也呵。〔唱〕却怎生平地下起一陣家這迅風。〔云〕我問師父。再有何指教。他道則不我來。兀那後面又有一箇來也。賺的我回頭。連他也不見了。好是奇怪殺人也。〔唱〕怎麼急回頭索早不見了那皓首的俫可則敢那一箇家老仙翁。〔下〕

第一折

〔卜兒同净王秀才上〕〔卜兒云〕花有重開日。人無再少年。休道黄金貴。安樂最直錢。老身姓王。

嫁的夫主姓劉。是劉弘員外。這箇是我的姪兒是王秀才。家私裏外解典庫。都虧了這箇孩兒。〔浄王秀才云〕一八得八。二八一十九。三八二十六。四八一十七。這麽一本帳。若不是我呵。第二箇也算不清。〔卜兒云〕孩兒也。你辛苦。俺也知道。〔浄王秀才云〕姑娘。這家私裏外。許來大箇解典庫。我又寫又算。那等費心。姑夫不知人。這兩日見了我。輕便是駡。重便是打。若是姑夫今日來家時。姑娘。你說一聲方便。我也好在家裏存活。〔卜兒云〕少要這等言語。孩兒也。你姑夫探望相識朋友去了。你收拾下茶飯。這早晚敢待來也。〔浄王秀才云〕我安排下茶飯。等姑夫來食用。我且再算帳者。一八得八。〔正末上云〕下次小的每。把那馬來牽的望後院裏去。〔浄王秀才云〕一八得八。〔正末做見王秀才科〕〔正末云〕王秀才。你剗的還算哩那。〔浄王秀才云〕這老兒今日越哏了也。〔做作揖科〕〔正末云〕婆婆。我今日上的長街市上。不曾見一箇相識朋友。遇着箇鬚髮盡白的老先生。他道他是相士。上下觀了我這面目。他道我平生所欠者有兩樁。我便問他道。師父也。是那兩樁。他便道。第一來夭壽。壽不過五旬而亡。我止有五年的限也。這箇也不打緊。第二樁當來乏嗣無兒也。〔浄王秀才云〕姑夫家來惱懆。我道爲甚麽來没正經。姑夫無了子嗣。各人的造物。你可怎麽埋怨我。干我甚麽事。强盜也生男長女。你兩箇自家無用。倒埋怨我。〔卜兒云〕老的也。這先生也能算也。〔正末云〕婆婆。想喒兩口兒爲人。可也不曾行那歹來。我說莫不是這錢財上積攢的多了麽。所以上妨害了喒這子嗣。想喒這世間人。無錢的可又難過。抵死積攢的多了。却又於身無益。此言信有之也呵。〔唱〕

【仙呂點絳唇】我本是箇巨富的明儒。開着座濟貧的典庫。爲財主。貫滿京都。掌着那萬萬貫的這多財物。

【混江龍】想喒這人貧人富。原來這天公暗裏自乘除。〔帶云〕想喒這世間人。有錢的却無子。有子的却無錢。婆婆。這箇道理。你省的麽。有甚麽難見處。〔唱〕貧的每多生些子嗣。喒這富的每便廣積些金珠。則爲那貧無這諂以誤收的些存子的法。喒則被富之餘也兀的不明放着一箇殺身的術。這世裏甘貧的無慮。越富的貪圖。饑貧的廣有。猛富的多餘。我想那嫌貧的彼富。愛富的愚夫。固窮的不濫。靠富的空虛。我則待守清貧得樂矣在其中。端的可便不義富我道來於我也則是如雲霧。喒這人眼前貧波富。可則也則是兀那枕上的這榮枯。

〔云〕王秀才近前來。我問你。我當初開這解典庫。我正意是怎生來。〔净王秀才云〕這個。姑夫老人家。一法老的糊突了。爲甚麽開這解典庫。常言道早晨栽下樹。到晚要乘凉。可不道喫酒的望醉。放債的圖利。也則是將本圖利來。〔正末云〕噤聲。我幾曾圖利息。我正意的那我則是賑人之貧波周人之急。婆婆。誰想這厮。去那解典庫中。治下許多的弊病。顛倒與我身上爲害。我上的長街市上。那一箇相識朋友每。不看着我下言語。道您這厮忒不中。更慳波吝波苛波剋波。俺兩口兒無兒。都是你這厮在這解典庫中。治下弊病。都折罰了也。兀那厮。你省的那君子愛財。

取之有道麽。〔净王秀才云〕姑夫。爲人憎愛中半。佛也不得人道是哩。君子不羞當面。我有甚麽弊病處。對着姑娘。你就説。〔正末唱〕

【油葫蘆】**則這君子惜財有道上取。誰似你忒無法度**。〔净王秀才云〕怎麽無法度。拏住作

踐的。打五棍。吊在樹上。怎麽無法度。〔正末唱〕**人道你忒慳忒吝忒心術**。〔净王秀才云〕我有甚麽心術處。〔正末云〕兀那厮。那的是你那心術處。〔唱〕**人家道那把時節將爛鈔你强揣與。巴的到那贖時節要那料鈔教他贖將去**。〔净王秀才云〕他拏將鈔來討。没的不與他去不成。〔正末云〕兀那厮。你聽我説你那弊病。你則休賴。〔净王秀才云〕我有甚麽弊病。〔正末唱〕**你將焦赤金化做了淡金**。〔净王秀才云〕姑夫。也不必鬧。也容易。從今後人拏的高麗銅來。我也當金子留下。等人來贖。可把金子賠他便了也。〔正末云〕你看波。這高麗銅不別。這金子不別。這椿也罷。〔唱〕**你把好珍珠寫做了他蚌珠**。〔净王秀才云〕也容易。從今後拏將魚眼睛來。當珍珠留下。等人要。可把珍珠賠他。〔正末云〕你看波。這魚眼睛不别。珍珠不别。這兩椿也不當緊。〔唱〕**人家一領簇新的衣你去那典場上你便從頭的覷**。〔云〕是人家那簇新做出來的衣服。帶兒也不曾綴。姪兒也不曾疊的倒哩。人家急着手用那錢使。將來到你這厮行當那錢。這厮提將起來看了一看。昧着你那一片的黑心。下的筆去那解帖上批上一行。〔唱〕**呀。這厮便寫做甚麽原展污了的舊衣服**。

〔净王秀才云〕裁衣不及段子價。這箇也是我向家的心也。〔正末唱〕

【天下樂】噤聲。賊也豈不聞道財上分明大丈夫。〔云〕比喻説到今月初一日。把這號改到那月初二來贖。你這廝。〔唱〕但那日數兒過來波餘。你休想道肯放那贖。〔云〕初二日來贖。道員外不在解典庫裏。明日來。不付能到那初三日來贖。你道員外人情去了。不在家。〔唱〕這廝兀那愛錢的心他百般裏推些箇事故。〔卜兒云〕老的。他爲甚麽那。〔正末唱〕他則待日要所增。〔云〕初三日不贖與那人。初四合當贖與那人。你又不贖與他。婆婆。你知道他那初四日不贖與那人的緣故麽。〔卜兒云〕可更是怎生。〔正末唱〕這廝直熬到箇月不過五。〔云〕過了五箇日頭。索你怎生問他。要一箇月的利錢。賊醜生也。〔唱〕你倚仗着我這幾貫錢索則麽以撇的些窮人家每着他無是處。

〔卜兒云〕老的。有句話和你説。你潑天也似家私。寸男尺女皆無。你依我安排一杯酒。把俺那爺娘親眷。都請將來。陪一句話。我與你娶一箇年紀小的生的好的。近身扶侍你。若是得一男半女。可不好那。〔正末云〕婆婆。休這般説。〔唱〕

【那吒令】你待陪千言萬語。托十親九故。娶三妻兩婦。待望一男半女。〔卜兒云〕老的。你娶一箇罷波。〔正末云〕日月逝矣。歲不我延。〔唱〕我青鏡曉來看。則這白髮添無數。〔云〕我如今不小也。〔唱〕我如今暮景桑榆。

〔云〕天也。想劉弘兩口兒爲人。也不曾行歹也呵。〔唱〕

【鵲踏枝】我要一箇家厮兒無。我要一箇家女兒無。〔云〕天若可憐見劉弘。或兒或女。降與劉弘一個。果若劉弘無那兒女的分福。索一頭的生將下來。就在那褥草上便着天厭了者波。〔唱〕天也我問甚麽那跛臂瘸臁。者麽他那眼瞎頭禿。〔卜兒云〕員外甫能得一箇。又眼瞎頭禿。不如不要也。〔正末云〕婆婆。你道的差了也。〔唱〕則但能彀便替喒去上墳波祭祖。大嫂也也强如喒眼睁睁鰥寡孤獨。

〔卜兒云〕老的也。俺有的是那錢鈔。或是好孩兒討一箇。好女兒買一箇。與俺壓子嗣。可不好那。〔正末云〕你説的差了也。那箇終久則是假的也呵。〔唱〕

【寄生草】你道要女兒着錢贖箇婢。要厮兒着鈔買一箇軀。待着他抽胎换骨可便爲兒女。待着他當家主計爲門户。你又待着他拖麻拽布臨墳墓。豈不聞魚目似珠不成珠。却不道碔石似玉非爲玉。

〔云〕王秀才。四隅頭與我出出帖子去。道劉弘員外放贖不要利。再不開解典庫了也。〔净王秀才云〕可不好。打甚麽不緊。則用我寫的一寫。〔做寫科云〕刷刷刷刷刷刷來刷刷刷。寫就了也。我貼去。我出的這門來。四隅頭貼起帖子來。大小人都聽着。劉弘員外家放贖不要利。拏本錢來。則管贖了原物去。姑夫。帖子貼好了。〔正末云〕王秀才。把那解典庫。與我關閉了者。〔净王秀才云〕不開解典庫。罷。落的我閑着快活哩。〔正末云〕孩兒也。你近前來。俺兩口兒無了這子嗣。都是你在這解典庫中致下的弊病。因此上折乏了俺子嗣也。你今日便與我離了這門。休在我這家裏住。便與我出去。〔浄王秀才做看卜兒科云〕着我出去。便出去了。罷。受他這們閑氣做甚麽。〔卜兒云〕孩兒也。着你出去哩。〔浄王秀才云〕姑娘。如今端的着誰出去。〔卜兒云〕着你出去。〔浄王秀才云〕哦。原來着我出去。呸。可怎麽好。擲揹殺我也。苦阿。是了麽。你家當初有甚麽來。支着箇破蘆席棚。安着箇破沙鍋。常煮着鍋巴喫。你如今富貴了。虧了誰來。好歹虧了王秀才。我替你家開了解典庫。掙下了這等前堂後館。走馬門樓。金銀器皿。不知其數。你這等富貴。都是王秀才掙的。今此一日。要把我趕將出去。罷罷罷。好苦惱阿。好苦惱阿。我出去。我出去。我辭别了姑夫姑娘。我就出去了。罷。便好道此處不留人。自有留水處。哦。是留人處。〔做拜科云〕王秀才。我在你家裏。也不曾喫了閑茶閑飯。我從那清早晨起來。光梳了臉。洗浄了頭。呸。又顛倒了。屈着脊梁。挺着脖子。把着一管筆。從早晨直寫到晚。怕我説一箇字。今日着我出去。我去了則便罷。受你的氣。我出去。我出去。罷罷罷。辭别了姑夫姑娘。我説我去阿。我若出了這門。收進多少。放出多少。這一本亂帳。都要你整理哩。〔正末云〕快與我出去。〔浄王秀才云〕真箇要我出去。姑夫。我在家裏。那一般兒不做。掏火棒兒短强似手。不剌下般的趕我出去呵。罷罷罷。男子漢家。頂天立地。噙齒戴髮。帶眼安眉。連皮帶肉。帶肉連皮。休説我是箇人。便是那糞堆掏開。也有口氣。你今日着我去。苦惱也。我離了你家門。憑着我這一對眼。一雙手。驢市裏替人寫契。一日也討七八兩銀子。也過了日月。我説我去也。你不辭我也不辭你。這一遭。我其實的去也。〔又做拜科〕〔正末云〕你看這廝。〔净王秀才云〕姑夫。想您兒三四歲兒。姑娘帶將我來到這家裏。虧姑夫擡舉的成人長大。知道的。是你老人家改常。不知道的。則説我生事要出去哩。各盡其道。罷罷罷。我去我去。我如今一脚的出了這門。使不的你可使人來趕我。我是箇直人。我可不來了。你可也不要扯扯拽拽的。我也不回來了。可使不的你擺酒着人與我和勸。我其實不回來了。兩脚車上裝七箇人。也不必再三再四的了。我則這一遭。辭了姑夫姑娘。我就出去了罷。〔做拜科〕〔起身往東邊走科云〕姑娘姑娘。扯一扯兒來麽。〔卜兒云〕你去便去了罷。〔净王秀才云〕放了手。扯我怎麽呢。誰又來你家裏來。則你家裏飯好喫。姑娘勸一勸兒麽。〔卜兒云〕我不勸。〔净王秀才云〕連你也是這等。罷罷罷。我和你兩箇。恩斷義絶。血臟牽車兒。扯斷這條腸子罷。我出去。我出去。下次小的每。搬出我那行李來。打過一輛大車來。先把那板箱來放上。擡上那豎櫃。把那鋪蓋來捲了。包一包。把靴襪都放上。菜罎菜罐都放上。那鍋也放上。要做飯喫哩。那破簍子丟了罷。裏脚放在鍋裏。牽過那驢子來套上。打動打動。阿列阿列。去了罷。那裏去。我有甚麽呢。那裏有那板箱豎櫃來。沿身打沿身。身上的衣裳。肚裏的乾糧。兩箇肩髈擡着箇口。每日則是喫他家的。便好道這大樹底下好乘凉。一日不識羞。十日不忍餓。把這羞臉揣在懷裏。我還過去。〔做入門科云〕哦。我一脚的出了這門。這地就無人掃。〔做打算盤看文書科云〕一八得八。〔正末云〕王秀才。你怎的。〔净王秀才云〕你老人家說了幾句。誰和你一般見識。〔正末云〕你看這廝。門首覷者。看有甚麽人來。〔净王秀才云〕理會的。〔李春郎同旦兒上〕〔李春郎云〕小生李春郎是也。離了望京店。與母親來到這洛陽。母親。我問人來。則這裏便是劉弘伯父宅上。門首立着個人。我試問他者。作揖哥哥。〔净王秀才云〕那裏來的。〔李春郎云〕是親眷。〔净王秀才云〕這兩日賣五錢銀子一箇。〔李春郎云〕是甚麽。〔净王秀才云〕你說是青絹。〔李春郎云〕是親戚。〔净王秀才云〕哦。是親戚。〔李春郎云〕萬望哥哥報復一聲者。〔净王秀才云〕你且在這裏。等我報復去。〔見正末科云〕姑夫。門首有親眷來也。〔正末云〕婆婆。你聽波。我恰纔說了他幾句話。他故意的將這等言語來激惱我。我若是有個親戚。我挑着燈籠兒也取將來也。我肯着你這廝在我這裏。這般定害我那。〔净王秀才云〕你看麽。我則但開口錯了牙關。他說是親眷來。〔正末云〕你道是親眷。是男子也是婦女人。〔净王秀才云〕我則不曾仔細看。我去看者。〔做出門科云〕你是男子也是婦人。〔李春郎云〕是子母二人。〔净王秀才云〕我知道。你則在這裏。〔做見正末科云〕一子母。〔正末云〕敢是子母二人。〔净王秀才云〕姑夫說的是。〔正末云〕着他過來。〔净王秀才云〕理會的。姑夫道。着您過去哩。〔春郎同旦兒做見正末科〕〔正末云〕一個穿孝的女子。婆婆。你休受他的禮。兀那小大哥。你那裏人氏。姓甚名誰。因甚上來到這此處。你慢慢的說一遍我聽者。〔李春郎云〕小生汴梁人氏。〔净王秀才云〕精脊梁睡石頭。〔正末云〕怎麽說。〔净王秀才云〕他說是汴梁。〔正末云〕是他那地名。靠後。〔李春郎云〕父親姓李。名遜。字克讓。應過舉。得了錢塘縣令。到於望京店上。染病不能動止。臨命終時。俺父親修書一封。若我有些好歹。您子母二人。將着書呈。直至洛陽。投托劉弘伯父去。自父親身亡之後。小生將着書呈。一逕的投奔伯父來。〔正末云〕有書呈。將來我看。〔李春郎云〕有書呈。母親。將書來。〔春郎遞書科〕〔浄王秀才云〕你這厮好無禮。你知道入城問稅。入衙問諱。俺這裏門司有限。你知道我這裏有甚麼體面。拏書來。你靠後。〔做喬軀老遞書科云〕你那裏有這麼體面。〔李春郎云〕也没甚好。〔正末拆書科云〕守魯奉呈尊兄劉弘閣下開拆。〔浄王秀才云〕你錯走了。你如今出的順城門。高房子。長旛杆。那裏便是。〔正末云〕那的是那裏。〔浄王秀才云〕呸。那是閔中閣了。〔正末云〕辱弟李遜謹封。〔浄王秀才云〕罷了。誤了你老子證候了。着他把頭髮披開頂門上着碗來大艾焙灸。豁開他兩箇耳朵。他就好〔正末云〕他封皮上是這般寫。你看這厮靠後。封皮上有字。就裏不知寫着甚麼哩也呵。〔唱〕

【醉中天】我這裏先把封皮來去。展放開他這箇寄來的書。〔云〕大嫂。不曾掉下一張。〔卜兒云〕員外。不曾掉下。〔正末云〕小大哥。你近前來。我問你。則這一封書。索別有書呈。〔李春郎云〕伯父。止則是這一封書。別無書呈。〔正末云〕既是這等呵。你且靠後些。好是奇怪也呵。〔唱〕**却怎生徹尾從頭一字無。**〔云〕李克讓也。你既是我的兄弟呵。〔唱〕**你却怎生不把這寒温來叙。你將着這雪白紙呵也好也好咱知他的意趣。你那滿懷的心腹事。這漢向我行十分的訴。**

〔云〕婆婆。你省的這個禮麽。則這一張白紙。我便見出那人的心來。白紙二字。白者是素也。紙者是居也。他與我素不相識。着他寫甚麼的是。紙者是居也。正意的那則是托妻寄子與我。婆婆。市廛中那老先生道甚麼來。他道着俺行好事。積陰功。今日這般善事上門也。喒不可以不行也。〔卜兒云〕員外。凡百的事。則隨你主意也。〔正末云〕則除是這般。小大哥。近前來。你休作疑惑。聽我説與你。想你那亡父在時節。曾和我作經商買賣。一席酒之間。我和他言行相投。他曾拜我八拜。我爲兄。他爲弟。不想今日兄弟不幸身亡了也。您子母兒每。來的正好。休別處去。則在家裏住。〔李春郎云〕謝了伯父。〔正末云〕你那亡父的灰櫬兒在那裏。〔李春郎云〕見在南薰門外報恩寺裏寄着哩。〔正末云〕王秀才。你便與我南薰門外將那李克讓的骨櫬兒取將來。高原選地。破木造棺。建起墳塋呵。我自有箇祭祀的禮物。〔净王秀才云〕下次小的每。便去南薰門外報恩寺裏。取將李克讓那把骨殖來。若取將來。我自有箇埋殯的道理。〔正末云〕小大哥。你那清德喚做甚麼。〔李春郎云〕您孩兒是李春郎。〔正末云〕這箇是你的胎諱。你那清德呢。〔李春郎云〕伯父跟前。怎敢稱呼表德。〔正末云〕怕做甚麼。〔李春郎云〕您孩兒李彥清。〔正末云〕好好好。你那亡父在時節。曾叫你學甚麼藝業來。〔李春郎云〕亡父在日。着您孩兒攻書來。〔正末云〕便好道萬般皆下品。惟有讀書高。〔李春郎云〕不是您孩兒説大言。天下文章一石。您孩兒頗攬九斗九升在懷。〔净王秀才云〕好哥。你快走。管的他穿。管不的他喫。〔正末云〕怎的。〔净王秀才云〕你不聽的他説。他那一頓吃九斗九升哩。〔正末云〕他説他那文章哩。〔净王秀才云〕三箇夏布做一頂。〔正末云〕怎的。〔净王秀才云〕你説蚊帳。〔正末云〕他説他那文字哩。〔净王秀才云〕這兩日蛇蚤丁出屁來。又蚊子。〔正末云〕小大哥。或詩或詞。作一首來我看。〔李春郎云〕伯父指甚爲題。〔正末云〕單指着您子母二人投奔我。便是題目。〔李春郎云〕理會的。〔做寫科〕刷刷刷刷刷刷刷刷刷來刷刷刷。〔净王秀才云〕好也搊搶肺喫哩。〔李春郎遞詩科云〕伯父。詩就了也。〔净王秀才做拏詩科云〕你又來了。好箇没記性的。拏來。〔做遞科〕〔正末云〕小大哥。你好能染也。暮史朝經務進修。〔净王秀才云〕妙。妙法蓮花經。〔正末云〕你怎的。飄零踪跡寄神州。十年勳業頻看數。千里家山空倚樓。公瑾處貧曾謁魯。仲宣到此錯疑劉。尊賢若肯垂青顧。便是書生得志秋。〔净王秀才唱科〕喧滿鳳凰樓。一了有這句唱。〔正末云〕你看這廝。婆婆。恰纔孀子兒拜我時。有些氣喘。我可也難問他。你問孀子兒。因何這般氣喘。〔卜兒云〕孀子。你如何這般氣喘。〔旦兒云〕不瞞伯娘説。有亡夫半年身孕也。〔卜兒云〕員外。恰纔我問孀子來。他説有半年的身孕。在家裏住呵。則怕不方便麽。〔正末云〕婆婆。你與我收拾了後面那所宅兒者。〔卜兒云〕員外。西頭閑着那所宅兒。着他子母兒每住。却不好那。〔正末云〕婆婆。你也道的是。王秀才。你與我收拾了西頭那所宅子者。〔净王秀才云〕那房子賃與人了。〔正末云〕你看波。我昨日日西時。打那裏過來。尚兀自貼着帖子。寫着道此房出賃。今日這早晚。可早賃與人也。〔净王秀才云〕他昨日半夜裏就搬過來了。〔正末云〕不拏住他犯夜。〔净王秀才云〕他揀的時辰。〔正末云〕快與我收拾了者。〔净王秀才云〕姑夫。不要鬧。我則趕了他去則便罷。可怎麽好。我纔喫了他一隻鷄。〔做轉身假趕科云〕哥哥。你可休怪。如今姑夫家有箇親眷來了。要這房兒與他住哩。你搬了去罷。無柰何搬一搬。怎麽不肯。你有些甚麽家活搬不了。先把那破床擡出去。一張舊桌子。兩張折板凳。再有些甚麽家活。一箇做飯的鍋。就把那尿鱉子放在鍋裏罷。一家兒好乾净人家。〔轉身向正末云〕姑夫。有了房子也。〔正末云〕收拾了也。那但是人家使用的那喫食物件動用家事。一年四季的柴米。你都休着少了者。〔净王秀才云〕理會的。柴米油鹽醬醋茶。應用家活都有了。〔卜兒云〕員外。你看他子母兩箇。一身重孝。來俺家來。則怕不利麽。〔正末云〕婆婆。你休那般説。〔唱〕

【尾聲】喒人這生死也在於天。端的這善惡也由人做。我則是可憐見他孤寒的子母。〔云〕洛陽城中許多的財主。他怎生不别人家去。〔唱〕豈不聞投人須投大丈夫。〔卜兒云〕着他子母二人回去罷。〔正末唱〕不争喒趕離了門顯的喒也不辨一箇賢愚。〔卜兒云〕員外。齎發他些錢物。着他回去罷。〔正末唱〕我本待與些錢物。也則是濟惠他這窮儒。則這的便是將有餘兒可也補不足。〔卜兒云〕員外。似俺兩口兒這等受用快活。可也强似他子母每也。〔正末云〕婆婆。喒兩口兒爲人。不如他子母兒每。他子母兒每强似喒〔唱〕我如今空蓋下他這般畫堂錦屋。眼前面折罰的喒來滅門波絶户。〔云〕古人言。有錢無子非爲貴。他這等有子無錢的。也不是貧。喒人一日死到頭來。休説是這些箇家緣。〔唱〕便設若堆金到那北斗〔云〕婆婆。喒死時節。將的去麽。〔唱〕可則那的也待何如。〔正末同衆下〕

第二折

〔外扮蘭孫上云〕恩似湘江水。涓涓不斷流。有如秋夜雨。一點一聲愁。妾身襄陽人氏。裴使君之女。小字蘭孫。父親裴使君。在襄陽爲理。不幸被歹人連累身亡。無錢埋殯。妾身直至洛陽。尋不見一箇親眷。妾身無計所柰。我插一草標。自己賣身。但賣些錢物。埋殯我那父親。也是我孝順之心。來到這長街市上。好是羞慘人也。看有甚麽人來。〔浄扮媒婆上云〕妾身做事實傻儸。娶女招夫我説合。親筵喜事來尋我。能言快語做媒婆。自家官媒婆的便是。有劉弘員外。數番家分付我。着我替他尋箇女孩兒。不曾有。今日我往長街市上走一遭去。〔做見科〕〔媒婆云〕一箇女孩兒。頭上插着一箇草標兒。不知是真箇賣也。是鬬人耍哩。我試問他者。小姐。你插着這草標兒。你是真箇賣也那。你是鬬人耍。你要多少錢。〔蘭孫云〕要五百貫長錢。〔媒婆云〕既然是真箇。這裏有箇員外。要你到他家裏。有喫有穿。你跟我去來。〔蘭孫云〕我跟將你去來。〔同媒婆下〕〔正末同卜兒浄王秀才上〕〔正末云〕婆婆。市廛中那老先生。説的那言語。甚是好的當也呵。〔卜兒云〕老的。這陰陽不可信他也。〔正末唱〕

【中吕粉蝶兒】那相士觀覷了我這容儀。他道我壽不及那五十餘歲。〔帶云〕天那想劉弘兩口兒爲人。也不曾行那歹也。〔唱〕**莫不我與人交有甚麽言行相違。**〔帶云〕不是我自諂。〔唱〕**俺一家兒夫憐貧。更和這妻敬老。俺又不曾道是欺瞞着天地。天網恢恢。我一**

會家想穹蒼也有一箇偏僻。

〔卜兒云〕老的。你道的差了。天有萬物於人。人無一物於天。天有甚麼偏僻那。〔正末云〕既無偏僻呵。〔唱〕

【醉春風】既不索可怎生短命死了顔回。却怎生延年老了盜跖。我想那鶴長鳧短不能齊。〔云〕想咱這世間的人。有錢的却無子。有子的却無錢。婆婆。這箇道理。你省的麽。〔唱〕百般的參不透這箇道理。况這世裏完備有幾。劉弘我道來絕嗣的不似你。當日那伯道無兒。似這等古人也乏嗣。何况道是小生我這些箇絕斷。

〔卜兒云〕老的。我想來。我偌大年紀了也。〔正末云〕婆婆。你休這般説。好事若藏心肺腑。言談語笑不尋常。好着我難道。〔卜兒云〕家中有的是小的每。你收拾一兩箇。近身扶侍你。得一男半女。也是俺劉家子孫。可不好那。〔正末唱〕

【普天樂】置兩三處家繡羅幃。娶五七箇丫鬟婢。待着他生男長女。又不着他去倒紵翻機。他衡一片家嫉妬心。無半點兒賢達的意。聽的道海棠身邊有些春消息。他背地裏使心機。尋箇打當的牙搥。〔帶云〕婆婆。喒命裏有那兒女分福。〔唱〕問甚麽樊素小桃。都一般開花結子。〔帶云〕喒命裏無的呵。〔唱〕喒正是那止渴思梅。

〔云〕門首覷者。看有甚麽人來。〔凈王秀才云〕理會的。看有甚麽人來。〔媒婆引蘭孫上〕〔媒婆云〕來到也。〔做見王秀才科云〕有一箇好女孩兒。要嫁與人家。你報復去。道有媒婆在門首。〔净王秀才云〕你是甚麼人。我央及你的事。你到了不完成我。〔媒婆云〕有箇女孩兒在這裏。〔净王秀才云〕在這裏可好也。〔媒婆云〕見在門前哩。〔净王秀才云〕你則在這裏。我和姑夫説去。〔做見卜兒打耳喑科〕〔正末云〕王秀才。有甚麼話。不好明白説。〔净王秀才云〕媒人在門首哩。〔正末云〕甚麼媒人。〔卜兒云〕老的。你不知道。我常時分付媒人。不問婦人女兒。尋一箇來。他不敢對你説。〔正末云〕既然這等。着他每過來。〔净王秀才云〕理會的。媒人。着你引他過去哩。〔媒婆做見科云〕老員外。員外娘子。我尋將這箇女孩兒來與員外。生的十分顏色。無錢埋殯他父親。則要五百貫長錢。〔正末云〕王秀才。打發媒人回去。與他五兩銀子。是五塊兒。〔净王秀才與媒婆銀子科云〕理會的。拏銀子來與媒人來。與你五兩銀子。你去罷。〔媒婆云〕多多的謝了老員外。〔做出門數科云〕我出的這門來。且住。員外與我銀子是五塊兒。這王秀才有些快落鈔。我試數一數。一塊兩塊三塊四塊。則四塊。少一塊。〔媒婆做見正末科云〕老員外。着王秀才與五兩銀子。他則與我四兩。是四塊。〔正末云〕王秀才。我着你與他五兩銀子。是五塊。你怎生與他四兩銀子。是四塊。〔净王秀才云〕這箇。姑夫。五兩銀子。一兩一塊。是五塊兒。你敢花了眼。拏來我數與你看。一塊兒。兩塊兒。三塊兒。四塊。〔净王秀才做摔袖科云〕兀的不是一塊兒。你掉在這地下了。〔正末云〕你看他波。〔媒婆云〕是你袖子裏丢出來的。〔做拾銀子科云〕我落他些銀子兒。買羊肚兒喫去來。〔下〕〔卜兒云〕老員外。着那孩兒參拜你。〔正末云〕着他過來。

〔蘭孫做見拜科〕〔正末云〕兀那女孩兒。你那裏人氏。姓甚名誰。因甚上自己賣身。你慢慢的説一遍我聽。〔蘭孫云〕妾身襄陽人氏。〔净王秀才云〕好姐姐。你快走。我家用不着你這等人。〔正末云〕怎的。〔净王秀才云〕他快扯砲。〔正末云〕怎的快扯砲。〔净王秀才云〕是襄陽砲。〔蘭孫云〕妾身裴使君之女。小字蘭孫。俺父親在襄陽爲理。不幸被歹人連累身亡。停喪在地。無錢埋殯。妾身直至洛陽。尋不着一箇親眷。因此上自己賣身。但賣的些小錢物。或是與人家厨頭竈底。或人家作婢爲奴。説兀的做甚。一路上千辛萬苦。我行孝道則因父母。但能彀一席地埋殯了父親。便是裴蘭孫平生願足。〔正末云〕好箇孝順的孩兒也。有女孩兒的。他那亡父的骨殖兒早則有主。有兒的更是不消説。〔卜兒云〕一箇好孝順的姐姐也。〔正末唱〕

【白鶴子】這孩兒爲無錢缺着葬禮。他賣身體置那墳圍。這孩兒他知重情可便敬那爺娘。這孩兒孝感意便驚天地。

〔云〕我看了這箇女孩兒。那烈女傳上的故事。他一樁樁可也無差處。〔唱〕

【幺篇】這孩兒賽楊香跨虎心。有賈氏斬龍計。方信道趙貞女羅裙包土可也築墳臺。我可尋那曹娥女覓父投江水。

〔卜兒云〕老的。我看了這箇小姐中珠模樣。可也中擡舉。着他近身扶侍。你意下如何。〔正末云〕婆婆。你是甚麽言語。早是那孩兒離的遠。不聽見。倘若聽見呵。把嗗當做甚麽人家看承。他貧賤煞者波。他是那官宦人家小姐。嗗富貴煞者波。則是箇庶民百姓。你省的。那履雖新。不

可加之於首。冠雖弊。不可棄之於足。這等話你再也休題。〔唱〕

【上小樓】大嫂也你從來可便三從四德。這孩兒他千嬌百媚。你看那牙似瓠犀。頸若蝤蠐。手似柔荑。你看他那紺髮齊。緣鬢堆。高盤雲髻。〔帶云〕一天的那秀氣。都生在這箇姐姐身上。〔唱〕則是一箇玉天仙可便降臨在凡世。

〔卜兒云〕你不用他。我有處用他。〔正末云〕你怎生般用他。〔卜兒云〕我梳洗處着他架手巾。筵席頭上繫護衣。我教他打水運漿。執盞擎盃。掃床疊被。那些兒不用了他。〔正末云〕你敢忒富貴過了麽。〔唱〕

【幺篇】你那梳洗處着架手巾。筵席上繫護衣。你待着他擔水運漿。搬茶供飯。你又待着他過盞波擎盃。這孩兒。則恁的。閑立地。呵。更那堪他便嬌柔波無力。〔帶云〕你好是哏毒也呵。〔唱〕怎下的着他拈輕掇重。可便掃床也波疊被。

〔云〕小姐。你父親的骨殖在那裏。〔蘭孫云〕俺父親的骨殖。在南薰門外報恩寺裏寄着哩。〔正末云〕王秀才。便與我去南薰門外報恩寺内。將那裴使君的骨殖取將來。便與我高原選地。破木造棺。建起墳塋了呵。我自有箇祭祀的禮。小姐後堂中换衣服去。〔蘭孫云〕理會的。〔下〕〔正末云〕王秀才。你近前來。我問你。您姑夫平日間主的事如何。〔净王秀才云〕這箇。姑夫。你是甚麽人。你平日間主張。一百樁事。九十九樁都是。那一樁也將就的過。〔正末云〕孩兒。今日是好日辰麽。〔净王秀才云〕天黄道。地黄道。日月雙黄道。子丑寅卯。今日正好。過了今日。明日不好。〔正末云〕我今日待與小姐成就些婚配的道理。我心裏則主不定也。我和王秀才兩箇商量者。我問你。與小姐三千貫奩房斷送。不少麽。〔凈王秀才云〕姑夫。要偌多做甚麽。則一千貫也彀了。〔正末云〕金銀玉頭面三副。不少麽。春夏秋冬衣服四套。不少麽。孩兒也。你道不少麽。〔凈王秀才云〕絹帛布草衣服。儘彀了也。〔正末云〕你道不少麽。我心裏便歡喜也。王秀才。與我西頭請將小秀才娘兒兩箇來者。〔凈王秀才云〕姑夫。這事你主定了。又請他做甚麽。〔正末云〕你則請的他來呵。你身上的事務。便是完備了也。〔凈王秀才云〕理會的。我知道。我出的這門來。則這裏便是。小秀才在家麽。〔旦兒同李春郎上〕〔李春郎云〕母親。門首不知誰喚門哩。我開開這門。〔做見科云〕王秀才哥哥請坐。〔凈王秀才云〕小秀才。一向管顧不周。便是我在下有些喜事。請你寫箇休書。〔李春郎云〕是婚書。〔凈王秀才云〕呸。呸。是婚書。也不要緊。我教與你寫任從改嫁。並不争論。呸。可是休書了。來到了。我報復去。嬸子。你加一美言。我重重的相謝你。〔李春郎云〕放心。小生知道。〔凈王秀才云〕姑夫。小秀才來了也。〔正末云〕請的來了。〔李春郎云〕伯伯。伯娘。〔正末云〕嬸子兒。管顧不周。小秀才。你看書也不曾。〔旦兒云〕多多禀告伯伯伯娘。春郎每日看書。〔正末云〕後堂中請出小姐來者。〔凈王秀才云〕梅香。轉報竈窩裏。拖出小姐來者。〔蘭孫上云〕父親。母親。您孩兒來了也。〔凈王秀才做扯衣服科云〕衣服不整。朋友之過。〔正末云〕小姐。休下拜者。你且一壁有者。嬸子兒。今日請將您來。别無甚事。因爲這一十八歲蘭孫小姐。此女子非常人之家。他父親是裴使君。曾在襄陽爲理。不幸他被歹人所累。身亡無錢埋殯。止有這一女子。長街市上。自己賣身。賣五百貫長錢。埋殯他父親。不想正遇着老夫。我將裴使君的骨殖。高原選地。破木造棺。建了墳塋了也。我今待與小姐成就些婚禮的道理。嬸子兒。陪與小姐三千貫奩房斷送。金銀玉頭面三付。春夏秋冬四季衣服。我要將這一十八歲蘭孫小姐。配與李春郎爲妻。嬸子兒。你意下如何。〔旦兒云〕似此呵。怎生報答伯伯伯娘也。春郎。謝了伯伯伯娘者。〔李春郎做拜科〕〔正末云〕王秀才。您姑夫主的勾當。可是如何。〔凈王秀才云〕你到主我那脚後跟。〔李春郎云〕索是謝了哥哥。〔凈王秀才云〕謝您老子頭蹄。〔卜兒云〕老的。你差了也。他又來投奔。俺又管顧他。倒賠奩房斷送。又與他箇媳婦兒。你和他是甚麽親眷。〔正末唱〕

【快活三】則這陪緣房是喒的志氣。配良姻是我的陰騭。喒這般踈財仗義禮當宜。〔帶云〕喒兩口兒做着這般善事。着那外人説出去呵。〔唱〕顯的我這夫克己你箇妻賢惠。

〔卜兒云〕他拏將一張白紙來。和他有甚麽親也。〔正末唱〕

【朝天子】白紙上雖無甚麽墨跡。既然他每寄子波那托妻。今日箇便伊同喒兩箇便爲了這交契。〔帶云〕既是和喒做了親眷。也索〔唱〕俺必索那傾心吐膽將他厮惠濟。〔帶云〕一箇婚姻。一箇是死葬。喒將着那金子銀子。那裏尋這般好勾當做去來也。〔唱〕若是我便順着人的情呵也是我便合着這天意。〔旦兒做悲科云〕伯伯伯娘。媳婦兒也不敢要。則今日辭别了伯伯伯娘。俺子母二人回去也。〔正末云〕嬸子兒。並不曾説甚麽言語。我和您伯娘。商量小姐的奩房斷送。並不曾說甚麼言語。孀子兒省煩惱。〔正末做見卜兒科云〕我問你。這凡百的一家人家。有箇家長麼。莫不俺這男子漢主了的這樁勾當。信着你這等的言語。肯則那等干罷了麼。我做了的那好勾當。着你這幾句話波。兀的不壞盡了也。我問你。那的是你那三從四德。則這的便是你那三從四德不是。爲孩兒每這些喜慶的勾當。你則再言語。我就不信也。〔卜兒云〕俺和他是甚麼親。〔正末云〕孀子兒。可止不過您伯娘有些閑言剩語道了呵。我肯依的他來。李春郎孩兒也。喒本是一重兒親來。因着小姐面上。喒越親波越厚了也。〔唱〕**從今後你箇孀子兒**〔帶云〕春郎。〔唱〕**和你箇姪兒喒可都是一家一計。**〔卜兒扳正末科云〕凡百事好歹有箇商量。〔正末唱〕**你好不會做那人也則到如今也索更爭甚麼我波那共你。**〔净王秀才云〕我本待不說來。氣懒破我這肚皮。他姓甚麼。你姓甚麼。〔正末云〕賊醜生。干你甚事。〔唱〕**論甚麼姓劉也那姓李。**〔净王秀才云〕他在那裏住。你在那裏住。〔正末唱〕**不在於你。也者麽他住在江南也那塞北。**〔净王秀才云〕拏將一張白紙來。知他是甚麼親眷。也不似你忒獨主。〔正末云〕噤聲。賊醜生也。〔唱〕**豈不聞道四海内皆是兄弟。**

〔净王秀才云〕我兒也。一塊肉到於我口裏。你奪將去了。更待干罷。我今夜三更三點。跳過墻去。我把你一家兒都殺了。〔李春郎云〕伯父。他說出來做出來。〔正末云〕孩兒也。他則不說出來。少不的做下來也。則今日好日辰。收拾了琴劍書箱。便索上朝取應去。一來與您餞行。第二來就到墳頭辭了您父親。便索長行。來到也。孩兒拜了你父親者。孀子兒。你拜了兄弟者。蘭孫小姐。我將你父親骨殖。也取將來了也。你拜了者。拜了者。孀子兒。你今日臨行也。我有句言語。説的明白了。您便行。想當初喒本不親。着孩兒言稱道。這的父親不親呵。怎生留俺在家中住許多時來。想當初。你父親捎將來的書。封皮上有字。就裏則是一張白紙。白者是素也。紙者是居也。故言則是托妻寄子在老夫跟前。今日你夫妻子母。上朝取應去也。那的是俺下場頭也。

〔唱〕

【耍孩兒】既來托我爲交契。我不曾見伊家面皮。你和咱素日不相識。知道也那臨危向妻子行留遺。〔云〕你和我做兄弟。〔唱〕憑着這半張白紙爲交友。隔着這千里關山厮認義。我明知你是容妻子安身計。他知我恤孤念寡。救困扶危。

〔旦兒云〕當日止不過一封書與伯伯。多承看待如此。〔正末唱〕

【四煞】一封書寄與咱。你夫情我盡知。今日紅粧共秀才您兩箇爲門對。豈不聞書中有女顔如玉。路上行人口勝碑。君子喻於義。也强如巡寺院布施與錢物。遶廟宇禱告神祇。

〔蘭孫云〕父親。您孩兒臨行。也有句話。敢説麽。〔正末云〕甚麽話。但説不妨。〔蘭孫云〕有蘭孫的父親。在這裏葬埋着。則怕到冬年節下。月一十五。瀽不了的漿水。與俺父親瀽半碗兒。燒不了的紙錢。與俺父親燒一陌兒。蘭孫死生難忘也。〔正末云〕孩兒。我知道。春郎孩兒近前來。休説道這伯父我是國家白衣卿相。可怎生用些小錢物。贖買將箇小的來。可與你爲妻。你休這般

道。〔旦兒云〕伯伯。俺怎敢說這等的言語也。〔正末唱〕

【三煞】他祖宗是官宦家。他父親爲宰相職。他今日賣身不幸到咱家裏。與你箇賢達的嬭子兒爲兒婦。我配你箇清俊的書生作正妻。你可休覷的微賤看的容易。莫把這堂中珍寶。你可休看承做墻上泥皮。

〔李春郎云〕則今日好日辰。上朝求官應舉。走一遭去。〔正末云〕春郎。到的帝都闕下。則要你着志者。〔李春郎云〕放心。你兒這一去。好歹要中科名也。〔正末唱〕

【二煞】想着那對寒窗受苦辛。跳龍門奪富貴。九經三史從頭壘。萬言長策朝中獻。一舉成名天下知。有一日身及第。頭直上打一輪皂蓋。馬頭前列兩行朱衣。

【尾聲】則要你頻頻的我根前寄一紙書。〔李春郎云〕伯父。孩兒知道。〔正末云〕你若到的帝都闕下。缺少盤纏。怕你寫不及書信呵。你則道箇口信來。老夫也教人捎些盤纏去。〔唱〕則要你常常的教我這兩口兒知。〔云〕貪煩惱。却忘了安復嬭子。嬭子兒。這些時衣服茶飯供給不到處。是必休怪也。〔唱〕這些時應不到處可也是俺自家的禮。〔李春郎云〕伯父。此恩異日必當重報也。〔正末云〕孩兒。你休那般說。〔唱〕這恩念報不報知不知。哎。兒也那的可不在於你。〔下〕

〔净王秀才冲上云〕好也。你那裏去。我兒也。一塊好肉到我口邊厢。你奪了我的去了。有這箇道理。你在這裏許多時節。我也有好處在你身上。來到今日。你敢如此般也呵。過來受死。〔李春郎跪科云〕哥哥。干小生甚事。我得了官。慢慢的來報答你。〔浄王秀才云〕阿呀。罷罷罷。你去你去。〔唱尾聲科〕你與我頻頻的寄一紙書。常常的着這王王王秀才知。這恩念你報不報知不知。當哩的打哩打哩哩哩。〔下〕〔李春郎云〕母親。則今日收拾了行裝上朝取應。走一遭去。伯父恩臨天地知。上朝取應敢教遲。一舉首登龍虎榜。十年身到鳳凰池。〔同旦兒蘭孫下〕

第三折

〔李遜扮增福神上云〕中和直正烈英才。玉帝親臨聖敕差。休道空中無神道。霹靂雷聲那裏來。吾神乃上界增福神是也。生前乃是汴梁李遜字克讓是也。在生之日。廣覽詩書。一舉狀元及第。新除錢塘爲理。至望京店。不幸染其疾病。不能動止。臨命終時。柰嬌妻幼子。無處歸着。聞知洛陽劉弘。恤孤念寡。救困扶危。故修書一封。明則是托妻寄子。小聖辭世。他子母二人。到於洛陽。見了劉弘。此人見其書。解其意。將他子母收留。如親相待。教春郎讀書成人。又配蘭孫女爲妻。春郎一舉登科。皆劉弘員外之大德也。小聖在生之日。與人水米無交。死歸冥路。今以正直爲神。上帝點檢人間善惡文簿。洛陽劉弘。有兩椿缺欠。夭壽乏嗣。小聖在玉帝前展脚舒腰。叩頭出血。言劉弘每事皆善。出無倚之喪。嫁貧寒之女。乞告一子。見今十三歲。乃劉奇童是也。恐防員外不知詳細之因。故托夢説知就裏。駕起雲端。直至洛陽劉弘宅上托一夢境。走一遭去。〔裴使君扮城隍上云〕霹靂響亮震山川。蒼生拱手告青天。有朝雨過雲收斂。兇徒惡黨又依然。小聖乃西川五十四州城隍都土地。生前乃襄陽裴使君是也。吾神在襄陽爲理時。所行事有法。治百姓無虞。不與薄倖之人相跟。不與邪僻之人遊徑。君子行正。不容小人。被羣寇所勒。身亡無錢埋殯。柰陽間別無甚得力兒男。止有一女。小字蘭孫。直至洛陽。尋親不遇。行其孝敬之心。插一草標。自己賣身於市。誰想劉弘員外。聞知官宦之家。不忍以貴爲賤。倒賠奩房斷送。配合與李春郎爲妻。今春郎爲官。我女受五花官誥。駟馬高車。爲夫人縣君之職。光顯裴氏門庭。皆賴恩人劉弘之德也。小聖死歸冥路。皇天不負吾德。正直爲神。因朝玉帝。點檢善惡文簿。觀見洛陽劉弘。有二事缺欠。一者夭壽。二者乏嗣。夭壽者小聖在玉帝前展腰舒脚。叩頭出血。訴奏劉弘每事皆善。上帝敕賜二紀之壽。一紀十二年。二紀二十四年。員外本合該命不過五旬而亡。着員外直活到七十有四。方盡天年。恐防員外不知詳細。今夜晚間。駕起祥雲。直至劉弘宅上。報恩答意。走一遭去。〔李遜云〕雲頭起處。何方聖者。〔裴使君云〕那壁是甚處靈神。〔李遜云〕吾神乃上界增福神是也。〔裴使君云〕生前何人。〔李遜云〕生前乃汴梁李遜李克讓是也。那壁尊神。何方聖者。甚處靈神。〔裴使君云〕吾神乃西川五十四州城隍是也。〔李遜云〕生前何人。〔裴使君云〕生前襄陽裴使君是也。〔李遜云〕莫不是蘭孫之父麼。〔裴使君云〕然也然也。那壁尊神。莫不是春郎之令尊麼。〔二神同跪科〕〔李遜云〕然也然也。親家請起。生前不能相會。〔裴使君云〕死後彼各爲神。〔李遜云〕尊神何往。〔裴使君云〕吾神乃爲劉弘嫁婢之恩。未能答報。

尊神何往。〔李遜云〕小聖爲劉弘員外托妻寄子之恩。未能答報。俺二神駕起祥雲。同到劉弘宅上。報恩答義那。走一遭去。〔同裴使君下〕〔正末同卜兒俫兒上〕〔正末云〕自從他娘兒兩箇去後。我這婆婆。跟前所生一子。喚做奇童。長年十三歲也。天生識字。我着他七歲上攻書。指萬物爲題課賦。一箇好聰明兒也。兒也。我是你誰。〔俫兒云〕你是我爹爹。〔正末云〕兀的不歡喜殺老夫也。〔唱〕

【越調鬬鵪鶉】則俺這頑子奇童。學儒人的秀士。他從那乳齔裏胎齠。敢則是朝經暮史。他可便受辛苦十年。望功名也則是半紙。這箇小厮。是箇好兒。他可便廣覽羣書。多知故事。

【紫花兒序】是他望空裏取句。走筆成章。課賦吟詩。看名人書傳。習禮儀文字。他生而知之。一壁廂誦周易説着論語講着孟子。這孩兒聰明天賜。他從那七歲攻書。多不到十載過師。

〔云〕婆婆。天色晚了也。引的孩兒後堂中歇息去。老夫閑看幾行書者。〔卜兒云〕理會的。孩兒也。俺後堂中歇息去來。〔卜兒同俫兒下〕〔正末唱〕

【凭欄人】今夜觀書不待孜。忽的神魂好着我難動止。比及到更深宿睡時。我權且曲肱而枕之。

〔做睡科〕〔李遜同裴使君上〕〔李遜云〕按落雲頭。可早來到也。尊神請。〔裴使君云〕尊神請。〔李遜云〕劉弘劉元溥。〔正末唱〕

【鬼三臺】咱親自。凝眸視。恰纔覺一陣香風過耳。見二神立在堦址。都一般腰金衣紫。〔李遜云〕你休驚莫怕也。〔正末唱〕**諕的我兢兢戰戰軟了四肢。慌慌亂亂自三思。何方聖者離祠。您是甚處神靈至此。**

〔云〕那壁是何方聖者。甚處神靈。劉弘一誤二錯。觸犯着上聖。望上聖寬恕何不通名顯姓者。〔李遜云〕恩人請起請起。小聖非外道邪魔。吾神乃上界增福神是也。〔正末云〕生前何人。〔李遜云〕生前乃汴梁李遜李克讓是也。〔正末云〕莫非是春郎之父麽。〔李遜云〕然也然也。春郎子母。多蒙恩人垂顧。想員外有山海之恩。小聖無毫毛之報。我與你叮嚀的説破着。員外備細的皆知。小聖在生之日。螢窗雪案。暮史朝經。坐守的棘闈暖。步折的桂枝芳。纔得瓊林酬素志。豈期旅邸染沉疴。病在膏肓。命垂頃刻。怕甚麽禄盡衣絶。赤緊的撇不下妻嬌子幼。我之命以聽於天。他子母安身何處。小聖囊無調藥之資。居無錐扎之地。使小聖展轉徬徨。無計可施。聞足下海量寬洪。柰素日不爲交友。欲修尺素。款拂花箋。濃磨香翰。深蘸紫毫。往常時作詞賦掃千言。當日箇叙寒温了無一字。與長者又不曾相會在酒社詩壇。着小聖寫甚麽平安動止。聞長者開東閣好士尊賢。所以將空書托妻寄子。小聖命掩黄泉。他子母便踐程途。到於宅上。長者你那高明遠見。博學廣文。見其書。解其意。施惻隱之心。恤孤念寡。識認下子母。另置宅安居。如骨肉五服之親。待衣食四時足備。更與裴蘭孫萬貫粧奩。成就了李春郎百年繾綣。今春郎奮身辭白屋。平步上青霄。李春郎飛黄騰達。賴長者恩榮德化。小聖死歸冥路。乃至天庭。爲生前秉性忠直。主東嶽增福之案。掌人間生死輪迴。上帝因檢善惡文簿。因見洛陽劉弘。夭壽乏嗣。上帝問其故。小聖回言。鑒面色本合絶嗣覆宗。論心地理當有兒繼祖。上帝敕賜一子奇童是也。此子生的形容典雅。骨格清奇。久後若憑他冠世文才。覷富貴有如拾芥。待到開春。禹門三級浪。平地一聲雷。恁時節乘肥馬。衣輕裘。居館閣。坐琴堂。長者。則爲你施婚姻死葬之恩。着你享子女玉帛之美。你去那冥冥中積下陰德。今日箇朗朗的填還你那陽報。説兀的做甚。都則爲李春郎無處安身。謝長者齎發的列鼎重裀。賜一子奇童養老。這的是窮李遜知恩報恩。〔正末云〕這位尊神。何方聖者。甚處靈神。何不通名顯姓者。〔裴使君云〕吾神非外道邪魔。乃西川五十四州城隍是也。〔正末云〕生前何人。〔裴使君云〕生前乃襄陽裴使君是也。〔正末云〕莫非是裴蘭孫之令尊麽。〔裴使君云〕然也然也。恩人請起。蘭孫女子。多蒙垂顧。聽吾神慢慢的説一遍。小聖堅持節操鎮襄川。專與黎民解倒懸。居官清正空囊客。可憐也死無招魂一陌錢。女子賣身爲葬殮。深蒙長者痛哀憐。衣衾棺槨皆俱備。殘軀以得葬高原。長者道宦門孝女難爲婢。配合春郎夙世緣。小聖生前正直無私曲。死後復承上帝宣。典祀城隍西蜀郡。血食香火至心虔。長者之德高如華嶽三峯頂。深如滄海萬波淵。英靈每念恩人德。在心不忘意懸懸。一生榮貴多財禄。嗟乎一事不周全。乏之嗣者那壁尊神乞賜奇童子。夭壽者小聖特拜青詞玉殿前。言長者你不欺暗室遵天律。不由邪徑仿先賢。恤孤念寡由心造。救困扶危出自然。孔子道富而好禮人之本。貧而樂道德之源。俛首俯不怍於地。舉頭仰不愧於天。上帝特降丹書字。敕賜二紀壽綿綿。我説兀的做甚。休言秉性皆由命。禍福從心太上傳。婢妾却如親女嫁。今日箇方知元溥得延年。〔正末云〕多謝了二位尊神也。〔唱〕

【調笑令】裴使君便是蘭孫是你女孩兒。〔裴使君云〕俺一逕的來報恩答義也。〔正末唱〕您兩箇爲報恩臨來到此。〔李遜云〕則爲你夭壽乏嗣也。〔正末唱〕爲咱家夭壽乏其嗣。〔裴使君云〕俺天庭上奏准明白了也。〔正末唱〕您去那天宫上保奏青詞。從昨宵親奉玉帝旨。〔云〕一箇是增福神。〔唱〕這箇爲土地判斷陰司。

〔李遜做推正末科云〕休推睡裏夢裏。疾。〔李遜同裴使君下〕〔正末云〕尊神尊神勿罪也。原來是南柯一夢。天色明了也。後堂中請將他娘兒兩箇來者。〔卜兒同倈兒上〕〔卜兒做見科云〕老的也。爲甚麼大驚小怪的。〔正末云〕您娘兒每後堂中歇息去了。我身子有些困倦。略睡些兒。我則見燈燭下披袍秉笏。立於我面前。我道何方聖者。甚處靈神。通名顯姓。一箇是春郎的父。一箇是蘭孫的父。他都爲了神。我本當五十歲上身亡。他去上帝行奏過。賜與我二紀之壽。一紀十二年。二紀二十四年。我直活到七十四歲上死。我本當乏嗣無兒。賜與我一子。乃是奇童。臨去時又説着孩兒上朝求官應舉去。必然爲官。若是孩兒得了官呵。俺家裏妻財子禄。都完完全全的也。王秀才。〔净王秀才上云〕來了來了。姑夫。唤我做甚麽。〔正末云〕王秀才。你領着孩兒上朝應舉

去。比及你回來時。我好親事踏下一門與你。〔浄王秀才云〕老兒。你哄我好兩遭兒了。姑夫放心。我領將孩兒去。〔正末唱〕

【尾聲】若是你爲官稱了平生志。有一日大限臨頭那時。若你箇小解元得爲官。將你這雙老爺娘放心死。〔同衆下〕

第四折

〔李春郎扮官人領祗從上云〕雷霆驅號令。星斗焕文章。小官李彦清。自離了劉弘伯父。可早十三年光景也。到於帝都闕下。一舉狀元及第。今謝聖人可憐。着小官爲主司考卷。開放嬰童舉場。今場有一嬰童解元。年一十三歲。名曰奇童。小官問其故。原來是劉弘伯父孩兒。小官想伯父山海恩臨。未曾答報。小官聖人跟前訴説劉弘伯父托妻寄子一事。聖人大喜。着小官加官賜賞。小官就與母親説知。將小官妹子桂花與奇童爲妻。今日領了聖人的命。不敢久停久住。收拾行裝。同母親直至劉弘伯父宅上。一來加官賜賞。二來報恩答義。走一遭去。積功累行濟人貧。多蒙訓教得成人。今日崢嶸顯耀登八位。去來報答劉弘伯父恩。〔下〕〔正末同卜兒上〕〔正末云〕婆婆。自從王秀才領的孩兒上朝取應去了。未知得官也不曾。哎。兒也。兀的不想殺我也。〔卜兒云〕老的也。你省煩惱。孩兒得了官。好歹回來也。〔雜當上云〕是呵。自家報登科的便是。聞知劉弘老員外家劉奇童。得了嬰童解元。我往他家報喜。討些錢鈔使用。有何不可。可早來到也。不必報復。自己過去。老員外喜也。大舍得了嬰童解元也。〔正末云〕與那報登科記的五兩銀子。〔雜當云〕多謝了老員外。〔下〕〔正末云〕婆婆。恰纔報登科記的來。説道孩兒得了官也。那邵堯夫戒子伯溫曰。吾欲教汝爲大賢。未知天意肯從否。〔唱〕

【雙調新水令】人皆養子可便望聰明。俺孩兒自從那蒙童兒裏上朝取應。當日那寒窗下熬煎殺俺那小秀才。今日箇貢院裏歡喜殺俺老公卿。聖旨教御筆標名。俺孩兒白身裏受朝命。

〔浄王秀才同倈兒引祇從上〕〔倈兒云〕左右接了馬者。我見父親去。〔做見正末科云〕父親。您孩兒得了嬰童解元也。〔浄王秀才云〕姑夫。賀萬千之喜。奇童做了嬰童解元也。小哥哥好才學。到的貢院中。今場貢官喚他過來。你吟四句詩。小秀才道。指甚爲題。貢官道。指河裏的船。便是題目。不打草便作四句詩。好才也。詩曰。河裏一隻船。岸上八箇拽。若還斷了索。八箇都喫跌。姑夫。你不知大人説。又有加官賜賞。我説姑夫我這親事。這遭可准成着。〔正末云〕謝天地。安排筵會慶喜也呵。〔唱〕

【水仙子】龍樓鳳閣九重城。新築沙堤宰相行。白身裏八位中除參政。將皇家俸禄請。十年前誰識你箇書生。掃蕩的蠻夷静。指磨的日月明。從今後天下咸寧。

〔李春郎引旦兒蘭孫桂花同上〕〔李春郎云〕可早來到也。左右接了馬者。〔做見正末科云〕劉弘望闕跪者。〔正末云〕裝香來。〔做跪科〕〔春郎云〕聽聖人的命。爲你出無倚之喪。嫁孤寒之女。因此聖人見喜。你本是龍袖裏嬌民。堪可做朝中宰相。劉弘加你爲本處的縣令。你妻爲賢德夫人。奇童爲嬰童解元。都着您列鼎重裀。聖人喜的是義夫節婦。愛的是孝子順孫。今日箇加官賜賞。一齊的望闕謝恩。〔正末云〕感謝聖恩也。〔李春郎云〕伯父。認的您孩兒李彥清麽。〔正末唱〕

【沽美酒】多虧你箇李彥清。〔李春郎云〕我舉保奇童兄弟來。〔正末唱〕你便保舉俺這小匡衡。則俺這張元伯多虧你箇范巨卿。可俺托賴着當今聖明。依隨着漢陳平。

〔李春郎云〕據着伯父的德行。不弱如先賢古人也。〔正末唱〕

【太平令】將俺似王粲梁鴻比並。把俺似那蘇秦共傅説般看承。可俺又無那閔損顏淵德行。端的更勝似呂望甘羅封贈。〔李春郎云〕加你爲洛陽縣令之職也。〔正末唱〕遥受着洛京。縣令。職名。聖人道積善之家必有餘慶。

〔李春郎云〕伯父有請。母親都在於門首哩。〔正末云〕既然如此。請您母親相見者。〔衆做見科〕〔旦兒上云〕妾身春郎母親是也。當日無倚之時。投奔於伯伯門下。蒙伯伯收留存濟。又將蘭孫小姐。配與春郎爲妻。及蒙齎發盤費。上朝應舉。誰想孩兒得了頭名狀元。皆賴伯伯之恩也。當日夫亡之時。已有半年身孕。所生一女。小字桂花。如今一十四歲。見將着房奩斷送。伯伯休嫌貌陋。情願配與奇童爲妻。以報厚恩也。〔正末云〕又蒙嬸子將所生之女桂花。與孩兒爲妻。兀的不喜殺老夫也。則今日做一箇慶喜的筵席。〔李遜同裴使君上〕〔李遜云〕吾神乃增福神是也。這位是都城隍。按落雲頭。劉弘宅上報恩答義去來。〔做見科云〕恩人。你休驚莫怕。吾神乃增福神是也。生前乃是李克讓。想當日他子母孤寒。蒙恩人收留養濟。小聖在玉帝前叩頭乞告。上天所賜一子。奇童是也。恩人你歡喜者。〔正末云〕感謝上聖。休驚莫怕。吾神乃都城隍是也。生前乃是裴使君。當日吾女蘭孫。自己賣身。蒙恩人收留。自賠奩房斷送。配與春郎爲妻。此德此恩。何以報答。小聖在玉帝面前。叩頭出血。增汝壽算二紀。以報厚恩也。恩人你歡喜者。〔正末云〕感蒙上聖也。裝香來。〔唱〕

【折桂令】俺一家兒祭賽你箇城隍增福威靈。〔二神云〕奇童皆是俺二神之功也。〔正末唱〕保護的俺十三歲蒙童。金榜上標名。〔李遜云〕吾神又將小女桂花。配與奇童爲妻。則爲你恤孤念寡。敬老憐貧。因此感動天地也。〔正末唱〕想當初都只爲這箇劉弘。騰雲駕霧。直至天庭。〔李遜云〕奉上帝敕令。特來增福延壽也。〔正末唱〕您兩箇奏上帝把咱家壽增。保舉的俺輩輩兒崢嶸。〔云〕聖賢那。〔唱〕量這一箇愚魯的鯫生。無德無能。俺一家兒禮拜磕頭。感謝神明。

〔李遜裴使君云〕則爲你積功累行陰功厚。布德施恩神天祐。則爲你行盡仁義禮智信。今日箇保全你那妻財子祿壽。

題目　受貧窮李遜托妻
正名　施仁義劉弘嫁婢

劉玄德醉走黃鶴樓雜劇

第一折

〔冲末諸葛亮領卒子上云〕前次春花桃噴火。今日東籬菊綻金。誰似豫州存大志。求賢用盡歲寒心。貧道複姓諸葛。名亮。字孔明。道號卧龍先生。瑯琊陽都人也。在於卧龍岡辦道修行。自玄德公請貧道下山。拜爲軍師。頭一陣博望燒屯。殺夏侯惇十萬雄兵。片甲不回。不想曹操不捨。親率領八十三萬雄兵。來取新野。來至三江夏口。主公命某過江。問東吴借水兵三萬。周瑜爲帥。黃蓋爲先鋒。俺兩家合兵一處。拒敵曹操。貧道祭風。周瑜舉火。黃蓋詐降。燒曹兵八十三萬。片甲不回。今曹操敗走華容路。貧道領關張二將。追趕曹操。説與趙雲衆將。緊守赤壁連城。休要有失。則今日追曹操走一遭去。施謀略平欺管樂。領雄兵密排軍校。先拏住百計張遼。直趕上奸雄曹操。〔下〕〔外扮周瑜領卒子上云〕腹中韜略隱黃公。匣藏寶劍掣青龍。坐籌帷幄貧壯士。決勝千里作元戎。某姓周名瑜。字公瑾。乃廬江舒城人也。某幼習先王典教。後看韜略遁甲之書。某每回臨陣。無不幹功。幼年間曾與長沙孫策同堂學業。孫策已亡。後佐於江東孫權麾下。爲大將之職。因劉關張着孔明軍師過江。問俺江東借俺赤壁連城。暫且屯軍。俺主公拜某爲帥。黃蓋爲先鋒。領水軍數萬。戰於赤壁之間。某與孔明併力而攻。將曹兵八十三萬。一火焚之。皆某之功。又折了俺手將黄蓋。誠恐此人久後乘勝必取荆州。某想赤壁之戰。非干己讎。折某虎牙之將。某常懷深恨。未曾報讎。某聞知諸葛孔明領衆將往華容路。追趕曹兵去了。乘此機會。某設一計。俺這江東有一樓。名曰是黄鶴樓。設一會。乃是碧蓮會。我脩一封書。差手將魯肅。直至赤壁連城。請劉玄德過江赴會。若劉玄德來時。某暗設三計。頭一計酒至半酣。席間問其强弱。應答不合某心。用劍斬之。第二計着大將于樊。把住樓門。一切人等。不放上下。若無某令箭。不許下樓。第三計酒酣之際。要劉備順情歸吾。意有不從。擊金鍾爲號。伏兵盡舉。擒住劉備。困於江東。不放回赤壁連城。方稱某平生之願。設計已定。小校與我喚將魯肅來者。〔卒子云〕理會的。魯肅安在。〔魯肅上云〕自小曾將武藝習。南征北討慣相持。臨軍望塵知敵數。對壘嗅土識兵機。某乃魯肅是也。某文通三略。武解六韜。十八般武藝。無有不拈。無有不會。今佐於江東孫權手下爲將。正在教場中習演武藝。元帥呼喚。不知有甚事。須索走一遭去。説話中間。可早來到也。小校報復去。有魯肅在於門首。〔卒子云〕理會的。喏。報的元帥得知。有魯肅在於門首。〔周瑜云〕着他過來。〔卒子云〕過去。〔做見科云〕元帥呼喚小將。那裏使用。〔周瑜云〕喚你來别無甚事。我與你這封書。你過江直至赤壁連城。請劉玄德去。若見了玄德。你道俺元帥在黄鶴樓上安排筵宴。請玄德公過江赴碧蓮會。你小心在意。疾去早來。〔魯肅云〕小將得令。則今日領着元帥將令。直至赤壁連城。請玄德公過江赴碧蓮會。走一遭去。雲山水陸俱完備。定計鋪謀驅鐵騎。赤壁相邀玄德公。謹請早赴碧蓮會。〔下〕〔周瑜云〕玄德公也。若你不來時。萬事罷論。若來呵。便插翅也飛不過這大江去。排兵布陣用心機。魯肅疾去莫延遲。玄德若赴碧蓮會。不還荆州不放回。〔下〕〔劉備領卒子上云〕駿馬雕鞍紫錦袍。胸襟壓盡五陵豪。有人來問宗和祖。附鳳攀龍是故交。小官姓劉名備。字玄德。大樹樓桑人也。某有兩箇兄弟。二兄弟姓關名羽。字雲長。是這蒲州解良人也。三兄弟姓張名飛。字翼德。是這涿州范陽人也。俺三人結義在桃園。曾對天盟誓。不求同日生。則求當日死。一在三在。一亡三亡。俺弟兄三人。自從南陽卧龍岡請下孔明師父來。拜爲軍師。自博望燒屯。殺夏侯惇十萬雄兵。片甲不回。曹操不捨。親領雄兵百萬。來取新野。某遣孔明軍師。過江結好於東吴。借起軍馬數萬。拜周瑜爲帥。與曹操戰於赤壁。火燒曹兵百萬。大敗而回。某屯軍於赤壁城中。有俺孔明師父。言先取荆州爲本。後圖西蜀。未爲晚矣。今孔明軍師領雲長張飛取荆州去了。未見回還。小校門首覷者。看有甚麽人來。〔卒子云〕理會的。〔魯肅上云〕某乃魯肅是也。奉着周瑜元帥的令。持着書呈。前來赤壁連城。請玄德公黄鶴樓上赴碧蓮會去。可早來到也。小校報復去。有周瑜元帥差魯肅持書。在於門首。〔卒子云〕理會的。〔做報科云〕喏。報的元帥得知。有東吴國周瑜元帥手下魯肅。持書來見。〔劉末云〕周瑜持書呈來。不知主何意。着那下書的人過來。〔做見科〕〔劉末云〕來者何人。〔魯肅云〕小將乃東吴國周瑜手下魯肅是也。奉俺元帥的將令。持書一封。請玄德公過江。黄鶴樓上赴碧蓮會去。〔劉末云〕將那書來。我看這書咱。〔看書科云〕越殿襄王大德劉公閣下開拆。周瑜謹封。〔拆書科云〕我拆開這封皮。書曰。高皇創業。良將安邦。立明君二十四帝。統國祚四百餘年。目今獻皇在位。建安十三年歲在戊子。因曹操乃是奸臣。欲圖漢室。天時不順。大率雄師。戰於赤壁。明公乃王室之冑。英才蓋世。衆士慕仰。若水之歸海。用諸葛之神機。憑關張之智勇。借瑜吴主江東水軍。恃長江險阻之勢。納部將黄蓋之能。火烈風猛。雷鼓大振。北軍大敗。瑜與明公水陸并進。追至南郡。曹仁敗於夷陵。孔明等追操未還。仗公之威德也。今因武昌有黄鶴樓。瑜設碧蓮會。敬請明公以賀近退曹兵。共享清平之世。坐叙契闊之情。俯賜降臨。幸勿間阻。伏惟高照不宣。東吴大帥周瑜頓首百拜書。越殿襄王玄德公府下。〔看畢書科云〕書中的意。我盡知道了也。兀那魯肅。你先回去。説與你元帥。我便來也。〔魯肅云〕出的這門來。不敢久停久住。回元帥的話去。蒙差遣心勞意攘。劉玄德須當一往。黄鶴樓暗釣鯨鰲。難逃這天羅地網。〔下〕〔劉末云〕魯肅去了也。〔卒子云〕去了也。〔劉末云〕今有周瑜請我赴宴。我待不去來。想當初赤壁鏖兵之時。多虧了周瑜元帥助俺破曹。我待去來。争柰孔明師父與兩箇兄弟不在。我喚劉封來。與他商議。小校與我喚將劉封來者。〔做喚劉封科〕〔净劉封上云〕六韜三略不曾習。南征北討要相持。高頭戰馬牽過來。從早到晚上不得。某乃劉封是也。我十八般武藝。件件不通。諸般不會。自破曹之後。俺屯軍在赤壁連城。俺二叔叔雲長。三叔叔張飛。同軍師諸葛。西征曹軍去了。止有趙雲和某。鎮守着赤壁連城。正在竈窩裏打盹。父親呼喚我。想來左右是着我喫酒。見父親一遭去。可早來到門首也。小校報復去。有劉封來了也。〔卒子報科云〕喏。報的主公得知。有劉封來了也。〔做見科〕〔劉封云〕父親喚您孩兒。有何事商議。〔劉末云〕劉封。喚你來别無甚事。今有江東周瑜。差人持書呈來。請我黄鶴樓上赴宴。唤你來商議。你意下如何。〔劉封云〕父親。想東吴國周瑜。好意請父親赴會。若不去呵。不惹的他怪。不妨事。則管去。若有好歹。您孩兒來接應父親。〔劉末云〕雖然這等。我還不曾與趙雲商議。〔劉封云〕父親。你没正經。您孩兒主張了便罷。又叫他來怎的。〔劉末云〕小校與我唤將趙雲來者。〔正末扮趙雲上云〕某乃真定常山人也。姓趙名雲。字子龍。見佐玄德公麾下爲上將之職。今日玄德公請俺衆將。不知有甚事商議。須索走一遭去。可早來到也。小校報復去。道有趙雲在於門首。〔卒子云〕喏。報的主公得知。有子龍將軍來了也。〔劉末云〕着他過來。〔卒子云〕過去。〔做見科〕〔正末云〕元帥唤趙雲。有何事商議。〔劉末云〕趙雲。唤你來别無甚事。今有周瑜。請我過江黄鶴樓上赴碧蓮會。我特來請你商議。我去好。不去好。〔正末云〕元帥要赴碧蓮會。敢不可去麽。〔劉末云〕怎麽不可去。〔正末云〕則怕周瑜有歹意。〔劉末云〕周瑜他便有歹心。憑着俺孔明師父用計。衆將英雄。量他到的那裏。〔劉封云〕父親。想周瑜無歹意。他助咱軍馬。赤壁鏖兵。破了曹兵百萬。如今他請父親飲酒。有甚麽歹意。便有歹意呵。憑着俺二叔叔雲長。三叔叔張飛。又有老官人趙雲。又有姪兒劉封。又有諸葛軍師。俺人强馬壯。量他到的那裏。〔正末云〕噤聲。〔唱〕

【仙吕點絳唇】賣弄你馬壯人强。驅兵領將。東吴往。喒可便同共商量。商量的都停當。

〔劉末云〕周瑜請我飲酒。他豈有歹意。〔劉封云〕哎。老趙。想俺父親在襄陽會上。也不同小可

也。〔正末唱〕

【混江龍】不比那襄陽會上。他則待興心兒圖謀漢家邦。〔劉封云〕想周瑜破了百萬曹兵。他正是擎天玉柱。架海金梁。他有甚歹意。父親。你赴宴走一遭去。有甚麽事。〔正末唱〕你道他是擎天的玉柱。架海金梁。纔殺退霸道奸雄曹孟德。那周瑜不弱如興劉滅楚的這漢張良。索仔細。莫荒唐。涉大水。渡長江。看了這黄鶴樓勝似他那宴鴻門。覷了他這碧蓮會更狠如臨潼上。〔劉封云〕他見俺父親。不得不敬。務要走一遭去。〔正末唱〕他遣來使相請。喒可便不去落的這何妨。

〔劉封云〕老趙。你閑言剩語的。父親休聽他。你赴宴走一遭。料着不妨。〔劉末云〕子龍將軍。劉封也説的是。那周瑜他敬意請我。若不去呵。則道我怕他哩。〔正末云〕元帥。道的箇筵無好筵。會無好會。不可去也。〔劉封云〕老趙。你越老的糊突了。憑着我十八般武藝。無有不拈。無有不會。他若有歹心呵。我殺的周瑜片甲不回。〔正末云〕噤聲。劉封。你説差了也。〔劉封云〕我怎麽説的差了也。〔正末唱〕

【油葫蘆】哎你箇一勇性的劉封不忖量。你做不的些好勾當。〔劉封云〕想周瑜請俺父親飲酒。你左攔右當。必有僥傒。〔正末唱〕惱的我氣撲撲忿怒夯胸膛。喒正是低着頭往虎窟龍潭創。却正是合着眼去那地網天羅裏撞。〔劉末云〕子龍將軍。那周瑜安排筵宴。請我飲酒。

豈有歹意。〔正末唱〕你道他飲玉甌。在畫堂。〔劉封云〕父親説的是。他若有歹意呵。憑着父親坐下的盧馬。把檀溪河也跳過去了。料着不妨事。〔正末唱〕憑着這的盧戰馬十分壯。怎跳過那四十里漢陽江。

【天下樂】無撚指黃鶴樓敢番做戰場。我想。那周瑜有智量。明晃晃列着刀共槍。魚不可離了水。虎不可離了岡。他可敢安排着惡戰場。

〔正末云〕主公。周瑜差誰來請主公來。〔劉末云〕周瑜差手將魯肅下請書來。趙雲。怕你不信。請書在此。〔正末云〕將書來我看。〔唱〕

【後庭花】拏着這虛飄飄的紙一張。上寫着黑真真字幾行。他則是仗劍施威計。埋伏打鳳凰。這件事不尋常。那裏有風波千丈。我言語不是謊。

〔劉末云〕憑着俺三兄弟張飛英勇。可量他到的那裏也。〔正末唱〕

【金盞兒】你道是張翼德氣昂昂。性兒剛。〔劉封云〕俺三叔叔張飛。十八騎人馬。在那當陽橋上。喝了一聲。橋塌三横水逆流。諕的曹兵倒退三十里遠。〔正末唱〕在那當陽橋喝退了曹丞相。據着他一衝一撞賣弄高强。〔劉封云〕憑着俺三叔叔坐下烏騅馬。手中丈八矛。萬夫不當之勇。〔正末唱〕倚仗着當三軍不剌剌烏騅騎。敵萬夫光燦燦丈八點鋼槍。〔劉封云〕俺三叔安喜縣鞭督郵。又在石亭驛中。將袁祥提起腿。摜的花紅腦子出來。不妨事。父親走一遭去。

〔正末唱〕你休賣弄安喜縣鞭督郵。石亭驛摔袁祥。〔劉末云〕子龍將軍。你放心。想周瑜當此一日。助俺破曹。他與俺結爲唇齒之邦。他今日請我赴會。豈有歹心。你緊守城池。我赴罷宴便來也。〔正末云〕我勸元帥不聽。堅意的要去。你小心在意者。〔劉末云〕子龍將軍。你放心。不妨事。〔劉封云〕老趙。你多慮。料着不妨事。〔正末唱〕

【尾聲】他那裏明明的捧着瑶觴。暗暗的藏着軍將。用計鋪謀怎防。着主公坐在那難走難逃筵會上。你心下自索參詳。自度量。不比尋常。他則待賺虎離窩入地網。〔劉封云〕哎。趙叔。你不知道。那黄鶴樓近在水邊。若水長呵。我安排戰船。搭起浮橋。接應我父親。他便跌下水去。落的他睡一覺。〔正末唱〕那黄鶴樓接天水長。翻波滚浪。〔正末云〕若主公不聽趙雲諫當呵。〔唱〕知他是甚風兒吹過漢陽江。〔下〕

〔劉封云〕老趙。你去。我父親他也不聽你説。父親走一遭。則管嚼食去。〔劉末云〕劉封。你與趙雲緊守着城池。則着三五騎人馬。跟我過江。直至黄鶴樓上赴宴。走一遭去。子龍心下莫躊躇。今朝上馬踐程途。過江親赴碧蓮會。直至那黄鶴樓上見周瑜。〔下〕〔劉封云〕父親去了也。爲甚麽我齎發的俺父親過江去。那周瑜是箇足智多謀的人。俺父親若有些好歹。他這箇位。就是我承襲。憑着我這般好心腸。天也與我半椀飯喫。〔下〕

第二折

〔諸葛亮領卒子上云〕筆頭掃出千條計。腹内包藏萬卷書。貧道諸葛亮是也。領關張二將。追趕曹操於華容路上。我夜觀乾象。玄德公有難。誰想周瑜請玄德公黄鶴樓上飲宴去了。周瑜他要傷害玄德公。量你怎出貧道之手。想當日赤壁之間。貧道問周瑜要一枝令箭鎮壇。貧道留到今日。我將此箭藏在拄拂子裏面。憑此箭着主公無事而回。令人與我唤將關平來者。〔卒子云〕理會的。關平安在。〔關平上云〕善變風雲曉六韜。將門累世顯英豪。能征慣戰施勇猛。父子堅心輔聖朝。某乃大將關平是也。俺父親是關雲長。頗柰曹操無禮。追趕俺至三江夏口。孔明師父求救於孫權。孫權助俺水軍三萬。俺師父將曹操百萬雄兵。在赤壁之間。一火焚之。今曹操脱命而走。師父同俺父親。追趕到華容路。安營下寨。今有軍師呼唤。不知有甚事。須索走一遭去。可早來到也。小校報復去。道有關平來了也。〔卒子云〕理會的。喏。報的軍師得知。有關平來了也。〔諸葛亮云〕着他過來。〔卒子云〕理會的。着過去。〔見科〕〔關平云〕師父呼唤關平。那厢使用。〔諸葛亮云〕關平。則今日將着暖衣拄拂子。直至黄鶴樓上。與伯父送暖衣。走一遭去。小心在意。疾去早來。〔關平云〕理會的。則今日辭别了師父。直至黄鶴樓上。與伯父送暖衣拄拂子。走一遭去。跨下征騎有似風。黄金甲襯錦袍紅。關平豈敢違軍令。不分星夜到江東。〔下〕〔諸葛亮云〕關平去了也。令人説與姜維。扮做一漁翁。手上寫八箇字。是彼驕心褒。彼醉必逃。主公見了。自有脱身之計。隨後着雲長張飛。蘆花深處。接應玄德公去。一枝箭頃刻成功。八箇字救出英雄。蘆花岸張飛等候。周公瑾恥向江東。〔下〕〔浄扮姑兒上〕〔唱〕

【豆葉黄】那裏那裏。酸棗的林兒西裏。您娘教你早來家。早來家。恐怕那狼蟲蛟你。來摘棗兒。摘棗兒。你道不曾摘棗兒。口裏核兒那裏來。張羅張羅。見箇狼呵。跳過墻呵。諕殺你娘呵。

〔云〕我做莊家不須誇。厭着城裏富豪家。喫的飯飽無處去。水坑裏面捉蝦蟆。〔唱〕

【禾詞】春景最爲頭。緑水青泉遶院流。桃杏争開紅似火。王留。閑來無事倒騎牛。村童扶策懶凝眸。爲甚莊家多快樂。休休。皇天不負老實頭。

〔云〕自家村姑兒的便是。清早晨起來。頭不曾梳。臉不曾洗。喝了五六碗茶。阿的們大燒餅。喫了六七箇。纔充了饑也。我要看些田禾去。那小廝每說。兀那田禾裏有狼。我是箇女孩兒。怎麼不怕那狼虎。我不免叫伴哥兒。同走一遭去。伴哥兒。行動些兒。〔正末扮禾倈上云〕伴姑兒。你等我一等波。〔唱〕

【正宮端正好】則聽的二姑把三哥來叫。〔禾旦云〕俺看田苗去來。〔正末唱〕東莊裏看取些田苗。落荒休把這山莊遶。喒可便尋一條家抄直道。

〔禾旦云〕俺這江南。青的是山。緑的是水。你看那漁舟唱晚。響窮彭蠡之濱。雁陣驚寒。聲斷衡陽之浦。家家採下茶苗。杜鵑春啼曉。夏蟬高噪緑楊枝。秋蟬晚噪。俺莊家好快活也。〔正末唱〕

【滚繡毬】俺這裏對青山堪畫描。端的是景物好。你覷那紅葉兒秋蟬晚噪。俺這裏家家採下茶苗。〔禾旦云〕俺江南好煖和也。〔正末唱〕則這江南地煖風寒少。俺這裏春夏秋冬草不凋。綠水千條。

〔禾旦云〕你看那黄菊近東籬。村老忙將蹇驢騎。牛金牛表扶策走。只喫的東歪西倒醉如泥。受用有誰知。紫袍金帶雖然貴。其實不如俺淡飯黄齏麄布衣。伴哥兒。我打東莊裏過來。看了幾般兒社火。吹的吹。舞的舞。擂的擂。不是我聰明。我一般般都記將來了也。〔正末云〕伴姑兒道。我恰纔打那東莊頭過來。看了幾般兒社火。我也都學他的來了也。〔禾旦云〕伴哥兒。我不曾見。你試學一遍咱。〔正末云〕試聽我説一遍咱。〔唱〕

【叨叨令】那秃二姑在井口上將轆轤兒乞留曲律的攪。〔禾旦云〕瞎伴姐在麥場上。將碓兒擣也擣的。〔正末唱〕瞎伴姐在麥場上將那碓臼兒急并各邦的擣。〔禾旦云〕那小厮們手拏着鞭子。哨也哨的。〔正末唱〕小厮兒他手拏着鞭桿子他嘶嘶颼颼的哨。〔禾旦云〕牧童兒倒騎着水牛。叫也叫的。〔正末唱〕那牧童兒便倒騎着箇水牛呀呀的叫。〔禾旦云〕俺莊家好快活也。〔正末唱〕一弄兒快活也麽哥。一弄兒快活也麽哥。〔禾旦云〕俺莊家五穀收成了。甚是安樂。〔正末唱〕正遇着風調雨順民安樂。

〔關平𨄔馬兒上云〕自幼攻習學六韜。南征北討建功勞。下寨安營依三略。赤心敢勇保皇朝。某乃關平是也。父乃關雲長。俺父親隨軍師諸葛。同叔父張飛。追襲曹兵去了。某奉軍師將令。有俺伯父往江東黄鶴樓上請赴碧蓮會去了。軍師差某與俺伯父送暖衣去。來至這半途之中。遇着這三條路。不知那一條路往江東去。正行之間。兀的不是兩箇莊家。我問他一聲咱。〔禾旦云〕伴哥兒。一箇官人來也。你向前答應答應。〔正末唱〕

【倘秀才】那匹馬緊不緊疾不疾蕩紅塵一道。風吹起脖項上絳毛纓一似火燎。他斜拽起團花那一領錦戰袍。端的是人英勇。馬咆哮。〔關平云〕兀那莊家你住者。我和你有説的話。〔正末唱〕他那裏高聲兒叫住着。

〔關平云〕兀那莊家。你休驚莫怕。你近前來。我不是歹人。我問你。這三條路。不知那一條路。往江東黄鶴樓上去。你試説與我。〔正末云〕官人。你往江東黄鶴樓上去。我説與你這一條路。你則牢牢的記着。〔關平云〕你説。我記着。〔正末唱〕

【貨郎兒】你過的這乞留曲律蚰蜒小道。聽説罷官人你記着。你過的一横澗搭一横橋。更有那倒塌了的山神廟。〔關平云〕再有甚麽記號。〔正末唱〕破墻匡草團瓢。轉山坡過嶺橋。河裏魚兒水不着。春夏秋冬草不凋。貪看雲中鶻打雁。你可休離俺這山莊。可便錯去了。

〔關平云〕兀那莊家。你這江南地面。一年四季。怎生春種夏鋤。秋收冬藏。從頭至尾。慢慢的説一遍。我試聽咱。〔正末唱〕

【尾聲】俺這裏風調雨順民安樂。百姓每鼓腹謳歌賀聖朝。則這一帶青山堪畫描。四野田疇景物好。倒大來無是無非〔關平云〕多生受你。慢慢的去。〔唱〕可兀的快活到老。〔下〕

〔禾旦云〕官人。恰纔俺伴哥唱了去也。我也唱一箇官人聽。〔禾旦唱〕

【楚天遥】重重疊疊山。曲曲灣灣水。山水兩相連。送伊十萬里。送你幾時回。兩行悽惶淚。莊家每快活。枕着甜瓜睡。

〔云〕官人忙便罷。若閑時。家來教你打幾箇搊拾。〔下〕〔關平云〕問了路逕也。將着這暖衣。直至黃鶴樓上見伯父。走一遭去。漫辭憚途路艱難。也不怕江水潺潺。送暖衣黃鶴樓上。着伯父急早回還。〔下〕

第三折

〔周瑜領卒子上云〕安排打鳳牢龍計。准備興邦立國機。某乃周瑜是也。我遣魯肅持書一封。直至赤壁連城。請劉玄德赴會。此人欣然而來。某今日在此黃鶴樓上。安排筵宴。等待劉玄德。他此一來中我之計。英雄甲士。暗藏在壁衣之後。令人樓下覷者。若劉玄德來時。報復我知道。〔卒子云〕理會的。〔劉末上云〕憶昔當年涿郡東。桃園結義會英雄。紛紛四海皆兄弟。誰似三人有始終。某乃劉玄德是也。今有周瑜元帥。差魯肅請我黃鶴樓上赴碧蓮會。離了赤壁連城。可早來到這江東黄鶴樓下。令人報復去。道有劉玄德至此也。〔卒子報科云〕喏。報的元帥得知。劉玄德至此也。〔周瑜云〕道有請。〔卒子云〕理會的。有請。〔周瑜見科云〕呀呀呀。玄德公。一自霜松露菊。鴻雁秋風。大戰於赤壁之下。彼各兩分。嘆光陰迅速。日月逡巡。柰關山迢遞。途路跋涉。恨不能一面之會。使某刻石而記於心懷。雕木而印於肺腑。某常思玄德公信義愈明。德服内外。嚴正而不失其道。追景昇之顧。則情感三軍。戀義兵之隨。則甘於同敗。終濟大業。某常思玄德公往昔之好。今具濁酒菲肴。敢勞玄德公。屈高就下。枉駕來臨。誠爲周瑜萬幸也。〔劉末云〕元帥。自赤壁相别。久不得會。元帥破曹操百萬雄師。有如此重恩。未能答報。今日感蒙置酒張筵。劉備何以克當。〔周瑜云〕玄德公。自建安之秋。九月既望。猛風烈火。水陸并進。人馬燒溺。北軍大敗。曹操引軍步走。某與玄德公襲至南郡。曹操殘兵饑疫。死者甚衆。某想當時共討曹操。正所謂扶三綱。立人極。誅亂臣賊子。於千百載之下。使古今信義。無時而不明也。若非除殘去穢。今日箇焉能坐視江陵。某常思玄德公。無時不掛於心。某故此遠勞尊體也。〔劉末云〕元帥深通虎略。善曉龍韜。展濟世之神機。運安邦之妙策。掃除殘暴。剿滅奸邪。真乃天下英雄。誠爲廟堂偉器。今日重會尊席。實乃劉備萬幸也。〔周瑜背云〕某着軍兵四面埋伏。威懾劉備。看此人有懼怯之心麽。玄德公。俺江東鄙瑣。雖是箇微末境界。你看那江濤險峻。山勢嵯峨。今日俺宴會此樓。四圍眼景。觀之不足。玄德公。你看俺這樓外之景咱。〔劉末看科云〕元帥。黄鶴樓乃江南之勝景。某推開這吊窗。我試倚欄觀看咱。好是奇怪也。他既請我赴會。可怎生四面八方兵山相似。劉備也。你尋思波。早是不來呵。也罷。我自有箇主意。元帥。是好景致也。元帥。此樓外四圍之景。山川秀麗。草木清奇。西北有大江之險。東南望翠嶺之巔。乃吴主興隆之地。真乃爲霸業之鄉。誠爲虎踞龍蟠之勢也。〔周瑜云〕玄德公可休要作疑。某周瑜我並無歹心。俺盤桓數日。慢慢的回去。小校擡上果桌來者。〔卒子云〕理會的。果桌在此。〔周瑜云〕令人將酒來。斟滿者。玄德公。量周瑜有何德能。有勞玄德公遠遠而來。蔬食薄味。不堪奉用。玄德公滿飲此杯。〔劉末云〕劉備碌碌庸才。着元帥置酒張筵。元帥先請。〔周瑜云〕玄德公請。〔劉末云〕將酒來。元帥滿飲一杯。〔周瑜云〕酒且慢行。看有甚麼人來。〔關平上云〕某乃關平是也。奉軍師將令。直至黄鶴樓。與伯父送暖衣去。可早來到也。小校報復去。我是關雲長的孩兒。奉俺軍師將令。着某與俺伯父送暖衣來。〔卒子云〕你則在這裏等候着。我報復去。〔報科云〕喏。報的元帥得知。有關平在於樓下。來見元帥。〔周瑜云〕關平此一來有何事。着他上樓來。〔卒子云〕着你上樓去。〔關平做見科〕〔周瑜云〕關平。你此一來有何事。〔關平云〕小將奉俺軍師將令。與伯父送暖衣來。〔周瑜云〕既然與你伯父送暖衣來。將酒來。着關平飲一杯酒。〔關平云〕小將不能飲酒。〔劉末云〕關平。你回去見孔明軍師。你説道元帥請我赴碧蓮會。飲宴罷。我可便來也。〔關平云〕伯父飲罷宴。早些兒回來。您姪兒先回去也。下的樓來。不敢久停久住。回軍師話。走一遭去。〔下〕〔周瑜云〕關平去了也。令人將酒來。玄德公滿飲此杯。〔劉末云〕元帥請。〔周瑜云〕再將酒來。玄德公滿飲一杯。〔周瑜放杯科云〕小校。與我唤一箇精細伶俐的來。

〔卒子云〕理會的。兀那樓下有聰明伶俐的。着一箇上樓去。答應元帥。〔浄扮俊俏眼兒上云〕若論乖覺非是謅。跳下床來不洗臉。精細伶俐敢爲頭。道我是智慧聰明俊俏眼。自家于樊的便是。元帥見我聰明伶俐。與了我箇異名兒。叫做俊俏眼。不問遠方那裏來的人。我就認的他。我把他的膽認破了。我着他苦一世。元帥。此一喚我來。則是賞我幾鍾酒喫罷了。我見元帥去。〔做見科云〕元帥喚小的有何事。〔周瑜云〕我道是誰。原來是于樊。玄德公。這小的喚做于樊。我見他聰明乖覺。別的不打緊。他一雙好眼。不問遠方來的人。不是我這國的。他便認將出來。我見他精細伶俐。與了他箇異名兒。喚做俊俏眼。〔劉末云〕這小的是一對好眼。〔俊俏眼云〕我頗頗兒的。〔周瑜云〕兀那俊俏眼。我與玄德公飲酒。替我掌着令。你見我這對令箭麼。〔俊俏眼云〕小的每見。〔周瑜云〕你將着一枝。我收着一枝。你與我把着樓門。一切人等。不許放上放下。如有下樓的。對上我這枝箭的。你便放他下樓去。如無令箭的。休道是別人。就是我。你也不許放下樓去。〔俊俏眼云〕得令。就是我老子。我也不放他。〔做下樓科云〕爲甚麼俺元帥不着別人把這樓門。別人不會幹事。元帥見我精細伶俐。喚我做俊俏眼。我這兩箇眼。不問甚麼人。我便就認出他來。他怎生瞞的過我。我把住這樓胡梯。有令箭的。放下樓去。無令箭的。休想我放他下樓去。〔正末扮姜維上云〕某乃大膽姜維是也。因周瑜請俺主公黃鶴樓上赴會去了。孔明軍師在我手裏。寫着兩行字。我扮做箇漁夫。將着這對金色鯉魚。黃鶴樓上推獻好新。走一遭去。〔唱〕

【雙調新水令】我將這錦鱗魚斜穿在緑楊枝。舞西風晚凉恰至。殘荷凋翡翠。紅葉染胭脂。景物宜時。〔云〕我纜住船者。〔唱〕我這裏上江岸步行至。

〔云〕我來至這黄鶴樓也。我打聽的周瑜差他那心腹人。唤做俊俏眼。把着樓胡梯。我怎生推一箇乍熟兒。他説我姓張。我便姓張。他説我姓李。我便姓李。我則得上的這樓去呵。我自有箇主意。先見他去者。〔俊俏眼做盹睡科〕〔正末云〕這厮睡着也。我着這厮喫一箇巴掌道。〔做打凈科〕〔俊俏眼做驚科云〕是誰打我來。〔正末云〕道你認的我麽。〔俊俏眼云〕我認的你。有些面熟。你敢是魚兒張麽。〔正末云〕誰道是蝦兒李來。〔俊俏眼云〕你那裏去來。〔正末云〕我聽的元帥在這黄鶴樓上筵宴。我將着這一對金色鯉魚。元帥跟前獻口味來。〔俊俏眼云〕是一對好金色鯉魚也。你前日許了鮮魚兒鮮蝦兒。你許下我。你怎生不送來與我。〔正末云〕你怎生舉薦我一舉薦。我把這魚元帥跟前獻了。到明日你來我那船上來。我着你蝦兒魚兒挑一擔來。可不好。〔俊俏眼云〕休説謊。我如今便替你説去。你明日好鮮蝦兒鮮魚兒。可與我挑一擔來。你則在這裏。我替你説去。〔俊俏眼做上樓見科〕〔周瑜云〕這厮做甚麽。〔俊俏眼云〕樓下有一箇打魚的。見元帥這裏飲酒。獻一對金色鯉魚。與元帥跟前獻好新來。〔周瑜云〕打魚的獻口味。你認的他麽。〔俊俏眼云〕小的每認得。他每日在這江邊打魚。他唤做魚兒張。〔周瑜云〕既然你認的。着他過來。〔俊俏眼做下樓見正末科云〕我替你説過了也。着你過去哩。休忘了我的鮮魚兒鮮蝦兒。明日送來。〔正末云〕我這蓑衣斗笠。放在這裏。〔俊俏眼云〕你放下。我替你看着。〔正末上樓科〕〔周瑜云〕兀那厮。你甚麽人。〔正末云〕小人是這打魚兒的小張兒。〔周瑜云〕你來做甚麽來。〔正末云〕

聽知的元帥在此筵宴。小的每無甚麼孝順。將着這一對金色鯉魚。元帥跟前獻口味來。〔周瑜云〕玄德公。他知道俺在此飲酒。將這一對魚來獻新。〔劉末云〕也是他孝順的心腸。〔周瑜背云〕我如今指着這魚。雙關二意。亂道數句。我譏諷這大耳漢。看他知道麼。〔周瑜對劉末云〕玄德公。俺今日在此樓上飲酒。感的這野人來獻新。不才周瑜亂道數句。玄德公跟前呈醜咱。〔劉末云〕劉備洗耳願聞。〔周瑜云〕這魚他在那碧波中遊戲。不隄防撒網垂釣。則爲他失計吞食。今日落在俺漁翁之手。魚也。你也難回淵浪。自損你那殘生。你若是做小伏低。我着你活撥撥的遠趁江湖。你若是弄巧呈乖。我着你須臾間除鱗切尾。你可也難逢子産。今日箇正遇着楊胥。魚也。你若是肯隨順呵。我着你享崢嶸獨步過龍門。你若是施逞能強。着你受金刀肝腸皆粉碎。〔劉末云〕元帥高才高才。〔劉末背云〕這匹夫好無禮也。他指着此魚譏諷我。則除是這般。元帥。小官也有數句亂談。單題着此魚。元帥污耳。〔周瑜云〕某願聞咱。〔劉末云〕這魚生於水底。長在煙波。趁風濤滾滾入東吳。不隄防悞落在漁翁手。這魚他將那絲綸垂鈎。怎牽萬丈鯨鰲。鱗甲生輝。斬眼着江翻海沸。錦鱗隨浪。湧身發忿跳龍門。若遇春雷。試看蟄龍歸大海。吐霧噴雲入大淵。騰身雷震動山川。那時頭角崢嶸際。攪海翻江上九天。〔周瑜背云〕這厮好無禮也。他着言語譏諷我。如今待要走向前去。一劍揮之兩段。着人便道。周瑜乃江陵大帥。酒酣之際。殺了劉備。着後代史官點筆。罵名不朽。待不如此來。可不乾走了這大耳漢。我如今將機就計。着這漁翁推切鱠。走向前去。一劍刺了劉備。着後人便道劉備着箇漁翁殺了。可也不干我事。兀那漁翁。你近前來。

你是土居也那寄居。〔正末云〕孩兒每是這江東部民土居。〔周瑜云〕哦。原來是俺這江東的部民。孩兒也。你再近前來。你與我做箇心腹人。可是恁的。〔正末云〕小人理會的。〔周瑜云〕兀那漁翁。你這魚是針鉤上釣來的。是網索上打來的。〔正末云〕元帥。這魚也不是板罾撒網。聽小人説一遍。〔周瑜云〕你説。我試聽咱。〔正末唱〕

【殿前歡】這魚兒他自尋思。可是他爲吞香餌可便中鉤兒。〔周瑜云〕這魚可在那裏來。〔正末唱〕他在那水晶宮裏相傳示。〔周瑜云〕兀那漁翁。你將這魚除鱗切尾。逗鹽加醬。當面製造。急忙下手。某帶酒也。〔睡科〕〔正末唱〕誰承望命在參差。任漁公自三思。空有翻波志。他可便眼見的在鋼刀下死。這魚兒比並着。玄德你與我仔細尋思。〔劉末低問科云〕姜維。敢是軍師教你來。〔周瑜醒科云〕兀那厮。你不切鱠。説甚麼哩。切鱠。〔又睡科〕〔正末唱〕

【夜行船】小可漁夫該萬死。又不曾差説了言詞。進忠言玄德可也無不是。〔周瑜怒科云〕你則依着我。下手切鱠。〔又睡科〕〔劉末驚科云〕兀那小張兒。好生的切鱠。〔正末云〕小人理會的。〔正末切鱠科云〕元帥。小人切了銀絲鱠也。〔周瑜不醒科〕〔正末云〕他睡着了也。〔正末舒手科〕〔唱〕你休看手梢兒。我手心裏公事。〔劉末看云〕寫着彼驕必褒。彼醉必逃。軍師的計策。我知道了也。〔正末唱〕

【水仙子】你休戀那玉簫銀管飲金卮。你將這碧蓮會筵席且告辭。〔劉末云〕軍師説甚麼來。〔正末唱〕俺軍師把元帥多傳示。〔劉末云〕關張二弟。曾説甚麽來。〔正末唱〕這其間在江邊敢没亂死。〔劉末云〕軍師再説甚麽來。〔正末唱〕俺軍師細説言詞。〔劉末云〕俺軍師可怎生不着人接應我那。〔正末唱〕這其間安排着軍校。〔劉末云〕可在那裏接應。〔正末唱〕在堤圈楊柳枝。〔劉末云〕我怎生得過這江去。〔正末唱〕先安排下箇漁船兒。〔周瑜醒科云〕兀那廝。你説甚麽哩。其中有奸詐。小校那裏。把這廝拏下樓去。殺壞了者。〔卒子云〕理會的。〔劉末云〕元帥息怒。量他則是箇打魚的人。有甚麽奸詐處。看小官面皮。饒了他罷。〔周瑜云〕看玄德公面皮。將這廝搶下樓去。這廝敢泥中隱刺。〔正末唱〕

【尾聲】小人怎敢泥中刺。〔周瑜云〕若不看玄德公的面皮。殺了這廝多時了。〔正末唱〕休休休可不道大官不覷簾下事。〔正末云〕我下的這樓來。〔俊俏眼云〕你獻了那口味也。〔正末云〕我獻了口味也。我那蓑衣斗笠呢。〔俊俏眼云〕兀的不是。明日替我送將蝦兒魚兒來。〔正末唱〕恰便似火上澆油。命掩參差。暢道萬語千言。三回兩次。若不是玄德公言詞。險些兒三尺龍泉劍下死。〔下〕

〔周瑜云〕將酒來。玄德公滿飲一杯。〔劉末云〕元帥先飲。〔周瑜云〕接了盞者。玄德公。你出一酒令。俺横飲幾杯咱。〔劉末云〕小官不敢。〔周瑜云〕便好道東家置酒客製令。〔劉末云〕哦。着小官行箇酒令。元帥差矣。正是以能問於不能。以多問於寡。小官焉敢在元帥跟前行令。正是弄斧於班門。小官行一杯酒。請元帥行箇令。小官依令而聽之。〔周瑜云〕既然玄德公不肯出令。某不敢違命。某周瑜出一令。單爲席間取一笑耳。論這古往今來。誰是英雄好漢。言者當。理當敬酒。言者不當。罰凉水飲之。玄德公請開談。〔劉末云〕元帥不問。小官也不敢多言。若論自古英雄。昔日魯公項羽。謂之好漢。〔周瑜云〕項羽他怎生是英雄好漢。〔劉末云〕昔日魯公姓項名羽。字籍。乃臨淮下湘人也。幼失父母。雄威少壯。力能舉鼎。勢勇拔山。喑嗚叱咤。目有重瞳。劉項相持。共立懷王。統兵北路。虎視咸陽。詐設鴻門會。火燒阿房宮。渡河交戰。九敗章邯。滎陽城火焚紀信。倚勇烈威鎮諸侯。羸沛公七十二陣。左有龍且。右有范增。楚漢元年五月五日。自號爲西楚霸王。豈不爲好漢也。西楚重瞳獨霸强。喑嗚叱咤志軒昂。拔山舉鼎千斤力。自古英雄説霸王。元帥。一箇好霸王也。〔周瑜云〕玄德公差矣。項羽乃項燕之子。項梁之姪。雖力舉千斤。能勇而不能怯固也。那項羽鴟心蹈釁。向惡從鄙。微利不時。毒苦天下。殺宋義奪印。後入關背約。坑新安無辜之卒。殺軹道已降之主。劫墓取財。開宮戀女。屠虜咸陽士庶。燒阿房宮院。弑義帝於江中。佐遷諸侯於別地。他稱爵稱尊。所過無不殘滅。無所容於天地之間。那項羽不聽韓生之諫。不納范增之言。被淮陰跨夫盗粟韓信。逼至烏江。自刎陰陵。他豈爲英雄好漢。霸王英雄兮自刎烏江。玄德公。你道的差了。你罰凉水。某則飲酒。〔劉末云〕元帥息怒。是小官差了也。元帥上酒。小官罰凉水。〔周瑜云〕玄德公。俺不論古往英傑。則論方今之世。誰是英雄好漢。〔劉末云〕元帥言道。不論古往英傑。則説方今之世。誰是英雄好漢。元帥。想方今之世。

曹操爲之好漢。〔周瑜云〕曹操怎生是英雄好漢。〔劉末云〕想曹操籌謀廣運。智略多端。心如曲珠。意有百幸。夜卧丸枕。日服鴆酒三杯。威伏漢室。自爲大將軍封武平侯。挾天子以擅征伐。尋爲丞相。贊拜不名。入朝不趨。劍履上殿。自立爲魏公。加九錫。納其三女爲貴人。進位於諸侯之上。宫禁侍衛。莫非曹氏之人。曹操以雄兵百萬。虎將千員。左有百計張遼。右有九牛許褚。獨霸許昌。虎視中原。豈不謂之好漢。豪傑滚滚競山川。孟德奸雄掌大權。戰將千員兵百萬。一箇曹公英勇占中原。元帥。一箇好曹操也。〔周瑜云〕玄德公。你又差了也。想曹操奸雄足智。任俠放蕩。然托名漢相。實爲漢賊。功非扶漢。意在篡君。仗兵勢雄威。霸許都之地。雖然討袁紹。破吕布。下關西。定荆州。他那其事雖順。其情則逆。他夜卧丸枕。日服鴆酒。不離了許昌之地。某等合兵。一舉而焚於赤壁之下。他豈爲英雄好漢。曹操奸雄兮不離許昌。玄德公。你又道的差了。你再罰凉水。某則飲酒。〔劉末云〕是是是。小官又差了也。元帥飲酒。小官罰凉水。〔周瑜云〕玄德公。俺不論古往今來英雄好漢。則説俺二人。誰是英雄好漢。〔劉末云〕哦。元帥言道不論古往今來。也不論方今之世。則説今日俺二人飲酒。誰是英雄好漢。〔背科云〕可着我説甚麽的是。則除是這般。元帥。非小官饒舌。不才劉備。乃景帝玄孫。中山靖王劉勝之後。然漢之宗葉。柰懦弱孤窮。紛紛世亂。因未遇隱於樓桑。今發忿峥嶸。受天恩官居越殿。堪恨曹操奸雄。威權太重。羣臣皆懼。漢室宗枝。盡皆隱姓埋名。然劉備將寡兵微。我則待立劉朝。復興漢世。非小官之能。一托軍師諸葛神機。二賴關張二弟之勇。非小官自誇。曹兵百萬。稱羽飛二弟爲萬人敵也。若論漢室英雄。小官劉備我是英雄好漢。〔周瑜云〕玄德公。你怎生是好漢。你又差了也。你既然有蓋世之才。而無應卒之機。斬之不能禁釋。誰不知你是孤窮劉備。你在新野。被曹操領兵追襲。不敢領兵攻拒。棄妻子而奔於夏口。若不是關張二弟扶持。這其間定死在奸雄之手。劉備孤窮兮倚仗關張。玄德公。你又道差了也。〔劉末云〕是是是。小官失言。元帥是好漢。〔周瑜云〕我怎生是好漢。〔劉末云〕想曹操統一百萬雄兵。到此三江夏口。被元帥則一陣。破曹於赤壁之間。殺得曹操片甲不回。元帥豈不是好漢。〔周瑜云〕則這一句。纔合着我的心。玄德公言者當也。昔日霸王英雄兮自刎烏江。曹操英雄兮獨占許昌。劉備英雄兮倚仗關張。赤壁鏖兵兮美哉周郎。〔做笑科云〕將酒來。你也飲一杯。我再飲一杯。〔劉末云〕元帥再飲一杯。〔周瑜云〕且住者。我恰纔貪歡喜。多飲了幾杯酒。覺我這酒上來了。我權時歇息咱。〔做猛醒科云〕周瑜也。你好粗心也。我若睡着了呵。倘或玄德公盜了我這箭呵。不乾走了他。則除是這般。玄德公。你慢慢的住幾日去。我與你身上無歹意。周瑜若是有歹心呵。你見我這一枝箭麽。我撧箭爲誓。丢在這江裏。〔周瑜做撧箭丢在江裏睡科〕〔劉末做慌科云〕嗨。我指望盜他這枝令箭下樓去。誰承望他撧折了。丢在這江裏。我怎能勾下這樓去。軍師也。你既然差關平來。送暖衣拄拂子來與我。可怎生無計救我回去。〔劉末做拏拄拂子搠地科云〕我何日得過這江去。〔劉末見拄拂子響科云〕好奇怪也。這拄拂子裏面。可怎生這般響。我試仔細看咱。原來是兩截兒的。我把你拔開看咱。兀的不是一枝箭。我看咱。這箭不是周瑜的箭。可怎生得到軍師手裏。軍師你好强也。有了這箭也。我與你下這樓去。〔做下樓科〕〔俊俏眼云〕那裏去。〔劉末云〕有元帥將令。着我回去。〔俊俏眼云〕你有令箭麼。〔劉末云〕我無令箭呵。怎生能勾下樓去。〔俊俏眼云〕將來我看。〔劉末云〕兀的不是令箭。〔俊俏眼云〕正是一對。既有了令箭。你去。〔劉末云〕我下的這樓來。劉備也。你好險也。若不是軍師之計。我幾時能勾過這江去。軍師也。則你這彼驕必褒真良將。彼醉必逃思故鄉。周瑜也比及一醉酒醒尋玄德。那其間我片帆飛過漢陽江。〔下〕〔周瑜做醒科云〕霸王英雄兮自刎烏江。曹操奸雄兮獨占許昌。劉備孤窮兮倚仗關張。赤壁鏖兵兮美哉周郎。皇叔。〔俊俏眼云〕黃鼠做了添換了。〔周瑜云〕劉備安在。〔俊俏眼云〕他下樓去了。〔周瑜云〕誰着你放他下樓去了。〔俊俏眼云〕他傳着元帥將令。將着元帥的令箭。因此上我放他去了。〔周瑜云〕住住。我的令箭。我記的撧折了。丟在這江裏。他怎生又有這枝令箭來。〔俊俏眼云〕他將着元帥的令箭。小的不敢不放他回去。〔周瑜云〕他怎生又有這枝令箭來。〔猛見拄拂子科云〕兀那箇是甚麼東西。〔俊俏眼云〕這箇是諸葛亮差關平送來的拄拂子。〔周瑜云〕你將來我試看。〔做看科云〕元來這拄拂子是空的。這裏面藏着令箭。他那裏得我這枝令箭來呵。我想起來了也。他祭風時。問我要枝令箭鎮壇。我又中這懶夫之計也。我正是使碎自己心。笑破他人口。既然走了。更待干罷。我如今便差甘寧凌統韓當程普四將。領兵追趕劉備去。務要擒拏將他來。忙差軍校去如飛。統兵領將急忙追。若還趕上劉玄德。永困江東誓不回。〔同下〕

第四折

〔劉封領卒子上云〕帥鼓銅鑼一兩敲。轅門裏外列英豪。三軍報罷平安喏。買賣歸來汗未消。某乃劉封是也。自從我的父親過江黃鶴樓上赴宴去了。音信皆無。俺父親本不去。可是我送的父親去了。若是軍師來呵。我自有言語支對他。左右那裏。門首覷者。軍師來呵。報復我知道。〔卒子云〕理會的。〔孔明上云〕決勝千里施謀略。坐籌帷幄掌三軍。幼年隱跡南陽野。複姓諸葛號卧龍。貧道諸葛孔明是也。頗柰曹操無禮。他領八十三萬雄兵。與某交戰。俺主公結好於江東。吴王遣周瑜爲帥。黄蓋作先鋒。貧道祭風。周瑜舉火。黄蓋詐降。關張伏路。殺曹兵大敗虧輸。亂軍中走了曹操。貧道領關張追趕。某夜觀乾象。見主公有難。某急差關平。後差姜維。接應主公去了。某料俺主公無事回還。貧道今日收兵。回於赤壁連城。可早來到也。左右接了馬者。報復去。道有軍師下馬。〔卒子云〕理會的。報的將軍得知。軍師下馬也。〔見科〕〔劉封云〕呀呀呀。早知軍師來到。只合遠接。接待不着。勿令見罪。〔孔明云〕劉封。俺主公安在。〔劉封云〕苦苦苦。我父親麽。正在帳中閑坐。不想周瑜使魯肅將書來。請我父親過江黃鶴樓上飲宴。我便道父親不可去。軍師又不在。則怕父親有失。我左右當不住。俺父親一人一騎過江。黃鶴樓上赴會去了。〔孔明云〕誰着你父親一人一騎過江。黃鶴樓上赴會。假若你父親有失呵怎了。我不和你説。等你兩箇叔叔來。看你怎生回話。〔劉封云〕這箇。軍師干我甚麽事。〔關末上云〕憑吾義勇扶劉主。一桿青龍立漢朝。某關雲長奉軍師的將令。着某在華容路等曹操。不想亂陣間走了曹操也。今日回營見哥哥軍師去。可早來到也。小校接了馬者。報復去。道有關某來了也。〔卒子云〕理會的。喏。報的軍師得知。有二將軍來了也。〔孔明云〕道有請。〔卒子云〕有請。〔見科〕〔孔明云〕雲長。曹操安在。〔關末云〕關某在華容路上。等着曹操交戰。亂陣中不想走了曹操也。〔孔明云〕既是他走了。也不必追趕。〔關末云〕住住住。我哥哥玄德公安在。〔孔明云〕二將軍。你休問我。問你姪兒劉封去。〔關末云〕劉封。你父親安在。〔劉封云〕二叔息怒。自從叔叔同軍師去之後。不想周瑜遣魯肅持一封書。請我父親過江黃鶴樓上赴會去。我便道。他那裏筵無好筵。會無好會。則怕周瑜那厮生歹心。你休去。我父親惱了。扯出劍來要殺我。我害慌趓避了。俺父親不想就上馬。一人一騎過江去了。〔關末怒云〕好也落。你怎生齎發哥哥過江去。若有疎失怎了。把這厮拏住。一壁等三兄弟來。俺一同的問這厮。〔劉封云〕二叔叔。不干孩兒事。若三叔叔來。勸一勸。〔孔明云〕左右那裏。門首覷者。等張飛來。報復我知道。〔卒子云〕理會的。〔正末扮張飛上云〕某乃張飛是也。奉軍師將令。華容路上追趕曹操。不想曹操見某。走了也。回軍師話。走一遭去。左右那裏。接了馬者。〔卒子云〕理會的。〔正末唱〕

【南吕一枝花】撥回獬豸身。滴溜撲跳下烏騅騎。舒開狻猊爪。〔正末見劉封走科云〕劉封那裏去。〔唱〕我這裏揝住錦征衣。嘴縫上拳搥。手指定奸讒嘴。我拷你箇忤逆賊。〔劉封云〕三叔息怒。〔正末云〕你父親那裏去了。〔劉封云〕周瑜請的過江飲宴去了也。〔正末唱〕你怎生齎發的我哥哥。去他那四十里長江那壁。

【梁州】則爲那周公瑾兩三杯酒食。更壓着那一千箇他這党太尉的筵席。我跟前莫得誇强會。若還他無災無難。無是無非。若有些箇争競。半米兒疎失。來來來我和你做一箇頭敵。則我這村性子不許收拾。割捨了喝曹操諕了他那三魂。鞭督郵拷折你這脊背。休惱番石亭驛摔袁祥撞塌頭皮。若還得回。俺哥哥無事來家内。使心量有奸細。船到江心數十里。則怕他背後跟追。

〔劉封云〕三叔。您姪兒當不住父親。他堅意的要去。不干我事。〔正末唱〕

【隔尾】休得要臨崖勒馬收韁急。直等的船到江心那其間補漏遲。點手兒傍邊唤公吏。你與我麻繩子綁者柳樹上高高的吊起。直等的俺哥哥無事來家恁時索放了你。

〔云〕令人與我將劉封吊起來者。〔做吊净科〕〔劉封云〕三叔。我又不曾欠糧草。怎生吊起我來。〔正末云〕令人報復去。道有張飛來了也。〔卒子云〕理會的。喏。報的軍師得知。有三將軍張飛來了也。〔孔明云〕道有請。〔卒子云〕理會的。有請。〔見科〕〔正末云〕軍師。張飛來了也。〔孔明云〕一壁有者。〔正末云〕二哥勿罪也。〔孔明云〕小校門首覷者。看有甚麼人來。〔卒子云〕理會的。〔劉末上云〕歡來不似今朝。喜來那逢今日。小官劉備是也。誰想周瑜有傷害某之心。酒酣之際。盹睡着了。多虧軍師妙計。小官以此得脱回還。可早來到也。左右接了馬者。兀的不是三兄

弟張飛。兄弟也。咱争些兒不得相見也。〔正末云〕哥哥來了也。〔唱〕

【隔尾】俺哥哥到黑龍江流的是潺潺水。〔净云〕爹爹救我咱。〔正末唱〕**紅蓼堤邊吖吖的叫喚誰。**〔劉末云〕兀那吊的是誰。〔正末唱〕**是你那孝子曾參可人意。**〔劉末云〕三兄弟。爲甚麼吊起他來。〔正末唱〕**見哥哥無些箇信息。怕有些箇疎失。因此上將他在柳樹梢頭着他便吊望着你。**

〔劉末云〕兄弟。不干劉封事。饒了他者。〔孔明云〕主公煞是驚恐也。〔劉末云〕若不是軍師神機妙策。鋪謀定計呵。劉備怎能勾回還也。〔正末云〕收拾戰船。我和他交戰去。務要拏住周瑜。與俺哥哥報讎。有何不可。〔孔明云〕三將軍。既然今日主公回來了也。休得躁暴。〔正末唱〕

【絮蝦蟆】軍將便似魚鱗砌。槍刀便似雁翅般齊。我又索與你迎敵。自從桃源結義。又在徐州失配。不曾相持對壘。不曾翻天倒地。我無處發付氣力。付能逢着今日。紅錦征袍喜披。黃錦腰帶堅繫。再把烏騅扣鞁。又把包巾整理。我聽的鼙鼙鼓擂忽的插旗。出的相持。美也兀的不歡喜煞愛廝殺的張飛。迎敵。馬蹄兒踏碎了東吴國。你是那周公瑾。我是這張翼德。眼兒裏見了。耳朵兒聽者。

〔孔明云〕住住住。三將軍息怒。衆將休鬧。比及周瑜來請主公赴會。貧道已知多時了也。某先差關平。後差姜維。我料周瑜怎出貧道之手。今日主公果然無事回還。三將軍可以饒免劉封。貧道今勸三將軍休兵罷戰。可是爲何。近日間俺向東吴家借軍破了曹操。不争俺與他交鋒呵。則顯的俺忘恩背義也。既今日主公無事回來了。當以殺羊宰馬。做一箇慶喜的筵席。則爲那三江夏口列英雄。赤壁焚燒百萬兵。周瑜慢使千條計。怎比南陽一卧龍。領兵先借荆州地。後取西川白帝城。四方寧静干戈息。永保皇圖享太平。

狄青復奪衣襖車雜劇

第一折

〔冲末范仲淹領張千上〕〔范仲淹云〕職列鵷班真棟梁。恩霑雨露坐琴堂。調和鼎鼐安天下。燮理陰陽定萬方。老夫姓范名仲淹。字希文。幼習儒業。在長白山修學。我與友人温習經書。煮粟米二升。作粥一器。斷虀數莖。酢汁半盂。煖而啗之。後成大儒。今輔佐大宋。見今八方無事。四海晏然。山河一統。萬國來朝。謝聖恩可憐。加老夫爲天章閣學士之職。今奉聖人的命。有西延邊賞軍一事。葛監軍奏曰。每年秋七八月。犒勞三軍。今冬十一月並臘月。軍士勞苦。未蒙賜恩。今奉聖人之命。着老夫將五百輛衣襖扛車。上西延邊賞軍去。老夫想來。可用能幹之人。隨路防護。今有鞏勝營中有一人。乃汾州西河縣人也。姓狄名青。字漢臣。此人十八般武藝皆全。除非此人可去。左右與我喚狄青來者。〔張千云〕理會得。狄青安在。〔狄青上云〕赳赳威風貔虎軀。六韜三略有誰如。爲人不把功名立。枉作乾坤大丈夫。某姓狄名青。字漢臣。汾州西河縣人也。自幼學成十八般武藝。寸鐵在手。有萬夫不當之勇。今在鞏勝營中。做一個軍健漢。人口順。都叫我做小健兒狄青。今有范大人呼喚。不知有甚事。須索去走一遭。早來到此也。令人報復去。道有狄青來了也。〔張千云〕理會得。報的大人得知。狄青來了也。〔范仲淹云〕着他過來。

〔張千云〕理會得。過去。〔狄青見科云〕大人呼喚狄青。那廂使用。〔范仲淹云〕狄青。今爲西延邊賞軍。有五百輛衣襖扛車。無人可去。奉聖人命。知你驍勇過人。武藝精熟。加你爲押衣襖扛車大使。上西延邊賞賜三軍。小心在意。回還自有重用你處。收拾披掛。便索登程。〔狄青云〕得令。自今日收拾軍裝。押衣襖扛車。走一遭去。奉命親差去賞軍。威嚴勇力有誰倫。扛車衣襖臨邊上。恁時回報受皇恩。〔下〕〔范仲淹云〕狄青收拾軍裝去了也。憑着此人英雄。必有輔國之志。定亂之術。若幹事回來。再有計議。老夫回聖人的話。走一遭去。衣襖俱完就。扛車准備齊。狄青親押赴。回奏敢稽遲。〔下〕〔正末扮王環上云〕老夫王環是也。幼年間東蕩西除。南征北討。多與大宋出力。今已年紀高大了也。將這一副全粧披掛。並軍器等物。於街市貨賣。烏油甲一副。皂羅袍一領。鵲樺弓一張。鳳翎箭一壺。黃面具一箇。紅抹額一條。三尖兩刃大桿刀一柄。撒髮盔一頂。幼年卧霜眠雪。豈知今日無用也呵。〔唱〕

【仙呂點絳唇】則我這劍戟藏收。臂無錦韝。衣袍舊。馬善人熟。想往日威風赳。

【混江龍】玉門關後。老將軍無比陣雲收。若題着安邦定國。受賞封侯。擐甲披袍騎戰馬。到不如去拽耙扶犂使耕牛。尋幾個漁樵作伴將柴門扣。心忙意急。壯志難酬。

〔云〕這兵器披掛。便那裏有人買。我與你再閑游翫咱。

【油葫蘆】遥指南山景物幽。我自趁逐。閑來游翫興悠悠。我則見碧滔滔水面上波紋皺。更那堪翠巍巍山色晴嵐秀。相交的野外人。作伴的村下叟。喜的是扶犂拽耙深耕耨。止不過春種與秋收。

【天下樂】時遇豐年五穀收。百姓每歌謳。心意投。俺若是做莊農快活何處有。若有那二頃田。和他這一耙牛。倒大來千自在百自由。

〔云〕這披掛一物一主。看有甚麽人來。〔狄青上云〕五百衣襖延邊去。萬里平沙拒北番。某狄青是也。今蒙聖人的命。升我做押衣襖車大使。就着我押五百輛衣襖扛車。前往西延邊賞軍去。争柰無一付披掛兵器。我如今去這街市上。買一付披掛兵器。走一遭去。遠遠的望見一個老將軍。守着一付披掛兵器。不知他是賣也不賣。我向前去問他一聲。怕做甚麽。〔做見科狄青云〕支揖老將軍。你這一付披掛。可是賣也不賣。〔正末云〕我這衣甲要賣。〔狄青云〕要多少錢。〔正末云〕要一千貫。〔狄青云〕老將軍。不值許多價錢。〔正末云〕壯士。你聽我説與你咱。

【那吒令】這領袍。用皂羅做就。這副甲。着烏油漆就。這面具。是生金鑄就。鵲樺弓碧玉稍。鳳翎箭搭上絃彀。那三尖刀兩刃鋒秋。

〔狄青云〕别的不打緊。我看這一口刀咱。是一把好刀也。〔狄青做輪刀科〕〔正末唱〕

【鵲踏枝】他那裏説緣由。逞擻搜。〔帶云〕是一個好漢也呵。〔唱〕他入手輕輪。武藝滑熟。這口刀落與你介胄。抵一千個壯士凝眸。

〔云〕你要用這兵器。你將去。我則問你姓甚名誰也。〔狄青云〕老將軍。小人姓狄名青。字漢臣。汾州西河縣人氏。奉聖人的命。教我押五百輛衣襖扛車。前往西延邊上賞軍去。就加我爲押衣襖扛車大使。爭柰無一副披掛兵器。今日肯分的遇着老將軍。小人上告老將軍。這付衣甲。老將軍肯賒與小人麽。〔正末云〕原來你是狄青。〔唱〕

【寄生草】喒兩個纔相見。心意投。英雄只說英雄手。他賢良只說賢良口。則俺這英雄志氣冲牛斗。他若是相持廝殺統戈矛。端的是强中更有强中手。

〔云〕狄青。你來。我賒與你這付披掛。你以後得志呵。那其間還我錢鈔。也未是遲哩。〔狄青云〕多謝了老將軍。我若久以後得志呵。此恩必當重報也。〔唱〕

【尾聲】這紅抹額似火霞飄。金面具威風赳。大桿刀輕輪在手。平定了乾坤四百州。施展你那武藝滑熟。統戈矛。有一日建節封侯。恁時節方顯男兒得志秋。則我這氣衝着牛斗。胸懷錦繡。我則待播清風萬古把名留。〔下〕

〔狄青云〕誰想今日遇着這老將軍。賒與了我這一付衣甲兵器。若到邊境。便遇着敵兵。也不怕他。衣甲兵器都有了也。則今日押衣襖扛車。走一遭去。披袍擐甲荷鋼刀。奉使邊庭不避勞。衣襖賞軍頒國惠。須將忠勇報皇朝。〔下〕

第二折

〔范仲淹領張千上云〕忠誠報國爲良吏。留取芳名載汗青。老夫范仲淹是也。今差狄青押衣襖車。前去西延邊賞軍去。不想到於河西國。被史牙恰和喒雄邀截了衣襖扛車。趕入黑松林去了。老夫奉聖人的命。差飛山虎劉慶。前去取狄青首級。爲此人倚酒慢公。失誤了衣襖扛車。説與劉慶。若是狄青奪將衣襖車來。將功折過。若奪不將回來。二罪俱罰。若回來時。我自有箇主意也。奉使遣狄青。倚酒慢軍情。速差劉慶去。剽首早回程。〔下〕〔净店小二上云〕買賣歸來汗未消。上床猶自想來朝。爲甚當家頭先白。一夜起來七八遭。自家店小二的便是。在這牢山店賣酒爲生。紛紛揚揚。下着如此般大雪。挑起這草稕兒。燒着這鏇鍋兒熱。看有甚麽人來。〔狄青上云〕披堅執鋭爲軍健。天寒地凍奉公差。某乃狄青是也。自從奉命押着這衣襖扛車。西延邊賞軍去。衣襖扛車。先行了也。來到這牢山店。紛紛揚揚。下着這般大雪。天氣寒冷。兀的不是個酒務兒。我買幾鍾酒吃了呵。慢慢的行。兀那賣酒的。有酒的麽。〔店小二云〕官人有酒。請進酒務兒裏。〔狄青做入酒務兒科云〕店小二。打二百錢酒來。釃的着熱。我喫了好走。〔店小二云〕理會得。有了酒也。〔狄青云〕將來我慢慢的飲。看有甚麽人來。〔正末扮劉慶上云〕某乃飛山虎劉慶是也。小健兒狄青。押衣襖車去。被番軍都奪將去了也。狄青不知在何處。今奉大人將令。差我催狄青去。出的門來。撞着這般寒冷天氣。好大雪也。〔唱〕

【南吕一枝花】我與你拽扎了我紅納襖。牢拴住白氈帽。〔帶云〕好大雪也呵。〔唱〕恰便似顛狂飛柳絮。我則見紛紛的剪鵝毛。頭直上瑞雪飄飄。如萬對蝴蝶鬧。正彤雲罩紫霄。又遇着酷冷天寒。將令差違拗了誰敢承招。

【梁州】恰過了五七層山坡隘角。早來到十數處野水横橋。我與你湯風冒雪登長道。寒風颯颯。冷霧瀟瀟。將令嚴整。暮景良宵。往來是半月十朝。誰敢道怠慢分毫。〔帶云〕這一遭。〔唱〕我我我雖不是北狄南蠻。來來來又不是天涯海角。呀呀呀過了些無爺娘的水遠山遥。不由我自猜。自焦。失悮了閫外將軍號。我急行動軍健脚。不見了扛車何處抓。可怎生無一箇消耗。

〔云〕可早來到這牢山店。某有些飢渴。我買幾鍾酒湯湯寒咱。〔云〕兀那賣酒的。有酒麽。〔店小二云〕官人有酒。請進酒務兒裏來。〔正末做入酒務兒科云〕打二百錢酒來。〔店小二云〕理會得。官人。有了酒也。〔正末做喫了酒做起身科〕〔店小二做扯住科云〕你不還我的酒錢。你就走了。〔正末云〕我是個打差的人。那得那錢來還你。〔狄青做問科云〕店小二。爲甚的大驚小怪的。〔店小二云〕官人不知。這個人喫了二百錢酒。他不還錢。便要走去。〔狄青云〕看起來他是箇衙門中辦事的人。小二哥。我替他還了這錢。兀那君子。你姓甚名誰。你爲甚麽到此處。你説一遍咱。〔正末云〕某乃飛山虎劉慶。奉大人的將令。差我去催小健兒狄青衣襖扛車。那厮違了半箇月假限。我若見狄青那弟子孩兒呀。鼻凹裏足打他五百鐵索。〔狄青云〕則我便是狄青。〔正末云〕早是我不曾説你甚麽。〔狄青云〕你駡的我勾了也。你來時。曾撞着甚麽人來。〔正末云〕我來迎着一簇番官。將衣襖車奪將去了。我趓在蓬科裏。我見他。他不曾見我。皂鵰旗上寫着道大將史牙恰。他奪了你那衣襖車去了。你剗地在這裏喫酒。大人將令。你若趕上復奪了衣襖扛車。將功折罪。雖悮了半月假限。其罪可免也。我和你趕那衣襖扛車去來。〔狄青云〕説的是。喒兩個趕去來。未知這話是實麽。〔正末唱〕

【牧羊關】我從來無虚謬。你心中自恁約。違了限半月期高。俺元帥殺斬權謀。你這件事非同一箇草草。你趕的上奪了呵不見罪。你趕不上呵將你來怎肬饒。我便有那渾身是口也難分曉。則你那好前程可惜斷送了。

〔狄青云〕俺兩個趕那衣襖車去來。〔同下〕〔店小二云〕我閉了這板闥。噇飯去也。風雪天身上寒冷。肚裏飢且喫冰凌。〔下〕〔沓雄躧馬兒領回回卒子上云〕燦燦銀盔氣勢强。珊珊鐵鎧帶寒霜。西河隊裏惟吾勇。凛凛英名四海揚。某乃李滚手下大將沓雄是也。某文强武勇。膂力過人。久鎮河西國。某手下有雄兵百萬。戰將千員。某使一桿方天畫桿戟。萬夫不當之勇。今有小健兒狄青。押着五百輛衣襖扛車。前往西延邊上賞軍去。路打此處過。某將衣襖扛車盡皆奪了。我差人護着。趕入黑松林去了也。我在此專等着後來的軍馬。這杏子河邊。我敲開這冰飲馬咱。〔狄青同正末躧馬兒領卒子上〕〔狄青云〕某乃狄青是也。劉慶。俺行動些。〔正末云〕阿哥。來到這杏子河邊也。你見麼。兀那一個番將。敲冰飲馬哩。〔狄青云〕他是誰。〔正末云〕他是番將咎雄。〔狄青云〕他是咎雄。我射他一箭。〔正末云〕阿哥。你休射他。倘射的着他。萬事都休。若射不着他。你騎着龍也似快的馬。你便走了。他拏住我呵。我的腦子做不的主也。〔狄青做拏箭科〕〔正末唱〕

【哭皇天】他款把雕弓掿。我頓斷金縷絛。紫金鈚搭上絃。撚轉鳳翎稍。〔正末搬臂膊科〕〔狄青云〕你爲何搬我。〔正末唱〕我爲甚搬住他這臂膊。射中呵亦無話說。射不中咱有災殃。你若是躭的下躭的下便發箭鏨。〔狄青云〕我這箭發無不中。中無不倒。倒無不死也。〔正末唱〕你那箭發無不中。中無不倒。

〔狄青云〕兀那番官。〔咎雄回頭科〕〔狄青射箭科云〕着去。〔咎雄中箭科〕〔下〕〔正末唱〕

【烏夜啼】箭離弦似一點流星落。我則見滴溜撲墜落在鞍轎。〔狄青云〕我箭射了咎雄。俺尋那衣襖扛車去來。〔正末唱〕也是他今日災星照。他枉劬勞。喒不索心焦。〔狄青云〕趕上史牙恰。一刀劈下馬來。〔正末唱〕若遇着史牙恰刀併見箇低高。奪了那衣襖車便是把冤讎報。〔狄青云〕我不用排兵布陣。就要了衣襖車來。〔正末唱〕也不用排軍校。你端的逢山開道。遇水疊橋。

〔狄青云〕喒趕那衣襖車去來。〔正末云〕這裏有兩條路。那野牛嶺上一條大路。嶺下一條小路。阿哥。我沿河路上行。你往嶺上去。你若見番官呵。你將那刀尖兒招一招。我便知道。若剽了他的首級。摘了他的虎頭金牌。帶在腰間。俺兩箇分兩路趕他去來。〔狄青云〕你也説的是。咱兩箇去來。〔同下〕〔車頭領車扛上云〕衣襖扛車五百輛。推至延邊去賞軍。自家車頭的便是。跟着狄將軍。領着這五百衣襖扛車。都被番官搶了。如今趕着扛車。往黑松林裏去。前途扛車行動些。番官趕將來了也。〔史牙恰躧馬兒領回回卒子上云〕塞北沙陀爲頭領。番將叢中第一人。某乃大將史牙恰是也。某手下的番將。人人英勇。個個威風。能騎劣馬。快拽硬弓。今有狄青押着衣襖扛車。被某都搶了。趕將黑松林去。兀的那押扛車人作急的行。后面則怕有人趕將來也。〔狄青躧馬兒上云〕某乃狄青是也。我上的這野牛嶺來。正行之間。見河邊岸上旗招。莫不敢有番軍來麼。〔做見科云〕果然是一簇番軍。旗上寫着大將史牙恰。兀的不是衣襖車。我復奪去也。〔史牙恰云〕來者何人。〔狄青云〕某乃狄青是也。兀那番將。快與我丢下扛車。〔史牙恰云〕你敢厮殺麼。〔狄青云〕量你這番將。到的那裏。着他喫某一刀。〔做刀劈科〕〔史牙恰中刀科〕〔下〕〔狄青喚正末科云〕劉慶。你來。我刀劈了史牙恰了也。〔正末上云〕好將軍也。〔唱〕

【牧羊關】史牙恰排軍校。狄將軍武藝高。紅抹額火燄風飄。鞍上將如北海的蛟龍。坐下馬似南山獸遶。狄將軍施英勇。史牙恰顯粗豪。史牙恰束手纔争鬭。狄將軍去他頂門上搕叉的則一刀。

〔狄青云〕某箭射了昝雄。刀劈了史牙恰。劉慶。你先回去。我復奪了衣襖扛車。趕退番軍。我便回大人的話去也。〔正末跪科云〕阿哥。我家中還有八十歲的老母。無人奉養。你怎生可憐見。將這昝雄的金牌。史牙恰的三叉紫金冠。與我賣些錢鈔。侍養老母。可不好也。〔狄青云〕這牌與冠都與你。你就將着這兩顆首級。先往大人府裏獻功去。我押這衣襖車。我隨後便來也。〔正末唱〕

【尾聲】鶴隨鸞鳳飛還遠。人伴賢良志轉高。那將軍施躁暴。這將軍是勇躍。奪了車扛。取了衣襖。昝先鋒着箭鑿。史牙恰則一刀。這狄青恰似活神道。他輕輪着那三尖兩刃剛刀。把些個敗殘軍落荒他可都趕去了。〔下〕

〔狄青云〕劉慶將着首級去了也。他這一去。必然先與我報功。兀那車頭。押着衣襖扛車上西延邊走一遭去。箭射昝雄死。刀劈牙恰亡。復奪衣襖扛。此功第一場。〔下〕

楔子

〔净黄軫上云〕朝中宰相五更冷。鐵甲將軍都跳井。則有一個跳不過。跳在裏頭撲蓼蓼。自家黄軫是也。奉大人將令。着我催小健兒狄青衣襖扛車去。來到這半路中。兀的遠遠一個人來也。〔正末上云〕某乃飛山虎劉慶是也。將着兩顆首級大人府裏獻功去也。〔黄軫云〕兀的不是飛山虎劉慶。劉慶。你將這兩顆首級往那裏去。〔正末云〕這個是昝雄史牙恰的首級。將着往大人府裏。與狄青報功受賞去。〔黄軫云〕且住者。我若得這兩顆首級。拏到大人府裏。這功勞都是我的。我問他咱。劉慶。你將這兩顆首級與我。我多與你些錢鈔。你去養活你那母親。可不好也。〔正末云〕這呆廝好要便宜。狄青復奪了衣襖扛車。箭射死了昝雄。刀劈了史牙恰。我將着這兩顆首級。大人府裏與狄青獻功受賞去。你待要。倒好了你也。〔黄𨍏云〕則除是恁般。劉慶。你看那澗底下兩箇大蟲鬬。〔正末云〕在那裏。我看一看咱。〔黄𨍏做推正末下澗科云〕我將劉慶推下澗去也。我得這兩顆首級。大人府裏獻功受賞去也。把劉慶推下澗去。得首級正好賴功。〔下〕〔正末做上澗科云〕黄𨍏好無禮。將我推下澗去。若不是多年樹葉子厚。那得我的命來。你要賴狄青的功。我直至大人府裏。與狄青做箇大證見也。〔唱〕

【賞花時】推我在深澗裏登時一命虧。我若到帥府争知他饒過你。狄將軍英雄有誰及。若我不分一箇曲直。必索要別辨箇是和非。

〔云〕想此人好無天理也。〔唱〕

【么篇】甞言道湛湛青天不可欺。若順了人心失了正理。天網是恢恢。若論着狄青的這武藝。我則待對倒了他這箇賴功的賊。〔下〕

第三折

〔李滾上云〕旗開雲日晃金戈。避暑乘凉至黑河。北塞閑中行樂處。逍遥馬上翫沙陀。某乃大將李滾是也。我手下有兩員大將。一箇是昝雄。一箇是史牙恰。今有一箇小健兒狄青。押五日輛衣襖扛車。前往西延邊賞軍去。我差他兩員大將。邀截了衣襖扛車。聞知小健兒狄青。復奪了衣襖扛車。與俺北番交鋒。未知輸贏勝敗。使的個報喜探子去了。這早晚敢待來也。〔正末扮探子上云〕

一場好厮殺也呵。〔唱〕

【商調集賢賓】貪慌忙棘針科抓住戰衣。殺敗了一個小河西。行不動山岩下歇息。立不住東倒西欹。眼張狂手似撈凌。行不動一絲無力。那將軍相持厮殺對壘。有軍來誰敢迎敵。喧天般發喊聲。就地凱征鼙。名傳於世。委實無敵。〔正末見科云〕報報報。喏。〔唱〕寰中第一。

〔李滚云〕好探子也。從那陣面上來。你看那喜色旺氣。探子來的意如何。穿花度柳疾如梭。中軍帳内低低問。兩下軍兵那處多。史牙恰怎生與狄青厮殺來。探子你喘息定。慢慢的說一遍。〔正末云〕將軍。聽我慢慢的說一遍咱。〔李滚云〕我聽你慢慢的說一遍。〔正末唱〕

【後庭花】殺的那血成河如聚水。死尸骸山岸般堆。疎林外槍刀響。土坡前戰馬嘶。莫迎敵。誰曾見崎嶇的山勢。高阜處遥望者見一將來的疾。雄赳赳將鎧甲披。威凛凛戰馬嘶。紅抹額似火燄飛。皂羅袍似霧黑。烏油甲甚整齊。鳳翎箭端的直。鵲樺弓偃月起。那將軍黄面皮。三尖刀兩刃齊。人和馬走似飛。喝一聲如霹靂。唬的人魂魄飛。

【雙鴈兒】俺這壁急慌忙撲倒了這雲月皂雕旗。把槍刀不撇了。等甚的。嗜顧命逃生早回避。他來的雄勢威。惜不的甲馬催。

〔李滚云〕昝雄在杏子河飲馬。那狄青怎生發箭來。你再説一遍來。〔正末唱〕

【醋葫蘆】昝雄那裏飲戰馬。狄青背后隨。昝雄他英名赳赳暨神威。狄將軍怒將金鐙踢。不離了今日。界河的這兩岸要相持。

〔李滚云〕那狄青急取雕翎箭。忙拈寶雕弓。連珠箭砲窩裏飛來。一點油絃頭上迸出。探子你喘息定。慢慢的説一遍。〔正末唱〕

【醋葫蘆】狄將軍將玉轡提。相對敵。走獸壺順手取金鈚。鳳翎箭水光端的直。弓彎着神背。更壓着漢朝李廣養由基。

〔李滚云〕那狄青右手兜絃。左手推靶。弓開似那曲律山頭蟒。望着鼻凹一點星。你慢慢的説一遍。〔正末唱〕

【醋葫蘆】狄青將右手兜。左手推。斟量着遠近覷箇高低。則他那猿猱臂膊使着氣力。撼山般威勢。轉回頭斜望着昝雄射。

〔李滚云〕那狄青去那飛魚袋内拈弓。走獸壺中取箭。弓開的十分滿。箭去的九分疾。弓開如半彎秋月。箭發似一點流星。使臂力忙將弓靶推。虎筋絃迸出紫金鈚。雕翎箭撞開樓領帶。三思臺吞滿畫桃皮。你慢慢的再説一遍咱。〔正末唱〕

【醋葫蘆】箭着處支楞楞撇了畫戟。撲簌簌掉了豹尾。腦椿的落馬馬空回。彎着弓插着箭忙整理。將一頂紫金冠撞碎。三思臺吞滿畫桃皮。

〔李滚云〕箭射死昝雄。史牙恰怎生和他交戰來。你慢慢的再説一遍咱。〔正末唱〕

【醋葫蘆】一箇在河道東。一箇在臨路西。都不曾答話便相持。却便似黑殺神撞着個霹靂鬼。槍强刀會。棋逢對手好相持。

〔李滚云〕一個使的是槍。一個使的是刀。殺氣騰騰罩碧霄。天愁地慘冷霧飄。有如山前猛虎鬬。恰似蛟龍出海濤。一個憑三略。一個顯六韜。交馬過處逞英豪。從來自有將軍戰。不似今番槍對刀。是一場好厮殺也呵。你再説一遍。〔正末唱〕

【醋葫蘆】史牙恰槍去的疾。狄將軍刀去劈。刀迎槍舉足律律火光飛。見槍來躲過着刀去劈。我則見連肩帶臂。恰便似錦毛彪撲倒一個玉狻猊。

〔李滚云〕箭射死昝雄。刀劈了史牙恰。天朝威風浩大。猛將英雄。再不敢調遣番兵。俺則索投降納貢。便好道饒你深山共深處。到頭都屬帝王家。探子。你且回本營中去。〔正末唱〕

【尾聲】你與我疾快走。莫迎敵。得便宜只恐怕落便宜。他每都響瑺瑺笑將金鐙踢。割的這人頭耳鼻。打着面勝軍旗齊和着他這凱歌回。〔下〕

〔李滚云〕狄青贏了也。俺兩員將輸了也。再不敢侵犯邊境。俺這裏收拾進貢寶貝。見聖人走一遭去。天朝上將顯威風。刀劈牙恰射昝雄。准備方物朝大國。進貢稱臣享太平。〔下〕

第四折

〔范仲淹領張千上云〕王法條條誅濫官。刑名款款理無端。爲官清正天心喜。作宰爲臣民意歡。老夫范天章是也。今有狄青失了衣襖扛車。我差飛山虎劉慶。取狄青首級去了。不見回來。隨後又差黄軫接應他去了也。令人門首覷者。若來時報的老夫知道。〔浄黄軫上云〕兩顆首級實難得。賴了賞賜喫喜酒。自家黄軫的便是。自從將劉慶推在澗裏。得了這兩顆首級。則説是我的功勞。大人府裏報功受賞去。可早來到也。令人報復去。道有黄軫得勝回來。〔張千云〕理會得。報的大人得知。有黄軫來了也。〔范仲淹云〕着他過來。〔張千云〕理會得。過去。〔黄軫見科云〕大人。我箭射昝雄。刀劈史牙恰。將這兩顆首級。特來報功。〔范仲淹云〕既然如此。老夫盡知。這功勞都是你的。若狄青來時。必無輕恕。令人門首覷者。狄青來時。報復我知道。〔狄青上云〕膂力過人胆氣冲。横刀匹馬取交鋒。復奪衣襖全忠孝。今日狄青建大功。某乃狄青是也。復奪了衣襖車。杏子河箭射死昝雄。野牛嶺刀劈了史牙恰。將兩箇首級。着飛山虎劉慶。大人府裏受賞去了。我趕了那敗殘兵。今日得勝而回。見大人走一遭去。可早來到也。令人報復去。道有狄青來了也。〔張千云〕理會得。報的大人得知。有狄青來了也。〔范仲淹云〕着他過來。〔張千云〕理會的。過去。〔狄青做見科云〕大人。狄青得勝回營也。〔范仲淹云〕狄青。你知罪麽。〔狄青云〕狄青不知甚罪。〔范仲淹云〕黄軫將着首級。先來報功。你怎生不知罪。〔狄青云〕大人。某杏子河箭射死沓雄。野牛嶺刀劈死史牙恰。復奪衣襖扛車回來。是我之功也。〔范仲淹云〕你倚酒慢公。失悞了衣襖扛車。若不是黄軫復奪將回來。可怎了也。刀斧手。推轉狄青。斬訖報來。〔狄青云〕可着誰人救我也。〔正末上云〕某乃飛山虎劉慶是也。昨日黄軫奪了我兩顆首級。推我在澗裏。若不是樹葉子厚呵。那裏討我這條命來。我直至大人府裏。與狄青做箇證見。走一遭去也。〔唱〕

【中呂粉蝶兒】我這裏步步剛捱。病身軀恰纔安泰。行不動東倒西歪。脚剛移。身强整。魂靈兒不知箇所在。也是我運拙時乖。誰承望這一場頗奈。

【醉春風】這怨恨重如山。咱冤讎深似海。不走了你箇奸濁儌倖賴功賊。黄軫也你暢好是歹。歹。我與你折證的明白。狄青他一心忠孝。搭救他這場災害。

〔云〕可早來到也。〔見狄青科云〕我道是誰。原來是狄將軍。〔狄青云〕劉慶。你在那裏來。黄軫賴我功勞。大人見罪。將我要殺壞了。你索救我咱。〔正末云〕將軍你放心。我與你做一箇大證見。〔正末見云〕大人。冤屈也。〔范仲淹云〕劉慶。你有何冤屈。〔正末云〕小人不冤屈。狄青冤屈。〔范仲淹云〕狄青怎生冤屈。〔正末云〕當日大人差劉慶去催衣襖車。不想大雪裏正撞見狄青。我説你違了半月假限。又失了衣襖車。被史牙恰奪將去了。狄青聽的説了。我和狄青就趕那衣襖車去。來到那杏子河邊。下着大雪。〔唱〕

【紅繡鞋】當日箇瓊填滿東郊南陌。粉粧成殿閣樓臺。見一簇番兵擁將來。狄青在火坑中逃了性命。今日向雲陽内受非災。我救這一箇苦相持梁棟材。

〔范仲淹云〕誰射死昝雄來。〔正末云〕是狄青一箭射死昝雄來。〔唱〕

【上小樓】一來是時問免災。二來與將軍除害。狄青那裏怪眼圓睁。剔豎神眉。怒目張開。狄青那裏顯手策。使氣概。英雄慷慨。則他那昝先鋒那一場災害。

〔范仲淹云〕你説狄青射死了昝雄。那史牙恰是誰刀劈了來。〔正末云〕狄青射死了昝雄。來到野牛嶺上。見一簇番兵。皂雕旗上。寫着大將軍史牙恰。狄青一人一騎。趕上不曾答話。兩馬交戰。則一刀劈了史牙恰。〔唱〕

【十二月】那將軍其實壯哉。那一會氣夯破胸懷。史牙恰提槍出陣。狄將軍縱馬前來。狄將軍刀起處他如何挣閫。那將軍威凛凛英勇身材。

【堯民歌】我則見滴溜溜撲落下戰鞍來。明晃晃響璫璫的戰鑼篩。來時節遮天映日繡旗開。去時節一仰一合把身歪。恰便似嬰也波孩。驅兵索戰來。這厮可擔水在河頭賣。

〔范仲淹云〕劉慶。你道狄青箭射死了昝雄。刀劈了史牙恰。這兩顆首級。可怎生得到黄軫手裏來。〔正末云〕當此一日。大人差劉慶催衣襖扛車去。狄青箭射死了昝雄。刀劈了史牙恰。復奪了衣襖扛車。他將兩顆首級與劉慶。大人府裏獻功。不期到路上撞着黄軫。奪了我首級。又把我推在澗裏。若不是多年樹葉子厚。那得我那性命來。大人。這功勞都是狄青的。大人心下自參詳。黄軫賴功損忠良。箭射刀劈番將死。流傳千古把名揚。〔唱〕

【尾聲】我見來。我見來。殺的那史牙恰無刮劃。想狄將軍蓋世功勞大。保護着一統山河萬萬載。

〔范仲淹云〕老夫盡知也。原來是黄軫混賴狄青的功勞。將黄軫推轉殺壞了者。狄青你聽者。爲你復奪了衣襖扛車。箭射昝雄。刀劈史牙恰。有此功勞。加你爲征西都招討金吾上將軍。狄青。你望闕跪者。聽聖人的命。則因你敢勇相争。憑謀略收捕賊兵。真梁棟世之虎將。據英雄天下馳名。黄面具千般殺氣。烏油甲萬道威風。野牛嶺刀斬牙恰。杏子河箭射昝雄。施勇烈揚威耀武。秉忠心永鎮邊庭。加你爲總都大帥。定家邦天下元戎。朝金闕躬身叩首。立乾坤帝業興隆。今日箇加官賜賞。保皇圖萬載昇平。

題目　黄軫軍前賴功勞

正名　狄青復奪衣襖車

摩利支飛刀對箭雜劇

第一折

〔冲末徐懋功領卒子上云〕少年錦帶掛吴鈎。鐵馬西風塞草秋。全憑匣中三尺劍。坐中往往覓封侯。老夫姓徐。雙名世勣。祖居曹州離狐縣人也。自立大唐以來。頗有章句。以功名而取富貴。今謝聖人可憐。加某爲英公軍師之職。今有海東一十六國。與俺大唐年年進貢。歲歲來臣。聞知高麗國不順俺大唐。新收一員上將。姓蓋名蘇文。官封大將摩利支。領十萬雄兵。在鴨緑江白額坡前。將各處進貢。都邀截了。又下將戰書來。單搦俺大唐名將。與他交鋒。夜來聖人作一夢。夢見與摩利支交戰。忽然見一白袍小將。跨騎白馬。手持方天畫桿戟。一陣殺退摩利支。天子問白袍小將那裏人氏。姓甚名誰。白袍小將言曰。我家住在虹霓三刀。天子灑然驚覺。可是南柯一夢。聖人着老夫圓此一夢。老夫想來。這虹霓者是絳也。三刀者是州也。這箇應夢將軍。必然出在絳州龍門鎮。奉聖人的命。就出黄榜。招擢義勇好漢。着張士貴先去絳州龍門鎮。招擢義軍去了。許多時不見回還。我今親身直至絳州。催趲義軍。走一遭去。張士貴休避辛勤。出黄榜曉諭多人。普天下招擢好漢。必然有應夢將軍。〔下〕〔孛老兒同卜兒旦兒上〕〔孛老兒云〕急急光陰似水流。等閑白了少年頭。月過十五光明少。人到中年萬事休。老漢絳州龍門鎮大黄莊人氏。姓薛。是薛大伯。嫡親的四口兒家屬。婆婆王氏。媳婦是柳迎春。孩兒薛驢哥。不肯做莊農的生活。每日家則是刺鎗弄棒。舞劍輪叉。我説起來。他母親護在頭裏。薛驢哥那裏去了也。〔旦兒云〕薛驢哥不知那裏去了也。〔孛老兒云〕媳婦兒。不問那裏。尋將薛驢哥來。〔卜兒云〕媳婦兒。依着你公公。不問那裏尋將他來。〔旦兒云〕理會的。下次小的每。前街後巷。不問那裏。尋將薛驢哥來。説他父親尋他哩。〔正末上云〕自家絳州龍門鎮大黄莊人氏。姓薛名仁貴。嫡親的四口兒家屬。一雙父母年高。我自小學成十八般武藝。無有不拈。無有不會。俺父親母親。每日則着我使牛耕種。薛仁貴也。幾時是我那發達的時節也呵。〔唱〕

【仙吕點絳唇】萬里青霄。四方明照。行仁道。俺父親他則着我耕種鋤鉋。似恁的幾時上凌煙閣。

【混江龍】我如今五陵年少。不能彀奪旗撦鼓顯英豪。恰便似天邊老雁。更和那雲外孤鶴。我不能彀邊塞上統軍居帥府。丹墀内束帶立於朝。我乾受了半生苦志。十載劬勞。姜太公渭河邊垂釣。伍員在丹陽縣吹簫。待進來眼前有八荒荆棘。待退來腦後有萬丈波濤。我如今脩不成活計。壘不就窩巢。每日家苦淹淹守定這座大黄莊。空着我便眼巴巴盼不到長安道。我不能彀奮青雲雕鶚。我倒不如那傲夏日鷦鷯。

〔云〕薛仁貴也。幾時是你那發達的時節也呵。〔唱〕

【油葫蘆】空着我每夜思量計萬條。閑遥遥的何日了。看别人卧重裀食列鼎喜任消。

一會家我運不行似喫着迷魂藥。一會家我志不成似喫着無心草。聖人道。貧不憂富不驕。我這裏怨天公安排得我便無着落。困蟄龍久隱在草團瓢。

【天下樂】幾時能彀宮殿風微燕雀高。我這裏便量也波度。不由我心内焦。則我那上天梯若還尋覓着。龍能彀致雨風。虎能彀奮牙爪。將我這平生志須應了。

（見旦兒科云）大嫂做甚麽。父親尋我來不曾。（旦兒云）薛驢哥。你在那裏來。父親母親尋你哩。你過去見父親去。（正末云）我見父親去。（做見孛老兒科）（孛老兒云）薛驢哥。你來了也。（正末云）父親母親。您孩兒來了也。（孛老兒云）你那裏去來。（正末云）我使牛去來。（孛老兒云）你看他着言語支對我。你使牛去來。耕了多少田地。（正末云）我耕了二畝田地。（孛老兒云）好也。你去了一日。則耕了二畝田地。媳婦兒。將棒子來。我打這廝。（正末唱）

【那吒令】我這裏見父親。煩煩惱惱。（卜兒云）老的。休打孩兒。且饒過這一遭者。（正末唱）母親那裏勸着。俺父親他懶懶懆懆。（旦兒云）哎喲。這箇父親。今日也説打。明日也説打。不付能尋將來。父親可又不打他。（正末云）噤聲。（唱）他那裏嘴不刺的。他也聒聒噪噪。（孛老兒云）我説着他。他倒尋媳婦兒的不是。孩兒也。你也似不的那閔子賢。曾參孝。（正末唱）我似不的那閔子般賢。我學不的曾參般孝。和你一箇瞽瞍把我閑瞧。

（孛老兒云）黄桑棍拷折你腰。近不的你。我告到官中。着你坐下牢底來。（正末唱）

【鵲踏枝】動不動黄桑棒拷折腰。是不是坐囚牢。我可甚恭儉温良。你可甚善與人交。〔孛老兒云〕你不做莊農生活。每日則是刺鎗弄棒。你怎麼能彀長進。〔正末唱〕有一日長全我這六梢。〔孛老兒云〕你可待往那裏去。〔正末唱〕我可敢飛騰過萬里青霄。〔孛老兒云〕俺莊農人家。欲要富。土裏做。欲要牢。土裏鉋。你説你會武藝。你就在這草堂上敷演一遍。我試看者。〔正末云〕我在這草堂上敷演一遍。父親母親。你試看者。〔唱〕

【寄生草】我若是臨軍陣。惡戰討。遮莫他撲碌碌隊伍在這殺場上鬧。亂紛紛土雨在空中落。慢騰騰殺氣頭直上罩。遮莫便骨刺刺雜彩繡旗摇。遮莫便撲鼕鼕畫鼓征鼙噪。

〔孛老兒云〕孩兒也。俺則做莊農的好也。〔正末云〕父親。如今絳州龍門鎮。貼起黄榜。招安義勇好漢。您孩兒要投義軍去。不知父親母親意下如何。〔孛老兒云〕孩兒也。想着俺兩口兒。眼睛一對。臂膊一雙。則看着你哩。你去了呵。可着誰人養活俺也。好也不要你去。歹也不要你去。〔卜兒云〕老的也。俺兩口兒偌大年紀也。則看着孩兒一箇。休着孩兒去。〔正末唱〕

【後庭花】休將你這歹孩兒留戀着。枉把我這功名來躭悮了。〔孛老兒云〕你這一去。憑着你甚麼武藝那。〔正末唱〕憑着我這四海五湖量。〔孛老兒云〕孩兒也。則做莊農罷。〔正末唱〕我怎肯深村裏窮到老。〔孛老兒云〕兩陣之間。你怎生與他拒敵。〔正末唱〕你看我便顯英豪。

聽您這歹孩兒言道。馬頭前若撞着。仗英雄顯榮耀。〔卜兒云〕孩兒也。便好道父母在堂。不可遠遊也。〔正末唱〕見母親留戀着。老家尊心內焦。

〔李老兒云〕好共歹不要你去。〔正末云〕父親。您孩兒若不去呵。〔唱〕

【青哥兒】休阿枉惹的鄉人鄉人恥笑。〔云〕父親。您孩兒盡忠。不能盡孝也。〔唱〕我報不的哀哀父母劬勞。〔李老兒云〕孩兒也。你伴着那沙三伴哥王留。飲酒耍子。可不好。〔正末唱〕我可甚麼人伴賢良智轉高。〔李老兒云〕你聽的誰說來。〔正末唱〕則聽的絳州人道。黃榜上名標。我將這義軍來投了。骨刺刺擺開旗號。二馬相交。琤玎的箭對了飛刀。輕舒猿猱。磕答的揩住征袍。滴溜撲摔下鞍轎。將背唐朝高麗一隻手揩住頭梢。把那廝

搠搠的拖來到。

〔李老兒云〕孩兒也。便好道心去意難留。留下結冤讎。去則去。得官不得官。你則早些兒回來。休着老漢憂心也。〔正末云〕則今日好日辰。辭別了父親母親。便索長行也。〔卜兒云〕孩兒也。你這一去。得官不得官。則要你早些兒回來。休着我憂心也。〔正末云〕大嫂。你在家中。好生看覷一雙父母。我若為了官呵。你便是夫人縣君也。〔旦兒云〕住住住。薛仁貴。父親在上。依着妾身說呵。可以待時守分。耕種為活。堪可度日。侍奉一雙父母。不強似名利奔波。你堅心要去。我未知你的主意如何也。〔正末唱〕

【尾聲】我則要身到鳳凰池。有心待標寫在淩煙閣。與敵兵相持戰討。下寨安營邊塞遥。我胸中虎略龍韜。看殺氣陣雲高。蕩征塵土雨瀟瀟。則我這馬到處賊兵都退了。〔孛老兒云〕你這一去。憑着你些甚麽手策也。〔正末唱〕倚仗我撥天關手爪。憑着我這撼乾坤勇躍。捨着我這一腔鮮血立唐朝。〔下〕

〔孛老兒云〕孩兒去了也。這一去。他必然爲官也。老漢無甚事。回我那家中去也。眼觀旌捷旗。耳聽好消息。〔同下〕

第二折

〔浄扮張士貴領卒子上云〕自小從來爲軍健。四大神州都走遍。當日箇將軍和我奈相持。不曾打話就征戰。我使的是方天畫桿戟。那厮使的是雙刃劍。兩箇不曾交過馬。把我左臂厢砍了一大片。着我慌忙下的馬。荷包裏取出針和線。我使雙線縫箇住。上的馬去又征戰。那厮使的是大桿刀。我使的是雀畫弓帶過雕翎箭。兩箇不曾交過馬。把我右臂厢砍了一大片。被我慌忙下的馬。荷包裏取出針和線。着我雙線縫箇住。上的馬去又征戰。那厮使的是簸箕大小開山斧。我可輪的是雙刃劍。我兩箇不曾交過馬。把我連人帶馬劈兩半。着我慌忙跳下馬。我荷包裏又取出針和線。着我雙線縫箇住。上的馬去又征戰。那裏戰到數十合。把我渾身上下都縫遍。那箇將軍不喝啋。那箇把我不談羨。説我厮殺全不濟。嗨。道我使的一把兒好針線。某乃張士貴是也。海外有一十六國。惟待平奠高麗國。高麗國他不强。手下新收一員上將。姓蓋名蘇文。官封大將摩利支。脊背上有五口飛刀。三口得用。百步之外。能取上將之首級。統領數萬人馬。在於鴨緑江白額坡前安營下寨。將天下各處的進貢。盡皆邀截了。又下將戰書來。單搦俺大唐名將出馬。與他拒敵。某奉聖人的命。着某與軍師徐懋功。在這絳州龍門鎮貼起黄榜。招安義軍好漢。今日三日光景也。並無那投軍的好漢。小校門首覷者。但有軍情事。報復我知道。〔卒子云〕理會的。掛起黄榜。看有甚麽人來。〔正末上云〕自家薛仁貴的便是。自從離了家中。來到這絳州也。你看那做買做賣的。是好熱鬧的城池也呵。薛仁貴。幾時是你那發達的時節也呵。〔唱〕

【正宫端正好】看别人雲滚滚省臺登。看别人雲滚滚省臺登。幾時能㲉鬧穰穰公侯做。則他那謁朱門緣木求魚。則這書中自有他這黄金屋。將我便久困在紅塵路。

【滚繡毬】每日家聽鐘聲山寺裏齋。趕宿頭古廟裏居。有那等財主每聽笙簧則在那畫堂深處。如今那有學的酩子裏韞匵藏諸。我看了這今世圖。這時務。枉了我交語。赤緊的滿眼裏不辨賢愚。存的我這胸中三卷黄公略。我愁甚麽架上三封天子書。恰便似餓虎當途。

〔云〕兀那裏一簇人鬧。敢是那黄榜。我分開這人叢。揭了這黄榜者。小校報復去。道有一莊農在於門首。〔卒子云〕甚麽人揭了黄榜。你則在這裏。我報復去。〔報科云〕喏。報的元帥得知。有一莊家農夫。揭了黄榜也。〔張士貴云〕莊家他不去使牛去。來我這裏有甚麽勾當。着他過來。

〔卒子云〕着過去。〔正末見科云〕喏。大人。小人黄榜在身。不能施禮。〔張士貴云〕這厮倒一條好漢。前頭看着。恰似望後仰着。後頭看着。恰似望前合着。好漢。狗背驢腰的。哦。是虎背熊腰。兩條臂膊。恰似欄杆。兩箇拳頭。恰似石鼓。兩條腿恰似井樁。一箇肚皮。恰似簸箕。腦袋恰似栲栳。脖子恰似一條麻線。兀那厮。你那裏鄉貫。姓甚名誰。對我説一遍。我試聽者。〔正末云〕聽小人慢慢的説一遍者。〔唱〕

【快活三】小人在龍門鎮是我祖居。〔張士貴云〕你可在那裏居住。〔正末唱〕大黄莊有我的家屬。〔張士貴云〕你從小裏習學甚麽武藝來。〔正末唱〕自小裏習文演武用工夫。〔張士貴云〕你可來俺這元帥府做甚麽。〔正末唱〕特地來奪富貴争名目。

〔張士貴云〕你開的弓蹬的弩麽。〔正末唱〕

【朝天子】遮莫待開弓也那蹬弩。〔張士貴云〕你敢揚威耀武麽。〔正末唱〕揚威也那耀武。〔張士貴云〕你敢陣面上相持去麽。〔正末唱〕我情願陣面上相持去。〔張士貴云〕我就用你在我軍陣中。做箇小卒。你意下如何。〔正末唱〕但能彀軍陣裏做一箇小卒。〔張士貴云〕我着你合後當先。你敢去麽。〔正末唱〕遮莫便合後等當先去。〔張士貴云〕兀那厮。你是軍健漢。逢山開路。遇水疊橋。你敢去麽。〔正末唱〕遮莫待遇水疊橋。逢山開路。〔張士貴云〕你敢施威敢射虎麽。〔正末唱〕我可便敢施威敢射虎。〔張士貴云〕就用了這厮。〔正末唱〕大人若是用度。

用度了這勇夫。我馬到處寫滿了您那功勞簿。

〔張士貴云〕這廝説大言。你馬到處寫滿了功勞簿。瞞不過衆人。我做了三十年總管。那功勞簿上。怕有我一箇字兒。兀那廝。你不知道。説那摩利支。身凛凛。貌堂堂。恰便似煙薰的子路。墨灑就的金剛。橫裏一丈。竪裏一丈。剔留禿魯。不知甚麼模樣。看了你這麼黄甘甘。骨嵓嵓。一掿兩頭無剩。則怕你近不過那摩利支。他也小覷你也。〔正末唱〕

【四邊静】摩利支將咱欺負。陣面上不剌剌的馬到處。他飛刀起難遮護。我箭發似流星般去。若見那箇匹夫。輕舒我這虎軀。〔云〕到來日三枝箭。對了他那三口飛刀。不剌剌甲馬當先。揪住袍。揝住帶。滴溜撲摔在塵埃。〔唱〕我格支支搊折了那廝腰脊骨。

〔張士貴云〕這廝説大話。格支支搊折他腰脊骨。你長把摩利支腰脊骨搊折了便好。你厮殺的眼花了。你把我揉採住。搊折了我的腰脊骨。可怎麼了。兀那廝。你説了這半日。你可姓甚麼。〔正末云〕小人姓薛。〔張士貴云〕薛甚麼。〔正末云〕名仁貴。〔張士貴云〕這廝無禮也。可不道入城問税。入衙問諱。我是總管張士貴。你是薛仁貴。你又貴。我又貴。這賤的着誰買。這廝悮犯大官諱字。〔正末云〕大人。與小人改箇名字。〔張士貴云〕這廝也説的是。我替你改薛寫謝薛。〔卒子云〕百忙裏切字。〔張士貴云〕改做楔子兒。〔卒子云〕不好。〔張士貴云〕不好。改做雪裏梅。〔卒子云〕不好。〔張士貴云〕看了你這等箇模樣。好好好。就唤做窮雪裏。〔正末云〕謝了大人。〔張士貴云〕兀那廝。十八般武藝。甚麼打頭。〔正末云〕弓箭打頭。〔張士貴云〕你拽的硬弓麼。〔正末云〕拽的硬弓。〔張士貴云〕拿一石米的弓來與他拽。〔卒子云〕理會的。一石米的硬弓。〔張士貴云〕你拽。〔正末云〕這弓軟。不中使。〔張士貴云〕再換那石五米的弓來與他拽。〔卒子云〕石五米的硬弓在此。〔張士貴云〕與他拽。〔正末云〕這弓又軟。不中使。〔張士貴云〕討那兩石米氣力的弓來與他拽。〔卒子云〕兩石米的弓在此。〔張士貴云〕與他拽。〔正末云〕這弓軟。不中使。〔張士貴云〕拿那鎮庫銅胎鐵靶寶雕弓來着他拽。〔卒子云〕那裏取去。〔張士貴云〕東庫裏尋去。〔卒子云〕東庫裏無有。〔張士貴云〕西庫裏尋去。〔卒子云〕西庫裏無有。〔張士貴云〕去家裏討。〔卒子云〕家裏無有。説元帥隨身帶着哩。〔張士貴云〕説我隨身帶出來了。可在那裏。等我想。哦。我想起來了。原來可在我這頭庫裏。着他拽。〔正末云〕大人。這箇便是那鎮庫銅胎鐵靶寶雕弓。大人要幾箇滿。〔張士貴云〕這廝説大口。這一張弓。是日南交趾國進將來的。聖人賜與了我。着我拿到家中。綁在梁上。我渾家大小七八十口人。打着千斤望下墜。也不曾墜的這弓開一些兒。你説道你拽三箇滿。休説道是三箇滿。你則拽的開一些兒。我也就用了你。〔正末云〕一箇滿。兩箇滿。三箇滿。呀。拽折了這張弓也。〔張士貴云〕好漢好漢。兩輪日月。六合乾坤。也不曾見這麼好漢。把這席篾兒拽做兩截。你常在這裏。拽折了弓。也罷了。上陣處拿將來的弓。你都拽折了。可不悮了我大事。這廝做的箇損弓折箭。這廝氣力大。小校推出轅門外。殺壞了者。〔正末云〕着誰人救我也呵。〔徐懋功上云〕老夫徐懋功是也。今因張士貴。在這絳州招安義軍。許多時也。着老夫催趲義軍去。我來到帥府門首也。一簇人圍着一箇莊家後生。兀那小的。你得何罪

犯。元帥要殺壞你。若説的是呵。我與你做主。〔正末唱〕

【齊天樂】當街裏馬頭來攔住。聽小人從頭細説當初。〔徐懋功云〕你那裏人氏。姓甚名誰。〔正末唱〕小人是農夫。大黄莊有我的家屬。來時節歡娱。到的這龍門鎮揭黄榜過去。正犯着大人名諱。他道是不用俺這村夫。磕答的弓拽折。急惱的元帥怒。他道我該斬該徒。

〔徐懋功云〕既然這等。正是英雄好漢。元帥怎生道要殺壞了你那。〔正末唱〕

【紅衫兒】軍兵牢拿住。綁在長街去。好教我氣長吁。氣長吁。仰面嚎咷哭。大人也薛仁貴委實的啣冤負屈。

〔徐懋功云〕刀斧手且留人者。我見元帥。自有箇主意。令人報復去。道有軍師下馬也。〔卒子云〕喏。軍師下馬也。〔張士貴云〕道有請。〔卒子云〕有請。〔見科〕〔張士貴云〕軍師鞍馬上勞神也。〔徐懋功云〕元帥。招義軍不易也。〔張士貴云〕請坐。看茶來喫。〔徐懋功云〕元帥招了多少英雄好漢。〔張士貴云〕軍師。自你去後三日。並無一箇蠅蠓狗蚤。來投義軍的。〔徐懋功云〕你道不曾有一箇。小校。着那莊家後生過來。〔正末見科云〕喏。〔徐懋功云〕元帥。你道無一箇。這小的得何罪犯。你要殺壞了他。〔張士貴云〕軍師。説起他的罪過來。大似狗蚤。他走將來。看着我也不施禮。他説馬到處寫滿功勞簿。瞞不過你。我做了三十年總管。功勞簿上。怕有我一箇字兒。這箇也罷了。他又要撧折了摩利支的腰脊骨。老子。他常把摩利支腰脊骨撧折了。便好。

殺的他眼花了。把我拿住。撧折腰脊骨。我殘疾一世兒。這箇也罷。我説你拽的弓麽。拿將來的弓嫌軟。與他那鎮庫銅胎鐵靶寶雕弓。着他拽。你説這厮無禮麽。他把一根席篾兒撧做兩斷。則爲他損弓折箭。氣力忒大。因此上拿出去殺壞了。〔徐懋功云〕這箇正是好漢。元帥未曾與摩利支交鋒。先殺一箇軍士。做的箇於軍不利。老夫不敢自專。乞元帥尊鑑不錯。〔卒子慌報云〕喏。摩利支索戰。〔徐懋功云〕元帥。摩利支索戰。他若敢跟的元帥破摩利支去。贏了將功折過。輸了二罪俱罰。元帥意下如何也。〔張士貴云〕既是這等。看着軍師面皮。饒了那厮者。〔徐懋功云〕兀那薛仁貴。你敢跟的元帥。破摩利支去麽。〔正末云〕我敢去。我敢去。〔徐懋功云〕你用甚麽衣甲頭盔鎗刀器械。〔正末云〕我用白袍白甲素銀盔。丈二方天畫桿戟。跨下騎一匹白馬。要一張硬弓。我自有七枝連珠箭。〔徐懋功云〕元來正是天子應夢的將軍。説與軍正司。便關與他衣甲頭盔鎗刀器械。薛仁貴。你小心在意者。你若得了勝。自有加官賜賞。〔張士貴云〕便領與他衣甲。跟將我厮殺去。〔正末云〕大人放心也。〔唱〕

【尾聲】願吾皇懾夷狄。降邊國。千千年九五飛龍齊天福。願吾皇永坐着宗廟舊。家邦老。萬萬載百二山河壯帝居。到來日看排兵。列士卒。蕩征塵。騰土雨。旱路上亡。水面上浮。成不的功。變不的虎。我直殺的他吶不的喊。摇不的旗。放心也我着他便擂不的鼓。〔下〕

〔張士貴云〕軍師。你緊守營寨。我與摩利支交戰。走一遭去。大小三軍。聽吾將令。三通鼓罷。

拔寨起營。到來日忙擂破鼓。急篩歪鑼。聚豆腐軍一萬。妳妳軍八千。人人英雄。喫飯處拚命當前。箇箇猥慵。都在帳房裏打盹。俺這裏大旗頭。小旗頭。偏能喫飯。放下筯。撇下碗。肚裏又饑。張瘸子。李瘸子。忙輪䨥拐。常秃厮。王秃厮。頭似鹽梅。宋長官。劉長官。偷人家貓狗。小賈兒。小魏兒。搶人家肥鷄。到晚夕下寨安營。到來日看俺相持。俺見他來。唬的俺一齊落馬。唬的俺丢了箭。撇了甲。掉了頭盔。他那裏雄赳赳。氣昂昂。一箇箇都是好漢。我領着些無鼻子。少耳朵。駝着腰。瘸着腿。都是些鷹嘴刺梨。〔卒子隨下〕〔徐懋功云〕元帥領白袍小將。與摩利支相持厮殺去了。老夫不敢久停久住。回聖人話。走一遭去。奉命親差豈自由。興師遣將統戈矛。海東名將休誇勇。應夢英雄出絳州。〔下〕

楔子

〔摩利支騎馬兒引卒子上云〕昨夜西風透錦袍。將軍呵手撚弓鞘。休言十載寒窗苦。不比征夫半日勞。某乃大漢高麗國人氏。姓蓋名蘇文。官封摩利支。凡爲將者。要知天文。曉地理。觀氣色。辨風雲。某文通三略法。武解六韜書。三略者。一曰天略。二曰地略。三曰人略。六韜者。一文韜。二武韜。三龍韜。四虎韜。五豹韜。六犬韜。此乃是黄公三略法。吕望六韜書。俺軍中有七要。是那七要。一要仁。二要信。三要賞。四要罰。五要謀。六要勇。七要變。坐籌帷幄之中。决勝千里之外。排白虎得勝轅門。列黄旛豹尾帳下。錦衣使者。肩擔着赤羽旌幢。清秀兒郎。手持着吴鈎越戟。陣前列五運轉光旗。帳下擺順天八卦蓋。五運轉光旗者。有虎鵶旗。日月旗。龍鳳旗。得勝旗。轉光旗。八卦蓋者。是乾坎艮震巽離坤兑。俺這裏軍不斬不齊。將不嚴不整。令字旗催促先鋒。帥字旗爲軍中眼目。豹纛旗開。犯令者不論親疎。得勝旗摇。收軍望封官賜賞。軍隨印轉行直正。罪若當刑先言定。在朝休悮天子宣。莫違閫外將軍令。現在海東有一十六國。與大唐年年進奉。累歲稱臣。惟有俺高麗。不順大唐。某脊背上有五口飛刀。三口得用。百步之外。能取上將首級。久鎮在鴨緑江白額坡前。將各處進奉。都邀截了。下將戰書去。單搦大唐名將出馬。聽知總管張士貴。領兵前來。要與某拒敵。量他到的那裏。某則今日點就三軍。與張士貴相持。走一遭去。大小三軍。聽吾將令。到來日甲馬不得馳驟。金鼓不得亂鳴。不許交頭接耳。不得語笑喧呼。但違令必當斬首。到來日都要擐甲與披袍。兵士列鎗刀。風捲龍蛇影。雜彩繡旗摇。南山射猛虎。北海斬長蛟。逢山須開道。遇水要疊橋。人人施勇猛。箇箇顯英豪。一箇箇頭頂金盔腕懸鞭。驅兵領將數十員。拿住總管張士貴。放心血濺東南半壁天。〔下〕〔净張士貴領卒子騎馬兒上云〕某乃總管張士貴是也。如今與摩利支交戰去。大小三軍。擺開陣勢。塵土起處。摩利支這早晚敢待來也。〔摩利支騎馬兒上云〕某乃摩利支是也。大小三軍。擺開陣勢。那壁廂塵土起處。來者何人。〔張士貴云〕你來者何人。〔摩利支云〕某乃大將摩利支。是你爹爹。〔張士貴應云〕哎。風大不聽見。〔二科〕〔摩利支云〕你是何人。〔張士貴云〕某乃總管張士貴。是你的孫子哩。〔卒子云〕你怎麽道與他做孫子。〔張士貴云〕我怎麽道是孫子。如今交馬處。無三合。

無兩合。則一合拿將我過去。他拿起刀來。恰待要殺。罷。饒了你。他是我的孫子哩。〔卒子云〕也殺了。〔摩利支云〕量你到的那裏。與我操鼓來。〔做交馬科〕〔張士貴云〕我也近不的他。我與你走了罷。走走走。〔下〕〔摩利支云〕這厮輸了也。量你走的到那裏。我不問那裏。趕將去。〔正末騎馬兒上云〕大小三軍。擺開陣勢者。來者何人。〔摩利支云〕你來者何人。〔正末云〕某乃大唐大將薛仁貴是也。你敢相持麽。〔摩利支云〕薛仁貴。有張士貴被我殺敗了。量你到的那裏。與我操鼓來。〔正末唱〕

【仙呂賞花時】那厮便耀武揚威説大言。怎敢今番奪衆權。〔摩利支云〕我飛刀起。〔正末云〕箭對了。〔摩利支云〕飛刀起。〔正末云〕箭對了。〔摩利支云〕飛刀起。〔正末云〕箭對了。〔摩利支云〕五口飛刀。對了我三口。留着兩口防身。不中。我也近不的他。撥回馬。我與你走走走。〔下〕〔正末唱〕他那裏飛刀起我這裏箭離絃。殺的他身軀倒偃。我見他撥回馬走當先。

【么篇】你可甚爲看青山懶贈鞭。看的俺唐十宰公卿如芥蘚。遮莫他變做神鬼化做飛仙。〔云〕待走往那裏去。〔唱〕離不了天涯和那海邊。〔云〕衆軍校跟我去來。〔唱〕我與你直趕到他這箇猻魔天。〔下〕

第三折

〔高麗將上云〕顯耀英才天地中。衝衝志氣展長虹。夷狄之國多雄壯。赳赳威名鎮海東。某乃高麗大將是也。俺國有一十六國。與大唐年年進奉。累歲稱臣。惟有俺高麗國。不順大唐。可是爲何。某手下有一員上將。姓蓋名蘇文。官封摩利支。脊背上有五口飛刀。三口得用。百步之外。能取上將首級。久鎮在鴨緑江白額坡前。某聽的大唐家病了秦瓊。貶了敬德。兵微將寡。我差人下將戰書去了。單搦大唐名將出馬。與俺摩利支交戰。未知輸贏勝敗。使的箇報喜探子去了也。這早晚敢待來也。〔正末扮探子上云〕一場好厮殺也呵。〔唱〕

【越調鬬鵪鶉】走的我汗似湯澆。渾身上水洗。恰離了亂攛軍營。急煎煎盼不到元帥府裏。兩隻脚飛騰。一聲兒端起。苦亡家。傾敗國。惡戰敵。人着箭踉蹌身歪。馬中鎗驚急裏脚失。

【紫花兒序】焰騰騰火燒了寨栅。浪滔滔水渰了營壘。不剌剌馬踏碎了城池。英雄虎將。世上無敵。難及。一箇箇擐甲披袍那氣勢。耀武揚威。擂鼓篩鑼。吶喊摇旗。

〔見科云〕報報報。喏。〔高麗將云〕好探子也。他從那陣面上來。我則見喜色旺氣。一張弓彎秋月。兩枝箭插寒星。三尺劍掛小貂裘。四方報急問探子。五花營内。來往有似攛梭。六隊軍卒。上下有如交頸。七尺軀肩擔着令字旗。戴一頂八角紅纓桶子帽。久久等待你許多時。實實的細説你那軍情事。探子。你喘息定。慢慢的説一遍。〔正末唱〕

【寨兒令】鼓震的山嶽摧。喊一聲鬼神悲。蕩征塵翻滚滚天日輝。領雄兵迎敵。厮殺相持。〔云〕出馬來。出馬來。〔唱〕則聽的高叫一聲似春雷。

〔高麗將云〕這壁厢是俺摩利支出馬。好將軍也。頂盔擐甲。掛劍懸鞭。彎弓插箭。張士貴見了俺摩利支。可是怕也不怕。探子。你喘息定。慢慢的再説一遍。〔正末唱〕

【么篇】垓心裏耀武揚威。陣面上擂鼓奪旗。摩利支冠簪着金獅豸。甲掛着錦唐猊。坐下馬渾一似赤狻猊。

〔高麗將云〕俺摩利支。戴一頂描星辰晃日月籠海獸玲瓏三叉棗瓤紫金冠。披一副遮的刀迎的箭黄金打柳葉砌成的龜背唐猊鎧。穿一領晃日月耀人目猩猩血染西川十樣無縫錦征袍。跨下騎一匹兩耳尖四蹄輕胸膛闊尾靶細日行千里胭脂馬。輪一口獸吞頭蘸金鑌冷颼颼逼人寒百斤合扇大桿刀。張士貴輸了也。〔正末云〕有一白袍小將出馬。好將軍也。馬騎西海雪麟兒。人若天王玉戟枝。高叫摩利支休得走。今日箇白袍將等待許多時。〔高麗將云〕你可慢慢的再説一遍。〔正末云〕大唐家一員白袍小將出馬。好將軍也。〔唱〕

【鬼三臺】他又不曾言名諱。不使甚别兵器。他使一條方天畫桿戟。身穿着白袍白甲。頭戴着素銀盔。猛見了恰便似西方神下世。這一箇合扇刀望着腦蓋上劈。那一箇方天戟不離了軟脅裏刺。這一箇恨不的揣揣的扯碎了黄旛。那一箇恨不的支支的頓斷豹尾。

〔高麗將云〕一箇白龍馬蕩散征塵。一箇胭脂馬衝開殺氣。白袍將四縫盔倒展雙纓。摩利支三叉冠斜飄雉尾。摩利支揺定犀角靶。白袍將搭上紫金鈚。〔正末云〕摩利支見刀不中。和。和。和。連撇起三口飛刀。白袍將見箭不中。着。着。着。連射三枝神箭。刀中仁貴唐朝失。箭射番兵遼國休。連撇刀不中唐朝白額虎。則一箭射退遼東錦毛彪。〔高麗將云〕你可慢慢的説一遍。〔正末唱〕

【禿厮兒】兩員將各施武藝。兩員將比並高低。他兩箇棋逢對手難摘離。兩員將費心機。好蹺蹊。

【聖藥王】摩利支命運低。那將軍分福催。則他這英雄虎將世間稀。這一箇颼颼的刀去劈。那一箇着着的箭發疾。�對在半空裏。足律律迸一萬道家火光飛。

〔高麗將云〕摩利支輸了也。白袍小將贏了也。天命有感用機謀。展土開疆立帝都。遼兵正中連珠箭。聖明天子百靈扶。探子無甚事。自回營中去。〔正末唱〕

【尾聲】高麗家休占那中原地。年年進金珠寶貝。十萬里錦繡江山。願陛下永坐定蟠龍元金椅。〔下〕

〔高麗將云〕摩利支輸了也。白袍小將贏了也。俺收拾方物。與大唐進奉。走一遭去。饒你深山共深處。到頭都屬帝王家。〔下〕

第四折

〔徐懋功領卒子上云〕老夫徐懋功是也。今有總管張士貴。領白袍小將。與摩利支相持厮殺去了。

聽知的張士貴大敗虧輸。若不是薛仁貴當住海口。三箭定了天山。怎能彀殺退遼兵。聖人已知。將他父母家屬。取赴京師。賜宅居住。老夫在此帥府。安排筵宴。犒勞三軍。就要加官賜賞。令人請他父母去了。怎生不見來。令人門首覷者。若來時。報復我知道。〔卒子云〕理會的。〔净張士貴上云〕某乃張士貴是也。昨日喫那摩利支殺的我大敗虧輸。早是我的馬快走。争些兒着他拏將去了。我便走了。聽的人説。薛仁貴三箭定了天山。殺退了摩利支。又無人知道。則説是我的功勞。誰敢説我甚麽。我見了聖人。則説是我的功勞。誰敢與我對話。必然又加官賜賞。小校報復去。道有張士貴來了。〔卒子云〕理會的。〔報科云〕喏。張士貴來了也。〔徐懋功云〕着他過來。〔卒子云〕着過去。〔做見科〕〔張士貴云〕軍師恕罪。劍甲在身。不能施禮也。〔徐懋功云〕張士貴。你征摩利支如何。〔張士貴云〕我贏了也。我把摩利支殺的他片甲不歸。口咬殺高麗大將。屁綳殺摩利支。都是我的功勞。將酒來。與我擡手喫三鍾。軍師。你就加了官。我家裏喫酒兒去也。〔徐懋功云〕噤聲。小校與我拏下張士貴者。你劃的還戲説哩。你被摩利支殺的大敗虧輸。若不是薛仁貴當住海口。怎能彀殺退遼兵。三箭定了天山。聖人已知也。這功勞都是薛仁貴。你賴他的功勞。本合該斬首。饒你項上一刀。則今日打爲庶民。永不叙用。叉出轅門去。〔張士貴云〕罷了。今番賴不成這功了。打爲百姓。也罷。作莊農去也。苫莊三頃地。伏手一張鋤。倒能彀喫渾酒肥草鷄兒。可不快活。我是張士貴。苫莊三頃地。一頓三碗飯。喫的飽了炕上睡。〔下〕〔徐懋功云〕令人與我請將薛仁貴的父母來者。〔卒子云〕理會的。〔做唤科〕〔孛老兒同卜兒旦兒上〕〔孛老兒云〕老漢薛大伯的便是。自從薛驢哥投義軍去了。音信皆無。今有大人。取俺三口兒到京師。見大人去來。可早來到也。令人報復去。道有薛仁貴父母。在於門首。〔卒子云〕理會的。〔報科云〕有薛仁貴父母。在於門首。〔徐懋功云〕道有請。〔卒子云〕有請。〔做見科〕〔孛老兒云〕大人。呼喚俺三口兒有何事。〔徐懋功云〕你是薛仁貴一雙父母。可都老了也。你且在那班部叢中有者。〔孛老兒云〕老漢理會的。〔徐懋功云〕令人與我請將薛仁貴來者。〔卒子云〕理會的。〔正末上云〕某薛仁貴是也。誰想有今日也呵。〔唱〕

【雙調新水令】則我這布衣改換紫襴新。誰想我撥天關一聲雷震。青霄飛鳳鳥。黄閣上畫麒麟。〔云〕當初若依着我父親呵。〔唱〕守着他那水館深村。尚兀自捱不出那貧困。〔云〕可早來到也。小校報復去。道有薛仁貴來了也。〔卒子云〕理會的。〔報科云〕薛仁貴來了也。〔徐懋功云〕道有請。〔卒子云〕有請。〔做見科〕〔正末云〕軍師。呼喚薛仁貴。有何事也。〔徐懋功云〕薛仁貴望闕跪者。聽聖人的命。爲你殺退遼兵。多有功勞。加你爲天下兵馬大元帥。謝了恩者。〔正末云〕大人可憐見。小人不敢受這官職。〔徐懋功云〕聖人與你封官賜賞。你因何不受。〔正末云〕大人。薛仁貴家中。有一雙父母。年紀高大。無人侍養。因此上不敢受這官職。〔徐懋功云〕此人忠孝雙全。薛仁貴。兀那班部叢中。有兩口兒老的。你試看去者。〔正末做看科〕〔唱〕

【甜水令】我在這班部叢中。秉笏披袍。抽身忙褪。我這裏獨步出轅門。〔孛老兒云〕一箇大人來了也。〔正末唱〕我則見他便老弱尪羸。腰屈頭低。霜髯雪鬢。〔孛老兒云〕兀的誰殺老漢也。〔正末云〕兀的不是我父親母親也。〔唱〕年邁箇也堂上雙親。

〔孛老兒云〕媳婦兒。扶着你母親靠後些。〔正末云〕休道俺父母不老。〔唱〕

【折桂令】和我那賽楊香憔悴了精神。〔孛老兒云〕大人。你是誰。〔正末云〕父親。母親。你認的你孩兒薛驢哥麼。〔孛老兒云〕誰是薛驢哥。〔正末云〕則您孩兒。便是薛驢哥。〔孛老兒云〕孩兒。你做了官也。兀的不歡喜殺老漢也。〔正末唱〕我這裏便展脚舒腰。安樂者波堂上雙親。

〔卜兒云〕大人請起。兀的不諕殺老身也。〔正末唱〕我如今狀貌堂堂。威風赳赳。志氣淩雲。

〔孛老兒云〕孩兒也。你如今得了箇甚麽官也。〔正末唱〕我如今下馬爲朝中宰臣。上馬爲閫外將軍。〔孛老兒云〕孩兒。你多受了些辛苦也。〔正末唱〕我受了些熱血相噴。萬苦千辛。恰便似翻滚滚的雪浪裏逃生。您兒今日箇便跳過龍門。

〔徐懋功云〕您一家兒望闕跪者。聽聖人的命。爲你多有功勞。忠孝雙全。加你父親爲老評事之職。賜金千兩。香酒百瓶。玉柱杖一條。謝了恩者。〔孛老兒云〕感謝聖恩。孩兒也。大人的命。陞我爲老評事。賜金千兩。香酒百瓶。玉柱杖一條。兀的不歡喜殺我也。〔正末唱〕

【喬牌兒】酩子裏添笑忻。十載受勞困。老來也又得官一品。〔云〕父親。您孩兒不道來。

〔孛老兒云〕你道甚麽來。〔正末唱〕你兒道是改家門有定准。

〔孛老兒云〕孩兒也。大人賞我黃金千兩。香酒百瓶。玉柱杖一條。喜歡殺老漢也。〔正末唱〕

【掛玉鈎】索强如段段田苗可便接遠村。〔孛老兒云〕這箇原來是玉柱杖。〔正末云〕這玉柱杖。〔唱〕索强似您打麒麟的黄桑棍。〔孛老兒云〕又與俺香酒百瓶也。〔正末云〕父親。您休喫了。留者。〔孛老兒云〕留者做甚麽。〔正末唱〕喒可索答荷天公雨露恩。〔孛老兒云〕孩兒也。休題舊話。〔正末唱〕我將這勇烈施逞盡。〔孛老兒云〕我老漢老了也。拂綽了土滿身。梳掠起白髭鬢。這的是一日爲官。强似千載爲民也。〔正末唱〕拂綽了土滿身。梳掠起白髭鬢。這的是一日爲官。索强似千載爲民。

〔徐懋功云〕您一家兒望闕跪者。聽聖人的命。薛仁貴。則爲你多有功勳。如今加你爲征東兵馬大元帥。金吾上將軍。你父月支三品俸。你母爲太平郡夫人。你妻爲賢德夫人。您聽者。統干戈掃蕩征塵。秉忠心建立功勳。方天戟寰中罕有。連珠箭世上絶倫。平高麗重安社稷。保華夷再整乾坤。加你爲征東司馬。鎮偏邦征虜將軍。薛大伯賜金千兩。望金鑾拜謝皇恩。

題目　薛仁貴跨海征東

正名　摩利支飛刀對箭

瘸李岳詩酒翫江亭雜劇

第一折

〔冲末扮東華仙領八仙同仙童上〕〔東華云〕萬縷金光燦碧霞。三山海島暎仙家。片片綵雲風散盡。融融麗日照東華。貧道乃東華紫府少陽帝君是也。吾傳太清之道。隱於崑崙山中。以東華至真之氣。碧海之上。蒼靈之墟。脩真養性。累積善功。以成正道。掌管玉霄紫府洞天福地三島十洲蓬萊之境。貧道德傳於世。天上天下。三界十方。登仙得道。名記丹臺。方得成道。我閑騎白鹿遊三島。笑跨黃鶴翫九州。貧道因赴天齋以回。爲西池王母殿下。金童玉女。有一念思凡。本當罰往酆都受罪。上帝好生之德。着此二人。往下方酆州託化爲人。金童乃是牛璘。玉女是趙江梅。恐防此二人到於人世之間。戀着那酒色財氣。人我是非。迷却仙道。您八仙之中。可差那一位下方度脱此二人去。〔鍾離云〕上仙。貧道舉一人。乃是鐵拐李。此人神通廣大。變化多般。能造逡巡酒。善開頃刻花。因此上去的也。〔東華仙云〕既是這等。便着鐵拐李岳。直至下方。度脱此二人。走一遭去。還歸正道。返本朝元。貧道自有箇主意。一任教兔走烏飛。用道法點化心回。待二人功成行滿。同共赴閬苑瑶池。〔下〕〔卜兒上云〕花有重開日。人無再少年。休道黃金貴。安樂最值錢。老身姓劉。夫主姓趙。不幸夫主早年間辭世。别無甚得力兒男。止有一女。乃是江梅。未曾許聘他人。近新來招了箇女婿。姓牛。是牛璘。家中頗有幾貫財錢。人皆員外呼之。員外去那江邊蓋了一座亭。名曰是翫江亭。每日與俺女孩兒。在翫江亭上飲酒。下次小的每扶侍着。去翫江亭上飲酒去。小心在意者。一壁厢便説與牛員外。早些兒回來。老身無甚事。且回後堂中去也。〔下〕〔净牛員外領家童上云〕僧起早。道起早。禮拜三光天未曉。在城多少富豪家。不識明星直到老。小可人鄜州人氏。姓牛名璘。家中頗有些資財。人口順。都將我員外呼之。平日之間。好打雙陸。下象棋。折牌道字。頂真續麻。無所不通。無般不曉。嫡親的三口兒家屬。有母親在堂。渾家姓趙。小字江梅。我這大姐。生而聰明。長而智慧。我爲大姐。在這江那邊蓋了一座亭。名曰是翫江亭。今日是大姐生辰貴降之日。我要在家裏安排筵席。則怕那六人親眷每來攪了我這筵席。故意的在此翫江亭上安排酒餚。早上着人請大姐去了。不見到來。小的每江上看者。若大姐來時。報復我知道。〔正旦引梢公梅香上〕〔梢公云〕來哎。來哎。不要慌。不要慌。哎。一家和氣孝爲先。奉侍雙親了總歡然。人生在世長安樂了那。焚香頂禮則箇謝皇天呵。噲噲。〔正旦云〕妾身鄜州人氏。姓趙。小字江梅。嫡親的三口兒家屬。母親在堂。夫主姓牛名璘。家中頗有幾貫資財。人口順。將俺員外呼之。俺員外在江那邊蓋了一座亭。名曰是翫江亭。今日是我生辰賤降之日。牛員外在翫江亭上。安排酒果。與我做生日。須索走一遭去。是好受用也呵。〔唱〕

【仙呂點絳唇】則我這寶篆氤氲。麝蘭香噴。家滋潤。瑞氣迎門。端的是人物偏丰韻。

【混江龍】則我這髻鬟雲鬢。更和這玉搔珠結應時新。金鈿笑靨。翠點眉顰。穿的是雲繡雙肩絨錦襖。更和那冰絲六幅蕩湘裙。端的是梳妝的儀態天然俊。俺便是箇富家的仕女。勝似他這宰相佳人。

〔云〕梢公纜住船。〔梢公云〕理會的。小人攛下脚踏板。請娘子上岸。我去兀那柳陰直下歇息去也。〔下〕〔正旦云〕上的這岸來。到這亭子上也。〔牛員外云〕呀呀呀。早知大姐來到。只合遠接。接待不着。恕牛璘之罪。大姐請坐。〔正旦云〕員外。量妾身有何德能。着員外如此用心也。〔牛璘做遞酒科云〕下次小的每。擡上果桌來者。將酒來。與大姐遞一盃。大姐滿飲一盃。我無甚麽與大姐。金銀玉頭面三副。每一副二十八件。每一件兒重五十四兩。怕大姐愛逛時都戴在頭上。壓破頭。可不干我事。〔正旦云〕員外。喒有這錢便親。無錢便不親。你還少我多哩。〔唱〕

【金盞兒】俺如今正青春。笑歡欣。〔牛員外云〕再將來紗羅紵絲三十疋。權爲手帕。休嫌輕微也。〔正旦唱〕量這些浮財兒休把我真心引。〔牛員外云〕小生數月前。着人往各處去買時新的案酒果品。今日與大姐慶賀貴降也。〔正旦唱〕費了你許多錢物與賤妾做生辰。〔牛員外云〕爲這幾件頭面兒不打緊。我半年前裏倒下金子。雇人匠累絲厢嵌。何等的用心哩也。〔正旦唱〕愛才郎偏着意。量這些頭面兒不關親。我則理會的易求無價寶。端的便難買俺這少年人。

〔牛員外云〕大姐請穩便。等牛璘前後執料去者。下次小的每。將一應的船隻都攏住者。靠到這岸邊來。連環鈎搭。一隻連住一隻。可是爲何。則怕有那閑雜人來攪了我這筵席。我不道的饒了你哩。將酒來。慢慢的飲幾盃。看有甚麼人來。〔鐵拐扮先生上云〕世俗的人。哎。跟貧道出家去來。我着你人人成仙。箇箇了道也。一脚高蹻一脚輕。鬅鬆短髮數星辰。世人休笑蒼蒼拐。我這拐攪的黄河徹底清。貧道上八仙鐵拐李岳是也。今奉上仙法旨。有金童玉女。一念思凡。罰在下方酆州。金童爲男子身。玉女爲女子身。金童是牛璘。玉女是趙江梅。牛璘有萬貫家財。在趙江梅家作贅。今日是趙江梅生辰貴降之日。本待家中安排酒餚。怕有六人親戚打攪。此人在江那邊蓋了一座亭。是翫江亭。此人在亭上飲酒。將船隻都攏在江那邊去了。則說貧道過不去。疾。牛璘那。稽首。〔見科〕〔牛員外做驚科云〕好一箇道貌非俗的先生。師父你從那裏來。〔先生云〕我從天上來。〔牛員外云〕掉下來跌破頭。〔正旦云〕員外你過來。我問他者。甚箇瘸先生。〔牛員外云〕大姐。他是箇出家兒人。休毀謗他。〔先生云〕趙江梅也。跟貧道出家去來。〔正旦云〕師父。你來做甚麼。〔先生云〕我來與你做生日來。〔正旦云〕你來與我做生日。梅香。捧了他那羊。擔了他那酒。有甚麼與我做生日。〔先生云〕俺出家兒人。一鉢千家飯。孤身萬里遊。那得那羊酒來。我有四句詩。與你上壽。〔正旦云〕將來。我試看者。好寫染也。詩曰。一樹寒梅恰正開。可憐春盡落香堦。仙家冷眼偷窺覷。移向瑤池檻内栽。這四句詩可也道的好。〔先生云〕您卻不得知道哩。我與您做師父。您與我做箇徒弟。跟的我出家去來。〔正旦云〕你與俺做師父。俺與你做徒

弟。你聽者。〔唱〕

【醉中天】你怎管那驅邪院裏三臺印。錯猜做蓬萊洞裏那箇真人。哎。你一箇一脚的先生驀入俺門。我急索把你箇吾師來問。你莫不是四皓八仙七真。〔云〕我猜着了也。〔唱〕你則是箇上八洞裏的齊孫臏。

〔先生云〕他嗓磕我這條腿哩。趙江梅牛璘。您跟我出家去來。我有十箇字。便着你做神仙也。〔正旦云〕是那十箇字。〔先生云〕爲甚不争名。曾與高人論。〔做笑科〕〔正旦云〕這十箇字。不道着俺。單道着你。〔先生云〕怎生道着我。〔正旦云〕爲甚不争名。曾與高人論。你聽者。〔唱〕

【金盞兒】你則是怕當軍。倦爲民。兩椿兒曾與高人論。你有則得半仙之分。你更不全真。速離了八仙洞。飛下那九天門。你則是箇逍遥雲外客。特地來點化俺這世間人。

〔牛員外云〕大姐。出家兒人。休毁傷他。收拾了酒餚。看船隻。喒回去來。師父。俺出不的家。梢公那裏。〔梢公上云〕小人擸下脚踏板。請員外娘子上船。〔先生云〕您兩箇好緣分薄淺也。〔正旦云〕師父。俺出不的家。喒回去來。〔唱〕

【尾聲】俺這梅他粉包了心。檀黄嫩。插在那銀瓶裏宜得水温。如麝如蘭香噴噴。端的有欺霜傲雪的精神。哎。你箇許真人。白日飛昇。比不的岳陽樓下枯乾了的柳樹

神。他也無那神仙的福分。則有些江梅丰韻。冷清清今夜待黄昏。〔下〕

〔牛員外云〕大姐上船。喒回去來。〔下〕〔先生云〕牛璘趙江梅。你兩箇好緣薄分淺也。你若肯跟貧道出家去。我着你使寒暑不侵其體。養日月不老其顔。龍蟠金鼎。煉華池一液浸通。玉户金闕。使姹女嬰兒鎖定。我着他身登紫府。朝三清位拜真人。名記丹臺。使九族不爲下鬼。我與他閻王簿上除名字。紫府宫中立姓名。指開海角天涯路。引的迷人大路行。〔下〕

第二折

〔店小二上云〕造成春夏秋冬酒。醉倒東西南北人。若是空心喫一盞。登時盤的肚皮疼。小可人是箇賣酒的。在此開着箇酒店。但是南來北往經商客旅。做買做賣。推車負擔。都來我這店裏喫酒。我這酒店。十分興旺。是這牛員外的酒店。他閑常不來。一箇月便和我算一遭帳。昨日着人來説。今日要來與我算帳。我打掃的酒店乾净。看有甚麽人來。〔牛員外上云〕小可人牛璘的便是。自從亭子上。與大姐做生日去。見了那箇先生。他着我跟他出家去。不知怎生。這幾日睡裏夢裏。但合眼便則是見那箇先生。先生道是咦。牛璘。跟貧道出家去來。喫他也纏的我慌也。我這裏開着箇酒店。多時不曾去算帳。一來算帳。第二來就趓那先生去。説話中間。可早來到也。店小二。〔店小二云〕員外來了也。有請。〔牛員外云〕我這幾日不曾與你算帳。〔店小二云〕員外一向不曾算帳。今日可算一算帳。買米十五石。使銀十五兩二錢七分半。〔牛員外云〕住。我且不與你算帳。你把那前後門都與我重重疊疊的關閉的牢者。休放一應閑雜人來。我這裏坐一坐。釃一瓶好酒來。我自家喫幾鍾。〔店小二云〕員外且不算帳。要喫酒呵。有乾榨酒。聽的員外來。我就倒上一桶涼水。我關門就釃酒去。我把這前後門都關閉了。我回他話去。員外。前後門都關閉了也。員外。酒在此。〔牛員外云〕你去。我自家喫幾鍾。〔店小二云〕理會的。〔先生上云〕貧道鐵拐李岳是也。有牛璘在店肆中算帳。他那裏是算帳。他則是趓貧道。可早來到也。他這門更關着。則道貧道人過不去。這裏不顯神通。那裏顯神通。疾。牛璘那。跟貧道出家去來。〔牛員外失驚科云〕師父。你從那裏來。住。你敢從天上來麼。〔先生云〕這厮他攙了我的也。〔牛員外云〕師父請坐。師父你喫酒麼。〔先生云〕不拘葷素。便是酒我也食用。〔牛員外云〕此處是牛璘的酒店。等牛璘安排些酒來。與師父喫。店小二。你來。〔做打科云〕我着你把那前後門都與我重重疊疊關閉的牢者。我對你説甚麼來。我趓這先生。你怎生放過他來。〔店小二云〕爹你不信。你看我前後門都關閉的牢牢的哩。〔牛員外云〕既是關閉着這門。他可從那裏來。〔店小二云〕他敢往貓道裏鑽過來。〔牛員外云〕安排酒來。師父滿飲一盃。〔遞酒科云〕師父不知。此處是牛璘的箇酒店。酒怕無有。争柰無有案酒。師父略坐一坐。等牛璘去買些新鮮的案酒。新鮮的果品。來與師父同飲幾盃。有何不可。〔先生云〕你看案酒去。〔牛員外做出門科云〕店小二。後槽上有風也似快馬鞴一匹來。我那裏是買案酒。這先生纏的我慌也。如今我騎着這馬。這等郊野外。一來賞翫景致。二來就趓這先生那。走一遭去。〔下〕〔先生云〕牛璘那。〔笑科云〕燕雀豈知鵰鶚志。頑童不解老仙機。牛璘也。你怎生瞞的過貧道。他推買案酒。騎着風也似快馬。去那郊野外趓貧道。投到你到郊野外趓我。我先到郊野外等着你。他不肯訪道尋真。戀榮華愛物貪嗔。推買物山中去趓。貧道我出荒郊先等牛璘。〔下〕〔店小二做哭科云〕阿呀。來麼來麼。你看我那造物。今日員外來算帳。帳也不曾算的成。他着我把前後門都關閉了。不知那裏走將箇先生來。着俺員外出家去。他潑天也似家私。他怎肯出家去。他騎着快馬。趓那先生去了。我思量起來。可不是苦阿。若他每都去了。我也趓那先生去也。〔下〕〔先生上云〕貧道鐵拐李岳是也。説話中間。可早來到這郊野外。在此等候牛璘。這早晚敢待來也。〔牛員外騎馬兒上云〕自家牛員外的便是。將那先生穩在那酒店裏。我騎着風也似快馬。來到這荒郊野外。下的這馬來。將這馬拴在這樹上。你看這青山緑水。闊澗陡崖。端的好景致也。〔牛員外做見先生科〕〔先生云〕牛璘那。〔笑科云〕你敢來尋我來。〔先生外云〕我趒你來。〔先生云〕你來這裏做甚麼來。〔牛員外云〕我來飲馬來。你可來這裏怎的。〔先生云〕我特喂你箇牛來。〔牛員外云〕我那裏省的他謎言謎語的。我來趓他。他到先等着我。師父。你在牛璘家中。可也定害的我多了。我如今饑又饑。渴又渴。師父。你可與我回席者。〔先生云〕也罷。我與你回席。〔牛員外云〕師父。你既要請我。這滿地裏又無房舍。〔先生云〕你要房舍。疾。看房舍。青堂瓦舍。雕梁畫棟。琴碁書畫。靠凳椅桌。〔牛員外云〕哎約。哎約。你看那前堂後閣。東廊西舍。走馬門樓。琴碁書畫。條凳椅桌。幔幕紗厨。香毬吊掛。好房舍。好房舍。可無酒吃。〔先生云〕你要酒喫。〔牛員外云〕可知要喫酒哩。〔先生云〕牛璘。你見我這拐麼。款款在手。輕輕搖動。地皮開處便是酒。你嚐。〔牛員外做驚科云〕哎約。師父將拐劃一劃。地皮就開了。師父。這是酒。這酒不是酒。是水。〔先生云〕三點水着箇酉字。疾。你嚐。〔牛員外云〕今番可是酒。我試嚐者。好酒也。可怎生頭裏嚐着是水。師父寫了三點水着箇酉字。墜下去就是酒。好酒。端的是醍醐灌頂。甘露灑心。好酒。師父。酒也有了。可無有眼前景致。〔先生云〕你見那枯樹麼。〔牛員外云〕我見。〔先生云〕疾。花開爛熳。春景融和。賞花飲酒。〔牛員外云〕阿阿。努嘴兒了。放嫩葉了。阿阿。打骨朵了。阿阿。開花兒了。你看那桃紅柳緑。梨花白。杏花紅。芍藥紫。荼蘼淡。牡丹濃。山茶綻。臘梅開。杜鵑啼。流鶯語。春景融和。百花爛熳。阿約。好花木。好花木。牛璘也。要你尋思波。我趓他。他到先在這裏等着我。我説師父。你在牛璘家中。可也定害的多了。我如今饑又饑。渴又渴。師父可與我回席者。他道你着我回席。着我説這滿地裏又無房舍。他將那袍袖一拂。就是房舍。我道有了房舍。無有酒喫。他説你要喫酒。他將那拐去那地皮上劃一劃。地皮開處就是酒。我道有了酒無眼景。他説你見那澗下的枯樹麼。我説見。他將那袍袖。去那枯樹上一拂。就是花木。牛璘。你試尋思者。我曾聽得人説。寒波造酒。枯樹開花。他便是大羅神仙。這不是寒波造酒。兀的不是枯樹上開花。他不是神仙。誰是神仙。若是今番錯過。後會難逢。你則管裏戀着那酒色財氣。人我是非。便好道盡日往東行。回頭便是西。罷罷罷。則今日跟着師父出家去。師父稽首。牛璘情願跟師父出家去。〔先生云〕既然跟貧道出家去。更改了衣服。頭挽雙髽髻。身穿着粗布袍。腰繫雜彩絛。手拏漁鼓簡子。口念着黄庭道德真經。道可道。非常道。名可名。非常名。凡百的事。則要你忍者。氣無强弱志爲先。努力須行莫换肩。捱的這番難境界。更添脊骨一番天。（牛員外云）理會的。（做出門科云）我如今怕不待跟師父出家去也。可還有這匹馬拴在這裏。我解下這馬來。把這挽手兒插在這鞍子上。馬也。我如今跟師父出家去也。我可也不騎坐你也。你去那有水有草的去處去。若有人遇着你。着那人收留住你騎坐。你去。你去。師父的言語。既要跟我出家去。不是這般打扮。着我頭挽雙髽髻。身穿粗布袍。腰繫雜彩縧。脚下行纏八答鞋。手拍漁鼓簡子。口念黄庭道德經。道可道。非常道。名可名。非常名。凡百事則要你忍者。罷罷罷。説兀的做甚。我不戀嬌妻幼子。棄捨了銅斗兒家緣。恰纔解放了雕鞍駿騎。從今後牢拴定意馬心猿。（下）（先生云）打徹利名關。終到小境處。牛璘。恰纔見了此小境頭。便跟貧道出家去。等此人修行三年五載。那其間説與他長生之法。未爲晚矣。哎。你箇貪財漢棄卻家財。做神仙免離塵埃。削除了六根清净。同共赴閬苑蓬萊。（下）（正旦同梅香上云）妾身趙江梅。牛員外在翫江亭上。見了那箇瘸先生。跟他出家去了。今日説道。俺員外化瓦糧來也。梅香門首覷者。若來時報復我知道。（唱）

【南吕一枝花】良辰曉霧濃。美景韶光麗。草茵輕荏苒。則他這桃李任芳菲。春日遲遲。檻外黄鶯嚦。簾前紫燕飛。幸開懷宴樂歡娱。俺可便宜賞翫。情甘意美。

【梁州】則俺這深閨女風流可也怎比。則俺那富家郎典雅誰及。也是俺前生有分今生會。受用的綺羅畫閣。錦繡屏幃。寶珠裝嵌。玉砌金堆。今日箇壽筵開玳瑁尊席。

酒頻斟玉斝金盃。擺列着齊臻臻多嬌媚絲竹笙簧。盤堆着美甘甘香噴噴珍饈的這味美。呀呀呀安排着香馥馥喜佳餚異品堂食。豈知就裏。俺牛員外全不管家活計。我全不解他其中的意。每日家淡飯黄虀忍着肚饑。你怎能彀到閬苑瑶池。

〔云〕梅香門首覷者。看有甚麽人來。〔梅香云〕理會的。〔牛員外打漁鼓簡子上〕〔唱道情曲云〕年少青春正好脩。一口咬破鐵饅頭。滋味得時合着口。穩取白日赴瀛洲。〔又〕未生我時誰是我。生下我來我是誰。今日方知我是我。休也合眼知他是誰。〔又〕纔離閬苑下蓬瀛。舉步輕擡不見踪。世人不識吾名姓。則我是油嘴光邊夾腦風。〔又〕身穿羊皮百衲衣。饑時化飯飽時歸。雖然不得神仙做。則我是趓奸避懶磣東西。〔又〕身在公門道在心。道心不與利心同。船到江心牢把棹。箭安弦上慢張弓。爐中有火休添炭。扇遇凉時莫助風。臨危不與人方便。休也念盡彌陀總是空。〔又〕我是天臺一先生。逍遥散澹在心中。靈丹妙藥都不用。吃的是生薑辣蒜大憨葱。空心將來則管喫。登時盤的肚裏疼。〔唱〕

【十二月】穿的是麻袍和這草履。〔云〕呸。是草鞋。錯唱了草履。便也罷。則是難爲我唱了。從頭都改過哩。也罷也罷。一言既出。駟馬追而不及。我若不改了。顯的我就無才學了。〔唱〕穿的是麻袍和這草鞋。更强似着緑穿白。我伴的是鮎魚和這鯉魚。鋪的是桿草茅柴。採的是不老長生的藥材。俺可便每日家厮捱。〔云〕你不知道怎麽捱。俺師父有兩箇徒弟。一遞一日打柴。他打柴。我學道。我打柴。他學道。該我我便去。該他他便去。他不去。我肯去。

〔唱〕俺可便每日家厮捱。

【堯民歌】我則待要引着狗。騎着貓。逍遥散澹。乘興歌曲過南臺。〔云〕我是出家人。我心裏待要往南臺。就往南臺。要往北閘口去。誰敢當攔住我。〔唱〕我則待靠着水。偎着山。小小低低。急留圪刺。椽兒棒兒。拴拴抓抓。蓋一座茅廬那幽哉。一似那亂紛紛急穰穰。蜂衙蟻陣受禁害。稽首則不如跟貧道打簡子擱漁鼓。搶着喫擱着喫抹油嘴。無憂無慮那開懷。傷也波哉。尋着李太白。我着你便一箇人生一身疥。

【錦上花】則不如我展放開愁眉。休争閑氣。今日容顏。老似昨日。古往今來。我須盡知。賢的愚的。貧的共富的。到頭這一場。難逃那一日。則不如快活了一日。一日便宜。百歲光陰七十又早稀。鹹的酸的。香的共臭的。

【清江引】落花滿園春又早歸。滿耳笙歌沸。馬足車塵中。蟻陣蜂衙内。呆漢㗗。你尋一坨兒穩便處閑坐的。

【又】江裏海裏都是水。無一答兒閑田地。你也無柴擔。我把漁船繫。呆漢㗗。尋一坨兒穩便處閑坐的。

【又】金剛本是泥塑的。塑的來偌高的。存又存不的。走又走不的。呆漢㗗。尋一坨兒穩便處閑坐的。

〔云〕自家牛璘的便是。自從跟的師父出了家。真箇快活也。俺出家人閑來坐静。悶來遊訪。尋仙問道。湌松啖柏。遊山翫水。簪冠披氅。惜氣養神。飲風吸露。打漁鼓。摑簡子。挽髽髻。懸織袋。誦南華。尊太上。講道德。説真言。無榮無辱無拘繫。我是那怕當差的趓奸賊。今日無甚事。街上閑行。道可道。非常道。名可名。非常名。街上閑行。看有甚麽人來。〔見梅香科〕〔梅香云〕兀的不是姐夫。〔牛員外云〕梅香來了。嗯。你快走。我如今不比往常了。我如今做了神仙了。道可道。非常道。名可名。非常名。忍着。〔梅香云〕我和我姐姐説去。姐姐。你看姐夫。不知甚麽打扮。你看他去。〔正旦云〕在那裏。我試看者。牛員外。甚麽打扮。你家裏來。〔牛員外云〕魔頭來了來了。放手。休扯我。我今日不比往日。我如今出了家。做了神仙了。忍着。〔正旦云〕請家裏來。〔唱〕

【隔尾】你挾着這半截家竹桶閑行立。你可甚麽一部笙歌出入隨。幾曾見子弟舍裏新添了箇八仙隊。不争你在這裏。俺門前立地。着人道出落着你箇先生少可有二十嘴。

〔云〕你家裏來。〔牛員外云〕我家去。你看着人。則怕師父瞧見我家去。〔入門科云〕梅香。有茶將一鍾來。我喫了去罷。〔正旦云〕員外請坐。〔牛員外云〕你這等羅羅唣唣的。〔正旦云〕員外請坐。〔牛員外云〕不敢坐。〔三科了〕〔牛員外倒科云〕跌了腰子。〔正旦云〕你爲甚麽不敢坐。〔牛員外云〕俺出家兒人。行如風。立如松。睡如彎狗。精神不走。一手扳脚。一手搗口。若還番身。

不敢換手。若是換手。大姐。你怎麼聞呢。〔正旦云〕梅香。將梳子來。與員外梳起這頭髮者。〔牛員外云〕不敢梳頭。我受了髻了。〔正旦云〕這箇呢。〔牛員外云〕這箇是成道髻。〔正旦云〕這箇呢。〔牛員外云〕是大悲髻。〔正旦云〕這箇呢。〔牛員外云〕留着與姐姐插針。〔正旦云〕員外。你爲甚麼出了家來。〔牛員外云〕你不知。自從與你做了生日。我就跟那先生出了家。〔正旦云〕你白日裏在那裏喫飯。晚間在那裏宵宿。你說一遍。我試聽者。〔牛員外云〕我要喫飯呵。走到那飯店門前。打箇稽首。便是白煠腰子。醬煎草鞋。要喫酒呵。走到那酒店門前。打箇稽首。惱兒酒。乾榨酒。冷酒熱酒。喫了便走。要喫茶呵。走到那茶坊裏。打箇稽首。粗茶細茶。冷茶熱茶。喫了便拏。白日街市上打着漁鼓簡子。到晚來或是庵裏。或是觀裏。蓋一床羊皮被。鋪半片破蘆席。端的是一鉢千家飯。孤身萬里遊。到大來快活也。〔正旦云〕打甚麼不緊。〔唱〕

【牧羊關】你原來喝人些殘湯水。喫人些剩飯食。枉饑餓的你黑乾憔悴。〔牛員外云〕我白日裏繞定街前。到晚來宿在觀裏。〔正旦唱〕**白日裏繞定街前。到晚來宿在他這觀裏。**〔牛員外云〕我蓋一床羊皮被。鋪半片破蘆席。到大來好是快活也。〔笑科〕〔正旦唱〕**蓋一床羊皮被。鋪半片破蘆席。怎如俺錦帳繡羅幃。員外嗏。那裏有那笙歌左右隨。**

〔云〕員外。誰是你的師父。〔牛員外云〕與你做生日的那先生。便是我師父。〔正旦云〕那箇瘸先生。是你師父。你見他甚麼景象。〔牛員外云〕那一日在那郊野外。師父請我喫酒。我見他寒波造酒。枯樹開花。因此上跟他出了家。〔正旦云〕怎生是寒波造酒。〔牛員外云〕你要見酒麼。我可没拐。你見我這漁鼓。款款的在手。輕輕的摇動。地皮開處。疾。你噹。〔正旦云〕那裏是酒。清水。〔牛員外云〕可知是水哩。還不曾下麯子哩。三點水着箇酉字。墜下。疾。你噹。〔正旦噹科云〕是好酒也。〔牛員外云〕你要看花木麽。〔正旦云〕可知要看花木哩。〔牛員外云〕你見那枯樹麽。疾。看花。〔正旦云〕是好花木也。〔牛員外云〕這的是寒波造酒。枯樹開花。師父傳與我金丹大道。着我休説與人哩。師父聽見。罷了罷了。我就是死。〔正旦云〕這的便是寒波造酒。這的便是枯樹開花。打甚麽不緊。〔唱〕

【紅芍藥】你和他每日煉脩持。可待要説是談非。〔牛員外云〕俺師徒二人。這一向在山中脩煉。師父也離不的我。我也離不的師父。喫飯的工夫也没了。〔正旦唱〕你與他每日不曾離。直這般廢寢忘食。〔牛員外云〕我與你做箇師父。你與我做箇徒弟。我把手捏腕。傳與你金丹大道。可是如何。〔正旦唱〕我則道因箇甚的。我這裏便謝吾師説破玄機。廝抹着肩胛手相攜。説您那弄盞傳盃。

〔牛員外云〕那一日師父在那郊野外。與我回席。我十分的醉了也。〔正旦唱〕

【菩薩梁州】你道是先生。與你回席。灌的你十分沉醉。長留做甚薄醅。真乃是水酒三杯。〔先生上云〕牛郎説與趙江梅。〔牛員外做喫驚科云〕道可道。非常道。名可名。非常名。〔笑科〕〔正旦唱〕你道是牛郎説與趙江梅。〔云〕可也怪不着也。〔唱〕你可甚麽一枝泄漏春消息。他別人銅斗兒般好家計。指空劃空信着你。你搬調的他棄子抛妻。

〔先生云〕他不合説與外人知。〔正旦唱〕

【賀新郎】你道是他不合説與外人知。〔先生云〕打這厮口發虚言。〔正旦唱〕你打他口發虚言。你大古裏脚踏着實地。〔先生云〕我踏罡步斗驅邪祟。仗着劍書符呪水。〔正旦唱〕則你那踏罡步斗驅邪祟。你仗劍書符也那呪水。休阿則你那不濟事謊話兒休題。〔先生云〕跟我出家去呵。我着你全身無病疾。遠害免災危。〔正旦唱〕你着俺全身無病疾。遠害免災危。見如今拄着一條粗拐瘸着一條腿。那些箇滿川縛虎意。猶自説兵機。

〔先生云〕哽。你先行。隨後便來也。〔牛員外云〕師父。你見甚麼來。〔先生云〕青衣童子。請貧道赴天齋哩。〔牛員外云〕哦哦哦。您見麼。我也不見。〔正旦云〕牛員外還了俗者。信着你波。

〔唱〕

【尾聲】你幾時得瑶池宴罷踏金砌。你不着左右人扶怎下玉梯。好一會弱一會。連麻頭。續麻尾。空着我念八陽金經嗨到有一車氣。〔先生云〕我與你做箇師父。您與我做箇徒弟。〔正旦唱〕做徒弟又執迷。做師父的滯殢。〔云〕休道是你。〔唱〕便跳出您那七代先靈勸不得。〔下〕

〔先生打耳喑科云〕牛璘近前來。可是喑的。〔牛員外云〕理會的。〔先生云〕恰離紫府下瑶池。再

向人間登一直。度脱了你箇好酒貪盃的牛員外。則你手裏要那不信神佛的趙江梅。〔同下〕

第三折

〔卜兒上云〕老來漸覺朱顏減。羞對菱花兩鬢斑。老身是趙江梅的母親。俺孩兒與牛員外做伴。老身吃穿衣飲。都是員外看管。自從那一日在翫江亭上。與俺女孩兒做生日去。見了箇瘸先生。後來員外不知怎生就跟的他出家去了。老身想來。偌大的箇家當。俺娘女每怎生執掌的住。下次小的每。便説與江梅。着他去城裏城外。前街後巷。或是庵裏觀裏。不問那裏。尋將他來。勸的他回心轉意。還了俗。執掌家當。尋將來呵。報復我知道。老身無甚事。後堂中執料家當去也。眼望旌節旗。耳聽好消息。〔下〕〔牛員外同雜當上云〕出家扮道最稀奇。漁鼓簡子手中提。滄松㛁柏爲活計。不管人間閑是非。書符呪水先怕鬼。乘鸞跨鳳不敢騎。昨朝因打山頭過。被這大蟲咬了我皮。自家牛璘的便是。師父的言語。今日箇魔頭至此。知他是那箇魔頭。來到長街市上。我試閑行者。〔正旦上云〕妾身趙江梅的便是。自從牛員外。他出家去了。可早半年光景也。今日是俺母親慶壽之辰。妾身多飲了幾盃酒。母親的言語。道你怎生不勸牛員外。他出家去了。偌大的箇家當。無人看管。你去前街後巷。尋他來家。看管家當。可着我那裏尋他去。〔做問科云〕哥哥每。你曾見俺那牛員外來麽。〔雜當云〕恰纔過去了。〔正旦云〕哥哥休怪來。〔又問科云〕哥哥每。曾見牛員外來麽。〔雜當云〕説道恰纔過去了。〔正旦云〕哥哥休怪來。〔又問科云〕哥哥曾見牛員外來麼。〔雜當云〕你則認的我説道過去了。〔正旦回身科〕〔雜當云〕好人則是好人。這等弟子。則是弟子。〔正旦打雜當科云〕你説我甚麼哩。偏你娘不喫酒。〔打科云〕哥哥休怪來。改日家裏喫茶。〔雜當云〕喫你娘耳根。你正是先打後商量。〔下〕〔正旦云〕順父母言情。呼爲大孝。須索走一遭去。〔唱〕

【中吕粉蝶兒】今日箇横飲金甌。喫的來醉醺醺不知一箇前後。〔云〕若見俺牛員外呵。〔唱〕我和他話不相投。我可便見他呵。相逢處。這一場迤逗。將他那衣快忙揪。拽起這緑羅裙揎拳裸袖。

【醉春風】若見俺笋條也似可憎人。舒開我這葱枝般纖細手。若是這謝天香揪住馬丹陽。我看他怎生便走。走。我作念的他一寸眉攢。盼望的我九迴腸斷。思量的我兩眉儹愁。

〔做見牛員外科云〕兀的不是牛員外。〔牛員外云〕魔頭來了也。〔正旦云〕趓的我好也。你爲甚麼出了家。〔牛員外云〕大姐。你看你那模樣。少吃些酒。越瘦了你也。〔正旦云〕你爲甚麼出了家。〔牛員外云〕你聽者。我如今不比往常。我如今蓋茅庵。撇了謝家樓也。〔正旦唱〕

【石榴花】你道是蓋茅庵撇了俺這謝家樓。〔牛員外云〕將恩愛變爲仇。〔正旦唱〕你道是將恩愛變爲仇。〔牛員外云〕我隨緣過的便合休。〔正旦唱〕你道是隨緣過的便合休。〔牛員外云〕我與你做箇師父。〔正旦唱〕打一箇稽首。〔牛員外云〕兀的不是也。〔正旦唱〕便要回頭。

〔牛員外云〕我清風明月爲知友。〔正旦唱〕倚仗着你清風明月爲知友。那的是閬苑神洲。

〔牛員外云〕我每日家麻縧草履垂袍袖。〔正旦唱〕你道你那麻縧草履垂袍袖。這的是你拄杖恰過頭。

〔牛員外云〕我每日家翫水遊山。〔正旦唱〕

【鬪鵪鶉】你則待要翫水遊山。怎如俺眠花卧柳。〔牛員外云〕我每日家暮禮晨參。〔正旦唱〕你道是暮禮晨參。怎如俺野眠浪宿。〔牛員外做喝科云〕你見麽。青龍白虎。請我赴天齋哩。

〔正旦唱〕這厮便見景生情信口謅。兀的可不笑破人口。〔牛員外云〕你見那白虎青龍麽。

〔正旦唱〕我不見那白虎青龍。你則是箇腌臢狝狗。

〔牛員外云〕大姐。天色晚了也。你還家去罷。我也還庵中去也。〔正旦云〕牛員外。我醉了也。你背我家去。你若不背我。我須打你也。〔牛員外云〕罷罷罷。我背着你還家去來。天色晚了也。

你家去了罷。〔正旦唱〕

【十二月】你可便堅心兒强口。他可便不害那慚羞。〔牛員外云〕我這般躬身叉手。曲脊低頭。背着你。街上人都捻舌。排説我哩。〔正旦唱〕長街上躬身叉手。我見他便曲脊低頭。長街上惹的人家嘴口。不争你壓背着嬌羞。

〔云〕喒兩箇有箇比喻。〔牛員外云〕你聽的人説。喒兩箇似箇甚麽那。〔正旦唱〕

【堯民歌】呀。着人道牧童歸去倒騎牛。呀。敢抵多少一千箇劉盼盼鬧衡州。這的是前街後巷滴滴蹬蹬馬和牛。這的是戀酒迷花風風魔魔下場頭。〔牛員外云〕我如今去見了師父說知。着你跟我也做神仙去。〔正旦唱〕休也波謅。待學馬半州。去也我可也做不的劉行首。

〔牛員外做回身科云〕我着你乘鸞跨鳳。做我的仙友。你怎麽到惱我。你去了罷。〔正旦唱〕

【耍孩兒】我身將跨鳳乘鸞友。都做了參辰卯酉。〔牛員外云〕我如今等閑恩愛等閑休。〔正旦唱〕你道是等閑恩愛等閑休。空着咱一任難酎。〔牛員外云〕我如今飽諳世事慵開口。〔正旦唱〕你如今飽諳世事慵開口。會盡人間只點頭。把浮生夢都參透。撇了這酒色財氣。真箇是譚馬丘劉。

〔牛員外云〕喫你也纏殺我也。我回庵中去罷。〔正旦打一掌科云〕你那裏去。〔唱〕

【二煞】我爲甚先打你這頭。〔牛員外云〕你爲何贈我這一擊。怎麽說。〔正旦唱〕我則是到來年喫賤牛。則你那一天和氣恩情厚。你行處春日春風動。你過處春山春水流。你模樣忒出醜。〔牛員外云〕我模樣忒出醜。哦。他也則是嗓磕我這牛哩。你再有何比並。〔正旦唱〕你拋了這朝雲暮雨。則恐怕悞了你那春種秋收。

〔牛員外云〕這一日你怎生則嗓磕我這牛。罷。我趕了你罷。〔正旦云〕你那裏去。〔唱〕

【尾聲】准備着硬繩去你那鼻竅裏穿。〔牛員外云〕你怎生則嗓磕我這牛。〔正旦唱〕麄鞭仗把你那跨骨上丟。則你那偷寒送煖村皮肉。我教你綽見我這龐兒望風兒似走。〔同下〕

第四折

〔牛員外同正旦上〕〔牛員外云〕大姐。我送你來到家也。你聽者。則俺這出家兒受用。强似您這富家郎。〔正旦云〕牛員外。你説甚麼哩。〔牛員外云〕則俺這出家兒受用。强似您這富家郎。〔正旦唱〕

【雙調新水令】則您這出家兒受用似俺那富家郎。哎。你箇鼓盆歌老先生休强。喫了些無是非的稀解粥。忍了些受饑餓瘦皮囊。空着我腹熱腸慌。則不如葫蘆提喫的來粉紅樣。

〔云〕牛員外。我這一會身子有些困倦。我要睡也。〔牛員外云〕你要睡。着梅香打鋪你睡。拏枕頭來。〔正旦云〕我不要枕頭。我枕着你腿睡。〔牛員外云〕也罷。隨你枕着睡罷。〔正旦做睡科〕〔牛員外云〕你睡着了也。疾。大睡一覺。着他見一箇境頭。趙江梅你母親喚你哩。〔下〕〔正旦做醒科云〕母親呼喚。我與你走一遭去。〔下〕〔牛員外同先生冲上云〕牛璘。則你手裏要趙江梅出家。我與你這條拐。撐篙搖艣扶舵。都在這根拐上。〔牛員外云〕假似這水深。這拐短。可怎了也。〔先生云〕水長一尺。拐長一尺。水長一丈。拐長一丈。我着一時能棄捨。同共赴仙家。〔同牛員外下〕〔牛璘倒扮梢公上云〕師父去了也。江梅這早晚敢待來也。〔正旦上云〕母親呼喚。前有大江攔路。怎生得過去。兀那梢公。將船來。渡我過去。我與你船錢。〔牛員外云〕我撐過這船來。我攛下這脚踏板。上船上船上船。〔正旦云〕梢公。你在這裏做甚麼哩。〔牛員外云〕我專則在這裏渡人。上船來。上船來。〔正旦上船科〕〔牛員外云〕我撐開這船。來到這半江中。有天有地。有你有我。大姐。你肯隨順我便罷。你若不肯隨順我呵。你見我這拐麽。則一拐打在你這水裏。〔正旦唱〕

【川撥棹】這廝狠心腸。没道理别勢樣。好教我急急忙忙。腹熱腸慌。〔牛員外云〕阿。罷了。歪了船淹上水來了。踏着這邊晃一晃。看他怕也不怕。〔正旦唱〕這廝他撐的箇小船兒摇摇晃晃。我心中慌上慌。我心中忙上忙。

〔牛員外云〕你若肯與我做箇渾家便罷。你若不肯呵。這裏怕你飛上壁去。〔正旦唱〕

【七兄弟】這廝便指望。大綱。要成雙。〔牛員外云〕你走的那裏去。〔正旦唱〕百般的不肯將咱放。身軀兒。左右怎遮攔。手脚兒怎生難遮當。

〔牛員外做打科云〕你既不肯。着去。〔牛員外做脱衣服科〕〔正旦唱〕

【梅花酒】呀。誰承望這一場。我恰纔身命在長江。面對着沙灘空腹熱腸慌。不見捲雲濤波浩浩翻滚滚水茫茫。誰承望這一場。〔先生上云〕趙江梅你省也麽。〔正旦云〕師父。

弟子省也。〔唱〕我則道是畫眉郎。睡夢裏厮魔障。
【喜江南】呀。今日箇劉行首省悟也波馬丹陽。不求白日赴仙鄉。落花深處水茫茫。
俺可便翫賞。今日箇拜三清同赴上天堂。
〔先生云〕牛璘趙江梅。你省了麽。您二人功成行滿了也。跟貧道見上仙去來。你本是大羅神仙。
在人間數十餘年。今日箇功成行滿。跟貧道證果朝元。
題目　牛員外得悟平康巷
正名　𤺥李岳詩酒翫江亭

海門張仲村樂堂雜劇

第一折

〔冲末扮同知同大旦搽旦净王六斤張千上〕〔同知云〕花下曬衣嫌日淡。池中濯足恨魚腥。花根本豔公卿子。虎體鵷班將相孫。小官完顔女直人氏。完顔姓王。僕察姓李。自跟着狼主。累建奇功。加某爲薊州同知之職。嫡親的三口兒家屬。我有兩箇夫人。大夫人張氏。二夫人王氏臘梅。這箇是我大夫人帶過來的。姓王。是王六斤。我有箇岳父。是海門張仲。在朝爲官。因年老如今致仕閑居。今日是我生辰之日。同僚官都來與我賀壽。大夫人。我則怕你父親來。他來則説閑話。攪了我酒席。王六斤。但有人都請過來。則有我那丈人。休着他過來。〔王六斤云〕理會的。〔防禦上云〕絲綸閣下文章静。鐘鼓樓頭刻漏長。獨坐黄昏誰是伴。紫薇花對紫薇郎。小官薊州防禦是也。自中甲第以來。累蒙擢用。今聖恩可憐。加小官爲薊州府尹之職。今日是同知相公生辰貴降之日。與他上壽。走一遭去。可早來到也。張千報復去。道有小官在於門首。〔張千云〕理會的。報的大人得知。有防禦大人在於門首。〔同知云〕道有請。〔張千云〕理會的。有請。〔防禦見科云〕相公。今日是相公壽誕之日。小官特來相賀。〔同知云〕量小官有何德能。着相公用心也。〔做遞酒科云〕將酒來。相公滿飲一杯。小官也飲一杯。慢慢的飲酒。看有甚麼人來也。〔正末扮

〔張孝友上云〕老夫姓張名仲。字孝友。幼年曾爲縣官。因爲老夫年邁。致仕閑居。在南宫薊州城南海門臨村。蓋了座堂。名曰是村樂堂。老夫有箇女孩兒。嫁與這薊州同知。今日是同知生辰之日。老夫遣些酒禮。與同知上壽。走一遭去也呵。〔唱〕

【仙吕點絳唇】我如今樂矣忘憂。暮年衰朽。甘生受。虚度了春秋。每日家詩酒消白晝。

【混江龍】遣家童耕耨。老夫則待愛莊農種植樂田疇。我無福穿輕羅衣錦。有分着坌絹麄紬。我則索睡徹三竿紅日曉。覺來時一壺濁酒再扶頭。我將世事都參透。幻身軀似風中秉燭。可憐見便似兀那水上浮漚。〔云〕想俺這閑居的是好快活也。〔唱〕

【油葫蘆】每日家遥指南莊景物幽。指望待住的久。這的是祖宗基業子孫收。我和這等愚眉肉眼難相瞅。凡胎濁骨難相守。世間有三件事。我如今都一筆勾到如今世財紅粉高樓酒。休爭氣看看白了少年頭。

【天下樂】休休休人到中年萬事休。我如今孤也波身。孤身可便得自由。端的是飄飄一葉不纜輕舟。假若我便得些自由。没揣的兩鬢秋。争如我便且修身閑袖手。

〔云〕可早來到也。張千報復去。道有老夫在於門首。〔張千云〕理會的。報的大人得知。有老相公來了也。〔同知云〕道有請。〔張千云〕理會的。有請。〔見科〕〔同知云〕呀呀呀。父親。請請請。〔大旦云〕父親來了也。父親萬福。〔正末云〕老夫今日備了些酒禮。特來賀壽。將酒來。我與同知遞一杯。〔同知云〕量您孩兒有何德能。着父親用心也。〔正末做遞酒科云〕同知請。再將酒來。老相公滿飲一杯。〔防禦云〕老相公請。〔正末云〕老相公請。〔飲酒科〕〔正末云〕將酒來。孩兒飲一杯。再將酒來。王都管喫。〔王六斤云〕您孩兒不敢。〔大旦云〕父親。小夫人不曾喫酒哩。〔正末云〕一來老夫年紀高大。第二來與府尹相公攀話。忘了與二夫人把盞。夫人休怪老夫。〔搽旦云〕不敢不敢。〔同知云〕下次小的每。看酒來。〔正末云〕休把盞。我與老相公閑攀話者。〔搽旦背云〕一席好酒。走將這老子來。又打攪了。〔防禦云〕住住住。小官久聞老相公村樂堂的景致。你說一遍。我試聽者。〔正末云〕老夫。那村樂堂上。一年四季。春夏秋冬都有景致。聽我慢慢的說一遍者。〔唱〕

【村里迓鼓】正值着那麗人天氣。恰正是那太平的時候。趁着他這花紅和柳緑。繞着這社南社北。他每則在兀那莊前莊後。他每都攜着美醞。穿紅杏。拖翠柳。我直喫的笑吟吟醺醺的帶酒。

〔防禦云〕老相公。夏間再有甚麽景致。說一遍者。〔正末唱〕

【元和令】錦模糊江景幽。翠崚嶒遠山岫。正是稻分畦蠶齊簇麥初熟。我是箇老人家閑袖手。就着這古堤沙岸那答兒緑陰稠。纜船兒執着釣鈎。

〔防禦云〕老相公收綸罷釣。新酒活魚。是好幽樂也。〔正末唱〕

【上馬嬌】我將這錦鯉兜。網索收。就着這村務酒初熟。恰歸來半醉黄昏後。暮雨兒收。看牧童歸去倒騎牛。

〔防禦云〕秋間可是如何。〔正末唱〕

【遊四門】秋間恰正是敗荷萍裏正方秋。呀呀的寒雁過南樓。恰正是荷枯柳敗芙蓉瘦。風力冷颼颼。看霜降水痕收。

〔防禦云〕老相公。這秋間的景致。還有幾般清幽。再説一遍者。〔正末唱〕

【勝葫蘆】我則見淺碧粼粼露遠洲。滴溜溜紅葉一林秋。怕的是明日黄花蝶也愁。做孟嘉莊上。就淵明籬畔。老夫酒醒時節再扶頭。

〔防禦云〕冬暮間天道。可是怎生也。〔正末唱〕

【後庭花】冬間老夫待尋梅訪故友。踏雪裏沽醹酒。寶篆焚金鼎。濁醪飲巨甌。我和你意相投。酒筵中不彀。者莫再約住林下叟。就村務將琴劍留。

〔防禦云〕酒彀了。老夫告回也。〔正末云〕早哩。且坐的也。〔唱〕

【柳葉兒】直吃到二更時候。笑喧嘩交錯觥籌。直待吃的月移梅影黄昏後。心相愛意相投。醉時節衲被蒙頭。

〔同知打浄王六斤云〕王六斤。我分付你甚麽來。不應親者强來親也。〔正末云〕可不道對客不得嗔狗。我本待去了來。恰纔王都管喫了幾下打。我試安撫他者。王都管。〔唱〕

【單雁兒】我向來打了箇稽首。你身上的是非只爲我恰纔多開口。這的是我做下事可着你承了頭。可你敢休和老夫記冤讎。

〔王六斤云〕老相公。您孩兒不敢也。〔正末唱〕

【尾聲】我見他呵羞。我則推箇逃席走。〔防禦云〕老相公。再飲幾杯。〔拖下坐科〕〔正末唱〕請你一箇府尹官人放手。〔云〕同知。〔唱〕你可怎全不隄防你那腦後憂。這的是你戀着金枷玉鎖遭囚。我則怕你久已後。枉了將你閑憂。我正是莫與兒孫做馬牛。你如今貪杯戀酒。〔云〕你到的卧房中。將的鏡子來。照你那面皮去波。〔唱〕則被這酒灌的你來黄乾黑瘦。你正是養家活計下場頭。〔下〕

〔防禦云〕相公。酒彀了。多多的定害。左右將馬來。回家中去也。〔下〕〔同知云〕大夫人。我説你這父親不達時務。來便則説閑話。把我那一席好酒都攪了。罷罷罷。防禦相公也去了。安排酒殽。後堂中飲酒去來。爲官受禄居州郡。安享榮華樂事多。今日畫堂開玳宴。洞房猶是聽笙歌。〔同下〕

第二折

〔搽旦上云〕妾身是同知相公的小夫人。有大夫人是張氏。他帶將一箇小的來是王六斤。我見這小的聰明。我着他近身邊伏侍我。俺兩箇有些不伶俐的勾當。相公歇息了也。我叫六斤來者。〔做叫科〕〔王六斤上云〕下次小的每。前後收拾。夫人叫我哩。〔六斤見搽旦科云〕你叫我怎的。我打發相公睡哩。〔搽旦云〕相公歇息了也不曾。〔王六斤云〕歇息了。〔搽旦云〕喒這裏不自在。去後花園亭子上去來。〔王六斤云〕也好也好。俺去來。〔同下〕〔正末扮曳剌上云〕洒家是箇關西漢。岐州鳳翔府人氏。在這薊州當身役。與這同知相公做着箇後槽。喂着一塊子馬。一塊子好馬也呵。〔唱〕

【南呂一枝花】同知着我不將差罰當。專把征駝喂。喂的似按板肥。好馬也我與你刷鏍的恰便似潑油光。索與你收拾了鋪床。把駿騎牽在槽上。草料也拌上一筐。我與你拖着那半片席頭。美也我與你急轉過前廳後堂。

【梁州】眷的是側㬠㬠厨房中暄熱。愛的是寬綽綽過道裏風凉。夜深也無一箇人來往。半片席斜鋪在地下。兩塊磚掇在頭行。正天炎似火。地熱如爐。過道裏不索開窗。洒家道來則這的便似天堂。我與你直挺挺忙撥倒身軀。就着這凉滲滲席墊着我這脊粱。美也就着那風颼颼搧着我那胸膛。愁的是後晌。晌晌。我恰纔煮料切草都停當。安排下攪草棒。喂的他槽上的征駞有些肚囊。料煮到上半磁缸。

〔云〕洒家與你睡一覺者。〔做睡科〕〔王六斤同搽旦上云〕慢慢的走。赤赤赤。〔搽旦六斤做跳正末身上過〕〔打科〕〔正末云〕哎約。哎約。甚麽人劈劈潑潑。則管裏打。〔六斤云〕是我都管。〔正末云〕都管。都管。你忒休都管了。〔六斤云〕夫人也在這裏。〔正末云〕夫人。夫人。這早晚在這裏。有甚勾當。我别處睡去便了也。〔下〕〔搽旦云〕六斤也。我爲你躭驚受怕。你休負了我心也。〔六斤云〕我若負心。我就該死也。〔正末上〕〔唱〕

【賀新郎】是誰人這早晚不尋常。俺的把曲檻斜穿。呀的將角門兒開放。是誰人這早晚往花園裏撞。這厮引定誰家一箇艷妝。莫不是求食賣笑的紅妝。〔云〕好也囉。〔唱〕荒淫怎坐夫人位。除了名字有何妨。着這箇浪包摟一迷裏胡厮謊。若拏賊做箇證見。我着他望穿堂打會關防。〔拏六斤科〕〔唱〕

【梧桐樹】你可便休想我把伊輕放。這公事决聲揚。往往同知將他向。好也囉將一箇腌盆兒掇在他頭直上。

〔云〕有賊也。有賊也。〔搽旦云〕這弟子孩兒無禮。我在這裏直料來。有甚賊麽。〔六斤云〕妳妳。與他些東西。買他不語。〔搽旦云〕我與他這枝金釵兒。〔六斤云〕兀那爪子也。你不要言語。我與你這枝金釵兒。〔正末云〕你做的歹勾當。倒與我枝金釵兒。〔六斤云〕悄悄的休教同知聽見。〔正末云〕同知這早晚做了箇糟得惱了也。〔同知上云〕兀那廝。你説甚麽哩。〔正末云〕早是爪子不曾説相公甚麽。〔同知云〕你也罵的我彀了也。你怎麽大呼小叫的。〔正末云〕相公。他兩箇在這坨兒哩。〔六斤同搽旦罵科云〕爪驢爪弟子孩兒。爪畜生。〔三科了〕〔正末唱〕

【四塊玉】不索你厮掩藏。休倔强。〔同知云〕好是奇怪也。你回去罷。〔正末云〕洒家知道。〔唱〕我急走的去那厨房中我點着燈光。若是實呵小人請功賞。早來箇可便黑洞洞的。如今照耀的來便明朗朗。請同知你覷這二人的氣象。

〔搽旦云〕同知。休聽這弟子孩兒胡言漢語的。〔同知云〕氣象怎的。小夫人。你在這裏做甚麽來。〔正末云〕他兩箇在這坨兒哩。〔搽旦同六斤罵科云〕爪驢爪弟子孩兒。俺在這裏做甚麽來。〔正末唱〕

【哭皇天】氣的我一跳三千丈。〔同知云〕兀那後槽。有甚麽勾當。你實説。〔正末云〕不是洒家在相公跟前説呵。〔唱〕相公若不信呵自覷當。不是我私過從硬主張。嗏。你莫不便要一紙從良。一箇是夫人。一箇是伴當。〔帶去〕你既是夫人。更深半夜。蘭堂畫閣裏不睡。〔唱〕黑洞洞的向一坐花園裏花園裏有甚勾當。你向那撲堂的土上。尚兀自印下這脊梁。

〔搽旦云〕是這驢打滚來。〔正末云〕那箇人肯做這等勾當。〔唱〕

【烏夜啼】請同知自向跟前望。夫人爲甚麽汗埸濕殘妝。〔搽旦云〕是露水珠兒滴在我臉上來。〔正末唱〕都管爲甚粉貼在鼻梁。〔六斤云〕我有些怕後。打了箇白鼻兒。〔正末云〕夫人説波。都管説波。可怎生不言語。〔唱〕不似那昨來箇爪驢爪賊爪馬叫吖吖的眼睛荒。〔云〕好也。〔唱〕不信你那撲撲的小鹿兒心頭撞。打疊起無顏色。無情況。花言巧語。數黑論黄。

〔同知云〕你説。他兩人有甚麼顯證。〔搽旦云〕有甚麼顯證。你拏出來。〔正末云〕要見顯證。金釵兒便是顯證。〔同知云〕小夫人。這金釵兒不是你的。〔搽旦云〕我恰纔着花枝兒抓在地下。這爪子拾了我的。他不還我。〔同知云〕夫人也。你這金釵兒吊了好幾遭了也。〔正末唱〕

【尾聲】則這金釵兒是二人口内的招伏狀。更壓着那十字街頭犯由榜。這公事不虛誑。道得來揑住喉嗓。請你箇請你箇水晶塔的官人都莫偏向。做賊來見贜。殺人來見傷。這的是都管的奸情唆狗。不是這後槽的謊。〔下〕

〔搽旦云〕相公。你歇息去。〔同知云〕夫人。你執料去罷。我歇息去也。〔下〕〔搽旦云〕六斤。我和你説。這等爪子在家裏打攪。我明日則教同知趕了他去罷。俺兩箇可不自在也。〔六斤云〕妳妳。我則是磕頭罷了。〔搽旦云〕收拾了門户。我歇息去也。〔同下〕

楔子

〔同知同搽旦王六斤上〕〔同知云〕昨日被後槽鬧炒了一會也。〔搽旦云〕那箇弟子孩兒。不似好人。偷東摸西。打發他去了罷。〔同知云〕夫人說的是。六斤。與我喚將那後槽出來。〔六斤叫科云〕理會的。後槽安在。〔正末上云〕相公喚洒家有甚勾當。我須見相公去。〔六斤云〕兀那爪子。爲你磨了我半截舌頭。要放你回去哩。〔正末云〕謝了哥哥。〔見同知科云〕相公喚洒家有甚的勾當。〔同知云〕兀那厮。你當幾時後槽了。〔正末云〕我該當一年。〔同知云〕當一年。還有多少時。〔正末云〕我當了半年了。〔同知云〕罷。我饒你半年。放你回去罷。〔正末云〕相公。我去也。我拜相公兩拜。〔同知云〕你拜了我。你也拜夫人兩拜麽。〔正末云〕我不拜夫人。〔同知云〕你怎生不拜。〔正末云〕我曲不下這腰。洒家腰疼。〔同知云〕你若不拜呵。我不放你回去。〔正末云〕我葫蘆提拜兩拜罷。〔唱〕

【雙調新水令】同知着洒家下班去不喚再休來。便有那包龍圖把他也難賽。我則怕那王伯當。潑喬才。久後生心。〔云〕干我甚的事來。〔唱〕**知他是和尚在鉢盂在。**

〔同知云〕兀那厮。去罷。〔正末做叫六斤科云〕唆狗。唆狗。〔六斤云〕門口有傳神的叫我哩。弟子孩兒。我叫做唆狗。我出這門來。〔正末云〕阿哥。可不道唆狗也。我去也。好處你便説些。歹處休説。阿哥。我去也。〔六斤云〕你去也。我知道。〔三科了〕〔正末叫六斤云〕唆狗。唆狗。〔六斤云〕他又叫我。我出的這門來。〔正末云〕阿哥。〔六斤云〕可早兩遭也。〔正末云〕他是二夫人。你是伴當。你兩箇有這等勾當。道不的瓦罐不離井口破。我去也。〔六斤云〕你去罷。我知道了。〔正末回頭招手科〕〔六斤見科〕〔云〕敢是唆狗。〔正末云〕這厮可攙了我的。〔下〕〔同知云〕後槽去了也。夫人。俺後堂中飲酒去來。〔同下〕〔搽旦上云〕自家小夫人的便是。我如今和王六斤兩箇不得自在。我要合一服毒藥來。或是茶裏飯裏着上。藥殺了同知。我和王六斤永遠做夫妻。喚將六斤來。〔六斤上云〕妳妳。你喚我做甚麽。〔搽旦云〕我和你不得自在。你合一服毒藥來。藥殺了同知。我和你永遠做夫妻。可不好那。〔六斤云〕我知道。〔搽旦云〕好孩兒。不枉了。門首看着。則怕相公來家。〔六斤云〕理會的。〔同知上云〕小官衙門中回來。身子有些不好。夫人。安排一椀酸湯來。我吃者。〔大旦云〕我做去。〔大旦拏湯上科〕〔搽旦云〕拏來我嘗一嘗。没滋味。姐姐。你去取些鹽醋來。〔大旦下〕〔搽旦云〕可拏那藥來。放在椀裏。〔大旦上云〕有了鹽醋了也。〔搽旦云〕姐姐。我纔和他急聒了幾句。相公有些怪我。你拏這湯去。〔大旦云〕相公。酸湯。你喫一口兒。〔同知驚科〕哎約。怎生火光迸散。誰做的湯來。〔搽旦云〕姐姐做的。〔同知云〕好夫人。我怎生歹着你。你有這等歹心。將大棒子來。〔搽旦云〕相公。你不要打他。他是你兒女夫妻。做這等勾當。你告他去。我是證見。〔同知云〕你也説的是。我家裏打他。私置牢獄。我去衙門裏告防禦大人。走一遭去來。〔下〕〔防禦領張千上云〕小官防禦是也。今日在衙門中閑坐。令人門首覷者。看有甚的人來。〔同知上云〕可早來到也。不必報復。我自過去來。〔做見跪科云〕

相公與我做主者。〔防禦云〕相公請起。有甚的事。〔同知云〕有我大夫人是兒女夫妻。他合毒藥害我。相公與我做主者。〔防禦云〕相公。你是同僚官。我難問。〔同知云〕相公。你若不問。我上司告去。〔防禦云〕住住住。我問便問。誰是原告。相公。〔同知云〕我有二夫人做狀頭。合毒藥的是王都管。藥丈夫的是大夫人。並不干小夫人之事。相公與我做主者。〔防禦云〕相公。我自有主意。〔同知云〕相公回去也。〔下〕〔防禦云〕這樁事我也難問。張千。説與張本。着他好生問。這樁事問成了呵。可來回我的話。將馬來。我且回私宅中去也。〔下〕

第三折

〔牢子上云〕手執無情棒。懷揣滴淚錢。曉行狼虎路。夜伴死屍眠。自家是五衙都首領。今有同知的大夫人二夫人和王六斤。下在這牢裏面。與我拏將出來。〔大旦搽旦同王六斤上〕〔搽旦云〕俺兩箇又無罪過。俺這裏坐的。看有甚麽人來。〔牢子云〕不要大驚小怪。則怕有提牢官來。〔正末扮令史上〕〔咳嗽科云〕我姓張名本。是這汾州西河縣人氏。做着箇令史。口則説箇令史。也難。要知律令。曉史書。方可做的箇令史。〔做回頭科云〕後興。同知相公叫我牢裏問事去。着你娘做些酷累來。我知同知家道上好生不明。正之在人。格之在己。休道前程苟貪。上察推天心。下察推地炁。明有禍福相隨。暗有鬼神相報。然後爾俸爾禄。民膏民脂。下民易虐。上蒼難欺也呵。〔唱〕

【商調集賢賓】我從那幼年間將吏道文字把。我去那儒吏上少書滑。筆尖上斟量一箇輕重。案款内除減了增加。我則待惜黎民户減了差徭。須是我愛莊農一犁兩耙。則俺那同知好將攔狀插。前廳上審問撒達。這廝每其中必暗昧。就裏決争差。

【逍遥樂】我與你親身臨牢下。自審箇虚實。辯箇真假。

〔云〕來到這牢門首也。扯動這繩子。〔牢子做驚科云〕來了來了。是提牢官來了。我開門去。〔牢子開門撞正末頭倒科〕〔牢子云〕哎約哎約。可怎麽好。原來是提控。撞倒他怎麽了。〔正末云〕這箇是甚麽門。〔牢子云〕這箇是牢門。〔正末云〕可知是牢門。牢門裏門上拴一條繩子。繩子上拴着鈴子。有人來扯動這繩子。裏面那鈴子鐸琅響一聲。你便不合攢出得腦來。假若有那劫牢的來。一棍子打殺你。你死不争。孩兒也。你不帶累他那官長麽。〔牢子云〕提控説的是。〔牢子做拿起笠子看科云〕壞了笠子了。〔正末云〕着箇補笠子的補了者。〔牢子云〕理會的。〔正末云〕開了這門了。我進去。〔做見大旦搽旦科〕〔正末云〕這箇是甚麽人。〔牢子云〕這兩箇是夫人。這箇是都管。〔正末做努嘴科〕〔牢子做拏旦六斤云〕過來跪者。〔大旦搽旦六斤做跪科〕〔搽旦云〕我又無罪過。我跪者。看他怎麽放我起來。〔正末問牢子云〕你姓甚麽。〔牢子云〕我不醒。〔正末云〕你姓甚麽。〔牢子云〕哦。你問我姓甚麽。我姓王。〔正末云〕龐。〔牢子云〕王。〔正末云〕黄。〔牢子云〕提控。我寫與你看。三畫中間一豎。是王。〔正末云〕你是三畫王。〔牢子云〕我正是三畫王。〔正末云〕三畫王把墨來。〔牢子云〕這一場苦又不善了。我又不是太醫。着我把脈。没奈何。官差。依着他。〔牢子拏正末手把脈科云〕一肝。二膽。三脾。〔正末云〕做做甚。〔牢子云〕你説着我把脈來。〔正末云〕是硯瓦上磨的。〔牢子云〕那箇是墨。〔正末云〕是。〔牢子云〕無了墨了。〔正末云〕土地龕子上有塊墨。〔牢子云〕理會的。他這有心記事。我尋去。真箇有一塊墨。提控。有了墨了。〔正末云〕三畫王。硯瓦上灰吹了者。〔牢子向正末吹科〕〔正末眯了眼科〕哎喲哎喲。〔牢子云〕嗨。眯了提控眼也。〔正末云〕媳婦兒。媳婦兒。過河來打打米米。〔牢子云〕甚麽打打米米。〔正末云〕拏過來。〔牢子云〕靠前跪着。〔正末云〕你姓甚麽。〔六斤云〕我姓王。〔正末云〕龐。〔六斤云〕王。〔牢子云〕提控提控。他也是三畫王。〔正末云〕你也是三畫王。〔牢子云〕提控。正是三畫王。〔正末云〕王甚的。〔六斤云〕王都管。〔正末云〕你都管誰。〔六斤云〕家前院後。都是我執料。叫我做王都管。〔正末云〕寫官名。〔六斤云〕我是王六斤。〔正末做寫科云〕責狀人王六斤又六斤。〔牢子云〕没我則這般道。〔正末云〕兀那廝。你招了者。〔六斤云〕你着我招甚麽。〔正末云〕要你招了者。〔六斤云〕你着我招甚麽。〔正末唱〕

【醋葫蘆】我這裏輕輕的將你那手腕兒捏。款款的將他這脚面兒踏。你若是招成了我將你斷提拔。你身上休惹的粗棍子打。啋喒兩人好生的説話。〔六斤云〕干我甚事。冤屈也。〔正末唱〕**没來由村醜生叫吖吖。**

〔云〕責狀人王六斤又六斤。〔搽旦云〕我又無甚麽罪過。誰聽你那言語。我家裏去也。〔正末云〕三畫王。他説甚。〔牢子云〕他説他無罪過。他要家裏去。〔正末云〕三畫王。〔牢子云〕有。〔正末云〕你待開了箇牢門。教他去。〔牢子云〕理會的。我待開開這牢門。〔正末云〕你去你去。可又不敢去。你覷的我箇頭似土塊。氣的我翻上倒下的。壁上孩兒。一簇簇畫的來不曾哭。手裏拏定把槌兒。打你妳妳眉楞骨。這箇姐姐。是箇夫人。你也是箇夫人。這箇姐姐。似鳳凰飛在梧桐樹。自有傍人話短長。〔唱〕

【么篇】你可休把人來廝笑話。覷的人來似糞渣。打官司處使不着你粉鼻凹。覷不的鋪眉苫眼喬勢殺。〔搽旦做扭捏科〕〔正末云〕我那裏受的他。〔唱〕**百忙裏便弔腰撒跨。**〔云〕三畫王。將大棒子來。〔牢子云〕理會的。有。〔正末唱〕**半合兒勘你箇攬蛆扒。**

〔同知上云〕小官同知的便是。有我那大夫人。因奸合毒藥藥丈夫。我告防禦大人。誰想防禦相公不整理。分付與張本外郎他問這椿事。那箇人又難說話。則怕他不知道我這家務事。我與他說一聲去。來到這牢門首。拽動這牽鈴索。〔牢子云〕來了來了。不知甚麽人。拽動這牽鈴索。我開開這牢門。〔做開門科云〕原來是同知相公。〔同知云〕張千。我家那椿事。如今怎麽樣。〔牢子云〕張令史正問着這椿事哩。〔同知云〕你説一聲。道我在門首。有話和他説。〔牢子云〕理會得。〔見正末科〕〔正末做寫科云〕同知。〔三科了〕〔牢子云〕牢門首有同知相公有請。有説的話。〔正末云〕你便道。外郎。牢門首有同知相公。怎麽你走到我身邊廂。同知同知。着我寫了兩三箇同知。〔牢子云〕誰着你寫來。相公請提控説話。〔正末出門見同知科云〕相公。你來這裏。有甚麽事。〔同知云〕張本。你不知道。我家那椿事。藥丈夫是那大夫人。合毒藥的是王六斤。並不干我那二夫人事。我和你説一聲。〔正末云〕相公。你既知道。你自家問了罷。我行胡攞亂攞。你不攞。三畫王你關了門者。〔牢子云〕開了牢門。則怕磕你一箇骨都。〔正末云〕三畫王。關了牢門。〔牢子云〕是我關了牢門。〔俫兒上云〕我是慚執法的孩兒。我爹爹在牢裏問事。我娘着送飯。我去。來到這牢門首。〔做見同知與唱喏科〕〔俫兒云〕吞之。〔同知云〕這箇是張本的孩兒。你那裏來。〔俫兒云〕我爹爹在牢裏問事哩。我娘着我送飯去。〔同知云〕來來來。與你這貫鈔。替我買箇蒸餅來。〔俫兒云〕我知道。我買去。〔下〕〔同知云〕我支轉了他。將這一餅黃金。我放在這飯罐裏。他若見。自知其意。〔俫兒上云〕吞之。没了蒸餅了。還你鈔。〔同知云〕我不要。就與你罷。〔俫兒云〕我不敢要。〔同知云〕爲什麽不要。〔俫兒云〕俺爹爹知道。則道我受私哩。〔同知云〕慚舍着您爹爹。休嫌少。〔俫兒叫牢子科云〕牢子哥哥開門來。〔牢子做開門科云〕我開開這門。原來是慚舍。你來做甚麽。〔俫兒云〕我來送飯來。〔牢子見正末科〕〔正末云〕王六斤。王六斤。〔牢子云〕慚舍。〔正末做慌科云〕接赦。接赦。開了牢門。裝香來。請官。請官。〔牢子云〕做什麽請官。〔正末云〕你道接赦。接赦。兀那三畫王。你來。你來。我姓張也那我姓慚。〔牢子云〕提控。這箇是我説的差了也。〔正末云〕教他過來。〔牢子云〕理會的。着你過去哩。〔正末云〕你娘家裏做什麽來。〔俫兒云〕俺娘家裏扎麻鞋哩。〔正末云〕一腿子麻鞋是甚麽哩。賣二百文小鈔。三口子老小盤纏。是甚飯。〔俫兒云〕和和飯。〔正末云〕着你娘做些酷累來。又是和和飯來。〔俫兒云〕打你妳妳嘴。胡説。吃了罷。甚麽酷累酷累。〔正末做抄飯怕科〕〔唱〕

【幺篇】則被這金晃的我這眼睛兒花臘搽。諕的我這手脚兒軟刺荅。可若是官司知道怎割殺。〔云〕後興。〔唱〕你可是那裏每將來你與我疾道者。常好是心粗膽大。天也天也則被些小冤家送了這箇憋知法。

〔云〕後興。你牢門首見誰來。〔禦兒云〕見同知來。〔正末云〕同知説甚。〔俫兒云〕他説着你爹爹休嫌少。〔正末唱〕

【後庭花】頗柰這箇打關節的姜子牙。你待搭救這犯奸情的女浣紗。你則怕蕭相國差行了事。好好好哎。你箇包龍圖能治家。〔云〕三畫王。〔牢子云〕有。〔正末唱〕你與我换上沉枷。〔牢子云〕理會的。上枷。〔正末唱〕你可休將人來者刺。來日箇坐早衙。大人行把狀插。小夫人必事發。王都管必定殺。

【柳葉兒】呀。請你箇大夫人休怕。浪包摟項帶沉枷。説着教他喪膽亡魂怕。休那裏括刺刺。叫吖吖。合毒藥則是你箇蛆扒。

〔云〕三畫王。打着者。〔搽旦云〕並不干我事。都是大夫人來。〔正末云〕打着者。〔牢子打六斤科云〕理會的。招了者。招了者。〔六斤云〕我吃不過這打。罷罷罷。是我來。〔搽旦云〕是我來。是我來。不要打。我招了便了。〔正末云〕他可道招了也。點了紙。畫了字。三畫王。將紙來。封了這罐兒者。〔牢子云〕將紙來。封了這罐兒。〔正末云〕三畫王。開了牢門。〔牢子開門科〕〔云〕理

會的。開了門也。〔正末見同知科〕〔同知云〕張本。你問的事如何。〔正末做扯住同知科〕〔唱〕

【尾聲】向前來扯住他。這公事怎干罷。把你上梁不正相公拿。原告人一步一棍子打。把他干連人監下。折證在薊州府尹相公衙。

〔正末並王六斤搽旦牢子同下〕〔同知云〕這事不中也。我去央及防禦相公去者。〔下〕〔防禦上云〕我着張本問那椿事。未知如何。怎生不見來回話。〔同知上云〕我去央及防禦相公去者。〔做見科〕〔同知云〕相公。這一件事不好了也。我見張本的孩兒送飯去。飯罐兒裏我做上一箇金子。不想張本封了飯罐兒。他如今要上司告去哩。可怎了也。〔防禦云〕他若上司告去。你便不能勾做這同知也。則除是你丈人張仲。他若認了。你便無事了。〔同知云〕他如今怪我。他如何肯認。〔防禦云〕都在我身上。俺如今同去央及張仲去來。〔同下〕

第四折

〔張千排衙上云〕喏。在衙人馬平安。擡書案。〔府尹上云〕清廉居府治。持法敢辭難。斷獄能平允。民情得自安。小官乃府尹是也。今日坐早衙。張千。說與那六房吏典。有甚麼該僉押的文書。將來我看。〔張千云〕告的相公得知。止有薊州申將一紙。王六斤合毒藥用金打點那箇文書來。人犯還未到哩。〔府尹云〕張千。若來時。報復我知道。無甚事。我且回後堂中去來。一自爲官十數年。公平廉謹始稱賢。但得心地無私曲。功名富貴總由天。〔正末扮張仲上云〕老夫張仲。

在這村樂堂閑坐。觀着這四面真山真水。是好景致也呵。〔唱〕

【雙調新水令】我則見幾行新雁寫秋雲。畫堂中一天風韻。看梅山清隱隱。拖素杖那觀門外水粼粼。野館山村。便着那丹青手畫不盡。

〔同知同大旦上云〕夫人。這件事則除你父親認了。俺便無事也。〔大旦云〕我理會的。喒見父親去來。〔同知云〕俺見父親去來。〔大旦云〕你則在門首。我先過去。〔大旦做哭科〕〔正末云〕孩兒。你那裏去來。怎生不言語。〔唱〕

【步步嬌】往常孩兒楊柳腰枝多丰韻。臉似桃般嫩。今日可怎生憔悴損。我則見緑慘紅愁減了精神。爲何因。背地裏將啼痕來搵。

〔云〕孩兒。你爲甚麽來。你説。〔大旦云〕父親。如今有同知的小夫人。因與王六斤做下不伶俐的勾當。合毒藥下在湯内。同知看將出來。他賴是你孩兒來。有同知將俺具告到官。被張令史推問明白。有同知將金一餅。放在張令史飯罐内。救他小夫人。被張令史將金封記在官。要去上司告去。若去呵。這同知的官便難保也。怎生看你孩兒面皮。則説是父親來。若認了這金呵。可也好也。〔正末云〕他如今在那裏。〔大旦云〕見在門首。〔正末云〕你着他進來。〔大旦云〕理會的。同知。你自過去。〔同知見正末科云〕父親。這幾日怎生不見你來家吃茶。〔正末云〕我可是敢來麽那。〔唱〕

【殿前歡】怕不待叙寒温。〔云〕同知。你不知道。〔同知云〕父親道甚麽來。〔正末唱〕又着你道不應親者强來親。只因咱多話着你心懷恨。休怪咱波女壻郎君。〔同知云〕我一逕的來告父親來。〔正末云〕你告我怎麼。〔唱〕放着你那築墳臺女趙貞。索甚麼閑評論。兩箇人相般弄。一箇疊屍的伯當。一箇是賢德夫人。

〔同知云〕父親有這餅金。若父親肯認了。我便無事來。〔正末云〕老夫不知是甚麼金子。〔正末推同知出門科防禦云〕同知。這一樁事如何。〔同知云〕相公。俺岳父不肯認這金。相公。你怎生勸一勸來。〔防禦云〕不妨事。都在我身上。〔見正末科云〕老相公。有這一餅金子。你若認了。同知相公便是無事的人也。〔正末云〕老夫不知甚麼金子。〔唱〕

【川撥棹】我幾曾見勸和人。打關節處㾭勒揹。賣弄你巧語花言。施展精神。你常好是不依本分。這家私我無半文。掌王條理庶民。

【喜江南】過來波包龍圖門中麵糊盆。〔做推防禦出門科〕〔防禦云〕好無禮也。不認便罷。怎麼推出我來。更待干罷。拏過那大夫人來。與我打着者。〔做打大旦科〕〔大旦云〕父親救我者。〔正末云〕是我惡說了他來。〔唱〕常言道口是禍之門。打關節府尹怒生嗔。我這議論。便有那殺人的公事我招承。

〔防禦云〕既然如此。俺同見官去來。〔衆虛下〕〔府尹張千上云〕聆音能鑒貌。奸僞自昭彰。小官府尹是也。昨日薊州申到王六斤等一干人犯。張千。你與我律上廳來。〔張千云〕理會的。〔做拏王六斤搽旦大旦同知張仲上〕〔見科〕當面。〔衆跪科〕〔府尹云〕合毒藥是誰來。〔王六斤云〕是我來。〔府尹云〕送金是誰來。〔張仲云〕是老夫來。〔府尹云〕這椿事老夫盡知也。一行人聽我老夫下斷。二夫人敗壞人倫。王六斤謀害情真。張孝友施仁重義。認送金回護姻親。王同知復還舊職。大夫人無事拱明。今日箇不能隱諱。將二人明正典刑。

題目　古慠令史大斷案

正名　海門張仲村樂堂

十探子大鬧延安府雜劇

第一折

〔冲末孛老兒卜兒旦兒同上〕〔孛老兒云〕段段田苗接遠村。太公莊上戲兒孫。雖然只得鋤鉋力。答賀天公雨露恩。老漢延安府人氏。姓劉。雙名榮祖。嫡親的四口兒家屬。婆婆王氏。這箇是老漢的兒媳婦兒。我有一箇孩兒。喚做劉彦芳。在京師做着箇把筆司吏。時遇着清明一百五。家家上墳祭祖。拜掃墳塋。婆婆。俺准備些肥草雞兒。黄米酒兒。俺去那祖墳裏。燒一陌紙去。若要富。敬上祖。婆婆。你和媳婦兒先去。我封鎖了門户便來也。〔卜兒云〕老的也。你去前後執料的停當者。我與媳婦兒先去。你隨後便來也。〔同旦兒下〕〔孛老兒云〕婆婆和媳婦兒先去了也。我收拾了酒食。封鎖了門户。上墳走一遭去。〔下〕〔卜兒同旦兒上〕〔卜兒云〕老身是劉榮祖的那渾家。今日清明寒食一百五。家家户户上墳祭祖。燒錢烈紙。媳婦兒。俺先行。你公公隨後便來也。喒慢慢的行。〔净扮葛彪領張千上〕〔葛彪云〕朝爲田舍郎。暮登張子房。出的齊化門。便是麞鹿房。小官姓葛。名彪。字蝌醬。我是蛤蝌醬的便是。父親是葛監軍。我是權豪勢要之家。累代簪纓之子。我打死人不償命。常川則是坐牢。時遇春間天道。萬花綻錦。柳緑如煙。我去踏青賞翫。我多領些伴當。但是人家好女孩兒。我拖着便走。我出的這城來。〔卜兒旦兒行走科〕〔葛彪云〕下次小的每。你見麽。你看那柳陰直下。一箇年老的婆婆。領着一箇年紀小的大姐。你去説一聲。借他那大姐。與俺那壁官人遞三杯酒。綴三根帶兒。叫我三聲義男兒。我就上馬去也。〔張千云〕理會的。〔張千做見卜兒科云〕支揖媽媽。〔卜兒云〕哥哥萬福。有甚麽話説。〔張千云〕那壁官人的言語。借你那年紀小的大姐。與俺官人遞三杯酒。叫三聲義男兒。俺官人上馬便去也。〔卜兒怒科云〕這廝好無禮也。他人妻。良人婦。怎生替你把盞。他的娘肯替我男兒把盞麽。〔張千云〕不干小人事。是俺官人説來。我回話去便了也。〔張千見浄科〕〔葛彪云〕他來也不來。〔張千云〕他不肯來。他説道。你的娘肯替他男兒把盞麽。〔葛彪云〕他説甚麽。〔張千云〕他那媽媽子説道。着你的娘。肯替他老公遞三杯酒。叫三聲義男兒。他纔着他媳婦兒來哩。〔葛彪云〕誰這般道。〔張千云〕是那壁老媽媽子説來。〔葛彪云〕打這弟子孩兒。我有娘呵。要他替我把盞。你過來。我自己問他去。媽媽下拜哩。〔卜兒云〕官人。你騎着馬哩。有甚麽話説。〔葛彪云〕我恰纔着伴當來説。借那壁姐姐。替我把一杯酒兒。叫我三聲義男兒。我便去也。〔卜兒云〕甚麽言語。你的娘肯與俺男兒把盞麽。〔葛彪云〕這婆子無禮也。你怎麽敢罵我。你不認的我。我是葛監軍的舍人。是葛蝲醬。下次小的每。衆人打他娘。〔卜兒同旦兒做倒科〕〔張千云〕衙内打殺他兩箇了也。〔葛彪云〕休説打死兩箇。打死二十箇。值甚麽。打死也馬咬馬踢馬躧。你不揀那裏告去。説是葛蝲醬打死了你也。喒家去來。〔同張千下〕〔孛老兒上云〕老漢收拾了家中。封鎖了門户。來到這郊野外。兀的不是我家婆婆和媳婦兒。爹爹。可是怎麽來。〔做哭科〕〔街坊上云〕兀那老的。你不知道。您這娘兒兩箇。是葛監軍的孩兒着你那大姐替他把盞。叫他三聲義男兒。爲他不肯。將他娘兒兩箇都打死了來。〔孛老兒云〕哥哥。你不説呵。我怎麼知道。他是權豪勢要之家的人。這裏無人近的他。我且將他娘兒兩箇的屍首。淺土兒培埋着。我直到京師。有我的孩兒劉彦芳。見在衙門中辦事哩。我到的京師。尋見孩兒。和他商量了。去那大大的衙門裏告他去。婆婆。則被你痛殺我也。欲賞三春景。翻做滿懷愁。尋我孩兒去。必定報冤讎。〔同衙坊下〕〔净龐衙内領張千上云〕花花太歲爲第一。浪子喪門世無對。堦下小民聞吾怕。勢力並行龐衙内。小官姓龐名勣。官拜衙内之職。我是那權豪勢要之家。累代簪纓之子。我嫌官小不做。馬瘦不騎。我打死人又不償命。如同那房簷上揭一塊瓦相似。我的岳父是葛監軍。見在西延邊鎮守。小舅子是葛彪。我郎舅兩箇。倚仗着我岳父的勢力。誰人敢近的。我小官見在開封府執掌事務。前日有我小舅子。暗暗的寄一封書來與我。着我拆開看。誰想俺小舅子打死兩箇人的命。那苦主要行詞告狀。有人説道。他是葛監軍的孩兒。無人近的他。則怕他來我這開封府裏告狀來。我自有箇主意。張千。你衙門首看着。不問大小事務來告。你不要攔當他。張千喝攛箱放告。〔孛老兒上云〕老漢來到這京師。尋找孩兒劉彦芳。與他説知呵。那其間下狀告他。也未是遲哩。我來到這衙門首。怎生得一箇人來。打聽我孩兒信息。可是好也。〔劉彦芳上云〕人道公門不可入。我道公門好修行。若將曲直無顛倒。脚踏蓮花步步生。小生姓劉。雙名彦芳。本貫是延安府人氏。嫡親的四口兒家屬。見今一雙父母。並小生的渾家。在於延安府居住。小生在此開封府。做着箇把筆司吏。跟隨這龐衙内大人辦事。今日相公陞堂。坐起早衙。小生有幾樁文卷。未曾銷繳。去往大人跟前僉押。走一遭去。可早來到這衙門首也。〔做見孛老兒科云〕兀的不是我父親。父親。你爲甚麽來到這裏來。〔孛老兒哭科云〕孩兒。你不知道。當朝一日。是清明一百五。上墳燒紙。你母親和你媳婦兒先行。我在家執料。封鎖了門户。不想你母親行至半路。撞見一箇葛彪。他調戲你媳婦兒。因不從。就打死你媳婦兒。馬踏殺你母親。本待那裏告狀來。那裏人説。他是權豪勢要之家。這裏也無人近的他。你去京師大衙門裏告他去。我一徑的尋你來商量了呵。去大衙門裏告他去來。〔劉彦芳做哭科云〕母親也。則被你痛殺我也。父親。你但放心。這箇葛彪。是葛監軍的孩兒。我如今在這開封府。跟着這龐衙内大人跟前辦事哩。大人好生可憐見。我將這一樁事。苦苦的大人跟前哀告。必然與我做主。父親。你則去那裏告去。來到這衙門首。父親。你且在這裏。我先過去大人跟前告去。〔做見衙内科〕〔龐衙内云〕劉彦芳。你來有何事幹。敢有人欺負你。你説。這箇小的。是我手下一箇典吏。刀筆上十分通曉。他便是劉彦芳。你有甚麽事務來稟。我與你做主。〔劉彦芳跪科〕〔龐衙内云〕孩兒也。誰人敢欺負你。你是我手下的箇人。欺負你。便是欺負我一般哩。張千。你便與我拏去。〔劉彦芳跪科云〕大人可憐見。與你孩兒每做主者。小生延安府人氏。嫡親的四口兒家屬。小生在衙門中。跟隨着大人辦事。家中見有一雙父母。並小生的渾家。見在延安府居住。時遇清明節令。父母與小生的渾家。同上墳去。行至郊外。撞見一箇倚勢挾權的葛彪。馬踏死小生的母。又打死我的渾家。孩兒每待告天。天又高。待告地。地又厚。

大人可憐見。與孩兒做主者。〔龐衙内云〕這厮可無禮也。你放心。我與你做主。别人也近不的他。〔背云〕這椿事正是我那小舅子的勾當。則除是這等。劉彦芳。你的事我替你整理。我的事你替我辦。你且與我攢造文書去。〔劉彦芳云〕大人。不知有多少文書。〔龐衙内云〕也無多。則有三牛車文書。〔劉彦芳云〕與小人幾日假限。〔龐衙内云〕與你三日假限。我便要完。〔劉彦芳云〕與小生多少典吏攢造。〔龐衙内云〕你則獨自一箇寫。〔劉彦芳云〕大人可憐見。三牛車的文書。與小人三日假限便要完。便有那七手八脚。也攢造不來。〔龐衙内云〕劉彦芳。你駡誰哩。我姓龐。你説道七手八脚。你比並我是螃蟹。張千。拏枷來上了枷。將這厮下在死囚牢裏去。〔劉彦芳云〕小人是原告。〔龐衙内云〕我則枷的是原告。〔劉彦芳云〕兀的不冤屈殺我也。〔孛老兒見劉彦芳云〕孩兒。你爲甚麽來。〔劉彦芳云〕父親也。這事不中也。〔孛老兒云〕孩兒。你怎麽來。〔劉彦芳云〕你不知道。他爲頭裏聽的您孩兒説了。便要與我做主。後來着我攢造這三牛車文書。我便説着多少人攢造。他便道則你獨自一箇。我便道與我幾日假限。他便道與你三日假限。我便道我有七手八脚。也寫不出來。他道我駡他是螃蟹。要將您孩兒下在死囚牢裏去。我恰纔問人來。他是葛彪的姐夫。父親也。你不問那裏。大大的衙門裏告他去。父親。你救我者。天那。可着誰人與我做主也。〔下〕〔孛老兒云〕天那。誰想龐衙内是葛彪的姐夫。俺造了關門狀也。我婆婆和媳婦兒。都無了也。孩兒又下在牢中。要我這性命做甚麽。不揀那裏。大大的衙門裏告他去。好冤屈也。着誰人與我做主也。〔下〕〔龐衙内云〕張千。將那厮下在牢中去了也。早是告着我。告着別人。可怎了也。一壁寫書。着我岳父得知。這事不中。到來日我去相府中。稟過此一件事。我慢慢的掠笞這廝。左右將馬來。我回私宅中去也。定計巧安排。死人則情埋。有人來纏我。一頓大劈柴。〔下〕〔孛老兒上云〕老漢劉榮祖是也。天那。誰想俺家遭着這場横事。老漢偌大年紀。可那裏每告去。來到這大街上。我好冤屈也。着誰人與我做主者。〔做哭科〕〔正末領張千上云〕小官姓李名圭。字均玉。本貫河南府人氏。幼年頗勤於學。自中甲第以來。累蒙遷用。官拜廉使之職。今奉聖人的命。爲因西延等處。多有官濁吏弊。民間好生冤枉。下情不能上達。上命點差小官。私行體察。我如今更換了衣服。領着張千。長街市上。私行走一遭去。想俺這爲官的。都只要奉公守法也呵。〔唱〕

【仙吕點絳唇】見如今四海無虞。八方黎庶。皆豐富。樂業安居。普天下都託賴着當今福。

【混江龍】爲官的食君之禄。則要盡忠守節侍鑾輿。投至的封妻廕子。使婢驅奴。若不是雪案螢窗將黄卷讀。怎能勾烏靴象簡紫朝服。我則待要守清廉播一箇萬古留名譽。喒人要一生諂佞。枉負了七尺身軀。

〔孛老兒云〕冤屈也。可誰人與我作主也。〔正末云〕有那等爲官爲吏的。陷害良民。小官職居清廉。理當正直。除奸革弊也呵。〔唱〕

【油葫蘆】則爲那吏弊官濁民受苦。差小官親體伏。有一等權豪勢要狠無徒。他則待要倚强淩弱胡爲做。全不怕一朝人怨天公怒。若有那啣冤的來告訴。小官可也無面目。施行那徒流笞杖我可便依著條律。不恁的何以得民服。

【天下樂】方信道秉正公直是大丈夫。我可便猶也波豫。自應付。我則待赤心報國將社稷扶。我則待要將良善舉。我則待把奸惡除。我一心兒敢與民做主。

〔孛老兒云〕天那。誰人與我做主。我尋一箇死罷。〔正末云〕兀那裏一簇人鬧。我試看者。一箇老人家。你這般尋死覓活的。有甚麽冤屈的事。你和我説者。〔孛老兒云〕你這厮。是那裏來的莊家後生。兀的不屈殺我也。你納你那税糧絲絹去。你管我怎的也。〔正末云〕你有甚麽冤枉的事。你與我説者。〔孛老兒云〕我便和你説。你也管不的。〔正末云〕我雖是管不的你。我試猜者。〔唱〕

【寄生草】莫不是打官司人連累。莫不是告田宅争地土。莫不是争差鬭毆人欺負。則管裏搥胸跌脚狠憂慮。則見他尋死覓活因何故。〔孛老兒做搶白正末科云〕不干你事。你休管我。〔正末唱〕哎。你箇無運智的光子忒村沙。有甚麽不明白冤枉咱行訴。

〔孛老兒云〕冤屈也。〔正末唱〕

【六幺序】他不住高聲叫。則見他仰面哭。他連聲兒短嘆長吁。這老子有甚冤屈。大叫高呼。他撲簌簌泪點如珠。〔孛老兒做罵正末科云〕不曉事的精驢禽獸畜生。管你的勾當去。

悮了你納稅糧。你管我做甚麼。天那。屈殺我也。〔正末唱〕他指鼻凹罵到有三十句。罵的我羞答答倒褪身軀。〔做叫科云〕張千。〔唱〕你悄聲兒引到無人處。我可便抬了笠子。脱了衣服。〔做脱衣服科〕〔孛老兒云〕爺爺我死也。老漢不認的。大人可憐見〔正末唱〕我見他慌悚。躊躇。左右支吾。緊慢相逐。跪在街衢。哀告賓伏。則見他一來一往將咱來便當住。〔做冷笑科云〕你恰纔不道來。〔唱〕悮了我納稅去。〔云〕兀那老子。你說你那詞因。〔孛老兒云〕老漢不認的。大人可憐見。老漢是這延安府人氏。姓劉。雙名榮祖。嫡親的四口兒家屬。當朝一日。清明節令。因上墳來到荒郊野地。撞見一箇倚勢挾權的官人。喚做葛彪。他走馬躧死我的婆婆。又打死了我的媳婦兒。老漢來到京師告他。有龐衙內。倒把我的孩兒劉彥芳下在牢裏去了。今日得見大人。便似撥雲見日。昏鏡重磨。柔軟莫過溪澗水。不平地上也高聲。懷揣萬古軒轅鏡。照察喞冤負屈人。〔正末云〕這廝好無禮也呵。〔唱〕這廝每惡黨兇徒。敗壞風俗。將好人家惡紫奪朱。他那爺不良兒又跋扈。則向那小民行挾細拏麄。我放敵頭委的和他做。豈不聞人心似鐵。官法如爐。〔孛老兒云〕大人可憐見。與俺這百姓每做主者。〔正末云〕兀那老子。我是按察司廉使。那葛彪是權豪勢要的人。别處也近不的他。你跟我丞相府裏告去來。〔孛老兒云〕大人可憐見。與老漢做主者。〔正末云〕你放心也。〔唱〕

【尾聲】不索你痛嚎咷。准備着伸冤去。則除是宰相府與你箇貧民做主。你那人命官司事不虛。便差人提取無徒。我若是責了招狀。敢着他目下身殂。我教他赴法雲陽上木驢。〔孛老兒云〕大人説的話有准麽〔正末唱〕你休猜做謬語。我敢和他實做。〔云〕小官既爲廉使。豈避權豪。則是與民除害也。〔唱〕將我這正直的名姓播皇都。〔同孛老兒下〕

第二折

〔范仲淹領張千上云〕博覽羣書貫九經。鳳凰池上敢峥嶸。殿前曾獻昇平策。獨占鰲頭第一名。小官姓范名仲淹。字希文。生而寒門。長居白屋。曾於僧舍講書。受清貧苦進學業。一舉進士及第。除翰林秘書教授。因母喪去官。復起之後。遷吏部員外郎。權知開封府事。小官輕財好士。養其四方遊士。治義田千畝於吴中。踈遠宗族。皆有贍給。每臨政事。决斷不滯。明其黜陟。如有班部監司。不才官吏。一筆勾消。永不敘用。聖人知小官訪察精審。舉薦無差。官拜天章閣待制之職。今有延安府等處官吏酷虐。枉屈良民。奉聖人的命。差監察廉使李圭。馳驛爲巡按决獄。此人廉潔清幹。則今日便着李圭。直至延安府等處。清理文卷。走一遭去。則爲他志節堅剛守四方。廉能公正作賢良。濫官污吏除民害。决斷分明獻表章。〔下〕〔經歷領張千上云〕博覽詩書立業成。名標金榜受皇恩。爲官正直於家國。永保皇圖享太平。小官乃府經歷是也。幼習儒業。頗看詩書。雖然未到三公位。也是皇家忠孝臣。小官在此相府。爲其首領。府衙宰相。每朝差委。豈敢差錯半毫分。當今聖主。皇恩寬厚。雨露增加。爲因八府宰相。辦事辛勤。賜御酒百瓶。湯羊十隻。犒勞八府宰相。遣小官安排筵宴。張千。與我喚箇厨子來。打料帳。〔張千云〕理會的。這裏有箇厨子。最乾净伶俐。我試叫他者。〔做叫科云〕厨子在家麽。〔净厨子上云〕我做厨子實是標。偏能蒸作快烹炰。諸般品物全不愛。只在人家偷胡椒。自家厨子的便是。那箇叫我哩。我去看者。〔做出門科云〕阿哥喚我做甚麽。〔張千云〕經歷大人喚你做些兒生活哩。〔厨子云〕小人便去。可早來到衙門首也。〔張千云〕你則在這裏。我報復去。〔見科云〕相公。厨子來了也。〔經歷云〕着他過來。〔張千云〕厨子。着你過去。〔厨子做見科云〕相公。喚小人有甚麽生活做。〔經歷云〕兀那厨子。今有八府宰相。在省堂筵宴。喚你來打箇料帳。八府大人的分飯燒割湯品添換不許少了。你怎生擺布。你説。我試聽。先買一隻好羊者。〔厨子云〕相公。如今好肥羊得買。〔張千云〕怎生得買。〔厨子云〕七箇沙板錢買一隻。重一百二十斤。大尾子綿羊至賤。〔經歷云〕張千。就與他七文錢。則問他要一百二十斤的大尾子綿羊。〔厨子云〕相公。這兩日羊貴了。〔張千呈答科云〕得也麽。〔厨子云〕一應湯水。都是我管。各要古怪。爽口鑽腮。〔經歷云〕安排了筵席也。張千門首覷者。大人每下馬時。報復我知道。〔張千云〕理會的。〔吕夷簡净回回官人漢兒官人女直官人達達官人衆官同上〕〔吕夷簡云〕幼習詩書道業隆。吾家三輩正儒風。調和鼎鼐名臣子。累代官居八府中。小官姓吕。名夷簡。字坦夫。祖乃龜祥。父乃蒙亨。叔乃蒙正。小官幼承父祖遺訓。頗習經典。朝廷任用賢良。官拜中書平章領省之職。小官屢進賢才。任用者乃范仲淹。文彦博。曾公亮。司馬光。富弼。陳堯佐等。皆小官所薦也。今蒙聖人可憐。見小官擢用良才。銓衡人物。褒貶必當。激濁揚清。御書方正忠良四字。敕賜懷忠之碑。方今禮樂興行。肅靖海内。託賴聖人洪福。小官等早朝已退。賜御酒十瓶。就於相府。會衆官員飲宴。可早來到也。經歷安在。〔經歷見科云〕大人。小官久候多時也。〔呂夷簡云〕准備的筵會如何。〔經歷云〕大人。筵宴都安排完備了也。令人擡上果桌來者。〔張千云〕理會的。〔呂夷簡云〕衆官人每敢待來也。〔净龐衙内上云〕小官衙内龐勣是也。今有劉彦芳的這一樁事未完。我正要稟知大人去。説在丞相府裏飲酒。不免的走一遭去。説話中間。可早來到門首也。張千報復去。道有龐衙内在於門首。〔張千云〕理會的。〔做報科云〕報的大人得知。有龐衙内在於門首。〔呂夷簡云〕着他過來。〔張千云〕理會的。着過去。〔龐衙内做見科云〕大人。龐勣有稟覆的事。〔呂夷簡云〕衙内有甚麽稟覆的事。〔龐衙内云〕大人。小官無事。可也不來。我手下有一箇典吏劉彦芳。我爲公事。教他攢造文書。他毁罵我。他説七手八脚。我也寫不的。他明知我姓龐。是龐衙内。他把我比並做螃蟹。當做品食之類。把我煮在鍋裏通紅了。或是醬烹。或是做鮓。我不害疼。他毁罵大官。小官特來稟知。〔呂夷簡云〕龐勣。這箇是你衙門裏小的每。打甚麽不緊。你那裏自發落去罷。〔龐衙内云〕謝了大人。小官回去也。〔呂夷簡云〕龐勣。俺八府宰相。今日飲宴。你就在此飲幾杯酒回去。〔龐衙内云〕小官知道。〔回回官人云〕安排酒來。衆宰相飲幾杯者。〔衆做飲酒科〕〔龐衙内施禮科云〕大人恕罪。〔回回官人云〕與他酒吃者。〔龐衙内做飲酒科〕〔回回官人云〕經歷拏那土木八來。〔經歷云〕有。令人拏過那厨子來。〔厨子跪科〕〔回回官人云〕兀那厨子。聖人言語。着俺這八府宰相在此飲酒。你安排的茶飯。都不好吃。霍食買在必牙。有甚麽好吃的。郭食木兒哈嗰鷄。郭食呵厮哈嗰馬。郭蘇盤曷厮哈嗰羊。郭食羊哈嗰牛。郭食曷厮哈嗰鵝。哈哩凹甜食下。都是三菩薩。濟哩必牙。吐吐麻食。偌安桌食所兒叭。霍食買在必牙。燒羊裹無滷汁。軟羊裹少杏泥。圓米飯不中吃。安排的茶飯無滋味。經歷。與我拏出去打四十者。〔張千云〕理會的。〔做打厨子科云〕一十二十三十四十。出去。〔厨子做出門科云〕辛苦了一日。倒打了我一頓。這苦告訴誰的是。〔正末領孛老兒上〕〔正末云〕小官李廉使。領着劉榮祖。宰相府裏投文去來。兀那老的。你跟着我去宰相府裏告狀去。我與你申訴情由。大人每好歹與你做主也。我若不領你去。着誰人領你去也呵。〔唱〕

【正宮端正好】我若是順人心。便是我虧天理。似這等啣冤負屈誰知。有這等兇徒惡黨可便憑權勢。他可便往往的把良民累。

〔云〕兀那老的。〔唱〕

【滚繡毬】到官中他共你。别辯箇是與非。豈不聞人性命關天關地堪恨那不公平奸佞的龐勣。將他箇媳婦兒一命虧。馬踏翻他年老的妻。又將他箇原告人親兒枷起。好將那殺人賊六問三推。可不道明明的王法可便休輕犯。更和那湛湛青天不可欺。莫得躭遲。

〔云〕來到這相府門首也。〔做見厨子科云〕兀那厮。你爲甚麼事。這等煩惱。〔厨子跪科云〕大人可憐見。小人是箇厨子。昨日相府裏經歷大人。唤小人做了一日一夜。眼也不曾合。今日倒説小人燒羊裏無滷汁。軟羊裏無杏泥。圓米飯不中吃。燒鵝燒鷄説不肥。臨了將我打了四十。似這等苦楚。那裏告去。〔做哭科〕〔正末云〕這的打甚麼不緊。〔唱〕

【呆骨朵】則爲他製造的湯水無滋味。你可甚調羹處變理鹽梅。怎能彀做茶飯五味俱全。則您那和鼎鼐四時皆失。您治民無决斷。他可也怎見這庖官罪。〔回回官人云〕俺幾曾吃一口加味湯。〔正末唱〕**他道是他幾曾吃一口加味湯。我道來您可便都不是宰相職。**

〔云〕兀那厨子。一壁有者。我替你大人跟前説去。〔厨子云〕理會的。〔正末云〕兀那老的。你則在這裏有者。我過去見大人去。令人報復去。道有廉使李圭在於門首。〔張千云〕理會的。〔做報科云〕報的大人得知。有李廉使在於門首。〔吕夷簡云〕着他過來。〔張千云〕理會的。着過去。〔正末做見科〕〔吕夷簡云〕李圭。你那裏來。〔正末云〕大人。小官有稟復的事。〔龐衙内背云〕這椿事不知他知也不知。〔正末云〕可怎生有龐衙内在此。〔龐衙内云〕廉使恕罪也。〔正末唱〕

【倘秀才】你見了這李廉使都眉南面北。多管是那相公每饑嗔的這飽喜。則爲我無過犯難投宰相機。您肺腹。我須知。都則爲飲食。

〔龐衙内云〕大人。龐勣這一會兒身上不好。肚裏疼。〔吕夷簡云〕李圭。你有甚事。〔正末云〕小官正來衙門中。見一箇老的聲冤叫屈。小官就領他來見大人來。〔呂夷簡云〕在那裏。〔正末云〕見在衙門首。〔呂夷簡云〕拏過來。〔張千云〕理會的。〔拏孛老兒見科〕〔呂夷簡云〕兀那老的。你那裏人氏。姓甚名誰。有甚麼啣冤負屈的事。你說。我與你做主。〔孛老兒云〕告大人停嗔息怒。老漢細說緣故。西延邊是我祖家。延安府是我住處。時遇着清明節令。家家去上墳祭祖。來到那荒郊野地。撞見一箇倚勢的官人。說葛彪便是他名目。馬躐死老漢的婆婆。又打殺俺一箇年紀小的媳婦。待告來無處告。待分訴那裏分訴。我一徑的來到京師。去那大衙門裏聲冤負屈。我向那龐衙内跟前告他。好也囉。誰想他是葛彪的姐夫。便着俺孩兒攢造文書。三牛車載的無數。他道與你三日假限。第四日便要完備。俺孩兒道。則我獨自一人。便是那七手八脚。整治不出。他道我做螃蟹。不由分說。將孩兒下在牢獄。眼前面放着箇鰥寡孤獨。送的我一家兒滅門絶户。龐衙内葛衙内倚勢挾權。龐衙内葛衙内强要人家寶貝珍珠。龐衙内葛衙内强奪人家名人書畫。龐衙内葛衙内强奪人家婦女。龐衙内葛衙内有失人倫禮數。龐衙内葛衙内敗壞風俗。今日老漢見你箇清耿耿忒正直無私曲宰相官人。與俺這離着鄉背着井忍着寒受着冷若慽慽窮滴滴無挨倚的百姓做主。〔龐衙内云〕廉使。聖人的命。教衆位大人在此飲酒。你領將人來告狀。你好多攬事也。〔正末唱〕

【滚繡毬】非干咱攬是非。聽小官説就裏。豈知道你倚權豪殺人的詳細。你也索問原告人案驗虚實。你不將王法依。平將百姓欺。早難道寸心不昧。〔龐衙内云〕李廉使。你無箇面皮。好歹也看俺一殿之臣。你也忒多攬事。〔正末唱〕哎。你箇龐衙内可是那秉正忠直。

〔龐衙内云〕投到我來。大人每都知道了也。〔正末唱〕則你那衙門關節可便靈如卦。豈不問路上行人口勝碑。天網恢恢。

〔吕夷簡云〕這樁事。都是龐勣的勾當。你倒在這相府中巧言令色説過。瞞過這官府。你是何道理也。〔龐衙内云〕李廉使。我和你往日無冤。近日無讎。你怎生領將人來告狀。你大古來是壘卵諫忠臣荀息也。〔正末唱〕

【倘秀才】我雖不是壘卵諫忠臣荀息。你叫怎麽問牛喘愛民的丙吉。少罪波劉文静魏賢臣徐世勣。俺須是我。見官裏。我和你奏知。

〔吕夷簡云〕這樁事都是龐勣。故令妻舅打死平人。向親族返枷原告。你的罪非輕。本待拏下你來。不曾得大人的言語。你且一壁有者。李圭。你領將這老子去。你就問這樁事。我奏知聖人。自有箇主意也。〔正末云〕謝了大人。〔唱〕

【一煞】你是箇昧血心欺良善圖榮貴。豈不聞陰發遲陽顯疾。作事欺公逃不離。陷害了他人。强姦民婦。胡推打收監。仗岳父門楣。犯不道愆縲。受戚畹行兇吃禄。更無那爲國於家。倚權衡越理徇私。銜一片奸雄巧智。依法律盡凌遲。

【尾聲】我便死呵。做一箇堅剛節操忠直鬼。不似那壞法欺公謟佞賊。失了人倫。差了道理。倚仗着爲官更有權勢。常把良民又去欺。馬踏死他親娘强要他妻。倒把平人下在牢内。若到朝中説就裏。那其間赴法遭刑待怨誰。償人命的官司。須要你當罪。〔云〕便好道殺人的償命。〔唱〕你看我納下頭皮去來我和那厮做到底。〔下〕

〔吕夷簡云〕李圭去了也。此人有如此廉能公正。不避權豪。如此輩人鮮矣。龐勣。你知罪麽。你妻弟打死平人。你又將原告下在牢内。敢不中麽。常言道畫地爲牢。誓不可入。獄中苦楚。與死爲鄰。你須是掌刑法的人。豈不知道斷獄不公。聽訟不審。淹禁囚繫。慘酷用刑。此者乃國之典憲。不獲已而用之。爾等倚强凌弱。背公向私。你可甚以禮義而教親。則民不怨矣。孔子曰。舉直錯諸枉則民服。舉枉錯諸直則民不服。書曰欽哉。惟刑之恤哉。聖人以仁政寬恤爲本。可不體乎。龐勣你聽者。不以王條理庶民。平將人命順私情。欺公壞法奸猾吏。怎做朝中社稷臣。〔下〕〔漢兒官人云〕呸。龐勣。你妻舅打死平人。你又反囚了他原告。這箇是你做的勾當。是何理也。聖人説舉直錯諸枉則民服。舉枉錯諸直則民不服。三人行必有我師焉。擇其善者而從之。其不善者而改之。聖人云。君子行德以全其名。你這等小人。行貪以忘其身。常言道營於利者多患。輕於諾者寡信。茂木豐草。有時而落。物有盛衰。安宜自若。龐勣。你所爲非理。所行不公。你這等人。和你説出甚麽來。則道俺官人不知道。你聽者。龐衙内做事忒歹。欺瞞俺八府臣宰。公廳上則你横行。教人將你怎生遮蓋。〔下〕〔女直官人云〕龐勣。你知罪麽。你妻舅打死平人。又反囚他原告。敢不可麽。你須是掌法的人也。爲臣者要廉能功幹。竭力盡忠。於民有益。於國有功。一無邪僻之心。常存文行忠信。你全不肯秉正直堅心報國。專則待倚權豪仗勢欺人。這等人我和你説出甚麽來。龐勣奸狡昧神祇。所事瞞人分外爲。妻舅倚勢傷人命。倒將原告下風雷。偏心便要平人死。湛湛青天不可欺。良民陷害遭囚困。壞法欺公陋面賊。全無報國忠君意。不把王條秉正直。枯腹豈知經史意。愚人倚仗勢家威。兩眼望錢貪利賂。一心則待喫堂食。扭曲做直胡弄事。戀酒迷花喬所爲。反囚原告非其罪。屈勘平人法度違。逆天行事的無徒子。怎與皇家作柱石。〔下〕〔達達官人云〕龐衙内也。結斯陀羅崐。你恰走將來。把俺筵席都攪了。你的妻舅馬踏死平人。又打殺他媳婦兒。你又來這裏告他。你好生無禮。我是箇達達人。不省的你這中原的勾當。我雖是箇達達人。落在中原地面。我坐着國家琴堂。請着俸禄。一應的文案。我敢差了些兒麽。你休説我是箇達達人。我也曾讀漢兒文書。你可甚詳明吏理。可許從政。你妻弟行兇。順私親反囚原告。仗勢用刑。豈不聞囹圄之苦。度日如歲。無罪之人。死於非命。咎將誰歸。不思刑者國家之典。所以代天糾罪。豈爲官吏逞忿行私者乎。龐勣你聽者。守職居官民父母。徇私用法壞王條。無知猾吏傷人命。你罪犯彌天不可饒。〔下〕〔回回官人云〕呸。兀那龐勣。你恰纔説道他罵你。可原來你舅子馬踏殺他婆婆兒。奪了他媳婦兒。又將他孩兒下在牢裏。這的是你的是他的是。你休説我是箇回回人。不曉的這漢兒的道理。俺爲官的。則要調和鼎鼐。燮理陰陽。我和你説出甚麽來。投至俺得坐都堂。皆因是苦盡甘來。俺爲官的。則要報國安民。誰教你害百姓苦要錢財。你教他攢造三牛車的文書。他説道七手八脚。寫不出來。你姓龐本是龐勣。你道他罵你。你聽者。龐勣做事忒歹。欺瞞俺八府臣宰。那的是你燮理陰陽。甚的是調和鼎鼐。他則道了七手八脚。你説他罵你做螃蟹。是有那螃蟹麽。你見人家好玩呵便要胡鉗。他若不與你呵。你可着你那袛從人團臍將上來。你見人家好婦人。便吐涎吐沫。恨不的睁着眼手脚忙抬。訟廳上則你横行。犯下來怎生遮蓋。我還有幾句兒比並。説與你記在心懷。我恰纔待要煮着你來。你又硬頭硬腦。俺八府宰相正飲酒哩。不知你從那裏扒扠將來。我如今就拿你去着酒戧着。衆大人蘸薑醋喫一頓拼醢。你明日犯了事。着人把你鉗住。直等的去了頭。剥了腿。揪了臍。揭了蓋。纔顯出你那黄來。你這龐勣做事模糊。斷事全不如杜甫。説言語必丢僕答。呸。你那口恰似我的屁股。〔下〕〔經歷云〕呸。龐衙内。你羞麽。你妻舅打死平人。你倒反囚了他的原告。你聽者。俺但凡爲官者。請皇家俸禄。坐國家琴堂。與民雪冤辯枉。行政從公。囹圄無久繫之囚。黎庶有歌謡之誦。你全無那玄齡如晦之忠心。腹懷着林甫俊臣之奸佞。你覷軍民如草芥。視百姓如蓬蒿。你這等人。乃沐猴衣冠之輩。馬牛襟裾之材。你聽者。不將仁政化居民。倚强凌弱害平人。反囚原告居縲絏。權豪勢要順私情。爲官的常思治國平天下。每懷忠孝報朝廷。奸貪狡倖龐衙内。呸。萬代流傳做罵名。〔下〕〔龐衙内云〕呸。喫了這場没滋味。左右將馬來。我去酒鋪裏。喝幾甌凉酒去來。本是一衙内。只要把人昧。人命不爲輕。且去喫一醉。〔下〕〔衆做打呸科〕〔厨子云〕今朝造化低。四十打了皮。喝上三瓶酒。睡到日頭西。〔下〕

第三折

〔范仲淹領張千上云〕仁政安天下。忠誠立大邦。老夫天章閣待制范仲淹是也。今爲鎮守西延邊監軍葛懷愍之子。乃是葛彪。往往欺壓良民。將平人打死。州縣官員。不敢拿問。皆因此人倚仗權勢。今有廉使李圭。奉命去延安府等處巡按。今奉聖人的命。賜與勢劍金牌。將此一樁事。着他就决斷明白。先斬後奏。今着老夫齎與他勢劍金牌。着李圭真至延安府。勘問此一樁公事去。若勘問成了。即便申文書老夫知會。敕賜金牌勢劍行。王條專斬不平人。李圭巡按親勘問。决定無徒正典刑。〔浄葛彪領張千上云〕好耍好耍。房上跑馬。吊將下來。跌了左胯。小官葛彪是也。這兩日有些眼跳。爲此一樁人命事。我寄書與我姐夫去了。不見回信。今日無甚事。私宅中閑坐。看有甚麽人來。〔張千李萬上張千云〕自家張千的便是。這一箇是李萬。奉着李廉使大人的言語。着我兩箇請葛彪大人去。可早來到門首也。祗候人報復去。道有李廉使大人。差張千李萬來請大人。〔祗候云〕理會的。報的大人得知。有李廉使大人的伴當。來請大人説話。〔葛彪云〕必定是我姐夫龐衙内回信來了。着他過來。〔張千李萬做見科〕〔葛彪云〕你那裏來的祗候人。〔張千云〕小人是延安府來的祗候人。李廉使大人的言語。道有書呈在那裏。着小人每來請大人。親自到延安府李大人家取書呈去。〔葛彪云〕也説的是。左右將馬來。我親自到延安府取書呈去也。目下便登程。二人隨後跟。同去取書信。便得見緣因。〔同下〕〔葛監軍領卒子上云〕三尺龍泉萬卷書。

皇天生我意何如。山東宰相山西將。彼丈夫兮我丈夫。某乃葛懷愍是也。某文通三略。武諳六韜。望塵知敵數。對壘識兵機。賞罰嚴明。攻戰必勝。多得守邊之策。每回臨陣。無不幹功。聖人可憐。加某爲監軍都統節制天下兵馬元帥征西大將軍之職。某今陞帳。威勢偏別錦衣繡士。擺白虎得勝於轅門。列黃幡豹尾於帳下。錦衣壯士。肩擔着赤纛旌幢。清秀兒郎。手持着吴鈎越戟。陣前列五運轉光旗。帳下搠順天八卦蓋。五運轉光旗者。有虎牙旗日月旗龍鳳旗得勝旗轉光旗。八卦蓋者。是乾坎艮震巽離坤兑。軍不斬不齊。將不嚴不整。令字旗催報先鋒。帥字旗爲軍中眼目。寶纛旗開。犯令者不論親疎。得勝旗摇。收軍罷盡望封官賜賞。俺這裏軍隨印轉行直正。罪若當刑先言定。在朝休誤天子宣。莫違俺這閫外將軍令。某鎮守西延邊上。某有一子。乃是葛彪。因踏青在城外走馬。悮傷人命。被巡按廉訪使李圭。將我孩兒捉獲到官。毆打問理。頗柰此人無禮。量你是箇芥子大小官職。到的那裏。某只今便差十箇能行快走的探子。直至延安府。勾將李圭來。傳令親將軍士差。能行探子踐塵埃。若見李圭休縱放。不分星夜緊勾來。〔下〕

〔正末領張千排衙上〕〔正末云〕小官監察巡按李廉使是也。因延安府官濁吏弊。酷虐害良民。今奉聖人的命。敕賜勢劍金牌。教小官便宜行事。先斬後聞。兀那大小官員。六房吏典。我非是私來也呵。〔唱〕

【中吕粉蝶兒】我可便奉敕承宣。理刑名勘理文卷。察清濁黜陟官員。有那害良民。違公道。我着他身加刑憲。但有那負屈伸冤。訴情由我行分辯。

【醉春風】揩直下威凜凜列公人。書案邊㑳憿憿排着吏典。我則待去奸邪立一統正直碑。把名姓來顯。顯。爲政於民。爲臣報國。豈辭勞倦。

〔云〕我差人拿那葛彪去了。這早晚敢待來也。〔葛彪領張千李萬上〕〔葛彪云〕某乃葛彪是也。可早來到這門首也。張千。你先報復去。説道某來了也。〔張千報科云〕報的大人得知。拏將葛彪來了也。〔正末云〕拏將過來。〔張千云〕拏過去。〔葛彪云〕他不出來接我。我自過去。李廉使我來了。有甚麽書呈。將來我看者。〔正末云〕兀那廝。你怎生打死平人。因何不跪着。〔葛彪做不跪科〕這箇廉使。我做甚麽打死人來。我不跪。並然不干我事。〔正末云〕你不招。更待干罷。張千。拏下去打着者。〔張千云〕理會的。〔做打科〕〔葛彪云〕哎約哎約。李廉使。你不要歪纏。我不曾惹下事。打出屁來了。〔正末唱〕

【迎仙客】我觀了他目下情。審了他口中言。這官司你可也怎的免。使不着你倚豪强。更那堪仗勢權。又不比攀指干連。你與我便從實説把招伏串。

〔葛彪云〕我可做甚麽打死人來。不干我事。〔正末云〕張千。將那廝且拿在一壁有者。〔張千云〕理會的。〔淨探子兩箇上云〕自家是箇軍。身上穿着青。白日裏鋪裏睡。到晚偷人家葱。我兩箇是西延邊上能行快走的兩箇探子。一箇是李得中。一箇是胡亂歇。俺兩人奉着元帥的言語。有延安府廉使李圭。着俺兩箇星夜拿將他來。來到這衙門首。你這裏有李圭麽。大人的言語。着俺來拿他。張千報復去。也不必喫酒飯。不必要盤纏。快跟將我去來。〔張千云〕理會的。〔報科云〕大人。有兩箇小軍來勾大人來。〔正末云〕着過來。〔張千云〕理會的。着你過去。〔做見科〕〔正末云〕你是甚麽人。〔探子云〕俺兩箇是西延邊上葛元帥差來。你跟着我走走走。〔正末云〕這厮好無理也。你男子打死平人。怎敢到來勾我。拏下這厮去跪者。〔張千云〕理會的。〔正末唱〕

【白鶴子】我親蒙着聖主差。你爲元帥鎮延邊。你孩兒爲人命犯了王條。我可便依國法非私怨。

〔云〕拏下去打四十。搶出去。〔張千云〕理會的。二十三十四十。出去。〔探子哭科云〕我則道有喫的有錢鈔。倒喫了一頓打。氣出我箇四句來了。我今做事没來由。因爲勾人惹場愁。把我掩翻則管打。張千是箇狗骨頭。〔下〕〔探子兩箇上云〕奉令莫消停。星火疾便行。擒拿李廉使。來見葛監軍。俺兩箇一箇是飯當災。一箇是世不飽。奉着元帥的將令。着俺去延安府拿李圭去。來到這衙門首也。李圭快出來。元帥有勾。〔張千報云〕大人。又有兩箇小軍來勾大人來。〔正末云〕拿過來。〔張千云〕理會的。着你過去。〔做見科〕〔正末云〕你是甚麽人。〔探子云〕元帥着俺勾你來。〔正末云〕拿下去跪者。他鎮邊庭。我辦公事。他怎敢勾我來。〔唱〕

【白鶴子】他氣丕丕惡勢煞。雄赳赳扣廳前。一箇箇猛虎也似走將來。我直拷的他羊兒般善。

〔云〕拿下去打四十。〔張千云〕理會的。三十四十。出去。〔探子云〕氣出我箇四句來了。大人做事忒喬。拿住我則管便敲。俺兩箇自家暖痛。頭燒酒呷上幾瓢。〔下〕〔探子兩箇上云〕親奉元戎將令差。擒拿廉使到廳堦。若還捉住不輕放。管取同他一路來。俺是元帥府裏勾軍的。我是佯不睬。他是不知道。俺奉着元帥將令。着俺拿李圭去。來到這衙門首也。李圭快出來。元帥有勾。〔張千云〕大人。又有兩箇人來勾也。〔正末云〕拿過來。〔張千云〕理會的。着過去。〔做見科〕〔正末云〕拿下去跪者。〔張千拿跪科云〕跪者。〔正末唱〕

【白鶴子】你兩三番勾喚咱。將言語口中傳。粗棍子拷你皮膚。我便是打你那監軍面。

〔云〕拿下去。打四十。搶出去。〔張千云〕理會的。三十四十。出去。〔探子云〕打殺我也。你不去。倒打我。氣出我箇四句來了。也則爲違條犯法。着我來一逕勾拿。他扣廳打我一頓。想起來都是傻瓜。〔下〕〔探子兩箇上云〕身輕能過嶺。脚疾走如風。俺兩箇是元帥府裏勾軍的。一箇是喬搗碓。一箇是任傻瓜。奉着元帥的將令。着俺拿李圭去。來到這衙門首也。李圭快出來。元帥勾你哩。〔張千報科云〕大人。又有兩箇人勾來了。〔正末云〕拿過來。〔張千云〕理會的。着過去。〔正末云〕拿下去跪者〔做跪科〕〔正末唱〕

【白鶴子】見威風雄赳赳。一箇揲袖并揎拳。俺這裏不弱似嚇魂臺。便壓着閻王殿。

〔云〕拿翻打四十。搶出去。〔張千云〕理會的。二十三十四十。出去。〔探子哭云〕打殺我也。你不肯去。倒打我。我到元帥府裏。慢慢的和你説話。李圭做事忒不中。差我的他是葛監軍。一些錢鈔不曾有。一頓打的我羊兒風。〔下〕〔探子兩箇上云〕兩腿疾如箭。一心急似風。俺兩箇是葛監軍的小軍兒。一箇是疙疸頭。一箇是壁虱臉。俺奉元帥的將令。着俺勾李廉使去。可早來到這衙門首也。李圭快出來。元帥有勾。〔張千報科云〕大人。又有兩箇人來了也。〔正末云〕拿過來。那裏跪者。〔張千云〕理會的。過去跪者。〔做拿跪科〕〔正末唱〕

【白鶴子】他父爲官如泰山。兒犯法罪彌天。我若是避權豪順人情。枉躭着箇爲風憲。

〔云〕打四十。搶出去。〔張千云〕理會的。二十三十四十。出去。〔孫子云〕打殺我也。我兒也。你由他。你由他。廉使不識耍。不肯遵王法。勾也勾不去。倒喫了他一頓打。〔下〕〔正末云〕張千。與我拿過葛彪來。〔張千云〕理會的。〔正末云〕葛彪。你招了者。〔葛彪云〕並不干我事。你又不敢打我。〔正末云〕拿下去打着者。〔張千云〕理會的。〔打科〕〔葛彪云〕老兒。你不要惹事。你打了我。看你怎麼見我父親哩。哎約。打殺我也。〔正末唱〕

【快活三】這償人命是你的罪愆。倒將咱死熬煎。不招呵一命喪黃泉。〔葛彪云〕大人。看俺父親的面皮。我送對燒鵝兒你吃。饒了我罷。〔正末唱〕我可便管甚麼那監軍的面。

〔葛彪云〕你好没臉。打殺我也。〔正末唱〕

【朝天子】也是你那命蹇。你休想我便可憐。篤速速打考的身軀顫。打的他皮開肉綻跪在堦前。將你那造惡的形骸變。則你那犯法違條。死而無怨。怎禁你那老無知忒自專。勘問的這事完。我可回那帝輦。〔云〕做兒的打死平人。做爺的擅勾臺省官員。〔唱〕

俺兩箇便親自到金鑾殿。

〔云〕這廝不招。打着者。〔張千云〕理會的。〔做打科〕〔葛彪云〕罷罷罷。是我打死他媳婦。馬踏殺他婆婆來。我都招了也。〔正末云〕招狀是實。畫了字。將長枷來枷了。下在死囚牢中去。〔張千云〕理會的。〔拿葛彪下〕〔正末云〕小官親造文書。回大人的話去也。〔唱〕

【啄木兒尾聲】教百姓每曉諭的知。將殺人賊斬在市廛。舉直錯諸枉民無怨。雖不是包龍圖的機變。將我這秉忠直名姓入凌烟。〔下〕

第四折

〔范仲淹領張千上云〕老夫范仲淹是也。有監察廉使李圭。在西延邊申將文書來。説葛彪打死人命一事。勘問已成了也。老夫今奉聖人的命。着老夫疾馳驛馬。親往延安府。結證此事。就陞賞李圭。不敢久停久住。延安府結證。走一遭去。奉命承差不暫停。緊馳驛馬出神京。官封能幹加三品。罪斷權豪按五刑。〔下〕〔葛監軍領卒子上云〕某乃葛監軍是也。頗柰李圭無禮。將勾去的人都打了。更待干罷。某統領三軍。直至延安府。拿住李圭。報了冤讎。方稱我平生願足。統領雄兵聚戰鞍。匣中輕掣劍光寒。李圭縱有論天表。不報冤讎誓不還。〔下〕〔正末領張千上云〕小官李圭是也。今奉聖人的命。勘問葛彪打死平人事。招伏已完了。聽知的早晚有天使至此也。今日陞廳。聚大小官員。六房典吏。接應天使去也呵。〔唱〕

【雙調新水令】爲臣盡節整綱常。報君恩敬於事上。漢廷汲黯忠。唐室魏徵良。見如今千載名揚。萬古流芳。史記談揚。一箇箇凌煙閣畫圖像。

〔云〕左右衙門首覷者。看有甚麼人來。〔張千云〕理會的。〔葛監軍上云〕某乃葛懷愍是也。統領三軍。到於延安府。不放三軍寸箭不許帶進城去。三軍都在城外紮營。我親自見李圭去來。可早到門首也。張千報復去。道有葛監軍在於門首。〔張千云〕理會的。喏。報的大人得知。有葛監軍來了也。〔正末云〕他不自過來。着我接待他去。〔張千云〕俺大人說來。你不自過去。待教俺大人接待你。〔葛監軍云〕此人這等權重。我試看者。原來有勢劍金牌在此。葛懷愍也。你可不來麼。我自過去有說話。好難請喚也。李圭。〔正末云〕好無禮也。葛懷愍。〔葛監軍云〕你怎敢屈勘平人。〔正末云〕你怎敢擅離汛地。〔葛監軍跪科〕〔正末云〕我身居臺省。執掌提刑。你不遵號令。私離邊庭。我問你波。〔唱〕

【沉醉東風】則你那七禁令何當是你掌。〔云〕我問你來了呵。〔唱〕則你那三軍印寄付與誰行。少罪波逃軍營的姜太公。離寨柵的諸葛亮。辱没殺晉尹鐸保障金湯。你爲兒子行兇做爹的撇了戰場。〔云〕爲將者一輕二慢三盜四欺五背六亂七悞。〔唱〕請你箇行號令的監軍自想。

〔葛監軍云〕這事不中了也。廉使。喒是一殿之臣。看我和你舊時顏面。我一時不是了。怎生饒過俺父子之罪也。〔正末云〕兀那葛懷愍。你的兒子打死平人。你又擅離汛地。平欺俺臺省官員。更

待干罷。〔唱〕

【沽美酒】我可也敢和你做一場。休想我便肯輕放。倚着你父子每權豪勢力强。你怎敢擅離了邊庭地方。忒欺公忒無狀。

【太平令】也不索用長詞短狀。直和你見鑾輿打一會官房。〔范仲淹冲上云〕老夫范仲淹是也。可早來到延安府也。〔張千云〕范學士大人下馬也。〔范仲淹云〕甚麽人大驚小怪的。〔正末唱〕正遇着天臣宰相。使不着你狂言抵當。他可便倚仗勢强。將人命事不償。〔云〕做兒的打死平人。做爺的擅離汛地。〔唱〕大人也他罪難容徒流笞杖。

〔范仲淹云〕張千。將一行人律上廳來。〔張千云〕理會的。〔張千拿劉彦芳孛老龐衙内同上〕〔跪科〕〔范仲淹云〕一行人聽老夫下斷。李圭你行公正輔助朝廷。有決斷不懼權臣。陞你爲尚書之職。理文卷撫恤安民。劉彦芳無辜囚禁。爲人命被害傷親。無點李吏役考滿。祥符縣主簿安身。劉榮祖本鄉養老。賞賜與十兩白銀。葛懷愍擅離汛地。棄牌印私度關津。縱容子致傷人命。削兵權免死充軍。龐衙内扭直爲曲。罷官職貶爲庶人。正犯人行兇葛彪。欺百姓敗壞人倫。市曹中當刑處斬。依律條曉諭分明。有罪的分明決斷。受賞的望金鑾拜謝皇恩。

題名　八府相聚集樞密院

正名　十探子大鬧延安府

魯智深喜賞黄花峪雜劇

第一折

〔冲末扮宋江同吴學究引小僂儸上云〕自小爲司吏。結識英雄輩。姓宋本名江。綽名順天呼保義。某姓宋名江。字公明。曾爲鄆州鄆城縣把筆司吏。因帶酒殺了閻婆惜。官軍捉拿甚緊。自首到官。脊杖了八十。迭配江州牢城營。因打梁山過。遇着哥哥晁蓋。打開了枷鎖。救某上梁山。就讓某第二把交椅坐。哥哥三打祝家莊身亡。衆兄弟拜某爲頭領。我聚三十六大伙。七十二小伙。威鎮於梁山。俺這梁山。寨名水滸。泊號梁山。縱横河闊一千條。四下方圓八百里。東連大海。西接咸陽。南通鉅野金鄉。北靠青濟兖鄆。有七十二道深河港屯。數百隻戰艘艨艟。三十六座宴臺。聚百萬軍糧馬草。聲傳宇宙。五千鐵騎敢争先。名播華夷。三十六員英雄將。俺這梁山。一年喜的是兩箇節令。清明三月三。重陽九月九。時遇重陽節令。放衆兄弟每下山。去賞紅葉黄花。三日之後。都要來全。若有違禁某的將令的。必當斬首。小僂儸。你去傳了我的將令。學究哥。俺無事。後山中飲酒去也。宋公明武藝堪誇。吴學究又無争差。衆頭領都離寨柵。下去賞紅葉黄花。〔下〕〔扮店小二上云〕曲律杆頭懸草稕。緑楊影裏撥琵琶。高陽公子休空過。不比尋常賣酒家。小人是這草橋店賣酒的便是。今日清晨早間。挑起草稕兒。燒的旋鍋熱。看有甚麽人來。〔劉慶甫同旦上云〕黄卷青燈一腐儒。九經三史腹中居。學而第一須當記。養子休教不讀書。小生姓劉。名慶甫。濟州人氏。嫡親的兩口兒家屬。渾家李幼奴。小生學成滿腹文章。未曾進取功名。争奈許了泰安神州燒香三年。今年是第三年也。燒香已回。到這草橋店上。大嫂。俺去那酒務兒裏喫幾杯酒。慢慢的行。兀那賣酒的。有酒末。〔店小二云〕官人請家裏來。這箇閣子乾净。〔慶甫云〕打二百文長錢酒來。〔店小二云〕有有有。我篩的這熱。官人兀的酒。我再看些甚麽好菜蔬來。〔慶甫云〕賣酒的。休放閑雜人過來。俺慢慢的飲幾杯。〔店小二云〕官人。您則管飲酒。無甚閑雜人來。〔净扮蔡衙内引張千上云〕花花太歲爲第一。浪子喪門世無對。堦下小民聞吾怕。則我是勢力併行蔡衙内。自家蔡衙内的便是。表字蔡疙疸。我是那權豪勢要的人。嫌官小做不的。馬瘦騎不的。打死人不償命。長在兵馬司裏坐牢。我打死人如在房上揭一片瓦相似。不到半年。把瓦都揭净了。一聲下雨。我可在露天地裏住。時遇重陽九月九。張千架着小鷂子。郊外踏青賞翫去。可早來到也。兀的不是箇小酒務兒。賣酒的。你有乾净閣子兒。〔店小二云〕有有有。這閣子乾净。大人請坐。〔蔡净云〕篩酒來我吃。〔店小二云〕不是熱酒來了。大人請自在飲酒。〔蔡净云〕我且吃一鍾。〔慶甫云〕大嫂。我央及你唱一箇小曲兒。〔旦云〕我不會唱。〔慶甫云〕你好歹唱一箇曲兒。我吃不的悶酒。〔旦做遞酒科云〕慶甫。你飲這一杯酒。我唱箇曲兒你聽。〔唱〕

【南駐雲飛】盞落歸臺。不覺的兩朵桃花上臉來。深謝君相待。多謝君相愛。嗏。擎尊奉多才。量如滄海。滿飲一杯。暫把愁懷解。正是樂意忘憂須放懷。

〔慶甫云〕好好好。我吃一鍾。大嫂。你也吃一鍾。〔蔡净云〕兀那賣酒的。隔壁是甚麽人唱。〔店小二云〕官人。俺這裏無唱的。〔蔡净云〕弟子孩兒。他那裏吃酒唱哩。〔店小二云〕哦。是箇秀才。引着他渾家。在此飲酒唱哩。〔蔡净云〕你道無唱的。你問那秀才。借他渾家來。與我遞三杯酒。叫我三聲義男兒。我便上馬。啞不啞剌步就走。〔店小二云〕着誰去。〔蔡净云〕着你去。〔打科〕〔店小二云〕我去便了。〔慶甫云〕賣酒的。你來有甚麽話説。〔店小二云〕不干小人事。那蔡衙内聽的你唱。問秀才借嫂子。與他遞三鍾酒。叫三聲義男兒。便上馬啞不也。〔慶甫打店小二科云〕他姑娘肯叫我三聲義男兒末。〔店小二云〕不干我事也。〔蔡净云〕他肯借末。〔店小二云〕不肯。我吃他打了幾下。他説你的姑娘。肯叫他三聲義男兒末。〔蔡净云〕我有姑娘。肯受他的氣。〔做見科云〕你借與我遞三鍾酒。叫我三聲義男兒。又不壞了你的。〔慶甫云〕他人妻。良人婦。没這等道理。〔蔡净云〕你不認的我。我是蔡疙疸。你怎敢駡我。將繩子來。吊起他來。〔旦云〕似此怎了。大人饒過他者。〔蔡净做打科云〕姐姐休管他。你放心。我直打死他。〔慶甫云〕天也。着誰人救我也。〔正末扮楊雄上云〕某宋江手下第十七箇頭領病關索楊雄是也。俺這梁山。一年有兩箇節令。是清明三月三。重陽九月九。宋江哥放俺三日假限。是好秋景也呵。〔唱〕

【仙吕點絳脣】九月重陽。暮秋霜降。閑雲往。滿目山光。對景堪遊賞。

【混江龍】猛然觀望。見賓鴻擺列兩三行。枯荷減翠。衰柳添黄。我則紅葉滿目滴溜溜枝上舞。可這黄菊可都噴鼻香。端的是堪寫在圍屏上。看了這秋天景致。怎不教宋玉悲傷。

〔云〕那裏這般響。我猜着了也。〔唱〕

【油葫蘆】是這澗水潺潺波浪響。我這裏便聽了半晌。元來是這水聲山色趁秋光。則聽啾啾唧唧聒耳山禽唱。諕的那呆呆鄧鄧的麞鹿赤留出律的撞。見人呵急張張屈屈的走。更那堪驚驚顫顫的慌。我這裏手分開蘆葦吸溜疎刺的攩。〔云〕驚起一件好物也。〔唱〕驚起那沙暖宿鴛鴦。

〔云〕報報喏。金鞭指路。聖手遮攔。〔唱〕

【天下樂】見一座摧塌了山神古廟堂。我這裏思也波量。端的着誰上香。你看那拖拖沓沓喬供養。〔云〕貪看山神廟。悞了我行路也。〔唱〕我這裏登峻嶺。驀淺崗。見一道放牛羊小徑荒。〔云〕遠遠的一箇小酒務兒。好是悽慘人也呵〔唱〕

【醉中天】我見一箇小店兒凄凉像。野犬吠汪汪。破蘆蓆搭在舊水床。將一張無尾的題頭放。醉仙幾尊畫在石灰壁上。草稕兒滴溜溜斜挑在墻頭上。

〔云〕行說着話。可早來到也。〔做入店見科云〕小二哥。有乾凈閣子末。〔店小二云〕官人請坐。

〔正末云〕打二百文長錢酒來。我不這般乾吃你的。來來。我與你些碎金銀做本錢。〔店小二做揣入懷裏科云〕不要也罷。〔正末云〕這厮口道不要。可揣在懷裏。將酒來。〔店小二與酒科〕〔正末吃酒科云〕小二哥。時遇九月九節令。家家正好歡喜飲酒。那裏這般啼哭。〔店小二云〕官人。那厢兩口兒吃酒。這厢箇官人。要那秀才的渾家。替他遞三杯酒。因他不肯。將那秀才吊着打。因此上那秀才啼哭。〔正末云〕你不好勸他一勸。〔店小二云〕我勸他來。連我打的不着忙。他是箇權豪勢要的人。我不敢勸他。〔正末云〕我將這酒寄在這裏。等我勸他去。〔店小二云〕哥。你休去。〔正末做採店小二跌科云〕不干你事。我勸去。〔做採蔡净科〕〔蔡净瞅店小二科〕〔正末做解劉慶甫科〕〔做扳蔡净三科了云〕喏。客官。〔蔡净云〕走到土地廟裏來了。怎生喏喏。〔正末云〕官人。我是箇過路的。這箇人是你的伴當。那侵你使數的。你爲何吊着他打。拐帶了你多少銀兩。你若説的是呵。我與你行究。〔蔡净云〕一箇好聰明人也。我説起這厮的罪過來。大似狗蚤。這厮和他渾家唱着吃酒。我着賣酒的與他説去。着他渾家替我遞三杯酒。叫我三聲義男兒。我便上馬回去。這厮説着我姑娘與他遞三杯酒。叫他三聲義男兒。纔着他渾家來。我若有姑娘呵。肯着他渾家遞酒。你説可是我的是。可是他的是。〔正末做指蔡净科云〕恁的呵。是你的不是。〔蔡净做怒科〕誰道我的不是來。這厮無禮。怎生敢道我的不是。〔正末唱〕

【醉扶歸】你這厮無道理荒淫相。你怎生迤逗人家女紅妝。他別人行路夫妻在旅店上。你是箇大膽的行兇黨。〔云〕兀那厮。我和你有箇比喻。〔蔡净云〕喻將何比。〔正末唱〕假若是你的媳婦者波我走將來挨挨搶。〔云〕你若不見呵。萬事都休。你若見了呵。〔唱〕你恨不的一跳三千丈。

〔蔡净做跌科云〕哎喲。哎喲。正跌着我這哈嘲兒骨頭。我敢打你也。〔正末云〕你這廝打來。〔蔡净做打正末科〕〔正末做打净倒科〕〔唱〕

【金盞兒】我從來性兒剛。我可也不索商量。那裏去則我這拳着處撲的塵埃中躺。打這廝鼻凹眼臏抹着處傷。我見他磣可可脣齒綻。血模糊打塌鼻梁。怎禁我搜搜的拳去打。〔蔡净云〕不中。我與了你走走走。〔下〕〔正末云〕這廝走了也。〔唱〕急走裏摸摸的脚尖仰。

〔做解劉慶甫科〕〔慶甫云〕恰纔多虧了哥。救了小生性命。〔正末云〕兀那秀才。你那裏人氏。姓甚名誰。你慢慢的説一遍者。〔慶甫云〕小生濟州人氏。姓劉。雙名慶甫。渾家李幼奴。因泰安神州燒香已回。來到這草橋店上飲酒。撞見這箇權豪勢要的蔡衙内。强要我渾家把盞兒。我不肯。他吊起小生來。若不是哥來呵。那得我性命來。敢問哥姓甚名誰。〔正末云〕我不是歹人。〔慶甫云〕誰敢説哥是歹人。〔三科了〕〔正末云〕則我是宋江手下第十七箇頭領病關索楊雄的便是。哥。俺不是歹人。〔慶甫云〕你是賊的阿公哩。小生則怕到前面又撞見他。怎了。〔正末云〕兀那秀才。你到前面。無事便罷。若有事呵。你上梁山來告俺哥。我與你做主。〔慶甫云〕謝了哥哥。小生到梁山上告誰。〔正末唱〕

【尾聲】你告俺哥哥宋公明。〔慶甫云〕他是哥哥的誰。〔正末唱〕他是我親兄長。〔慶甫云〕哥哥姓甚名誰。〔正末唱〕則我是病關索一身姓楊。〔慶甫云〕你生牢記者。〔正末唱〕着我心中自暗想。〔慶甫云〕若不是哥哥呵。那的那性命來。〔正末唱〕俺端的志氣昂昂。〔慶甫云〕多謝了哥哥。〔正末唱〕我從來本高强。不是我説短論長。他若欺負你來梁山告俺宋江。〔慶甫云〕則怕又撞見他。怎了也。〔正末唱〕那厮更十分不良。將平人屈漾。〔慶甫云〕則怕宋江哥哥不肯與我作主末。〔正末云〕投到你去呵。〔唱〕我與你待先説話衷腸。〔慶甫云〕大嫂。俺休往大路上去。喒往小路上去。則怕撞見蔡衙内。怎了。〔旦云〕你也説的是。則怕撞見那賊漢。强奪的我去了。不能與你相見。我這裏有箇棗木梳兒。與你做信物。久以後見了這梳兒。便和見我一般。〔慶甫云〕我收了這梳兒。久以後見了這梳兒。便是信物。俺休離了。大嫂。俺走走走。〔下〕〔店小二云〕走將這幾箇人來。酒也賣不成。整嚷了這一日。收了鋪兒。往鐘鼓司學行金斗去來。〔下〕〔劉慶甫同旦做慌上云〕走走走。〔蔡做冲上攔住科〕好也。那裏去。打的我好也。我將他渾家駝在馬上。我拐他去十八層水南寨裏去也。走走走。〔下〕〔慶甫云〕天也。誰想正撞着蔡衙内。將我渾家奪在馬上去了。我別處告。近不的他。直往梁山上告宋江哥哥。走一遭去。大嫂。則被你疼殺我也。〔下〕

第二折

〔宋江同吴學究引小僂儸上云〕緑樹重重映碧天。遠溪一派水流寒。觀看此景真堪羡。獨占人間第一山。某乃宋江是也。三日前放衆兄弟每下山去賞紅葉黄花去了。今日是第三日也。小僂儸。聚將鼓響。衆頭領來時。報復我知道。〔小僂儸云〕得令。〔關勝同李俊燕青花榮雷横盧俊義武松王矮虎呼延灼張順徐寧上云〕梁山泊出名顯姓。殺官軍無人敢近。三十六結拜爲兄。祖輩傳大刀關勝。某大刀關勝是也。俺衆頭領下山。賞紅葉黄花。今日是第三日。俺上山見哥哥去來。可早來到也。小僂儸報復去。道俺衆頭領來了也。〔小僂儸云〕喏。報的得知。有衆頭領來了也。〔宋江云〕都着過來。〔小僂儸云〕着過去。〔衆做見科〕〔關勝云〕宋江哥喏。學究哥喏。俺衆頭領都來了也。〔宋江云〕您都來了。小僂儸門首覷着。看有甚麼人來。〔劉慶甫上云〕小生劉慶甫是也。被蔡衙内將我渾家奪將去了。上梁山告宋江太保去。可早來到也。休放冷箭。〔小僂儸云〕你是那裏來的。〔慶甫云〕小生是箇秀才。敬來告狀。〔小僂儸云〕喏。山下有箇秀才來告狀。〔宋江云〕着他過來。〔小僂儸云〕下了吊橋。兀那秀才。着你過去。〔見科〕〔宋江云〕秀才。你那裏人氏。姓甚名誰。你有甚麼負屈的事。你説一遍。〔慶甫云〕太保。小生濟州人氏。姓劉。雙名慶甫。渾家李幼奴。因往泰安神州燒香以回。來到草橋店飲酒。遇着箇權豪勢要的蔡衙内。將我渾家强奪的十八層水南寨去了。小生一徑的上山來告太保。説兀的做甚。柔軟莫過溪澗水。不平地上也高聲。懷揣萬古千秋鏡。照察啣冤負屈人。〔宋江云〕兀那秀才。你且一壁有者。學究哥。此事也不可點差。着小僂儸問三聲。誰敢去十八層水南寨打探事情去。〔小僂儸云〕兀那三十六人。那箇好男子漢。敢去十八層水南寨打探事情去。〔三科了〕〔正末上云〕有有有。我敢去。〔唱〕

【南呂一枝花】俺哥哥傳將令三四番。可怎生無一箇承頭的。來一箇燕青將面劈。那一箇楊志頭低。那裏也大膽姜維。問着呵一箇箇緘口無人言對。你可便怕相持對壘。

〔云〕似恁的呵。〔唱〕你可便枉住在梁山。兀的不辱没殺俺哥哥保義。

【梁州】聽的道揲水寨多兇少吉。呀。來來來不是這李山兒囊裏盛錐。〔云〕可早來到也。小僂儸報伏去。道有山兒李來了也。〔小僂儸云〕理會的。報報喏。有山兒李逵來了也。〔宋江云〕學究哥。山兒李逵來了也。此人性如烈火。直似弓絃。等他來時。左使機關。看他説甚末。小僂儸着他過來。〔小僂儸云〕着你過去。〔正末做見宋江科云〕宋江哥。學究哥。喏。衆兄弟每喏。〔宋江云〕兄弟也喒弟兄每都不義了也。〔正末云〕哥。怎生不義了也。〔宋江云〕我喚着你。怎生來遲。〔正末唱〕喒雖然不結義在桃園内。〔云〕俺哥哥做學幾箇古人。〔宋江云〕你做學那幾箇人。〔正末唱〕俺倣學那關張和劉備。〔宋江云〕你可似誰。〔正末唱〕您兄弟一似箇張飛。〔宋江云〕有衣呵呢。〔正末唱〕有衣呵同穿着。〔宋江云〕有飯呵呢。〔正末唱〕有飯呵同喫。〔宋江云〕有馬呵呢。〔正末唱〕有馬呵不剌剌大家同騎。〔宋江云〕兄弟也。我使喚你。可肯去末。〔正末唱〕哥哥你使喚着我怎敢不依隨。〔宋江云〕你可敢往那裏去。〔正末唱〕者末去那西天西大象口敲牙。者末待入南山寨子路。我與你活拔下虎尾。〔宋江云〕更有呢。〔正末唱〕可者末待遇敵軍獨自箇相持。〔宋江云〕兄弟。則要你道的應的者。〔正末唱〕我道得應得。〔宋江云〕你會甚麼武藝。〔正末唱〕十八般武藝咱都會。〔宋江云〕少賣弄精細。〔正末唱〕不是我賣弄精細。〔宋江云〕再有甚麼本事。〔正末唱〕舞劍輪鎗并騗馬。則消的我步走如飛。〔宋江云〕兄弟也。山下有一箇人。好生英雄。你可敢近他末。〔正末云〕哥也。他比這兩箇古人若何。〔宋江云〕可是那兩箇古人。〔正末唱〕

【哭皇天】莫不是再生下張車騎。〔宋江云〕張車騎是張飛。這箇人又利害似他。〔正末唱〕莫不是重生下胡敬德。〔宋江云〕尉遲敬德也不如他。〔正末云〕哥也。張飛比他如何。〔宋江云〕張飛不如他。〔正末云〕敬德比他如何。〔宋江云〕也不如他。〔正末云〕哥。您兄弟比他如何。〔宋江云〕你也不如他。〔正末唱〕阿。惱的我磕叉叉斧砍人。〔宋江云〕俺這裏敲牛宰馬。做箇慶喜的筵席。〔正末唱〕你則待穩拍做筵席。〔宋江云〕山兒。你怎生强嘴也那。〔正末唱〕不是李山兒便强嘴。〔云〕哥也。您兄弟有功勞來也。〔宋江云〕你有甚麼功勞。〔正末唱〕小可如我鄆州東平府帶着枷披着鎖。我跳三層家那死囚牢。比那時節更省我些氣力。〔宋江云〕你三日不殺人呵呢。〔正末云〕我三日不殺人呵。〔唱〕我渾身上下拘繫。〔宋江云〕三日不放火呢。〔正末云〕我三日不放火呵。〔唱〕倚着那石墻下呵盹睡。〔宋江云〕我哄他者。山兒。我着你殺人。〔正末唱〕

【烏夜啼】算也。聽的道殺人放火偏精細。〔宋江云〕怎生殺人放火。你說一遍者。〔正末唱〕顯出我些英勇神威。輕輕的展放猿猱臂。若是那無知。恰便似小鬼兒見鍾馗。若惱犯放火殺人賊。那去。我可便各支支撧的腰截碎。〔宋江云〕説你强。誇他會。〔正末唱〕説我强。誇他會。男兒志氣。顯盡我雄威。

〔宋江云〕小僂儸喚將那秀才來。與他相見者。〔劉慶甫上〕〔做見正末科云〕哥哥。他是人也是鬼也。〔宋江云〕兀那秀才。你不要怕。他是十三太保山兒李逵。你將那上項事。對山兒説。他便與你做主。〔慶甫云〕哥。我濟州人氏。姓劉。雙名慶甫。渾家李幼奴。來到草橋店上飲酒。被箇權豪勢要的蔡衙内。將我渾家奪的十八層水南寨裏去了。哥哥。與小生做主者。〔正末云〕兀那秀才。你有甚麼信物。〔慶甫云〕有這張棗木梳兒是信物。我那渾家若見了呵。他便認的也。〔正末云〕你放心。我知道也。〔慶甫云〕謝了太保。〔宋江云〕山兒。我問你。這一件事。你若到於山下。你怎生打那厮拿那厮。你説一遍。我試聽者。〔正末云〕哥也。您兄弟怎生拿他。怎生打他。我敷演一遍。哥哥試聽者。〔宋江云〕你試説。我試聽者。〔正末唱〕

【牧羊關】則我這拳着處滴溜撲着那厮身占土。〔宋江云〕那厮挣起來呵呢。〔正末唱〕急起來着那厮嘴揾地。〔宋江云〕那厮若走了呵呢。〔正末云〕那厮欲待走。走那去。〔唱〕我這裏破步撩衣。指東畫西。説南也道北。此一隻脚將那厮□□跳。兩隻手撧將那厮腿脡提。我腕頭齊着力。那去。我可便撧無徒在這兩下裏。

〔宋江云〕兄弟。你去不的。〔正末云〕哥。您兄弟怎生去不的。〔宋江云〕看你那茜紅巾紅納襖乾紅搭膊服綳護膝八答鞋。你便似那烟薰的子路。墨洒的金剛。休道是白日裏。夜晚間撲着你。也不是恰好的人。你可怎生打扮了去。〔正末云〕哥也。休道是白日裏。晚夕揣模着你兄弟也不是箇恰好的人。我更改了這衣服。打扮箇貨郎兒去。〔宋江云〕可那裏得這衣服鼓兒來。〔正末云〕有有。山寨在那官道傍邊。躲在一壁等着。那做買賣的貨郎兒過來。兀那貨郎兒。借與我鼓兒使一使。説箇借時呵。萬事罷論。若説箇不借。一隻手揪住那廝衣領。一隻手掐住脚腕。滴溜撲摔箇一字交。闊脚蹦住那廝胸脯。舉我這夾剛板斧來。覷着那廝嘴縫鼻凹裏磕叉。我恰待要砍。哥也。休道是鼓兒。他連擔兒也與了您兄弟。〔宋江云〕兄弟也。你好問他要。你下山去。則要你忍事饒人。〔正末云〕哥也。假似別人罵您兄弟呵呢。〔宋江云〕忍了。〔正末云〕打您兄弟呵呢。〔宋江云〕忍了。〔正末云〕哥也。他則管裏打呵呢。〔宋江云〕那箇則管裏打。你少還他些兒。〔正末云〕哥也。我還他這些兒。〔宋江云〕忒少。〔正末云〕我還他這些兒。〔宋江云〕也少。〔正末云〕哥也。我還到這裏。怕做甚麽。〔宋江云〕呵。打殺人也。則要你輕着些。兄弟也。你到的水南寨。見了那婦人。怎生説話。你試説一遍我聽者。〔正末云〕哥也。不嫌絮繁。聽我説一遍者。〔唱〕

【絮蝦蟆】我打扮做箇貨郎兒。擔着些零碎去尋那箇黜質。他來買我些東西。〔宋江云〕可是甚麽物件那。〔正末唱〕也有挑線領戲。也有釵環頭篦。他若問我是誰。我索將他支對。那廝將我罵毁。我不鄧鄧火起。我見揪住頭梢。挽住衣袂。滴溜撲摔下那廝堦基。拳搥心窩裏。使靴尖踢。打這廝無道理。無見識。羊披着虎皮。打這廝狐假虎威。

〔宋江云〕兄弟。你休避驅馳。則今日便索長行也。〔正末云〕哥哥。你放心也。〔唱〕

【尾聲】我與你沿村轉疃親尋覓。四大神州捉逆賊。我若還撞着你。揪住頭梢。揝住領戲。我將那廝滴溜撲摔下那廝堦基。我將那廝死羊兒般。到拖將來俺這箇山寨裏。

〔下〕

〔宋江云〕山兒去了也。我便差魯智深接應將去。學究哥。無甚事。後山中飲酒去來。衆小校聽咱分付。今日箇該您題捕。伏路處俏語底言。不許您結笑喧呼。人人要擐甲披袍。箇箇要開弓蹬弩。若違了某的將令。斬首級決無輕恕。〔衆下〕

第三折

〔净扮蔡衙内同旦上云〕自從拐的這婦女人。來到這水南寨裏。誰來的到這裏。今日我吃酒去也。渾家。你則在家裏。你可休出門去。我便來也。我把這地下篩下灰。不許你行動。拿篩過來。着上些灰。我篩下灰者。〔做篩科〕〔做看科云〕嗨。不曾出門。可早蹦下脚印。〔外做打科云〕得也麽。就來。〔蔡净云〕呸。是我蹦的。〔又做篩科云〕你便走動。我便知道。灰也篩了。我與你一箇馬子。投到我來家。要這一馬子濕濕。你可不要把米湯茶攙在裏頭。我着箇乾净盞兒舀出來嚐。我若嚐出來。把你那兩條腿還打做兩條腿。〔下〕〔旦云〕悶似三江水。涓涓不斷流。有如秋夜雨。一點一聲愁。自家李幼奴的便是。自從被這賊漢。將我拐到這水南寨裏來。不知我那丈夫劉慶甫。在於何處。音信皆無。我心中好是煩惱。那賊漢出去了也。我在這閑坐。看有甚麼人來。〔正末上云〕自家黑旋風是也。奉着俺宋江哥哥將令。去水南寨裏打探事情。尋劉慶甫渾家喚做李幼奴。須索走一遭去。〔唱〕

【正宮端正好】遶村坊。尋門户。一徑的打探箇實虚。恰便似竹林寺有影無尋處。我問那蔡衙内在何方住。

【滾繡毬】希壤忽濃泥又滑。失流踈刺水渲的渠。赤留出律驚起些野鴨鷗鷺。我這裏急煎煎整頓了衣服。急周各支蕩散了鎗竿簍。急彪各邦踏折了劍菖蒲。見一道小路兒荒疎。

【倘秀才】我則見水圍着人家一簇。中間裏疊成一道旱路。則聽則聽的狗兒咬各邦搗碓處。我這裏擔着零碎。踐程途。我與你覓去。

〔云〕買來買來。賣的是調搽宮粉麝香胭脂柏油燈草。破鐵也換。〔旦上云〕慚愧也。今日可怎生有箇貨郎兒在於門首。我開開門。我試看。〔旦做見正末科云〕是箇貨郎兒。哥哥萬福。〔正末云〕不敢不敢也。〔唱〕

【倘秀才】我這裏見姐姐忙道好處。〔云〕好人家。好家法。惡人家。惡舉動。他也不慌不忙。〔唱〕他那裏掩着袂。貨郎兒萬福。他那裏荒喚箇萬福。我這裏問姐姐商量你可也買甚麼物。〔旦云〕你賣的是那幾件兒物件。你數與我聽。〔正末唱〕我這裏一一說。從頭初。聽貨郎兒細數。

〔旦云〕你試數。我試聽者。〔正末唱〕

【滚繡毬】銅釵兒是鸚鵡。〔旦云〕再有甚麽。〔正末唱〕鑞鐶兒是金鍍。〔旦云〕可再有呢。〔正末唱〕縷帶兒是串香新做。〔旦云〕再有甚麽希奇的物件。〔正末唱〕有這箇錦裙襴法墨玢梳。更有這繡領戲絨線鋪。翠絨花是金縷。符牌兒剪成人物。這箇錦鶴袖砌的雙魚。更有那良工打就的純剛剪。〔旦云〕可再有甚麽物件。〔正末唱〕有。有。更有那巧匠做成棗木梳。除此外别無。

〔旦云〕將來我試看者。〔做接梳哭科云〕便好道見鞍思駿馬。覩物想情人。這梳兒是我與劉慶甫的。可怎生到這貨郎手裏來。我試問他者。哥哥。恰才從那裏來。你路上可撞見甚麽人來。這梳兒是甚麽人與你來。哥哥。你試說者。〔正末云〕我見來。我見來。我在那官道傍繞坡子。一壁見一箇秀才。搥胸跌脚。啼天哭地。他問道兀那貨郎兒。你往那裏做買賣去。我便道去水南寨做買賣去。他便道你替我寄箇信。我便道你寫。他寫不得。與了這箇木梳兒。權當一箇信物。教我尋他那渾家。我那裏尋的是。〔旦云〕哥哥。那人氏姓甚名誰。他渾家可姓甚麽。動勞哥哥說一遍者。〔正末唱〕

【倘秀才】那秀才濟州人氏。姓劉名甚麽慶甫。〔旦云〕他媳婦是誰。〔正末唱〕他媳婦姓李。〔旦云〕哥哥。是李甚麽。〔正末云〕我把來忘了。我試想者。〔唱〕小名喚做甚麽幼奴。〔旦云〕他正是我的丈夫。〔正末云〕你好愛便宜。趕着貨郎叫丈夫。〔旦云〕那秀才是我的丈夫。〔正末唱〕兀那秀才原來是你的丈夫。〔旦云〕阿。好煩惱人也呵。〔正末唱〕你可道莫煩惱莫啼哭。我與你做主。

〔旦云〕是真箇好慚愧也。謝了哥哥。〔正末云〕姐姐。那賊漢那裏去了。〔旦云〕那賊漢不知那裏吃酒去了。〔正末云〕姐姐。你收拾下。那賊漢這早晚敢待來也。〔蔡衙内冲上云〕弟兄每少罪也。五瓶酒酸了三瓶。瀽了兩瓶。吃了些酒脚兒。醉了也。〔做見正末云〕這廝是甚麽人。在俺家門口。村弟子孩兒。精驢禽獸。〔正末唱〕

【叨叨令】他走將來無高低駡到我三十句。〔蔡净云〕我打這廝。〔做打正末科〕〔正末唱〕哎約哎約他颼颼颯颯的這棍棒如風雨。〔蔡净云〕這箇是甚麽撇折了。〔正末唱〕急周各支撇折我些紅匙筋。〔蔡净云〕這鼓子要他怎麽。蹦破了。〔正末唱〕壞了買賣也他則一脚踢破我蛇皮鼓。〔云〕俺哥哥説來。着我忍事饒人。〔唱〕哎。我其實可便忍不的也波哥。忍不的也波哥。不鄧鄧按不住心頭怒。

〔云〕兀那廝。你敢打末。〔蔡净云〕我敢打你這廝。〔正末做打净科〕〔唱〕

【鮑老兒】打這廝好模樣歹做處。你是箇强奪人家女嬌娥。一隻手便把領窩捽。粗指頭掐雙目。是箇越嶺拔山嘯風虎。豈怕你箇趁霜兔。打這厮將無做有。説長道短。膽大心粗。

〔浄云〕打的我好辣也。我近不的他。走走走。〔下〕〔正末云〕這厮走了也。姐姐。你隨我去來。〔唱〕

【尾聲】我今日尋着你箇李幼奴。分付與你劉慶甫。你兩口兒歡喜重圓聚。我直要拿住無徒報了您那苦。〔同旦下〕

第四折

〔浄扮小和尚上云〕老老禪僧不下堦。蛾眉八字似刀裁。有人問我年多少。兩箇耳朵一箇歪。貧僧是這雲岩寺裏一箇小和尚。這寺是蔡衙内家佛堂。我今日打掃的僧房乾浄。看有甚麼人來。〔蔡浄走上云〕白日不做虧心事。半夜敲門不吃驚。自家蔡衙内的便是。我這兩日有些眼跳。着這梁山泊夥人攪的我不自在。十八層水南寨裏住不的了。我如今往雲岩寺裏躲避他去。這寺是俺家佛堂。誰敢來打攪。説話中間。可早來到也。小和尚那裏。兀那小和尚。有乾浄僧房末。你打掃一間。我要住哩。〔和尚云〕大人有。則這頭一間僧房乾浄也。不必打掃。大人就在這裏面安下。〔蔡浄云〕兀那小和尚。打掃我的僧房乾浄。我如今吃酒去也。我就來也。我若回來。你與我買下些好酒兒好羊頭。退的乾浄。煮的爛着。鴨蛋買下些。我來便要吃酒。若無呵。我去你秃頭上直打五十箇粟爆。我去了便來也。〔下〕〔和尚云〕理會的。老子也。好性兒分付不許多。早是我認下些賣肉的主顧。徒弟連忙打掃。鋪下床。安上帳子。擺上桌櫈。安排下酒肉。没奈何。俺正是在他矮簷下。怎敢不低頭。煮肥羊肉。我也要咽他些骨頭哩。衙内去了也。看有甚麽人來。〔正末扮魯智深上云〕衆兄弟每。得罪得罪。改日還席。〔唱〕

【黄鍾醉花陰】酒不醒貧僧怕見走。雲岩寺權爲宿頭。且時住。暫停留。混踐您些兒改日爲友。常言道措大謁儒流。自古道客僧投寺宿。

〔云〕天色昏晚了也。尋一箇宵宿去處。來到這雲岩寺門首。我試喚門者。小和尚開門來。〔和尚做應科云〕來也來也。我開開這門。〔做見科〕〔正末云〕問訊。天色已晚。特來借一箇宵宿。〔和尚云〕師父。則有頭一間房乾净。可有蔡大人在裏宵宿。吃酒去了。你快休惹他。他利害。他便來也。則怕不中。〔正末云〕不妨事。我不連累你。自歇息去。〔和尚云〕嗨。可怎了。你仔細着。快休惹他。天色晚了。我跳墻去來。〔下〕〔蔡净醉科上云〕好酒也。好酒也。雲岩寺裏歇息去。和尚每睡了也。這的是我的僧房。推開門。裏面黑洞洞的。燈也無有。〔做摸着正末頭科云〕這和尚無禮也。我分付着。把羊頭退的乾净。上面是毛尾。〔正末做打蔡净科〕〔蔡净又摸科〕〔正末又打科〕〔三科了〕〔蔡净云〕這手脚應了。我點起燈來。我看一看。〔做點燈看科云〕阿狗頭上紅。面上黑帶着紅。一箇黑紅和尚。蔡衙内哎。〔正末做争科云〕是我的僧房。〔蔡净做叉正末科云〕這箇和尚。釘子定住了。你敢争我的僧房。〔正末云〕且休説你的僧房。就是你的僧房。喒兩箇賭斷打。打的過便要僧房。〔蔡净云〕我這一對拳剪鞭哩。你着我單火輪。〔正末云〕你打多少好漢。〔蔡净云〕我打五十條好漢。〔做輪臂膊科云〕右火輪也打五十條好漢。看雙火輪。〔做雙火輪科〕〔正末云〕則不如單火輪倒好。打將來。〔蔡净做打正末科〕〔正末唱〕

【喜遷鶯】這一箇無徒禽獸。〔蔡净云〕扯了衣服。〔正末唱〕將偏衫袖亂扯胡揪。〔蔡净云〕我搊搜也不是善的。〔正末唱〕賣弄你搊搜。氣冲牛斗。煩惱似長江不斷流。打這廝出盡醜。〔蔡净云〕老子也。怎末撞見他。〔正末唱〕不索你憔憔𢥞𢥞。不索你悶悶愁愁。

〔蔡净云〕我是玲瓏剔透的人。倒怕你。〔正末唱〕

【出隊子】賣弄你玲瓏剔透。美也。撞見愛廝打的都領袖。〔云〕我打三顆頭。〔蔡净云〕我還你六條臂那三顆頭。〔正末唱〕打你箇軟的欺硬的怕钁鎗頭。你是箇無道理無仁義酒魔頭。打你箇强奪人家良人婦。你是箇喫劍頭。

〔蔡净云〕這廝利害。一對拳剪鞭相似。我可怎末了。〔正末唱〕

【刮地風】你性命當風秉蠟燭。俺似水上浮漚。病羊兒落在屠家手。喒兩箇怎肯平休。這廝更胡尋歹鬬。故來承頭。〔蔡净云〕打殺我也。寺裏和尚。都來救我。〔正末唱〕怕有那寺院中埋伏着。您都來答救。我着這莽拳頭。向這廝嘴縫上丢。潑水難收。則一拳打你箇翻筋斗。來叫爹爹的呵休。

〔蔡净云〕我着這莽拳頭。往這厮嘴上丟。潑水難收。則一拳打你箇翻筋斗。來叫爹爹有甚麽羞。哎約。這秃弟子孩兒。打殺我也。我拐了他渾家。誰和你説來。〔正末唱〕

【四門子】黑旋風與我先説透。你是箇强奪人家女艷羞。不索你憂。不索你愁。潑賤貨性命不過九。〔蔡净云〕干你甚麽事。〔正末唱〕不索憂。不索愁。打這厮將没作有。

【古水仙子】那那女艷羞。你拆散了他鸞交和鳳友。待飛來難飛待走來怎走。身軀似不纜舟。炎騰騰水上澆油。一隻手便把衣領揪。一隻手揝住衣和袖。滴溜撲摔翻一箇肉春牛。

〔衆頭領上做拿住蔡净科〕〔正末云〕拿住了蔡衙内也。拿着見宋江哥哥去來。〔唱〕

【尾聲】叵柰無徒歹禽獸。摘心肝扭下這驢頭。與俺那梁山泊宋公明爲案酒。

〔宋江冲上云〕拿住蔡衙内也。與我拿出去。殺壞了者。您一行人聽我下斷。則爲你蔡衙内倚勢挾權。李幼奴守志心堅。强奪了良人婦女。壞風俗不怕青天。雖落草替天行道。明罪犯斬首街前。黑旋風拔刀相助。劉慶甫夫婦團圓。

題目　李山兒打探水南寨

正名　魯智深喜賞黄花峪

龍濟山野猿聽經雜劇

第一折

〔冲末扮長老引小僧上詩云〕佛祖流傳一盞燈。至今無滅亦無增。燈燈朗耀傳千古。法法皆如貫古今。貧僧乃龍濟山修公禪師是也。貧僧自幼出家。一心向善。常只是參訪師祖。問道修因。三乘便覽。五教皆通。了明道性。悟徹禪心。貧僧遊訪天下名山。至此龍濟山中。見此座山根盤百里。作鎮萬方。秀麗清奇。望之如畫。端的是奇山覽秀。緑水托藍。真乃是洞天之處。福地之鄉。貧僧就于此處結廬。棲處在此。常是參明心地。念佛看經。一絶凡塵。數十餘年。却正是孤山守静心澄徹。悟徹菩提般若音。貧僧自臨于此。只領僧徒數人。春來自種耕耘。秋至親收些穀黍。供給二時齋飯。每與俗輩不通交接。貧僧喜來栽竹棲丹鳳。悶後移松養卧龍。貧僧恰纔參罷禪。至此庵前。且自閑行遊玩咱。〔正末扮樵夫上云〕小人是這山下一箇打柴的樵夫。姓余名舜夫。小人雖是個樵夫。幼習儒業。争柰家業凋零。功名未遂。常只是在此山中採樵爲生。想俺這讀書的。空有經綸濟世之才藝。産的在此窮暴之中。好是傷感人也呵。〔唱〕

【仙呂點絳唇】空學得五典皆通。九經皆誦。成何用。剗的將儒業參攻。受了十載寒窗冷。

【混江龍】我將周易講誦。毛詩禮記貫胸中。春秋討論。史記研通。不能勾治國安邦朝帝闕。常只是披霜帶月似簷中。我可便胸藏牛斗。志隱霓紅。文章錦綉。氣壓雷風。怎能勾身居臺省。智輔皇宗。治平國政。廣播儒風。幾時鯨鰲一躍禹門中。鵾鵬萬里青霄奮。這便是文章有用。顯耀亨通。

〔云〕小生想窮通貴賤。皆是命也。〔唱〕

【油葫蘆】想着那顏子簞瓢陋巷中。孟子便窮通是儒道宗。養浩然只恁般氣冲冲。想着那車書一統山河共。却怎生衣冠不許儒人共。聰明的久困在閑。愚蠢的爵禄封。自俺那寒窗風雪十年凍。不知俺受貧的却也甚日榮。

【天下樂】每日家淡飯黃虀腹内充。常好是匆也波匆。怎受這般窮。嘆今生這恁般運未通。守清貧書舍間。伴殘燈曉夜攻。幾時得遂功名一笑中。

〔云〕小生擔着這擔柴。玩罷經書。却去山中打柴薪歸家去。近新來採薪的較廣。將這四山外的柴。却也都打盡了也。止有龍濟山有些樹木。小生今日去那山中採些柴薪。說話之間。却早來到也。是一座好山也。你看怪石嵯峨。奇泉崛嵂。花開掩暎。樹影婆娑。是好景致也。〔唱〕

【醉扶歸】只見那山頂依仙洞。澗底隱蛟龍。勝似巫山十二重。五彩般祥雲湧。堪可與仙家受用。既不是者波却怎嶺外飛着雙鳳。

〔云〕我進的山來呵。原來有一座道庵。庵門首一個師父。好貌相。青旋旋的元頂。光燦燦的數珠。比城市中僧人甚是不同。向前拜見那師父。有何不可。師父問訊咱。〔禪師云〕兀那君子。因甚至此。俺這山林瀟洒。古寺荒凉。惟仙人可往。豈俗士能通。我貧僧居山數載。未嘗得遇也。〔正末云〕小生塵凡俗士。陋巷儒生。名未成而潛閭里。功未遂而隱荒村。負薪爲業。採木爲生。悞入仙山。偶臨法座。幸遇師顔。實乃小生萬幸也。〔禪師云〕貧僧閑居山野。隱一身之清幽。閑向荒林。遠半世之人我。道微德淺。豈足稱哉。行者看茶來。〔行者云〕理會得。〔禪師云〕君子既臨于此。同玩這山中景致咱。〔正末云〕你看真山真水。是好景致也呵。〔唱〕

【村裏迓鼓】我子見碧霄碧霄雲控。綠岩綠岩畔風動。有他那蒼松古柏。見一派寒泉出迸。你看那桃花噴火。楊柳拖烟。依稀庵洞。更有那鸛鳥鳴。芝蘭秀。桂柏榮。呀。粧點的清幽寺擁。

【元和令】大雄殿瑞靄濃。禪堂外曉烟重。我只見那和風麗日春正濃。花柳鮮百樣同。山茶吐錦曲闌中。散一陣煖香風。

【上馬嬌】堦邊又花影重。林前又桃蕊紅。山共水四圍中。我只見奇峰峻嶺高低聳。道苑又重叢。春色花暗融。

【後庭花】我只見直雲霓仰大空。更和這接蒼虛叨利宮。縹緲烟籠柳。飄摇風撼着松。

我只見遍西東。悠然如夢。怎如俺步青霄三島峰。玩名山千萬重。

【柳葉兒】感謝尊師相陪奉。拜禪林禮義謙恭。我凡夫得遇蓬萊洞。我這裏意匆匆。拜別了重下雲峰。

〔禪師云〕君子。却不道相逢一席話。勝讀十年書。本當留你在此閒遊幾日。争柰荒疎的去處。却也不堪你的儒生居住。却也弗罪也。〔正末云〕小生生涯纏繞。世路牽纏。豈敢久留于此。小生就拜辭了師父。我便下山去也。〔禪師云〕君子弗罪也。〔正末唱〕

【尾聲】我自索下山峰。離仙洞。再入徑遶遶紅塵道中。我將這勝跡觀絶意氣融。過奇山異水疊重。索强似五雲峰。更勝似岱岳巔峰。回首白雲千道冲。不必比俺閻浮世界中。堪可與天宫相縱。却正是梵王親建一座紫霄宫。〔下〕

〔禪師云〕行者。那個君子去了也。〔行者云〕去了也。〔禪師云〕此人雖是個樵夫。真乃儒人君子。看他言談之間。到有些意趣。貧僧與他却正是漁樵閑話一會。此人若肯進取呵。必有峥嶸的氣象也。貧僧無甚事。我回後山中吃齋去也。〔下〕

第二折

〔行者上詩云〕添香洗鉢在林泉。要悟如來般若經。若把靈臺渾無染。自然覺悟已分明。貧僧乃是龍濟山普光寺裏的行者。可是自幼出家至此。參隨着修公禪師。爲其行者。常只是修因作悟。念佛看經。俺這師父是個了達的祖師。在此山内修行了數十餘年也。俺師父每日朝則是誦經禮佛。夜則打坐參禪。我貧僧先把這法堂打掃干净。我去香積厨中。安排下齋飯。等候師父吃用也。

〔下〕〔正末扮猿猴兒上唱〕

【南吕一枝花】赤力力輕攀地府欹。束剌剌緊撥天關落。推斜華岳頂。扯倒玉峰腰。怒時節海浪洪濤。閑時把江湖攪。向山林行了一遭。顯神通變化多般。施勇躍心靈性巧。

【梁州第七】我恰纔向寒泉間乘凉洗濯。早來到九皋峰戲耍咆哮。我將這蒼松樹上身輕跳。我却便拈枝弄葉。摘幹搬條。垂懸着手脚。倒掛着身腰。一番身千丈低高。片時間萬里途遥。我我我也曾在瑶池内偷飲了瓊漿。我我我也曾在蓬萊山偷摘了瑞草。我我我也曾在天宫内闘了蟠桃。神通不小。只爲我腸中有不老長生藥。呼風雨逞威要。我在林下山前走幾遭。常好是樂意逍遥。

〔云〕小聖乃是龍濟山中一個道妙靈仙是也。我在此山中千百餘年。常只聞經聽法。推悟玄宗。今日觀見僧堂中。却也無人。向前聽咱。呵。真個僧房門閉着。我試進去咱。〔唱〕

【四塊玉】一隻手將門扇來摇。兩隻脚把門桯來跳。我將他香棹輕推椅輥摇。壁簷前攜手窗檽𢭃。我將這香爐手内提。把火燈頭頂着。把鉢盂𡾟踢倒。

〔云〕我在這僧房裏面。好是散心咱。〔唱〕

【隔尾】我這裏將箒塵不住在堦址掃。忙將這鐃鈸手内敲。只聽得樹葉響嘶零零我只怕有人到。好着我左瞧。右瞧。原來是風擺動簷頭殿鈴索。

〔云〕上的禪床。我坐一坐咱。〔禪師上云〕貧僧方才在後山中禪堂入定。猛聽得佛殿内不知是何人在此遊玩。我試向佛殿門前。看是甚的。呵呵呵。原來是個玄猿。在此作戲。我且不覷破他。只在此看他怎生作戲。〔正末云〕我下的禪床來呵。那壁供桌上放着物件。我自看去。〔禪師云〕他元來在此這般作戲也。我是再看咱。〔正末唱〕

【牧羊關】我將這經文從頭念。袈裟身上穿。把旛旛傘蓋拿着。飲了些膽瓶中净水馨香。嗅了些瓦鼎内沉檀縹緲。我這裏上側畔蒲團倒。近經案吹笙簫。我這裏轉身跳躍覷覷了。

〔云〕此一會料想無人來至。窺如來經典。穿佛祖袈裟。非小可。故經云。着衣聽法。獲福無量。必生忉利天宫。〔禪師云〕此猿雖有善緣。未居人類。難以超昇。此猿恐怕他扯碎了經文。毁傷了佛像。我着他見個景頭。必然大悟也。疾。山神安在。〔外扮山神上詩云〕中和正直列英才。玉笥親臨聖敕差。休道空中無神道。霹靂雷聲那裏來。小聖本處山神是也。祖師有喚。不知有何法旨。〔禪師云〕山神聽吾法旨。你看禪堂内玄猿窺我經典。着我袈裟。汝可驚嚇他一回。此猿以後必成正果。慎勿傷害。貧僧且回山中去也。〔下〕〔山神云〕兀那業畜。休得無禮。怎敢來俺法堂作戲。佛殿嬉遊也。〔正末云〕却怎生是了也。〔唱〕

【罵玉郎】他將這殿門來攔住高聲叫。我這裏心驚顫心驚顫腿鞋搖。〔山神按劍科云〕你怎生敢擅來此處也。〔正末唱〕我見他龍泉劍扯沙魚鞘。〔山神云〕既來此處。安得逃生也。〔正末唱〕他可便忿怒增。殺氣高。威風耀。

〔山神云〕這的是佛祖之處。法寶金經。你怎敢來戲弄。吾神拿住你。必無輕恕也。〔正末唱〕

【感皇恩】呀。諕得我無處歸着。難走難逃。〔山神云〕早出來受死也。〔正末云〕怎生是好也。〔唱〕我去那法床邊遮。經厨畔躲。紙窗間瞧。〔山神云〕你早出來受死也。〔正末唱〕他却又連聲叫吼。好教我意急心焦。便有那騰雲的手策。番身術。怎爲作。

〔山神云〕叵耐業畜無禮。百般的不出這佛殿來。我親自捉拿。〔做捉科〕〔正末唱〕

【採茶歌】告尊神且擔饒。嚇得我五魂消。再不敢僧房佛殿逞逍遥。將我這性命登時間殺壞了。怎能勾瑶池獻果到青霄。

〔山神云〕本當殺壞了你。上天尚有好生之德。且饒過你罪。再不許你在此作戲也。〔正末云〕感謝尊神。〔唱〕

【尾聲】再不敢身登山嶺逍遥樂。來向禪堂閑戲躍。我自去洞裏深藏理玄妙。把靈光

悟曉。將經文聽了。修一個般若心便是正果了。〔下〕

〔山神云〕此獮猿去了也。他雖是個猿精。却有如來覺性。久以後必然成真悟道也。吾神回禪師話。走一遭去也。俺師父廣有神通。爲玄猿山内縱横。差吾神親身顯化。那其間必悟玄宗。〔下〕

第三折

〔禪師領行者上詩云〕佛法惟心不可量。無邊妙意廣含藏。有朝得悟真如相。便是靈山大法王。貧僧修公禪師是也。自從昨日。不想那道妙玄猿。來俺這龍濟山作戲。我恐此猿初悟三寶。貧僧已差山神趕散去了。昨日伽藍來報。道今日此猿復脱真形。來此聽講。我在法堂中等候。若來時。貧僧自有個主意。這早晚敢待來也。行者。你門首覷着。若有人來。報復我知道。〔行者云〕理會的。〔正末扮秀士上云〕小生姓袁名遜。字舜夫。本貫峽中人也。小生幼遂功名。官居輦下。因唐朝明宗胡人。暮年昏惑。小生遠其利害。全其生命。江湖散蕩。山野遊遨。小生想俺爲官的經了多少崎嶮也呵。〔唱〕

【中呂粉蝶兒】見了些塵世榮華。羨功名一場風化。看他每閙垓垓闘逞奢華。每日家插宫花。斟御酒。常只是胸襟寬大。名利交加。到如今都做了漁樵閒話。

【醉春風】經了些翻滾滾惡塵途。受了些急穰穰世事雜。想着那人生否泰在須臾。敢不是假。假。假。利鎖名韁。居官受禄。到如今都一筆勾罷。

〔云〕小生來到這座山中。看了這座山。比與他山甚是不同也呵。〔唱〕

【紅繡鞋】一縷遊雲直下。半泓秋水交加。有他那蒼松叢内鳥音雜。一壁厢烟籠樹。一壁厢霧侵霞。恰便似小蓬萊移在這榻。

〔云〕小生進的這山中。來到這寺門。見一個行者。門首立着。兀那行者。你道峽中一秀士。聞知太師發心弘濟。特來座下聽講。〔行者報科云〕門首有一個秀士。特來聽講。〔禪師云〕呵呵呵。是此人來了也。貧僧自有個主意。道有請。〔行者云〕理會得。先生。俺師父有請。〔相見科正末云〕不才袁遜。乃陋巷愚夫。山林鄙士。忝列儒流。幼登科甲。不以功名爲念。退隱于林泉。遨遊于湖海。久聞吾師道性圓融。法心弘濟。小生千里而來吾師座下聽講。〔禪師云〕貧僧道疎學寡。豈知玄宗之旨。莫曉元頓之乘。敢勞先生千里而來也。〔正末云〕小生袁遜。峽山中人也。族大以蕃。不樂仕進。獨遜有志功名。明宗胡人。暮年昏惑。賢士良才。莫得而進。留滯數年。竟無所就。有知己者薦爲端州巡官。念瘴鄉惡土。實不願行。彼又勸之曰。子蹇困如此。尚暇擇地哉。不得已。攜家抵任。未踰年。妻妾子女喪盡。憔悴一身。遂不復仕。往來江湖間。惟尋山望水。謝擾擾於名場。問道參禪。談空空於釋部。側聞尊宿建大法旛。不憚遠來。求依净社。攢眉蹙額。固非嗜酒之淵明。舉手敲推。頗類苦吟之賈島。如蒙不棄。夫復何求。小生有詞一首。于太師行呈醜咱。不識以爲何如。〔遞詞科〕〔禪師看云〕好寫染也呵。〔念詞科〕竊以生一拳夢幻之身。蓋由惡業。熟三峽烟霞之路。亦自善緣。凡居覆載之間。悉在輪迴之内。恭惟龍濟山主修公禪師。性融朗月。目泯空花。衍術數則允過于圖澄。逞神通則端逾于杯渡。菩提本無樹。機鋒肯讓于同袍。明鏡亦非臺。泡影等觀于浮世。十方瞻仰。四衆皈依。若如遜者。天地毫毛。山林踪跡。悲來抱樹。誰憐悽惻其傷弓。窮則投林。疇暇從容于擇木。無家可返。有佛堪依。痛玆妻子之淪亡。坐此功名之汩没。逢人舞劍。業非通臂之才。過寺題詩。忽動歸山之興。乾旋坤轉。無端變化幾湮沉。春去秋來。管得繁花有枯槁。伊欲出類而拔萃。除非舍妄以歸真。指示迷途。使入涅槃之路。引歸覺岸。遄登般若之舟。惟願慈悲。和南攝受。〔念畢云〕先生有如此高才絶學。兼通内典。如何棄捨功名。〔正末云〕聽小生説一遍。〔唱〕

【石榴花】太師一一問根芽。小生也曾得志貫京華。不圖富貴顯撑達。只恐怕違條犯法。因此上隱迹歸家。樂雲山散誕無牽掛。抵多少年八十弛步烟霞。雖居陋巷心無掛。便是那一世拙生涯。

〔禪師云〕先生。却不道富貴功名。人人皆羡。以先生理先王之道。傳儒教之風。學之以禮。習之以道。十載青燈苦志。一朝榮顯家門。爲儒官者。可以出金門入紫闥。享琴堂之禄位。受聖主之洪恩。據先生之學。胸藏錦綉。腹隱珠璣。端的是有賈馬之才能。蘇張之謀略。如何在急流中退步也。〔正末云〕太師不知。諺語有之。用舍之道。行藏之中。不可不慮也。〔唱〕

【鬭鵪鶉】想咱人塵世榮華。却便似朝霜暮霞。空學星斗文章。逃不出蕭何律法。今古興亡可鑒察。小生也不戀那。我無意爲官。無福受高車駟馬。

〔禪師云〕先生。豈不聞爲官者。打一輪皂蓋。列兩行朱衣。親戚稱羡。鄉黨賓服。比那出家。較是不同也。〔正末云〕太師。你那裏知道小生的心事也呵。〔唱〕

【滿庭芳】我寧可衣冠不加。我樂的是山林清趣。我再不告蝶陣蜂衙。將心猿意馬都拴罷。棄却了玉鎖金枷。怕的是紅塵混雜。愁的是業海交加。隱遁在桑田下。向白雲那榻。小生樂道出河沙。

〔禪師云〕先生的意。貧僧盡知了也。先生。争柰你若頂巾束髮。在我教謂之沐猴而冠。若使削髮披緇。在公教謂之儒名墨行。若斯二者。何以處之。〔正末唱〕

【上小樓】太師道衣冠不佳。你教我皈依削髮。却不道心本元明。色相皆空無點差。只待要念經文。參話頭。塵緣棄下。便是那禮禪師永無牽掛。

〔禪師云〕先生既是如此。却也可也。既臨此庵。且向山中遊玩一回咱。〔正末云〕是一座好山也呵。〔唱〕

【要孩兒】恰便似青螺放頂雲霄中插。高接凌空彩霞。你看俺奇山秀水兩交加。繞僧堂禪室堪佳。果然是依爲佛祖菩提處。堪作禪僧寂静家。端的是真圖畫。小生心胸豁暢。肺腑清嘉。

〔禪師云〕既是堅心在此修行。行者。就與我打掃的僧房乾净。與先生居止也。〔行者云〕理會的。

〔禪師云〕且去僧房安歇。到來日聽講。〔正末云〕謝了師父。〔唱〕

【尾聲】誰想我火宅中一跳身。洪濤中出海涯。我寧個寺中拜禮如來塔。我只待悟三教真如大藏法。〔下〕

〔禪師云〕此人非是峽山中袁遜。他乃是野猿所化。他先化做一個樵夫。托名侯玄。來訪貧僧。貧僧未曾說破他。前日此猿又來經堂作戲。貧僧與他一個景頭。今日化臨此處。我觀此猿善根將熟。我來日升堂以罷。此人必悟宗風。證果朝元而去。行者便說與衆僧。道我來日在佛殿内升堂說法。就請袁秀才前至法座聽講。〔行者云〕理會的。〔禪師云〕貧僧無甚事。且回法堂。打坐參禪去也。〔下〕

楔子

〔正末上云〕小生袁遜。自從棄捨了功名。尋訪于此山中。與修公禪師座下。聽講此經文佛法。倒大來耳根清凈。小生恰纔齋食已罷。在此僧房中閑玩此經文咱。〔行者上云〕小僧行者便是。奉師父法旨。着我請袁秀才來日法堂中聽講。可早來到僧房門首。我自過去。袁先生問訊。〔正末云〕行者此一來。有何事幹。〔行者云〕奉師父法旨。着我來請先生明日聽講。〔正末云〕我已知道了。小生至此山中。又遇聖會法筵。也則是小生有福也呵。〔唱〕

【仙吕賞花時】到來日親赴禪堂來聽講。參悟如來般若鄉。小生剪畫燭炷明香。禮拜

尊師法王。我却便求接引入天堂。〔下〕

第四折

〔外扮守座净扮小僧雜扮衆僧丑扮行者同正末上外云〕三寶巍巍道可尊。四生六道盡依憑。出言善解人天福。見性能傳佛祖燈。貧僧乃龍濟山大慈寺內守座是也。貧僧幼歲出家。捨俗爲僧。堅修三際。精通五教。悟無生之大法。究微妙之心宗。貧僧常只是朝陽補衲。對月聞經。久居此寺。修習多年。貧僧爲修公禪師座下第一個徒弟。衆僧秀士。却來聽講。昨日有我師父分付道。今日乃升堂説法。貧僧領着衆僧。安排下香燈花果。禪床净几。等師父出來升座。大衆動着法樂者。〔禪師上升座云〕如來法座此間安。般若惟心一語傳。今日山僧重進步。三途踏破死生關。〔執拄杖云〕策杖攢擔震地來。昇平四海顯胸懷。遂把邪魔推出去。咸令大衆正宗開。梵刹住尾合西東。妙理親傳般若通。惟露親機無準的。那時一任出其踪。〔拈香云〕此香不從千聖得。豈向萬機求。虛空觀不盡。大地莫能收。動之則豎穹橫遍。静之則今古無儔。透十方之法界。動四大之神州爇香爐中。祝皇王之萬歲。願太子之千秋。〔垂鈎云〕今日移舟到海津。絲竿常在手中伸。烟霞側畔潛身坐。獲得成功一巨鱗。大衆若有那門居士。禪苑高僧。參學未明。法有疑礙。今日少伸問答。有麽。〔小僧云〕有有有。敢問我師。如何是春。〔禪師云〕門前楊柳如烟緑。檻外桃花向日紅。〔小僧云〕如何是夏。〔禪師云〕流水帶花穿港陌。夕陽將樹入簾櫳。〔小僧云〕如何是秋。〔禪師云〕秋色入林紅黯淡。水光穿竹碧玲瓏。〔小僧云〕如何是冬。〔禪師云〕雲里高山頭白早。海中仙果子生遲。〔小僧云〕多謝我師。今日且歸林下。來日問禪。〔禪師云〕大衆還有精進的佛子。俊秀禪和。未悟宗機。再來問答。有也是無。〔衆僧云〕有有有。敢問我師。如何是西來意。〔禪師云〕九年空冷坐。千古意分明。〔衆僧云〕如何是法身。〔禪師云〕野塘秋水漫。花塢夕陽遲。〔衆僧云〕如何是祖意。〔禪師云〕三世諸法不能全。六代祖師提不起。〔衆僧云〕多謝我師。且歸林下。來日問禪。〔禪師云〕大衆中有知音的居士。達道的善人。悟真機未能解。敢出來問答。有也是無。〔守坐云〕有有有。敢啓我師。貧僧特來問禪。〔禪師云〕問將來。〔守坐云〕如何是曹洞宗。〔禪師云〕不萌草解藏香象。無底籃能捉活龍。〔守坐云〕如何是臨濟宗。〔禪師云〕機如閃電。活似轟雷。〔守坐云〕如何是雲門宗。〔禪師云〕三句可辨。一鏃遼空。〔守坐云〕如何是法眼宗。〔禪師云〕言中有響。句裏藏鋒。〔守坐云〕如何是□□仰宗。〔禪師云〕明暗交加。語默不露。〔守坐云〕如何是不二法門。〔禪師云〕無法可説。〔守坐云〕多謝我師。且歸林下。來日問禪。〔禪師垂鈎云〕一柄綸竿在手頭。碧溪安在甚攸攸。清風明月襟懷闊。鈎得金鱗出水遊。衆中還有四方善友。明達檀那。未開宗旨。請來問答。却是有也無。〔正末云〕有有有。小生袁遜。忝于我師座下。特來問禪。〔禪師云〕問將來。〔正末云〕敢問我師。如何是妙法。〔禪師云〕合着口。〔正末云〕如何是如來法。〔禪師云〕四十九年三百餘會。〔正末云〕如何是祖師法。〔禪師云〕九年不語。聲振五天。〔正末云〕如何是道中人。〔禪師云〕萬緣都不染。一念自澄清。〔正末云〕如何是正法。

〔禪師云〕萬法千門總是空。莫思嘲月更吟風。這遭打出番觔斗。跳入毗盧覺海中。泉石烟霞水木中。皮毛雖異性靈通。勞師爲説無生偈。悟到無生總是空。〔正末云〕多謝禪師。偈言點化。小生實非人類。乃此山中得道老猿。未經聖僧羅漢點化。不得超升。初則變化儒樵。蒙師教誨。已識禪真半面。次則真形入師禪堂。授我經典。衣我袈裟。蒙師待以不死。今日座下。又蒙真詮數語。點化獸心。其實的参透得净也。〔唱〕

【雙調新水令】今日一心参透祖師禪。我將這大圓明片時間發見。靈臺無污染。丹府絶塵纏。本性天然。真如相悟當面。

〔禪師云〕今日法筵大衆善會。人天共同相聽。切以禪分五派。教演三乘。始因一花之燦爛。中分五葉以流芳。世尊法演于西天。達摩心傳于東土。人人悟偈。個個皈依。咸生頓悟之心宗。共入華嚴之法藏。〔下座云〕先生也。貧僧不知。果有如此大根大器悟圓頓之機。〔正末云〕若非師父開悟迷途。小生今日豈能了達。〔唱〕

【駐馬聽】師父你道德淵深。親傳妙理會人天。禪機應變。果然是十方賢聖仰師顔。這的法佛是僧保俚真詮。惟心奥意當時展。不可言。真乃是西天佛祖親身現。

〔云〕師父。恁徒弟問求一個話頭。〔禪師云〕無色無相萬法空。體自如來般若同。若把諸緣都放下。俱在毗盧頂上峰。〔正末云〕徒弟省了也。我是個萬種嘍囉林大郎。千般伎倆木巢南。從今踏破三生路。有甚禪機更要參。〔唱〕

【沉醉東風】妙理俄然便顯。心如五業清清。將他這色相來靈光現。似一潭秋水澄淵。體自如如不用言。便是如來教典。

〔云〕無去亦無來。心花五葉開。塵緣都放下。位正寶蓮臺。〔做坐化科行者云〕師父。看袁秀才坐化歸空去了也。〔禪師云〕哎。誰想此人言下大悟真機。歸空去了。貧僧就與他親身下火。〔偈云〕棄了色身入法身。朗明心地絶纖塵。吾今爲汝親傳偈。速至吾生般若門。踏盡天涯並海角。回頭却是舊家村。貧僧恰纔散罷禪。不想袁生坐化。貧僧下火已入。荼毗已了。貧僧無甚事。後堂食齋飯去也。〔下〕〔聖僧羅漢上〕釋迦拈花悟本心。加舍惟笑遇知音。燈燈相照傳千古。朗朗光明直到今。貧僧乃西天阿羅漢是也。今日盧陵郡龍濟山中。一個千載玄猿。常與修公禪師聽經聞法。了然大悟。就于野塘秋水漫。花塢夕陽遲寺中坐化。正果歸空。貧僧在此等候他。這早晚敢待來也。〔正末上云〕小生千載玄猿。托名袁遜。自于寺中修公祖師座下問罷禪。一言大悟。坐化身亡。你看金童引接。玉女相隨。果是好境界也。

【沽美酒】我則見降霞飄五彩鱗。慶雲生半空見。有他那寶樹奇花滿殿前。更有這蓮池碧蓮。真個罕曾見。

〔云〕這是那裏也。〔金童云〕此處非凡地。天宫境界中。〔正末云〕是好景致也呵。〔唱〕

【太平令】恰便是九重闕蓬萊宫殿。五雲鄉紫氣攸然。動仙音清霄普遍。列幢幡飄摇皆現。也是俺。有緣。遇善緣。賀飛騰入率陀天院。

〔聖僧云〕袁舜夫你來了也。〔正末云〕你徒弟來了也。稽首。〔聖僧云〕只因你舍妄求真。修因累行。今日返本歸真。位至西方九品蓮池地步。〔正末云〕誰想今日呵。〔唱〕

【折桂令】師父道登西方九品蓮池。都只爲悟徹無生。今日個平步上青天。再不去那山内聞經。林頭抱影。澗底吟泉。我今日脱皮囊凡胎盡傳。上靈山佛國攸然。也是苦志心堅。穩駕清風。飛上青天。

〔聖僧云〕袁生。此間已是西方極樂世界。只因你一心向善。問道修真。致有今日。你看祥雲靄靄。紫氣騰騰。慈悲接引。善信偕行。果然是步步踏金蓮也。袁生。你聽者。只因你一念真心。悟如來般若玄音。脱皮毛聞經聽法。改形容參訪師林。了然徹無生道妙。須明透萬法洪深。除却了輪迴六道。免去了苦海潛津。赴西方蓮開見佛。臨極樂親到雷音。今日個成真證果。禮如來法座皆欽。〔正末云〕也是我有緣也呵。〔唱〕

【殿前歡】今日個得升天。悟真如性海道心虔。祥雲影裏真佛現。拜禮慈顔。顯祥光萬道傳。絢瑞彩千條現。散天花雲端中見。果然是人間少有。世界難全。〔下〕

題目　大惠堂修公設講

正名　龍濟山野猿聽經

二郎神醉射鎖魔鏡雜劇

第一折

〔冲末扮二郎引衆上開云〕喜來折草量天地。怒後擔山趕太陽。我是那五十四州都土地。三千里外總城隍。吾神姓趙名昱。字從道。幼年曾爲嘉州太守。嘉州有冷源二河。河内有一健蛟。興風作浪。損害人民。嘉州父老。報知吾神。我親身仗劍入水。斬其健蛟。左手提健蛟首級。右手仗劍出水。見七人拜降在地。此乃是眉山七聖。吾神自斬了健蛟。收了眉山七聖。騎白馬白日飛昇。灌江人民。就與吾神立廟。奉天符牒玉帝敕。加吾神爲灌江口二郎之位清源妙道真君。玉帝敕令。着吾神鎮守西川。因打這玉結連環寨過。有那吒三太子鎮守此處。吾神就探望兄弟。走一遭去。然後回西川也未遲哩。吾神統領本部下神兵。直至玉結連環寨。相訪那吒三太子。走一遭去。〔下〕〔正末扮那吒引衆上云〕小聖乃那吒神是也。爲因小聖降十大魔君。八角師陀鬼。鐵頭藍天鬼。獨角逆鱗龍。無邊大刀鬼。更有四魔女。天魔女。地魔女。運魔女。色魔女。爲降衆多妖魔。加小聖八百八十一萬天兵降妖大元帥。手下有副元帥野馬貫支茄。首將是藥師大聖。統領天兵。鎮玉結連環寨。非小聖之能也。〔唱〕

【仙吕點絳唇】皆是天將英雄。地神簇捧。施英猛。憑着我變化神通。都降了十大魔

君洞。

【混江龍】則爲這玉皇選用。封我做都天大帥總元戎。我將這九天魔女。覷的似三歲孩童。則我這斷怪降妖施計策。除魔滅祟建奇功。擺列着長鎗闊劍。各執着短箭輕弓。週遭有黃旛豹尾。乘騎着玉轡銀驄。前後列朱雀玄武。左右列白虎青龍。遵差命黃巾力士。聽當直黑煞天蓬。分勝敗山澤水火。辨輸贏天地雷風。映曉日愁雲靄靄。遮青霄慘霧濛濛。獸帶飄征旗颭颭。魚鱗砌鎧甲重重。鳳翅盔斜兜護頂。獅蠻帶緊扣當胸。繡毬落似千條火滚。火輪舉如萬道霞紅。人人慷慨。箇箇英雄。我搖一搖疏喇喇外道鬼神驚。撼一撼赤力力地户天關動。騰雲駕霧。唤雨呼風。

〔二郎引手將上云〕吾神乃二郎神是也。來到這玉結連環寨。報道有清源妙道真君特來相訪。〔報科〕〔末云〕道有請。〔見科〕〔末云〕哥哥間别亡恙。〔二郎云〕吾神特來相訪賢弟。〔末云〕哥哥爲何至此。〔二郎云〕吾神因朝玉帝已回。往此玉結連環寨經過。特來相訪賢弟。〔末云〕多謝哥哥探望。將酒過來。〔把盞科〕〔末唱〕

【油葫蘆】則這渺渺雲山千萬重。阻隔喒兩弟兄。不期今日喜相逢。喒兩箇十年來纔把這罇席共。便休題一盃未盡笙歌送。喒説的這話正投。吃的這酒正濃。既然契厚爲昆仲。喒今日休放酒盃空。

〔二郎云〕吾神帶酒也。賢弟請波。〔末唱〕

【天下樂】我這裏便親手高擎碧玉鍾。走斝飛觥。喒兩箇興正濃。〔二郎醉科云〕吾神帶酒了也。〔末唱〕我見他前合後偃酒力擁。〔二郎云〕兄弟。路途遥遠。急難前行。〔末唱〕俺這裏人如虎。更那堪馬似龍。〔二郎云〕兄弟。吾神要回西川去哩。〔末唱〕覷西川則是一陣風。

〔云〕你諸神將隨意歌舞一回。勸俺哥哥一盃。〔衆作歌舞勸酒科〕〔二郎云〕酒彀了也。〔末云〕您四魔女何不做天魔隊舞。也來勸俺哥哥一鍾。〔魔女作歌舞勸酒科〕〔二郎云〕久聞兄弟弓馬熟閑。今在此玉結連環寨。曾演習武藝來麽。〔末云〕您兄弟在此寨中。常常演習武藝。〔二郎云〕將的弓箭來。推出紅心朵子去。我看兄弟射幾箭者。〔末云〕鬼力將過弓箭來者。〔鬼力云〕理會的。兀的不是弓箭在此。〔末做拏弓箭科〕〔唱〕

【醉扶歸】我這裏忙把彪軀來聳。拽滿寶雕弓。遠覷着兀良則是一望中。我這裏款款放輕輕送。〔做射箭科云〕着箭。〔鬼力云〕正中紅心。〔三箭中科〕〔末唱〕不是我誇强賣弄。一箭箭把紅心來中。

〔二郎云〕兄弟也。不枉了武藝高强。將弓箭來。我也射三箭。争柰吾神帶酒也。〔拿弓科〕〔末唱〕

【金盞兒】我見他手拈着弓。箭離了桶。端詳了弓箭無偏縱。弓開箭去渺無踪。〔二郎云〕着箭。〔鬼力云〕正中紅心。〔兩射科〕〔二郎云〕西北下一點着箭。〔外響亮一聲科〕〔末唱〕**箭去呵就地上火光三萬丈。雷吼似五千聲。則聽的震天關如霹靂。徹上下半天紅。**〔二郎云〕那裏這般響亮一聲。〔末云〕哥哥。你的不是了也。那裏是天獄。有三面鏡子。一面是照妖鏡。一面是鎖魔鏡。一面是驅邪鏡。三面鏡子。鎮着數洞魔君。不知射破那一面鏡子。走了那一洞妖魔。倘或驅邪院主見罪。如之柰何。〔二郎云〕似此怎了也。是吾神的不是了也。吾神也不敢久停。便索回西川去也。〔末唱〕

【尾聲】這聲響誂的三界鬼神驚。震的萬里乾坤動。則聽的山塌天摧地崩。不似你心中無忖量。誰着你秋月般拽滿雕弓。箭去半天紅。不辨西東。慘霧陰雲罩着碧空。這一箭恰便似摔碎玉籠。飛騰彩鳳。早則麼頓開金鎖走蛟龍。〔下〕

〔二郎云〕吾神不敢久停久住。恐防玉帝得知。駕起祥雲。便回西川去也。〔下〕〔外扮牛魔净扮百眼背枷鎖慌上云〕吾神乃九首牛魔羅王是也。兄弟是金睛百眼鬼。俺二人誤犯了天條。罰俺在鎖魔鏡裏受罪。玉帝敕令。鎖魔鏡破。方才得出天獄。不知是那一位神祇。射破鎖魔寶鏡。俺二人逃命得出。則怕上聖得知。捉拏我二人。不敢久停久住。便往黑風山黑風洞裏去來。〔下〕〔扮韓元帥上云〕小聖韓元帥是也。不知那一位神祇。射破鎖魔鏡。走了兩洞妖魔。金睛百眼鬼。九首牛魔羅王。恐防玉帝得知。有驅邪院主法旨。着小聖追趕兩洞妖魔。去的遠了也。趕不上。回驅邪院主去也。〔下〕〔外扮驅邪院主上云〕太極初分天地中。驅神使將顯神通。金闕書名朝上帝。

掌判驅邪鎮北宮。貧道乃驅邪院主是也。今有那吒神與二郎飲酒。比試武藝。二郎神一箭射破鎖魔寶鏡。走了兩洞妖魔。金睛百眼鬼。九首牛魔羅王。我差韓元帥追趕去了。怎生這早晚不見回來。〔韓元帥上云〕小聖韓元帥。趕不上兩洞妖魔。回上仙話去。〔見科〕〔韓云〕小聖趕不上兩洞妖魔。回上仙法旨。〔院主云〕韓元帥。二郎神射破鎖魔寶鏡。箭上有二郎名字。則今朝一日。差天神背縛貧道的法旨。直至西川。與二郎説知。令他與那吒三太子。擒拿兩洞妖魔去。若拿住。將功折罪。拿不住呵。二罪俱發。説與天神。小心在意。速去疾來。〔下〕

第二折

〔二郎上云〕小聖二郎是也。在玉結連環寨。與那吒演習武藝。因帶酒射破鎖魔寶鏡。不知走出那一洞妖魔。恐防上帝得知。怎生是了。鬼力們看覷着。若有天神。報復我知道。〔末扮天神上云〕小聖乃天神是也。爲二郎神與那吒三太子演習武藝。一箭射破鎖魔寶鏡。走了金睛百眼鬼。九首牛魔羅王。小聖奉驅邪院主法旨。差小聖報知二郎神與那吒。擒拿兩洞妖魔去。駕起祥雲。直至西川。報知二郎。走一遭去。〔唱〕

【南吕一枝花】我親奉着東華聖帝差。謹領着北極尊神令。駕祥雲離帝闕。乘彩鳳下天庭。怎敢消停。早來到北極西川郡。則爲那玉帝行宣限的緊。二郎因當日酒飲了三巡。因此上惹起今朝禍根。

【梁州】則爲那有膽量的那吒帥首。管待那無尋思的妙道真君。他平生武藝施逞盡。賣弄他神通廣大。倚仗着筋力無倫。拽的弓開秋月。忽的箭走流星。誰想走了百眼金睛。那牛魔王死裏逃生。他如今暗點下山鬼和那山精。俺如今准備下天兵和那地兵。則要你箇二郎神千戰千羸。符到奉行。東華教玉帝敕如來命。怎敢道遲慢了半箇時辰。今日箇須當定罪名。怎敢道容情。

〔二〕〔云〕來到也。報復去。聽驅邪院主法旨。〔鬼力報云〕報的上聖得知。有天神來到也。〔二郎云〕道有請。〔見科〕〔二郎云〕早知尊神來到。只合遠接。接待不着。勿令見罪。〔末唱〕

【隔尾】小神廳上開敕令。二郎去階前仔細聽。你不合射透驅邪院鎖魔鏡。則你的罪名。罪名又不輕。你去那玉闕天庭將是非來整。

〔二〕〔云〕驅邪院主法旨。爲你射破鎖魔寶鏡。走了金睛百眼鬼。九首牛魔羅王。着你與那吒神。領本部神兵。擒拏兩洞妖魔去。若拏住將功折罪。如拿不住。罰往天獄受罪。二郎聽得了麼。〔二郎云〕尊神。你但放心。原來走了這兩洞妖魔。則今日擒拿他。走一遭去。量這孽畜。到的那裏。

〔末唱〕

【牧羊關】見如今如來怒。玉帝嗔。你罪過我待說一言難盡。爲當日酒飲了三巡。今日裏禍臨着自身。你若是施謀略驅邪祟。顯神力滅羣精。恁時如來處饒了你那愆罰。

恁時節玉皇行免你罪名。

〔二郎云〕尊神。想吾神神通廣大。變化多般。我則今日與那吒神。領本部下神兵。擒獲此業畜。走一遭去。〔末唱〕

【罵玉郎】我平生正直無私徇。你休怠慢莫消停。你索用心機打破他那迷魂陣。除免你那腹内愁。頓脱了眉上鎖。釋放了心頭病。

【感皇恩】你須索捨死忘生。建立功勳。則要你顯神通。施謀略。逞精神。〔云〕若拿不住呵。你〔唱〕告與那那吒太子。他可敢掃蕩魔君。他也敢擒妖怪。拿孽畜。領天兵。

【採茶歌】若是您箇二郎神。顯英靈。威伏天下鬼神驚。滅盡妖魔那時分。恁時神鬼得安寧。

〔二郎云〕則今日親率天兵。擒拏金睛百眼鬼。九首牛魔王。走一遭去。天神且自放心。我隨後便擒將兩洞妖魔來也。〔末唱〕

【尾聲】則要你鞭敲金鐙回軍陣。統領天兵疾便行。降妖魔。須用功。敢相持。敢戰爭。將妖魔。便誅盡。三尖刀劈那廝腦門。斬妖劍將那廝粉骨碎分身。若拿住妖魔呵那時節證了本。〔下〕

〔二郎云〕天神去了也。吾神與那吒同領本部下神兵。擒拿兩洞妖魔。走一遭去。大小神兵。聽吾神旨。三通鼓罷。拔寨起營。我也不用天兵神將。顯神通變出本相。若拿住兩洞妖魔。直獻到九重天上。〔下〕〔牛魔王上云〕巨口獠牙顯化身。呼風喚雨駕祥雲。三界神祇聞吾怕。我是那變化多般牛魔神。吾神乃九首牛魔王是也。兄弟是金睛百眼鬼。因俺二神誤犯天條。鎮在鎖魔鏡裏受罪。不想被二郎神射破鎖魔鏡。俺二人得出天獄。躲在黑風山黑風洞裏。奈那吒無禮。他與二郎統領天兵。擒拿俺二人。量他到的那裏。吾今日便點鬼兵。與那吒二郎鬬勝。走一遭去。鑼鼓響喊殺連聲。點鬼兵提備相征。顯神通變出本相。直趕到玉闕天庭。〔下〕〔百眼鬼上云〕我做妖魔一百箇眼。箇箇眼似亮燈盞。昨日害眼討眼藥。費了五十對青魚膽。吾乃金睛百眼鬼是也。哥哥去了也。點手下鬼兵。與那吒鬬勝。走一遭去。忙差鬼怪喚山精。狐兔猿鶴都點名。若把那吒拿住。一人賞一箇大燒餅。〔下〕

第三折

〔末扮那吒同二郎上云〕衆神將擺布的嚴整着。〔末唱〕

【越調鬬鵪鶉】冷颼颼殺氣飄颻。氣昂昂精神抖擻。雄赳赳斷怪除妖。威凜凜踏罡步斗。沉點點帥印懸腰。明晃晃雙鋒在手。馬似熊。人似彪。左右列合後先鋒。簇擁着元戎帥首。

【紫花兒序】鳳翅盔簪纓款按。鎖子甲戰襖高提。獅蠻帶納袴輕兜。直趕遍三千世界。

搜尋過四大神州。統領着戈矛。若撞見那兩箇妖魔吃劍頭。半合兒也不勾。殺的那斷無處安身。有地難投。

〔二郎云〕大小天兵。擺布的嚴整。〔末云〕擺開陣勢者。〔唱〕

【金蕉葉】四魔女休離了我左右。八角鬼鎗刀在手。大刀鬼鎮守着山岩洞口。獅陀鬼牢把定天關地軸。

〔二郎云〕擺開陣勢者。塵土起處。必然是兩洞妖魔來也。〔牛魔王同百眼鬼上云〕大小鬼兵。擺開陣勢。來者何人。〔末云〕吾乃那吒神是也。〔二郎云〕吾乃清源妙道真君二郎是也。你來者何人。〔牛魔王云〕吾神乃九首牛魔王。兄弟是金睛百眼鬼。敢鬬勝麽。〔二郎云〕天兵操鼓來。休教走了兩洞妖魔。〔末唱〕

【調笑令】他那裏賣口。則管裏絮無休。他道他世上寰中無對手。他道他陰符戰策曾窮究。將兵書念得滑熟。㗖兩箇横鎗躍馬且交半籌。敢則一陣裏抹了芒頭。

【秃厮兒】火輪起金蛇亂走。鞭梢動驟損驊騮。我則見絲絲戰塵遮了日頭。早尋走路便搜求。無箇緣由。

【聖藥王】他將那軍校收。弓箭丢。人慌馬亂怎收救。你爲帥首。怎的休。俺領着天兵神將緊追求。去來專拿住恁時休。

〔牛魔王云〕近不的他。走走走。〔下〕〔二郎云〕走了兩洞妖魔。大小天兵。跟我趕將去。〔同下〕

〔牛魔王百眼鬼慌上云〕背後趕將來了。如何是好。〔二郎云〕天兵下了天羅地網者。休要走了兩洞妖魔。〔末唱〕

【雪裏梅】你看我運機籌。啗兩箇遇着敵頭。殺的他進退無門。死生也那難救。將身軀來倒縮。

【古竹馬】顯志酬這場征鬬。殺妖魔千死千休。我和你敢做敵頭。不喇喇緊驟驊騮。我便款兜。慢收。揎袍捋袖。征驂馳驟。顯神通變化搊搜。到今日怎地干休。你少憂。莫愁。我率領天兵。顯耀神威。走石吹砂風亂吼。

【幺篇】顯出我六臂三頭。密匝匝列着戈矛。齊臻臻統領貔貅。這廝命休。盡頭。大小天兵齊下手。諕的他荒荒亂亂。心驚膽戰。悲悲切切。鬼哭神愁。

〔二郎云〕天神與我拿住者。〔衆神做拿住二妖科〕〔二郎云〕將過兩箇妖魔。執縛定。見上帝去來。

〔末唱〕

【尾聲】今日將牛魔王百眼鬼都拿住也方纔罷手。我得勝也引軍回。直殺的妖魔望風兒走。〔同下〕

第四折

〔驅邪院主上云〕貧道乃驅邪院主是也。因爲二郎與那吒神。在玉結連環寨飲酒射破鎖魔寶鏡。走了兩洞妖魔。金睛百眼鬼。九首牛魔羅王。今差二郎與那吒。同領本部神兵。擒拿去了。未知輸贏勝敗。使將箇報喜的神探子打探去了。這早晚敢待來也。〔末扮探子上云〕一場好鬬勝也呵。〔唱〕

【黄鍾醉花陰】兩下裏交鋒喊聲起。差小聖到天兵陣裏。看勝敗。辨真實。若説着那吒。衆神將應難比。

【喜遷鶯】駕一片黑雲疾。一徑的差咱〔見科〕〔末云〕報。報。喏。〔唱〕來報喜。〔院主云〕好探子也。兩足輕挪似捽風。一聲報探語如鐘。兩處神兵分勝敗。盡在來人啓口中。俺二郎與那吒。領大小神兵。怎生擒拏兩洞妖魔來。你喘息定。慢慢説一遍。〔末唱〕若説着那吒雄勢。你看那衆天將後面跟隨。其實。我則見盈天殺氣。一箇箇一人人能戰敵。他每便顯武藝。撲咚咚征皮鼓凱。刮喇喇撦鼓奪旗。

〔院主云〕俺這壁那吒出馬。三頭颭颭。六臂輝輝。三頭颭颭顯神通。六臂輝輝降妖怪。量那業畜。到的那裏。你再説一遍者。〔末唱〕

【出隊子】齊臻臻天兵擺列。惡哏哏尋對壘。鼕鼕鼓響似春雷。火火火雜彩旗遮了太極。則見那二郎神當先戰馬嘶。

〔院主云〕俺這壁二郎神出馬。他神通廣大。變化多般。身長萬餘丈。腰闊數千圍。面青髮赤。巨口獠牙。二郎變化顯神通。掣電轟雷縹緲中。領將驅兵活灌口。殺敗那法力低微牛魔神。探子。你慢慢再説一遍。〔末唱〕

【刮地風】則見那百眼鬼軍前高叫起。喒兩箇比試高低。那吒神怒從心上起。可早變化了神威。顯着那三頭六臂。六般兵器。一來一往。一上一下。有似高飛。我見那吒神有氣力。顯出那變化容儀。

【四門子】牛魔王怎當神雄勢。他見了也走如飛。〔院主云〕俺這壁是那吒出馬。三頭六臂顯神威。變化多般敢戰敵。他是那玉結連環都帥首。殺的那霧罩乾坤天地迷。探子。慢慢的再説一遍。〔末唱〕那吒神大叫如霹靂。顯神通敢更疾。那業畜荒。怎敢道遲。引殘兵望東走似飛。那吒神。好似狼轉好是疾。直趕到黑風洞裏。

〔院主云〕俺這壁兩員神將出馬。選幾箇呼的風喚的雨偏能厮殺。騰的雲駕的霧快顯神通。有大鬼和小鬼能輪大斧。有雷聲和霹靂亂散頑兵。殺的那金睛百眼難逃命。牛魔羅王武藝低。二郎驅使天兵將。那吒顯耀虎狼威。你慢慢的再説一遍。〔末唱〕

【古水仙子】騰騰騰火焰起。見見見火輪上烟迷四下裏。火火火降魔杵偏着。颼颼颼火星劍緊劈。他他他繡毬兒高滚起。呀呀呀牛魔王怎生支持。來來來縛妖索緊綁住。是是是回軍也齊將金鐙繫。俺俺俺得勝也盡和凱歌回。

〔院主云〕拏住兩洞妖魔也。探子也。無甚事。你自回去。〔末唱〕

【尾聲】得勝也回軍那些雄勢。那潑妖魔怎生支持。將他那衆妖魔盡拏回天陣裏。〔下〕

〔院主云〕二郎神與那吒。拏住兩洞妖魔也。殺氣騰騰萬道光。鬼怪山精遍地亡。一場大戰妖魔怕。方顯神通法力强。〔下〕

第五折

〔王季烈云。此爲趙清常校抄内本第四折。與是本第四折探報曲白情文全異。語無複沓。今録爲第五折。〕

〔驅邪院主領鬼力上〕〔院主云〕貧道乃驅邪院主是也。今有二郎神與那吒。擒拏九首牛魔王金睛百眼鬼去了。探子回報已拏住兩洞妖魔也〔王云原本無此十二字。照各本探報之例增〕。鬼力望者。若拏將來時。報復我知道。〔鬼力云〕理會的。〔正末同二郎神領衆神拏牛魔王百眼鬼上〕〔二郎神云〕小聖二郎神是也。同那吒拏住兩洞妖魔。俺見驅邪院主去來。〔正末云〕今日拏住兩洞妖魔了。咱見上聖去來。〔唱〕

【雙調新水令】則爲這逞雄威射貼顯英豪。不思那二魔神頓開鎖鑰。疎狂惹罪愆。縱意犯天條。今日箇引動兵刀。俺可便驅邪鬼統軍校。

〔二郎神云〕可早來到也。鬼力報復去。道有二郎神同那吒。擒拏住兩洞妖魔來了也。〔鬼力報科〕〔院主云〕着他過來。〔鬼力云〕着過去。〔二郎神同正末做見科〕〔二郎神云〕上聖。小聖與那吒神。拏將兩洞妖魔來了也。〔院主云〕當初二郎神怎生射破鎖魔鏡。走脱兩洞妖魔來。你試說一遍者。〔正末唱〕

【喬牌兒】對神天將罪犯招。則爲那二郎神性麄躁。他將那寶雕弓拽滿懷中抱。�的把青銅射破了。

〔院主云〕那吒神。當日二郎神。怎生正射着鎖魔寶鏡。你再說一遍。我試聽者。〔正末云〕二郎神正射着紅心射貼。忽見正北上一點光明。二郎神又放一箭。正射破了鎖魔鏡也。〔唱〕

【雁兒落】不想那二魔神將性命逃。奮惡氣生殘暴。奉天符玉帝敕。着俺這衆神將都來到。

【得勝令】呀。四下裏神將一週遭。二魔神猶自逞麄豪。則我這繡毬千團火。二郎神輕輪動三尖兩刃刀。驟戰馬相交。見殺氣遮籠罩。俺輕舒展猿猱。將他那二魔神拏住了。

〔院主云〕與我拏過那兩洞業畜來。〔鬼力做拏二妖魔科〕〔院主云〕與我拏過那兩洞妖魔。因你造業太重。鎮壓在鎖魔鏡受罪。被二郎神射破寶鏡。逃難得脱。豈知今日拏住。您聽者。您不合飲酒赴會。與二郎神比試武藝。射破了鎖魔寶鏡。潑妖魔得脱趓避損生靈造業極多。犯天條無邊大罪。將妖魔押入酆都。衆神將復還本位。

題目　三太子大鬧黑風山

正名　二郎神醉射鎖魔鏡

漢鍾離度脱藍采和雜劇

第一折

〔冲末扮鍾離上詩云〕生我之門死我户。幾個惺惺幾個悟。夜來鐵漢自尋思。長生不死由人做。貧道覆姓鍾離。名權。字雲房。道號正陽子。因赴天齋已回。觀見下方一道青氣。冲于九霄。貧道觀看多時。見洛陽梁園棚内。有一伶人。姓許名堅。樂名藍采和。此人有半仙之分。貧道直至下方梁園棚内。引度此人。走一遭去。我着他閻王簿上除生死。紫府宫中立姓名。指開海角天涯路。引得迷人大道行。〔下〕〔旦同外旦引倈兒二浄扮王李上浄云〕俺兩個一個是王把色。一個是李薄頭。俺哥哥是藍采和。俺在這梁園棚内勾欄裏做場。這個是俺嫂嫂。俺先去勾欄裏收拾去。開了這勾欄棚門。看有甚麽人來。〔鍾離上云〕貧道按落雲頭。直至下方梁園棚内勾欄裏走一遭。可早來到也。〔做見樂牀坐科浄云〕這個先生。你去那神樓上或腰棚上看去。這裏是婦人做排場的。不是你坐處。〔鍾云〕你那許堅末尼在家麽。〔浄云〕老師父。略等一等便來也。師父有甚麽話説。〔鍾云〕等他來時。我與他説話。〔浄云〕師父略坐一坐。哥哥敢待來也。〔正末上云〕小可人姓許名堅。樂名藍采和。渾家是喜千金。所生一子是小采和。媳兒藍山景。姑舅兄弟是王把色。兩姨兄弟是李薄頭。俺在這梁園棚勾欄裏做場。昨日貼出花招兒去。兩個兄弟先收拾去了。

這早晚好勾欄裏去。想俺做場的非同容易也呵。〔唱〕

【仙呂點絳脣】俺將這古本相傳。路岐體面。習行院。打諢通禪。窮薄藝知深淺。

【混江龍】試看我行針步線。俺在這梁園城一交却又早二十年。常則是與人方便。會客週全。做一段有憎愛勸賢孝新院本。覓幾文濟饑寒得温煖養家錢。俺這裏不比別州縣。學這幾分薄藝。勝似千頃良田。

〔云〕來到這勾欄裏也。兄弟有看的人麼。好時候也。上緊收拾。〔净云〕我方才開了勾欄門。有一個先生坐在樂牀上。我便道。先生。你去神樓上或是腰棚上那裏坐。這裏是婦女每做排場的坐處。他倒罵俺。〔正末云〕好歹你每冲撞着他來。我自看去。〔做見科云〕稽首。老師父。〔鍾云〕你那裏散誕去來。〔正末云〕這先生你與我貼招牌。老先生不知。街市上有幾個士夫。請我吃了一盃茶。因此上來遲。〔鍾云〕我在這勾欄裏坐了一日。你這早晚纔來。寧可樂待于賓。不可賓待于樂。我特來看你做雜劇。你做一段甚麼雜劇我看。〔正末云〕師父要做甚麼雜劇。〔鍾云〕但是你記的。數來我聽。〔正末云〕我數幾段師父聽咱。〔唱〕

【油葫蘆】甚雜劇請恩官望着心愛的選。〔鍾云〕你這句話敢忒自專麼。〔正末唱〕俺路岐每怎敢自專。這的是才人書會剗新編。〔鍾云〕既是才人編的。你說我聽。〔正末唱〕我做一段于祐之金水題紅怨。張忠澤玉女琵琶怨。〔鍾云〕你做幾段脱剥雜劇。〔正末云〕我試數幾段脱剥雜劇。〔唱〕做一段老令公刀對刀。小尉遲鞭對鞭。或是三王定政臨虎殿。〔鍾云〕不要。别做一段。〔正末唱〕都不如詩酒麗春園。

【天下樂】或是做雪擁藍關馬不前。〔鍾云〕别做一段。〔正末唱〕小人。其實本事淺。感謝看官相可憐。〔云〕王把色。你將旗牌。帳額。神幀。靠背。都與我掛了者。〔净云〕我都掛了。〔正末唱〕一壁將牌額題。一壁將靠背懸。〔云〕有那遠方來看的見了呵。傳出去説。梁園棚勾欄裏末尼藍采和做場哩。〔唱〕我則待天下將我的名姓顯。

〔云〕老師父。你去腰棚上看去。這樂床上不是你坐處。這是婦女做排場。在這裏坐。〔鍾云〕我則在這樂床上坐。〔正末云〕這潑先生好無禮也。我看了你不是俺城市中人。則是個雲游先生。河裏洗臉廟裏睡。破窑裏住。也無有菴觀。不是我笑你。一生也不見勾欄。〔鍾云〕你是甚麽好馳名的行院。〔正末云〕大古里你是廣成子漢鍾離。休看你吃的。只看你穿的。且丢了你那羊皮者。〔唱〕

【那吒令】據着你那口食離糟麩膳緣。身遇着薄藤冠駕軒。我則道穩跨着仙鶴上天。〔鍾云〕我遊遍天下。不曾見你這個末尼。〔正末唱〕太平身插入市樓。將天下都游徧。一對脚背地裏叫聲冤。

〔鍾云〕你做場作戲。也則是謊人錢哩。〔正末唱〕

【鵲踏枝】你道我謊人錢。胡將這傳奇扮。〔云〕則許官員上户財主看勾欄散悶。我世不曾見個先生看勾欄。〔唱〕幾曾見歌舞叢中。出了個大羅神仙。〔云〕沿門兒乞化。又無那好的與你。〔唱〕指大衆抄化些郎頭絮繭。〔云〕那化緣處攢令各整集攢湊上來。見那錢物多也。利心又早動也。〔唱〕你又不納常住自趲做家緣。

〔鍾云〕你這等每日做場。你則爲你那火院。幾時是了。不如俺出家兒受用快活。〔正末云〕俺世俗人要吃有珍羞百味。要穿有綾錦千箱。我見你出家兒受用來。〔唱〕

【寄生草】你比我喫淡飯推黃菜。我比你揀口食換套穿。你每日茶房酒肆勾欄裏串。將着個瓦缾木鉢白磁礶。抄化了些羅頭磨底薄麩麵。〔云〕這家酒店裏推出來。那家茶房裏搶出去。〔唱〕吃了些吹歌妓女酒和食。待古里瑶池王母蟠桃宴。

〔云〕兀那潑先生你出去。擾了一日做場。〔鍾云〕我看做場。不出去。〔正末云〕既然他不出去。王把色鎖了勾欄門者。〔净云〕哥哥也説的是。把這門鎖了。看他在裏面怎地。〔正末云〕兀那潑先生你聽者。今日攪了俺不曾做場。若是明日再來打攪俺這衣飯。我選幾條大漢。打殺你這潑先生。〔唱〕

【賺煞】你合不着聖賢機。我覷不的他人面。我看你幾時到蓬萊閬苑。則你那六道輪迴怎脱免。使不的你九伯風顛。〔云〕我鎖了勾欄門。看你怎生出的去。〔唱〕遮莫你駕雲軒。白日昇天。怎敢相饒到面前。〔云〕你若惱了我。十日不開門。我直餓殺你。〔唱〕則你

那身軀不堅。葽的你那眼睛不見。〔云〕你既爲出家人。比似你看勾欄呵。〔唱〕你學那許真君白日上青天。〔同下〕

〔鍾云〕今日我來度脱藍采和。那廝愚眉肉眼。不識貧道。你鎖了勾欄門。貧道更行不出去。疾。開了門者。此人若不見了惡境頭。怎肯出家。明日是他生日。疾。洞賓你也下方來走一遭。不脱塵凡俗世緣。豈知就裏是神仙。功成行滿登仙界。恁時白日上青天。〔下〕

第二折

〔二净上云〕今日是藍采和哥哥貴降之日。衆弟兄送將些禮物來。安排下酒果。與哥哥上壽。哥哥嫂嫂有請。〔正末同旦上云〕今日是我生辰之日。衆火伴又送禮物來添壽。兄弟將壽星掛起。供養擺上。裝香來。今日喜慶之日。喒慢慢的吃幾盃。〔唱〕

【南吕一枝花】白蓮插玉瓶。黄篆焚金鼎。斟一盃長壽酒。掛一幅老人星。來賀長生。感承你相欽敬。量小人有甚麽能。動勞你火伴鄰里街坊。謝承你親眷相知弟兄。

〔云〕衆弟兄既來知重我。却不要散了。喒慢慢的吃酒。〔唱〕

【梁州】直吃的簌簌的紅輪西墜。焱焱的玉兔東生。常言五十而後知天命。我年過半百。諸事曾經。人有靈性。鳥有飛騰。常言道蠢動含靈。做場處誰敢消停。〔云〕喒行院打識水勢。〔唱〕俺俺俺做場處見景生情。你你你上高處捨身拚命。喒喒喒但去處奪利争名。若逢。對棚。怎生來粧點的排場盛。倚仗着粉鼻凹五七並。依着這書會社恩官求些好本令。〔云〕君子務本。本立而道生。〔唱〕那的愁甚麼前程。

〔净把盞科云〕哥哥飲一盃壽酒。〔鍾離上云〕今日是藍采和生辰之日。度脱他走一遭去。早來到門首也。〔做哭三聲笑三聲科正末云〕王把色是聽的麽。誰人在門首唱叫。〔净云〕哥哥也閑管事。知他是誰。俺則吃酒。〔正末唱〕

【賀新郎】是誰人啼天哭地兩三聲。〔云〕我開開這門。原來是這潑先生。好無道理也呵。〔唱〕可做的魘鎮俺家私。你端的是扇摇百姓。〔鍾云〕你去告我去。我不怕你。〔正末唱〕喒告去來到官司呵和你敢無干净。〔云〕我待告你去呵。着老的便道你是個上戲臺的末尼。和他那風魔先生一般見識。〔唱〕看着我生辰面不和你相執挣。〔云〕今日我生辰。我是壽星。不和你計較。〔鍾云〕誰是壽星。〔正末云〕我是壽星。〔鍾云〕你今日是壽星。明日敢做了災星也。〔正末云〕這先生好無禮也。説這等不吉利的話。〔唱〕你休這般胡做胡稱。〔鍾云〕這句話又不曾傷着你。〔正末唱〕這言語也不中使。這言語也不中聽。你敢化些淡虀湯且把你那皮囊撑。〔鍾云〕我見你受用。〔正末唱〕可知可知俺吃的是大饅頭闊片粉。你吃的是菜餕餡淡虀羹。〔云〕這潑先生打攪俺吃酒。王把色閉上門者。衆弟兄每坐着。則管裏吃酒。〔鍾云〕他那裏肯省悟。他若不見惡境頭。他不肯出家。兀那許堅。你若跟貧道出家去呵。逍遥散誕。清閑快樂。倒大來幽哉。〔正末云〕我知你做神仙的道路。〔鍾云〕你既知道。你説來我聽。〔正末唱〕

【鬭蝦蟆】見人家排齋供。請先生念懺經。正面兒掛下一幅三清。檀越人家念經。荒忙准備齋供。見放一軸老君。掛下十王神幅。待詔他也世情。説着的便决應。畫的十分可磣。怎覷那般行徑。我則見城獄裏畫何真。油鑊油鐺。裏頭札定。偌多生靈。都是俺俗人。元來無一個和尚。先生徐神翁。道無干净。這句話不覷聽。我這等末尼你這等先生。

〔鍾云〕着此人見個惡境頭。疾。〔下〕〔衹候上云〕藍采和開門來。大人言語。喚你官身哩。〔正末云〕又是誰喚門哩。〔衹候云〕大人喚官身哩。〔正末云〕我今日好的日頭。着王把色去。〔衹候云〕不要他。要你去。〔正末云〕着李薄頭去。〔衹候云〕也不要他。〔正末云〕着王把色引着粧旦色去。〔衹候云〕都不要。只要藍采和去。〔正末云〕我正是養家二十口。獨自落便宜。罷罷。我去官身走一遭去。〔同下〕〔净云〕安排下酒肴。等哥哥回來。慢慢的喫。〔下〕〔孤扮官人上云〕貧道吕洞賓是也。奉鍾離師父法旨。着粧做州官。因此處有個伶倫。姓許名堅。樂名藍采和。有神仙之分。度脱不省。因他悮了官身。我着人拘喚去了。左右拿過藍采和來者。〔正末上云〕呀。可怎了也。悮了官身。大人見罪。見今拘喚。須索見咱。〔做見跪科孤云〕你知罪麽。不遵官府。失悮官身。拿下去扣廳打四十。准備了大棒子者。〔正末唱〕

【哭皇天】諕的我半晌家如癡掙。悠悠的去了魂靈。則聽的樂臺上呼喚俺樂名。諕的我悠悠的喪了三魂又不見分毫動静。我怠慢失悮了官身。連忙點綴。便要招成。偌來粗細荆杖子臨身。比俺那勾欄裏淡交疼。〔孤云〕扣廳打四十。下下打着者。〔正末唱〕更過如包待制湼。幾曾見行院來負荆。

〔鍾上云〕他又早害怕也。〔正末云〕教誰人救我咱。〔鍾云〕藍采和。你省悟了麽。我説的你不信。如何。〔正末唱〕

【烏夜啼】這先生言語真實信。果然道壽星做了災星。眼睁睁不敢往前進。不敢明聞。誰敢道是彈箏。想喒人是仲尼行。怎道得犯着蕭何令。〔云〕想聖人的言語説着都不信。〔唱〕一個個。難憑信。都做了狂言詐語。信口胡噴。

〔鍾云〕你爲甚麽來。〔正末云〕爲我失悮官身。大人扣廳打我四十。師父救我咱。〔鍾云〕我救了你。可跟我出家麽。〔正末云〕救了我。情願出家去。〔鍾云〕你且在一壁。〔見孤科云〕相公。〔孤云〕早知師父到此。只合遠接。接待不着。勿令見罪。〔鍾云〕藍采和得何罪犯。〔孤云〕失悮官身。合□罪犯。〔鍾云〕肯與我做徒弟麽。〔孤云〕師父要時。情願與師父。左右拿過來。兀那藍采和。你可有命。若不是師父來。扣廳打四十。師父要你做個徒弟。饒了你罪過。跟了師父去。〔正末云〕謝了師父大人。則今日跟着師父出家去也。〔唱〕

【尾聲】再不將百十口火伴相將領。從今後十二瑶臺獨自行。我那時財散人離陪下情。

打喝處動樂聲。戲臺上呼我樂名。我如今渾不渾濁不濁醒不醒。藍采和潑聲名貫滿州城。幾曾見那扮雜劇樂官頭得悟醒。〔下〕

〔鍾云〕藍采和既然今日回心出家。等此人功成行滿。同赴閬苑瑤池。〔下〕

第三折

〔旦上云〕妾身是藍采和的渾家。當日俺男兒做生日吃酒。喚官身去了。不見回來。有人説他跟着師父出家去了。不免喚兩個小叔叔來商議者。〔二净上云〕自從哥哥喚官身去了。不知所在。若是出了家。怎麼了。咱今日尋他去來。〔同下〕〔正末拍板引倈兒上云〕自從跟着師父出家。到大來好幽哉也呵。金陵故國。本是吾鄉。數徧到此。曾諫李王。李王不聽。只恐怕惹禍招殃。金陵不住。直至汴梁。勾欄中得悟。再不入班行。唐巾歪裹。板撒雲陽。腰繫編帶。舞袖衫長。倒大來幽静也呵。〔唱〕

【正宫端正好】腰間將百錢拖。頭上把唐巾裹。舞緑衫拍板高歌。逐朝走向街頭過。有幾個把我相着麽。

【滚繡毬】哎。你個小業魔。可怎生纏定我。我可也不將他喝掇。遇着我的喜笑呵呵。〔衆倈扯科正末唱〕你將我拍板來奪。我則怕錢串兒脱。争些把緑藍搊破。遇着我便打打奪奪。你這火奶腥未落朱顏子。纏定那十二初分藍采和。養性無那。〔倈云〕師父與我一文錢。〔旦上云〕這不是藍采和。你在那裏來。家去罷。〔正末云〕稽首。你都是誰。〔旦衆云〕我是你渾家。這是你兄弟。這是你孩兒。〔正末唱〕

【倘秀才】再不聽耳邊厢焦焦聒聒。兒女是金枷玉鎖。道不的兒女多來寃業多。閑時節手執着板。悶來時口揚着歌。誰似我快活。

〔旦云〕你回家去。收拾勾欄。做幾場戲俺家盤纏。你再出來。〔正末唱〕

【滚繡毬】從今後我獨自個。休想我做過活。再不去喬粧扮打拍攛掇。再不去戲臺上信口開合。〔云〕你又着我做場處喚王把色李薄頭快疾快疾。〔唱〕又着俺媳婦每。那一火。快疾忙去梳裹。不争我又做場又索央衆父老每粧喝。〔净云〕自從哥哥去了。勾欄裏就没人看。〔正末唱〕爲甚麼勾欄裏看的十分少。則你那話不投機一句多。〔净云〕你説風話哩。〔正末唱〕不是我風魔。

〔旦云〕着你家去。你不肯去。你跟着師父學了些甚麼。〔正末云〕師父教我唱的是青天歌。舞的是踏踏歌。〔旦云〕你對俺敷演一遍我聽。〔正末舞科念〕踏踏歌。藍采和。人生得幾何。紅顏三春樹。流光一擲梭。埋者埋。拖者拖。花棺彩舉成何用。箔捲像臺人若何。生前不肯追歡笑。死後着人唱挽歌。遇飲酒時須飲酒。得磨跎處且磨跎。莫恁愁眉常戚戚。但只開口笑呵呵。營營終

日貪名利。不管人生有幾何。有幾何。踏踏歌。藍采和。〔旦云〕你休出家。跟的我家去來。〔正末唱〕

【快活三】假若是無常到怎奈何。〔云〕婆婆。你去波。〔唱〕我如今得磨跎處且磨跎。待學莊子鼓盆歌。悮了我亡身禍。

〔旦云〕既然你出家做神仙。我也跟你出家去。如何。〔正末云〕你出不的家。〔唱〕

【朝天子】行院每攢家私過活。〔旦云〕都是一般行院。你多拿了幾文錢出來。我務要平分。〔正末唱〕問甚麼你死我活。〔云〕見別人朝來暮去。幹家做活。瞞心昧己。〔唱〕那一個肯依本分隨緣過。〔云〕我如今閑來看一卷道德經。困來睡一覺。〔唱〕但得合處把我這眼皮兒合。得卧處和衣兒卧。〔旦云〕都擺着你看。你那兄弟幼子嬌妻許多家眷。怎下的撇了俺去出家。〔正末唱〕擺列着幼子嬌妻。兒孫許多。〔云〕則聽得悮了官身那一日。扣廳要打四十。若不是師父救了我呵。〔唱〕假若是我無常誰替我。〔旦云〕既是這等。你也度脱我出家去。〔正末唱〕你待着。不合把你來度脱。〔旦云〕你回去罷。不濟事。〔正末唱〕赤緊的我也在壕中坐。

〔旦云〕你家去罷。料想你也不得神仙正果。〔正末唱〕

【尾聲】雖然俺便不得正果。把你個賢妻度脱。你且與我安樂守分隨緣過。只落得一日清閑兀的不快活殺我。〔下〕

〔旦云〕你不回家。俺家去來。〔同下〕

第四折

〔旦兒同二净上净云〕自從藍采和跟着師父出家去了。可早三十年光景。王把色我如今八十歲。李薄頭七十歲。嫂嫂九十歲。都老了。也做不的營生。他每年小的便做場。我們與他擂鼓。我去先收拾擂鼓者。看有甚麽人來。〔正末上云〕自從跟師父出家。三十年也。師父説我功成行滿。今日同赴瑶池閬苑。到大來好幽哉也呵。〔唱〕

【雙調新水令】道門中法禮煉修持。俺師父度了個樂官徒弟。俺師父明明的使道法。暗暗的説禪機。待和我同赴瑶池。怎承望有今日。

〔云〕我過的山崦來。見一所果園。杏花爛漫開。回頭一池好菱也。一塊好霜也。一片好雪也。我想起來。杏是春。菱是夏。霜是秋。雪是冬。可怎生四季失序也。〔净動鼓樂科正末唱〕

【慶東園】那裏每人烟鬧。〔云〕是樂聲響哩。〔唱〕是一火村路歧。料應在那公科地。持着些鎗刀劍戟。鑼板和鼓笛。更有那帳額牌旗。行院每是誰家。多管是無名器。

〔云〕原來是一火行院。我問你是誰家。〔旦云〕俺是藍采和家。〔正末云〕你是藍采和家誰。〔旦云〕我是你渾家。他兩個是你兄弟王把色李薄頭。〔正末云〕可怎生都老了。〔净云〕自從哥哥去了三十年光景。我八十歲。兄弟七十歲。嫂子九十歲。可知都老了也。〔正末唱〕

【沽美酒】嘆光陰忒緊急。嗟歲月苦奔馳。重惜浮生如夢裏。我如今省得。無生死絶名利。

【太平令】喒須是吾兄我弟。幼年間逐隊相隨。止不過逢場學藝。出來的偌大小年紀。這個道七十。那個道八十。婆婆道九十。這厮淡則淡到長命百歲。〔净云〕你是誰。〔正末云〕則我就是藍采和。〔净云〕你去了三十年。還不老。只是這等模樣。〔正末云〕我去了只三年光景。你怎生都老了。〔净云〕我們都是老人家。你正是中年。還去勾欄裏做幾日雜劇。却不好。〔正末唱〕

【川撥棹】你待着我做雜劇。扮興亡貪是非。待着我擂鼓吹笛。打拍收拾。莫消停殷勤在意。快疾忙莫遲疑。

【七弟兄】那時。我對敵。不是我説嘴。我着他笑嘻嘻將衣服花帽全新置。舊么麽院本我須知。論同場本事我般般會。

【梅花酒】他每都怎到的。論指點誰及。做手兒無敵。識緊慢遲疾。〔净云〕哥哥。你那做雜劇的衣服等件。不曾壞了。哥哥。你揭起帳幔試看咱。〔正末唱〕聽言罷心内喜。不由我笑微微。我揭開帳幔則。〔做揭科〕〔鍾離洞賓在内坐科鍾云〕許堅。你凡心不退哩那。〔正末唱〕諕的我悠悠魂魄飛。我則道我哥哥我兄弟。我姊妹我姨姨。似南柯夢驚回。

【收江南】呀。原來是開壇闡教漢鍾離。有洞賓師父緊相隨。我這裏雲陽板撒上堦基。你都來這裏。八仙相引赴瑶池。

〔鍾云〕許堅。你不是凡人。乃上八仙數内藍采和是也。今日功成行滿。同登仙界。你聽者。許堅心下莫猜疑。仔細叮寧説與伊。這位洞賓道號純陽子。則道是逍遥散誕漢鍾離。

題目　引兒童到處笑呵呵
　　　老神仙摑手醉高歌

正名　吕洞賓點化伶倫客
　　　漢鍾離度脱藍采和

趙匡義智娶符金錠雜劇

楔子

〔冲末趙匡義領卒子上云〕自小學成文武全。紛紛五代亂征煙。花根本豔公卿子。糾糾成名膽力堅。某姓趙。雙名匡義。祖居河南人也。父乃趙弘殷。見爲殿前都指揮使之職。生俺弟兄二人。兄乃匡胤。學成文武全才。俺弟兄二人。結下十箇弟兄。京師號爲十虎。有俺哥哥領衆弟兄每去關西五路操練去了。未曾回還。即今柴梁王之世。天下已寧。時遇春間天氣。此處汴梁人煙輳集。士户極多。廣有名園花圃。有聖人命。聞知汴梁太守符彦卿家。有一所花園。名喚聚錦園。園中多有花木。是京師第一處堪賞之處。如今着傾城士户。都去他家園中遊賞。一來以應良辰。第二來壯觀京師一郡。衆弟兄都不在。止有鄭恩兄弟在家。我早間着人請他去了。若來時。與他商議。俺同去走一遭。賞翫花木。有何不可。他這早晚敢待來也。〔鄭恩上云〕某鄭恩是也。祖居山後朔州人氏。平生勇烈。膽量過人。與京師趙大郎等十人。結爲刎頸之交。號爲十虎。曾遊遍關西五路。打天下英雄。盡皆拱手。俺趙大郎哥哥。同石守信等關西操練去了。某因趙二舍匡義在家。并大哥一雙父母。則怕被人欺負。以此上我不曾去。匡義哥哥呼喚。不知甚事。須索走一遭去。來到也。令人報復去。道有鄭恩來了也。〔卒子報科〕〔做見科〕〔鄭恩云〕二哥。呼喚您兄弟那厢使用。〔趙匡義云〕兄弟。喚你來不爲别。今有聖人的命。着傾城士户都去符家園内賞春。我一徑請你來。與你同共走一遭去。〔鄭恩云〕二哥説的是。即今春天。既有聖命。俺兄弟二人走一遭去。〔下〕〔浄韓松上云〕我做官人奇妙。閑去好擲杯珓。家裏終日無事。街上尋人厮閙。自家姓韓。是韓松。我是那權豪有勢之家。我父親是大興縣里長。俺公公是宛平縣總甲。以此上我這等倚勢胡爲。遇着個軟善的。我和他鬬打。但遇着箇好漢。我就跑到柳州。今日是新春之日。有符家一園好花。聖人着我們去賞花去。我有兩個伴當。好生了的。我如今叫他來計議。胡纏歪纏何在。〔浄胡纏歪纏上胡纏云〕在下生的無比。也會買柴糴米。世上許多好人。則我兩箇油嘴。自家姓胡。名叫胡纏。這箇是我姪兒。叫做歪纏。我兩箇是韓松大舍的兩箇伴當。我兩箇諸事没用。則會油嘴。正在家裏没處尋思。韓大舍叫我們。一准是那裏吃三鍾了。〔歪纏云〕我們過去來。〔做見科韓松云〕哎。這早晚纔來。〔胡纏云〕你叫我們怎麽。〔韓松云〕你原來不知道。如今有聖人的命。着傾城士户都去符家花園裏賞花去哩。我和你兩箇走一遭去好麽。〔胡纏云〕多帶些碎銀子。我們去來。我三人真箇好耍。走了去不用騎馬。符家園今日賞春。喫醉了滿街丟瓦。〔同下〕〔外扮符彦卿同夫人上符彦卿云〕下官姓符。雙名彦卿。祖居京兆長陵人也。幼習儒業。頗看詩書。自中甲第以來。累蒙柴梁王擢用。頗有政聲。除小官爲汴京府尹之職。這箇是小官夫人張氏。爲因我家中有一所花園。是朝廷所賜的。其中花木無邊。目今百花開放。聖人命着傾城士户。都來園内賞翫花木。我有一女。乃是符金錠。長年一十八歲也。夫人。孩兒在那裏。〔夫人云〕大人。我想如今有聖人命。着傾城士户人等。都來賞翫花木。俺如今叫出女孩兒來。着他休出繡房。則怕有人看見。〔符彥卿云〕夫人説的是。梅香。轉報後堂中。喚出小姐來者。〔正旦扮符金錠領净梅香上云〕妾身符金錠是也。長年一十八歲。未曾許聘他人。正在繡房中閒坐。父親母親呼喚。須索走一遭去。〔做見科正旦云〕父親母親。您孩兒來了也。有何事。〔符彥卿云〕爲因三春天氣。後園中百花開放。聖人命着傾城士户都來賞翫。你今年已長成。倘有人見你呵。怎生是好。〔正旦云〕父親。此事有何難處。您孩兒到那日則不出繡房便了也。〔符彥卿云〕孩兒説的是也。〔夫人云〕兒也。則爲你青春年少。未曾許聘他人。因此上俺老兩口兒憂心也。〔正旦云〕母親。你則放心也。〔唱〕

【仙呂賞花時】母親道年長青春未配人。我拚了箇雨打梨花深閉門。我怎肯將名利似浮雲。〔夫人云〕孩兒。你則不出門呵便了也。〔正旦唱〕**我從來有忠信。**〔云〕父親母親。你但放心。梅香。俺回去來。〔唱〕**我又索紗窗下捱黄昏。**〔同梅香下〕

〔符彥卿云〕孩兒回去了也。既然有聖人命。着一壁厢着人打掃花園前後乾净。待人遊翫則箇。夫人。俺回去來。〔同下〕

第一折

〔趙匡義鄭恩同上趙匡義云〕符家園圃真堪賞。柳緑花紅景物奇。某趙匡義是也。這箇是鄭恩兄弟。俺兩箇去符彥卿花園内賞翫新春之景。與兄弟酒肆中多飲了幾杯酒。來遲了些。兄弟。兀的士户人等都散了也。俺回家去罷。〔鄭恩云〕二哥。還早哩。投到俺兩箇賞罷春呵。天色可也未晚哩。來到這花園門首。俺進去來。〔趙匡義云〕兄弟。你看那桃紅柳緑。萬物爭妍。是好景也。〔鄭恩云〕二哥。這一會兒人也静了。我且坐一坐。看有甚麼人來。〔正旦領梅香上正旦云〕妾身符金錠。昨日父親母親囑咐我説道。今日有傾城士户。都來俺花園中賞春。着妾身休出繡房。怕有人看見。妾身在房中坐了一日光景。這早晚賞春的人可也都回去了。我心中悶倦。領着梅香閒看一遭去。有何不可。〔梅香云〕姐姐。花園中是好耍子兒。休辜負了春景也。〔正旦云〕一年之内。春爲歲首。是好光景也呵。〔唱〕

【仙吕點絳唇】你看那緑柳低垂。燕雛成對。鶯聲碎。花老芳池。一派遊春意。

〔梅香云〕姐姐。你不肯出來帶携我耍一會。只在房裏坐。好不悶也。〔正旦唱〕

【混江龍】非是我懶臨園内。隔花陰怕有外人知。自從我初離繡幕。蓮步輕移。春事已隨流水去。落花空惹杜鵑啼。冷清清花影踈林内。我則見山光隱隱。緑柳依依。

〔梅香云〕姐姐。這一會兒可也無人走動。我們去那湖山畔閑耍一會兒去來。〔正旦云〕你也説的是。俺去來。〔梅香云〕姐姐。你試看這裏的景致。比那前頭又不同了。〔正旦云〕是好一派佳景也。〔唱〕

【油葫蘆】二月江南鶯亂啼。遶花陰雙燕飛。則見那鞦韆閑控玉人歸。〔梅香云〕可惜我們不曾拿的酒來。姐姐。你且在這裏耍。我去崇文門外頭買兩瓶酒來你喫。〔正旦唱〕便休將詩酒爲佳致。可不道山翁之興何須醉。〔梅香云〕姐姐。你看那梨花桃花杏花開的真是好看。〔正末唱〕梨花開雪片粧。桃花放紅焰飛。你看那浸浸紅杏燒林際。端的可也不盡眼中題。

〔梅香云〕無一箇人也呵。〔正旦唱〕

【天下樂】抵多少宴罷青樓月下歸。不由我猜疑。心上喜。〔梅香云〕姐姐。你喜歡甚麼。

〔正旦唱〕牡丹風似人搖錦機。趁風和花草香。落殘紅襯燕泥。我則索慢行過芳樹底。

〔鄭恩云〕哥哥。你見麼。一箇女子來了。〔趙匡義云〕好箇女子也。我聞知符彦卿有箇女孩兒是符金錠。此女子必是也。兄弟。俺躲在這花陰下。看他往那裏去也。〔梅香云〕姐姐。天氣還早哩。一發散心要一會。〔正旦唱〕

【那吒令】我行來這裏。到櫻桃樹底。轉湖山迤邐。過薔薇架西。步香塵款款呵。怕流鶯亂飛。〔梅香云〕姐姐。一年之中。惟春最好也。〔正旦唱〕一年中春最好。九十日偏明媚。近黄昏煙霧霏霏。

〔匡義云〕兄弟。你遠着些。我吟一首詩嘲撥他看他説甚麼。〔詩曰〕姮娥離月殿。織女渡天河。不遇知音者。空勞長嘆多。〔正旦云〕甚麼人吟詩。好清新之句也。〔唱〕

【鵲踏枝】我這裏猛聽的。似呆癡。又不是月下星前。暗約偷期。不由我聽沉了半會。是誰人亂作胡爲。

〔梅香云〕姐姐。怕他怎麽。左右也没人。你也作一首詩。看他説甚麽。〔正旦云〕不中。則怕有人聽見呵。怎了也。〔唱〕

【寄生草】又不曾待月在西厢下。聽琴在旅店裏。踏青惹下彌天罪。賞春光引起鴛鴦會。看羣花誤到天台地。〔云〕我依着你。我吟一首詩。看他説甚麽。紫燕雙雙起。鴛鴦對對飛。無言匀粉面。只有落花知。〔趙匡義云〕好箇聰明女子也。我出去見他一面。怕些甚麽。〔做見科云〕小娘子拜揖。〔正旦云〕先生萬福。一箇好聰明俊秀才。〔唱〕我見他烏紗小帽晃人明。久以後必然金榜題名諱。

〔趙匡義云〕動問小娘子是誰氏之家。姓甚名誰。〔正旦云〕妾身符金錠是也。先生高姓大名。〔趙匡義云〕小生趙弘殷之子。趙匡義是也。敢問小娘子多少年紀也。〔正旦唱〕

【醉中天】正二九青年際。〔趙匡義云〕曾許聘他人不曾。〔正旦唱〕不曾得見良媒。獨倚紗窗懶畫眉。〔趙匡義云〕小娘子。小生願爲媒證。許聘他人。可不好那。〔正旦唱〕多謝你相周濟。争奈咱姻緣事遲。誠難躲避。我又怕惹蜂蝶泄漏春機。

〔浄韓松領浄胡纏歪纏冲上韓松云〕自家韓松的便是。天色早便早哩。我們來的遲了些兒也。走一

遭耍子去來。〔做見科云〕一箇小娘子。你是那裏來的。跟了我家去來。〔鄭恩做見科云〕這廝好無禮也。〔正旦唱〕

【金盞兒】也是我命低微。惹災危。若是俺尊堂知道可也甘當罪。〔趙匡義云〕這廝合死也。〔正旦唱〕他那裏揎拳裸袖皺雙眉。〔韓松云〕這箇是甚麼人。我怕你不成也。〔正旦唱〕那裏也畫堂歡宴。早難道是花下燕鶯期。

〔胡纏云〕大舍不要惹他。則他是趙二舍。那箇是鄭恩。你惹他。干打殺你。我們去了罷。〔韓松云〕由他。我明日使人來問這門親事。不怕你不嫁我。我們且回家裏去來。〔同歪纏胡纏下〕〔鄭恩云〕他們可去了。二哥。俺也去了罷。〔正旦云〕二舍。你去了罷。則怕俺父親來。我也回去也。〔唱〕

【賺煞尾】不承望有今朝。到着我愁無計。又怕俺雙親得知。忙步金蓮趁早回。休忘了蝶使蜂媒。〔趙匡義云〕小娘子。我便着官媒來議親也呵。〔正旦唱〕便休要忒延遲誤了佳期。准備蘭堂宴罷歸。〔家童冲上云〕姐姐。相公有請。〔梅香云〕叫我們哩。我去來。〔正旦唱〕你休要喧喧鬧起。再無箇商議。〔云〕二舍。你休怪。我去也。〔唱〕抵多少青樓歌罷宴酣回。〔同梅香家童下〕

〔鄭恩云〕二哥。這箇小娘子原來是符太守之女。恰才那個韓松若不是去了。我不到的饒了他哩。

〔趙匡義云〕兄弟。你休這般説。此事不許一箇人知道。俺回家中去來。因來到符氏花園。惹下了一段姻緣。久以後必然匹配。那其間顯俺英賢。〔同下〕

第二折

〔浄韓松領浄胡纏歪纏上韓松云〕自家韓松是也。昨日走到符家花園裏耍去。不想撞見他家箇女人。且是生的好。有趙匡義在那裏調戲他。着我惱了。若不是他兩箇説。險不着那鄭恩爛羊頭打我一頓。如今怎麼稱的我的心。〔歪纏云〕這箇不打緊。你如今叫將一箇媒人來。賞他幾兩銀子。着他去説這門親去。怕他不肯也怎麼。〔韓松云〕兄弟説的是。我昨日着人請下那箇媒婆陳媽媽。他這早晚敢待來也。〔浄媒婆上云〕我做媒人兜答。一生好喫蝦蟆。若還要我説親。十家打脱九家。老身是這京城裏一箇媒婆。姓陳。我好不生得聰明。正在家裏喫芝蔴豆腐茶哩。有韓大舍着人來請我。不知爲甚麽。我走一遭去。來到也。不要報復。我自過去。〔做見科〕〔韓松云〕我請了你這一日。纔走將來。〔媒婆云〕你請我來怎麽。〔韓松云〕我如今央及你一莊事。符彦卿家有個女孩兒。叫做符金錠。你與我説親去。若成了。我送你十箇大銀子。〔媒婆云〕這箇不打緊。我如今就去。一箭上垜。你則管放心。我走一遭去。〔下〕〔胡纏云〕好了。他去了。必然這事成了。我們且後面閑耍去來。〔韓松云〕説的是。喒去來。〔同下〕〔趙弘殷同夫人領家童上趙弘殷云〕腰金衣紫受天恩。累輩居官教子孫。自從五代興王業。民物雍和氣象新。某姓趙。雙名弘殷。祖居河南府人也。幼習韜略。深看遁甲之書。這是夫人李氏。自從殘唐五代以來。朝屬梁而暮屬晋。天下大亂。即今柴梁王即位。某拜官殿前御林軍都指揮使之職。某有二男一女。長者匡胤。次者匡義。一女乃是滿堂。有俺趙匡胤去關西替我操練去了。止有二哥匡義在家。近日不知怎麽。染其疾病。不能動止。夫人。怎生是好。〔夫人云〕老相公。我想俺匡義孩兒。爲人軟善。前日與鄭恩去符家花園裏賞花回來。就一卧兒不起。百般醫治不可。怎生是好也。〔趙弘殷云〕夫人。我想來。則怕孩兒害的病證。有些暗昧。我早間着人請他姐姐去了。若來時。我自有箇主意。這早晚敢待來也。〔張光遠羅彦威上張光遠云〕某張光遠是也。這箇將軍乃是羅彦威。俺是趙匡胤的朋友。號爲十虎。俺叔父着他去關西操練去了。俺弟兄每舍不得。送他到關西回來。來到家中。聽的説道二哥匡義染病不能動止。兄弟。俺看望一遭去來。〔羅彦威云〕哥哥。俺趙匡義哥不知怎生有病。俺若不看一看。顯的俺弟兄每無情分了。來到也。家童報復去。道有俺二人來了也。〔家童做報科〕〔做見科張光遠云〕叔父。俺衆弟兄每望的遲了。二哥病證若何。〔趙弘殷云〕兩箇賢侄且請坐。等您衆朋友都來全了時。慢慢與你商議。這早晚敢待來也。〔石守信王審琦上石守信云〕某石守信是也。這位將軍乃是王審琦。俺們兄弟送趙大郎關西操練去了。回來説道匡義哥哥在家染病。不知如何。俺弟兄每看望一遭去來。〔王審琦云〕來到了也。家童報復去。道有俺弟兄二人得知探望。〔家童做報科〕〔做相見科王審琦云〕叔父。俺弟兄每探望來遲。二哥病體安樂否。〔趙弘殷云〕二位賢侄。且少待片時。恁弟兄都來全了時。我與您計議。這早晚敢待來也。〔周霸李漢昇上周霸云〕某周霸是也。這箇兄弟乃是李漢昇。俺是趙匡胤的兄弟。俺弟兄十人。端的是過如管鮑分金義。勝似關張仁德心。今日關西已回。剛到家中。聽知二哥匡義在家染病。我須索走一遭去。〔李漢昇云〕哥哥。這匡義哥哥。爲人軟弱。誠恐有人欺負。俺與你報仇去。說話中間。來到了也。家童報復去。道有俺二人來了也。〔家童做報科〕〔做見科李漢昇云〕叔父。俺弟兄每來了也。〔趙弘殷云〕二位賢侄商議。怎生不見孩兒楊廷幹史彥昭來。〔李漢昇云〕他兩箇走路哩。便到也咱呵。〔趙弘殷云〕既然這等呵。等他那兩箇來時。我自有主意。這早晚敢待來也。〔楊廷幹史彥昭上楊廷幹云〕某楊廷幹是也。這箇兄弟是史彥昭。俺是趙匡胤的兄弟。他關西操練去了。俺都送他去。止留了鄭恩在家中。說道匡義哥在家中染病。衆弟兄都先去了。兄弟。俺行動些。〔史彥昭云〕哥哥。俺來了也。家童報復去。道有俺二人來了也。〔家童做報科〕〔做見科史彥昭云〕叔父。俺來遲了也。勿罪也。〔趙弘殷云〕不敢。不敢。你請坐。〔張光遠云〕叔父。俺衆弟兄來全了。敢問匡義哥的病體怎麼得來。〔趙弘殷云〕您聽我說。當此一日。匡義與鄭恩到的符家花園裏賞春去。回來不知怎生。就一卧而不起。這幾日好生沈重也。〔羅彥威云〕既然這等呵。俺看一看去如何。〔趙弘殷云〕恁衆人休怪。這兩日有些沈重。不敢着您見他。我恰纔着人請他姐姐去了。等來時。我自有箇主意。家童安排酒殽。與衆位賢侄洗塵咱。〔張光遠云〕不敢。既是這等。俺不必飲酒。衆兄弟每。俺且回去。等二哥病體痊痌時。再來探望。叔父休怪。俺去來。趙匡義病體昏沉。道着俺箇箇憂心。等明日若還痊痌。必然要問箇來因。〔同衆下〕〔趙弘殷云〕他衆弟兄去了也。他姐姐這早晚敢待來也。〔正旦扮趙滿堂上云〕妾身趙弘殷的女孩兒。小字滿堂。俺父親生俺子女三人。大兄弟趙匡胤。二兄弟趙匡義。將妾身嫁與汴京王節度王朴爲夫人。俺大兄弟遊關西操練去了。未曾回來。有俺二哥匡義。不知怎生來染其疾病。父親着人來請。我須索走一遭去。我想俺趙匡義兄弟。不知爲何也呵。〔唱〕

【南呂一枝花】俺須是官員仕宦家。又不是黎庶閭閻客。俺兄弟養成彪虎志。久以後必有贍天才。好着我心下疑猜。恨不的兩步爲一驀。急煎煎不放懷。俺兄弟困懨懨病在膏肓。猛可裏便苦騰騰石沉大海。

【梁州】自從俺已有了徐卿二子。怕甚麽令巍峨王氏三槐。俺門中未有三千客。出來的談天論地。胸捲江淮。不離了龍韜虎略。弓箭旗牌。展胸襟個個英才。論機謀轉轉安排。大兄弟虎狼叢惹事招非。刀劍洞天寬地窄。死生巢一迷裏裁排。威哉。壯哉。博一箇腰金衣紫官三代。暗地裏自分解。不知是暑濕風寒天降來。不見箇明白。

〔正旦云〕可早來到也。家童報復去。道有妾身來了也。〔家童云〕理會的。〔報科云〕老相公。有小姐來了也。〔趙弘殷云〕道有請。〔家童云〕理會的。有請。〔做見科〕〔正旦云〕父親母親。您孩兒來了也。〔趙弘殷云〕孩兒也。你來了也。我此一請你來。因爲你兄弟趙匡義。不知怎生一卧兒不起。染其疾病。怎生是好也。〔正旦云〕父親。您孩兒試猜俺兄弟這病證咱。〔趙弘殷云〕孩兒也。你若猜着呵。我心中方纔放心。〔正旦唱〕

【隔尾】他莫不是功名不遂心無奈。〔趙弘殷云〕不是。〔正旦唱〕他莫不是思念哥哥不下懷。〔趙弘殷云〕不是。〔正旦唱〕莫不是少欠人錢使人怪。〔趙弘殷云〕不是。孩兒。你都猜不着。〔正旦唱〕這謎兒怎猜。我實難布擺。天那。莫不他鬪打相争受了些外人的歹。

〔趙弘殷云〕孩兒也。你不知。我説與你。他自從與鄭恩孩兒去符家園裏閑耍了一會。回來一卧兒不起。〔正旦云〕既是這等呵。兄弟在那裏染病哩。〔夫人云〕見在書房裏歇卧哩。〔正旦云〕既然這等呵。我去看一看便知分曉也。父親母親。你少待。我看兄弟去也。〔虚下〕〔趙弘殷云〕孩兒看趙匡義去了也。夫人。俺且去後堂中去來。〔同夫人家童下〕〔鄭恩扶趙匡義上趙匡義云〕心間無限事。不敢告他人。某趙匡義是也。自從符家花園内見了符金錠小姐。他深有顧盼我之意。不期韓松領着人走將來。言三語四的。鄭恩兄弟要打他。那厮每都走了。我以此上感了一口氣。歸到家中。一卧兒不起。不覺數日光景也。父親母親好生憂心。百般醫治。不能痊可。今日好生沉重。兄弟也。可怎生是了也。〔鄭恩云〕二哥。你放心將息。你這病。我明白與父親説了呵。便與你成就一門親事。〔趙匡義云〕兄弟。親事成與不成。可也不打緊。則是我心中不忿韓松那厮。兄弟。俺慢慢的共話。看有甚麼人來。〔正旦同家童上家童云〕姑娘。這箇不是二哥的書房。他在裏面睡哩。〔正旦云〕不須報復。我自過去。〔做見科〕〔趙匡義云〕呀呀呀。姐姐。病體在身。不能答禮。姐姐休怪也。〔正旦云〕鄭恩兄弟在此也。〔鄭恩云〕姐姐。我爲二哥身子不快。不曾敢離左右也。〔正旦云〕兄弟也。你怎生就這等清減了那。〔唱〕

【牧羊關】見兄弟面色兒懨懨瘦。容顏兒漸漸改。怎生來形體如柴。〔云〕兄弟。你這病我試猜咱。〔趙匡義云〕姐姐。你試猜咱。〔正旦唱〕莫不爲身事難求。莫不爲經營買賣。〔趙匡義云〕不是。你猜不着。〔正旦唱〕莫不是霜露侵肌體。莫不是月下被風篩。〔趙匡義云〕都不是。〔正旦唱〕止不過心念別姻眷。一莊莊我自猜。

〔趙匡義云〕姐姐。則一句話。料猜着些兒了也。〔正旦云〕哦哦哦。兄弟。你這病原來爲如此來。〔唱〕

【罵玉郎】我這裏聽言道罷添驚怪。有甚麽難分訴你與我訴箇明白。你莫不在章臺走馬垂楊陌。〔趙匡義云〕姐姐。我這病則爲前日賞春去。遇着箇女子。以此上得了這箇病證也。〔正旦唱〕您將那心上愁。腹内思。説與我方何礙。

〔鄭恩云〕姐姐。二哥賞花去。不期遇着符太守之女符金錠。以此上得了這箇病也。〔正旦云〕這箇打甚麽不緊哩。〔唱〕

【感皇恩】呀。便着你魚水和諧。你也可穩放寬懷。我如今遣官媒。親問候。便有箇好音來。〔趙匡義云〕姐姐。你不知韓松那厮。倚逞權豪。他要强娶他哩。〔正旦云〕不妨事。〔唱〕

遮莫他官居一品。怕甚麽日轉千街。憑着俺人力勇。弟兄多。便着他有非災。

〔趙弘殷同夫人冲上云〕孩兒也。我聽的多時。我盡知道了也。〔正旦唱〕

【採茶歌】父親你走將來快安排。今日箇洛陽花酒一時來。〔趙匡義云〕姐姐。那韓松若知道呵。必然與俺爭競也。〔正旦云〕不怕他。〔唱〕統領軍卒驅士馬。我着他聞咱名姓命先衰。

〔正旦云〕父親。母親。兄弟原來因符金錠惹下這場疾病。兄弟也。如今着你姐夫王朴替你去問這門親事去。你可意下如何。〔趙匡義做好了拜科云〕多謝了姐姐。我無了病也。〔正旦云〕慚愧也。兄弟病好了也。父親母親。我回家去也。我便着王朴與兄弟説這門親事去。兄弟。你放心。我回去也呵。〔唱〕

【煞】心中愁悶當時解。參透韓松大會垓。兄弟你今朝且躭待。我忙回住宅。自有箇計劃。便着你花燭筵開會賓客。〔下〕

〔夫人云〕嗨。趙匡義原來爲如此之事。女孩兒着王朴與他説親去了。孩兒可也病體就好了也。老相公。俺回後堂中去來。〔趙弘殷云〕夫人説的是。俺回去來。〔同夫人家童下〕〔趙匡義云〕俺姐姐知道我心中的事。他着姐夫去題親事去了。成與不成。我自有箇主意。鄭恩兄弟。跟我回後面散心走一遭去來。〔同下〕

第三折

〔符彦卿領張千上云〕小官符彦卿是也。今因太平之世。時逢豐稔之年。春來天氣。萬花開放。吾家後面有一園。乃是聚錦園。聖人之命。着大小士民都在我這花園中賞玩。我着俺女孩兒符金錠不要出閨門。人煙散後。他往園中看花。我着家童唤將他來。不想孩兒這幾日有些身子不快。可不知爲何也。有夫人在後面看孩兒哩。張千。門首望着。一切事情便來報小官知道。〔張千云〕理會的。〔浄媒婆上云〕自家官媒婆是也。今奉着韓松大舍的言語。他説。那一日因在符太守花園裏。見了他家符金錠生的標致。他與他十錠大銀子做財禮。着我問他親去。可早來到也。張千報復去。道有你孃子在這裏。〔張千云〕你看他没正經。我報知大人去。〔報科云〕報的大人得知。有媒婆在家門首。〔符彦卿云〕着他過來。〔張千云〕理會的。着你過去哩。〔媒婆見科云〕老相公且喜了。媒婆來説一莊親事來與家裏小姐。〔符彦卿云〕你説是甚麼人家的兒男。〔媒婆云〕老大人。是本處韓大人家大舍韓松。他送十錠大銀子與你。把小姐與他爲妻。可是好那。〔符彦卿云〕好好好。你且在這裏。等我夫人來。俺共同商議。〔王朴上云〕祖代爲官立業堅。忠扶社稷保山川。每懷報國存忠正。掃蕩奸邪在目前。小官姓王名朴。字原之。祖居河東太原人也。祖代爲官。扶持唐室。方今梁主在位。加小官節度使之職。有我妻趙氏。乃是殿前都指揮使趙弘殷之女。有我兩箇妻舅。大舅趙匡胤。二舅趙匡義。大舅往關西五路操練去了。有我二舅病不能動止。我着他姐姐看他去。回來説。爲因那日符太守花園内賞春。遇見他女兒符金錠。生的有些顏色。欲要娶他爲妻。無人去題親。小官今日直到符太守家。問這一莊事。走一遭去。可早來到也。張千報復去。道有小官來了也。〔張千云〕理會的。〔報科云〕喏。報的大人得知。有王節度使在於門外。〔符彦卿云〕道有請。〔張千云〕理會的。有請。〔王朴見科云〕符彦卿。且喜。且喜。小官來舉保一莊親事來。〔符彦卿云〕大人有何親事。誰氏之家。姓字名誰。〔王朴云〕大人。是我外家趙弘殷二舍趙匡義。敬着小官來。問這一莊親事來也。〔媒婆云〕這事不好了。我看老符怎麼主張哩。〔符彦卿云〕大人。則一件。恰纔這韓大人的孩兒韓松。又着這官媒來問親。大人今日來題親。又是同僚官之子。此事請夫人來計議如何。張千。請夫人來者。〔張千云〕理會的。夫人有請。〔夫人上云〕妾身符彦卿的夫人是也。自從前日聖人的命。着傾城百姓都在我花園中賞翫。有俺女孩兒符金錠。也去花園中看了一遭回來。這兩日在繡房中倦拈針指。身子不快。不知爲何。今日相公在前廳上着人來請我。須索走一遭去。可早來到也。〔張千報科云〕報的大人得知。夫人來了也。〔符彦卿云〕道有請。〔夫人見科云〕相公。妾身來了也。有何事商議也。〔符彦卿云〕夫人。請你來不爲别。如今王朴大人來説。趙二舍來問俺女孩兒親事。這媒婆與韓松來問親。這兩家都好。小官不曾敢許。特待夫人來商議。可與誰家好。〔夫人云〕相公。既然這等。兩家都好。則一件。憑俺女孩兒主張。如今俺臨街搭一綵樓。着大小人等往樓下過。着俺孩兒抛繡毬兒。打着那一箇。就着他來娶。妾身倒陪房奩斷送。擇日過門。妾身不敢自專。相公心下如何。

〔符彦卿云〕夫人言者當也。許一家不許一家。着他嗔怪。張千。便合綵樓者。〔張千云〕理會的。〔同衆做擡上綵樓科張千云〕夫人。綵樓搭停當了也。〔符彦卿云〕張千。傳報繡房中。請出小姐來。〔張千云〕理會的。小姐。相公有請。〔正旦符金錠領梅香上正旦云〕妾身符金錠是也。自從那一日在花園中見了趙匡義所吟之詩。這兩日不由的我心神蕩漾。身子不快。可不知爲何也呵咱。〔梅香云〕姐姐。你也没正經。那一日見了那一箇人。你這兩日茶不茶。飯不飯。想他怎麽的也。〔正旦云〕梅香。你那裏知道。那想此人一表非俗。吟的詩清字正。委實少有也呵。〔唱〕

【中吕粉蝶兒】一會家心下念想。這姻緣怎生主張。我在那繡房中自在參詳。〔梅香云〕姐姐。你則揀着好姐夫嫁了便罷也。〔正旦云〕你那裏知道也。〔唱〕我須知。你主意。則着我别尋投向。〔梅香云〕姐姐。你便想我那姐夫。不知我那姐夫想你也不想你也。〔正旦唱〕你這箇無禮的梅香。你將我假支吾故來抵當。

【醉春風】則我這情意那人知。心中常念想。何時得配燕鶯期。終日則是想。想。行至庭前。心中傒倖。衆人凝望。

〔云〕可早來到也。張千報復去。道有妾身來了也。〔張千報科云〕大人。有小姐來了也。〔符彦卿云〕着孩兒過來。〔正旦同梅香做見科云〕父親母親。您孩兒來了也。〔符彦卿云〕孩兒來了也。唤你來不爲别。今有王大人來題親。着你嫁趙匡義。又有這媒婆來説。着你嫁韓松。未知你心裏要嫁那一處。你對我説去。我自有箇主意。〔正旦云〕父親母親。你聽孩兒説一遍咱。〔唱〕

【迎仙客】父親你聽拜稟。訴衷腸。這親禮兩家兒兩家兒可便那下裏强。〔王朴云〕小姐。你則心順的便成也。〔正旦唱〕我若是肯依隨。休要講。主張在尊堂。〔夫人云〕你休要這般說。我自有箇主意也。〔正旦唱〕母親你便有主張休謙讓。

〔媒婆云〕小姐。依着我的心。你嫁韓松。强似嫁别人。他家衣服也穿不了。〔正旦云〕噤聲。〔唱〕

【紅繡鞋】狠媒證人前閑强。你着我嫁韓松羅錦千箱。我則待布襖荆釵守寒窗。〔媒婆云〕他家那飲饌也用不了。〔正旦唱〕便做道珍羞百味。乾使碎你那好心腸。〔媒婆云〕你可嫁也不嫁。〔正旦唱〕勸你這强媒人休再往。

〔媒婆云〕你則依着我嫁了韓松者。〔夫人云〕媒婆。你不是這等說。如今等樓下不拘軍民人等。着孩兒抛下繡毬兒去。則打着他的。便與他爲妻。〔符彦卿云〕夫人說的是。等有過來過往的人。着孩兒抛下繡毬兒去者。〔韓松同胡纏歪纏上韓松云〕自家韓松的便是。我着媒婆去了。今日搭綵樓也。我樓下搶了繡毬兒。便着人來娶他。有何不可。〔歪纏云〕小哥。你休慌。一定是你的了。〔胡纏云〕仔細着。來到綵樓跟前也。〔符彦卿云〕孩兒。上綵樓抛繡毬兒去。〔正旦同梅香做上樓科正旦云〕來到這樓上也。樓下不是韓松。他知道俺家抛繡毬兒。故他來樓下來往行走。〔梅香云〕小姐。你則把繡毬兒丢下去。打着醜的你若不嫁他。我替你去。〔正旦云〕這梅香好笑人也呵。〔唱〕

【上小樓】他在那人前鬧嚷。指望待成親名望。看不上他一來一往。施展衣服。賣弄輕狂。〔梅香云〕小姐。你則丢下那繡毬兒去來罷。〔正旦唱〕你着我將繡毬兒。忙擲下。韓松身上。可不教那有情人每朝指望。

〔正旦云〕梅香。怎生不見趙匡義來。〔趙匡義同鄭恩上趙匡義云〕某趙匡義是也。來到這綵樓下。鄭恩兄弟。俺過去來也。〔鄭恩云〕哥。兀的不是韓松。他也在這裏。〔正旦云〕梅香。兀的不是趙匡義來了也。〔梅香云〕你丢下繡毬兒去罷。〔正旦云〕他既來了。你慌的做甚麽。〔唱〕

【幺篇】他那裏慢慢的來。我這裏暗暗的慌。羞的我不敢擡頭。連忙遮面。無處潛藏。〔梅香云〕繡毬兒在這裏。丢下去罷。〔正旦唱〕一見了。繡毬兒。心中悒怏。我着他霎時間共同鴛帳。

〔韓松云〕伺候着。七八丢下繡毬兒來也。〔正旦云〕梅香。將過繡毬兒來。〔梅香云〕繡毬兒有了也。〔正旦云〕梅香。將繡毬兒也你則有准者。〔做抛下繡毬科正旦唱〕

【般涉調耍孩兒】我這裏叮嚀覷了他模樣。辦着片志誠心便央。我則見軍民士户在樓前。唬的我不敢名揚。〔梅香云〕姐姐丢下去罷。〔正旦唱〕我待要時間抛擲心中懼。又則怕錯了教他向那廂。〔梅香云〕姐姐。你則望着我這趙姐夫抛了罷。〔正旦唱〕你也有心偏向。我將這繡毬兒抛下。准備着齊整的陪房。

〔正旦云〕我望着這趙匡義身上丟下去。〔做抛下繡毬科趙匡義做接了科韓松做奪了繡毬科云〕是我的。你將的那裏去。兩箇兄弟。俺得了繡毬兒也。俺回家去來。〔同胡纏歪纏下〕〔鄭恩云〕這廝好無禮也。是你的繡毬兒。他奪的去了。更待干罷。俺打這廝去來。〔符彦卿云〕趙匡義。你休趕他去。我見繡毬兒已是你的。你明日揀好日辰來娶。休要致怨。小姐。你下樓來。先回去罷。〔正旦同做下樓科云做見科下〕〔唱〕

【煞尾】到今日趁了心。繡毬兒有忖量。至來朝約定同鴛帳。成就了一世兒夫妻慢慢的賞。〔同梅香下〕

〔符彦卿云〕金錠孩兒回後堂中去了也。王朴。也是天家所輳。我有心將孩兒許與趙二舍。不想繡毬兒正打中他也。〔王朴云〕相公。今日天使其然。繡毬兒正打着趙匡義兄弟。不期被韓松搶了繡毬兒去了。大人。怎生計較也。〔夫人云〕相公。雖然他搶的去了。只着趙二舍擇日辰來娶親。俺則嫁與他家便了也。〔王朴云〕多謝相公夫人。趙匡義。你且回家去罷。你丈人丈母。着你擇吉日良辰來娶小姐哩。〔趙匡義云〕多謝了泰山也。鄭恩兄弟。恰纔這韓松就我手中搶了繡毬兒去了。某欲待就樓下打鬧起來。恐防驚唬了小姐也。〔鄭恩云〕哥哥。俺明日娶嫂嫂。正往韓松家門首過。此事須索做計較也。〔趙匡義云〕這箇不打緊。你近前來。我說與你。〔做打耳喑科云〕可是恁的。〔鄭恩云〕哥。此計大妙。某便與他衆人說知也。俺且回家去來。〔趙匡義云〕既然今日事已完成。擇了吉日良辰。來娶小姐。俺回去來。因賞春遇着嬌姝。他生的美貌誰如。綵樓上繡毬打中。穩情取畫閣深居。〔同鄭恩下〕〔媒婆云〕老相公。看起來這莊事已准。你則嫁與趙二舍了。罷罷罷。我回去也。相公大人。恕罪。〔下〕〔王朴云〕多謝了相公夫人。小官回去。擇吉日良辰。着的我趙大人娶小姐也。小官回我丈人的話。走一遭去。〔下〕〔夫人云〕相公。他每都回去了也。俺女孩兒已是許與趙匡義。不期他繡毬又打中他。皆是前生姻緣也。〔符彦卿云〕夫人説的是也。俺收拾小姐的房奩斷送便了。俺無甚麼事。且回後堂中去來。符金錠美貌高强。端的是世上無雙。結綵樓招着佳婿。穩情取天下名揚。〔下〕

楔子

〔趙弘殷領張千上云〕趙匡義已成佳眷。擇吉日配合姻緣。小官趙弘殷是也。則因俺孩兒趙匡義遇着符太守之女。一心要娶他爲妻。我着他姐夫王朴去問這一門親事。不期有韓松又着人來問符小姐。他父親搭起綵樓。着小姐擲繡毬。不想正打着俺孩兒。有韓松强搶了繡毬去了。今日着俺小姐同張光遠羅彦威等衆人娶去了。小官在家中安排下酒殽。若娶過小姐。俺一家兒慶賀飲酒。張千。俺後堂中收拾酒殽都完了也不曾。〔張千云〕理會的。酒殽都完了也。〔趙弘殷云〕俺無甚事。且回後堂中去來。〔下〕〔浄韓松同浄胡纏歪纏上韓松云〕自家韓松是也。我着官媒婆問符彦卿的女孩兒去。不知怎麽。趙二舍也着人來問。他家搭起綵樓來。着那孩兒抛繡毬兒。一箇繡毬兒剛打在趙二舍懷裏。着我搶了來了也。今日不與我爲妻。與趙家做新婦。恰纔迎娶的過去了。他必然往我這門前過來也。兩箇兄弟。俺等他過來。奪下轎來。就往家裏扯着走。如何。〔歪纏云〕哥。哎。你則放心。則有你兄弟一箇。管你整齊喫一頓。才罷。〔胡纏云〕你箇傻弟子孩兒。則憑着我這一雙手。兩隻脚。不管他有多少好漢。我若怕他。老韓一家兒喫山藥。〔韓松云〕你每且不要嚷。兀那遠遠的不是鼓樂來了也。〔正旦扮趙滿堂同梅香上云〕妾身趙滿堂是也。那一日來看了我兄弟趙匡義。他一心要符金錠爲妻。我着俺相公王朴去符家問親。他搭起綵樓抛繡毬。正抛着俺兄弟。今日擇吉日良辰。着妾身去娶他。衆兄弟每簇擁小姐的轎子後堂便來也。梅香。俺行動些。〔梅香云〕夫人妳妳。你看兀那韓家門前一簇人嚷。則怕有些鬧炒麽。〔正旦云〕不妨事。俺慢慢的行着。〔韓松云〕這箇小娘子從那裏來。我試問他一聲。支揖哩。小娘子。你曾見那娶親的來了也不曾。〔正旦云〕他每在後堂。便來也。你問他怎的。〔韓松云〕没有。我問一聲。兀那不遠遠的來了也。〔張光遠羅彦威等卒子擡轎子外動鼓樂打燈籠衆上住張光遠云〕你每擡着小姐慢慢的走。望趙二舍私宅裏去來。〔韓松云〕兀的不來到也。兀那符金錠。快下轎來。去我家裏去來。〔石守信云〕甚麽人。遠着些。驚唬着小姐。〔歪纏云〕和那厮説甚麽。奪了往家去罷。衆人一齊下手罷。〔韓松云〕你每不要討死喫也。我揭開這轎簾試看咱。〔做見鄭恩科〕〔鄭恩云〕兀那韓松。你認的我麽。我是你的公公哩。〔韓松云〕原來不是小姐。可是這箇大漢。俺不要惹他。〔衆做脱衣服科〕〔張光遠云〕韓松少走也。〔衆做打三漢科〕〔韓松云〕不中了也。人手多。俺走。走。走。〔同二净下〕〔正旦云〕衆兄弟每不要打他了。你看你嫂嫂以前擡過去也。我回家去來。你看你趙二舍去。我着王朴來慶喜也。〔鄭恩云〕姐姐。好一箇計策也。打的那匹夫落荒的走了。今日事已完成。衆弟兄每。俺一同回去來。〔正旦云〕是好計策也呵。〔唱〕

【仙呂賞花時】今日箇婚姻纔定准。虧了英雄十數人。〔鄭恩云〕姐姐。若不是此計。怎生瞞過他也。〔正旦唱〕我若是半霎兒到家門。端的是機謀可便敬謹。〔云〕你見了俺父母呵。〔唱〕也少不的排佳宴。可兀的慶新婚。〔同梅香下〕

〔鄭恩云〕姐姐回家去了。衆弟兄。俺同共與趙匡義哥哥慶賀去來。符小姐已娶回家。强韓松枉受波查。定巧計成其婚配。方顯俺名播天涯。〔同下〕

第四折

〔趙弘殷同夫人領卒子上趙弘殷云〕綵樓高結成佳配。得會新婚豈偶然。某趙弘殷是也。自後韓松搶了繡毬去了。多虧了鄭恩等衆弟兄瞞過了他。今日吉日良辰。娶符金錠孩兒過門來也。安排酒宴與匡義孩兒慶喜飲酒。夫人。都安排停當了不曾。〔夫人云〕都停當了也。則等他衆人來時。慢慢的飲幾盃。這早晚敢待來也。〔符彦卿上云〕某符彦卿是也。自從與孩兒成親之後。不覺數日光景也。今日俺親家安排酒殽。與趙匡義並俺孩兒慶喜飲酒。着人來請。我須索走一遭去。來到也。小校報復去。道小官來了也。〔卒子云〕理會的。〔報科云〕大人。有符彦卿來了也。〔趙弘殷云〕道有請。〔卒子云〕理會的。有請。〔做見科〕〔符彦卿云〕親家請坐。少待片時。等衆人都來全了時。慢慢的飲幾盃。這早晚敢待來也。〔張光遠羅彥威石守信王審琦同上張光遠云〕自從匡義成親後。費盡英雄一片心。某張光遠是也。這三位兄弟。乃是羅彥威。石守信。王審琦。自爲趙匡義要娶符金錠。有韓松與俺放對。被俺鄭恩兄弟詐粧符金錠。坐在轎子裏。韓松果然領着手下人趕將來。被俺衆人一頓打。將他打回去了。今已成親了也。今日叔父與俺匡義慶賀。須索走一遭去。〔石守信云〕哥哥。我想俺這弟兄每這等英雄。怎生肯放過韓松那廝。若有俺匡胤哥哥在呵。有一場好大禍。量他到的那裏也。〔羅彥威云〕我想韓松可也十分無禮也。〔王審琦云〕今日事已完了。來到門首也。小校報復去。道有俺四箇弟兄來了也。〔卒子做報科〕〔做見科張光遠云〕叔父。俺弟兄每來了也。〔趙弘殷云〕您衆人每多多的辛苦也。且少待。等衆弟兄每來全了呵。我自有主意。這早晚敢待來也。〔周霸李漢昇楊廷幹史彥昭上周霸云〕十虎威名天下罕。英雄糾糾鎮京華。某周霸是也。自從三位弟兄。乃李漢昇。楊廷幹。史彥昭。俺都是京師十虎將。因爲俺趙匡義二哥。娶了符金錠。打了韓松一頓。已成其親了。今日俺叔父安排慶賀酒。俺須索走一遭去。〔李漢昇云〕哥哥。我想今日趙弘殷叔父安排慶賀筵席。這一遭心中好是喜慶也。〔楊廷幹云〕這鄭恩兄弟。但到處便要惹事。可也虧他也。〔史彥昭云〕來到也。小校報復去。道有俺弟兄每來了也。〔卒子做報科〕〔做見科史彥昭云〕叔父勿罪。俺弟兄都來了也。〔趙弘殷云〕您且少待。等匡義孩兒來時。俺慢慢的慶賀。這早晚敢待來也。〔王朴鄭恩上王朴云〕英雄壯士般般勇。設計施謀件件能。某王朴是也。這位將軍。乃是鄭恩。自從俺妻弟趙匡義因與韓松放對。要娶金錠。多虧了鄭恩坐在轎子裏。瞞過韓松。被俺痛打了一頓。成了親事。今日俺父親安排酒殽慶賀。須索走一遭去。〔鄭恩云〕我想韓松十分無禮。若不是二舍的好事呵。我一頓直打死那匹夫。今日叔父與俺慶賀。須索走一遭去。來到也。小校報復去。道有二人來了也。〔卒子做報科〕〔做見科鄭恩云〕叔父。您孩兒來了也。〔趙弘殷云〕鄭恩多虧了你也。你且少待。等匡義孩兒並媳婦兒來時。一同慶賀。這早晚敢待來也。〔趙匡義上云〕新婚燕爾安排了。洞房今日會佳賓。某趙匡義是也。多虧鄭恩併衆兄弟之力。娶了符金錠。今日俺父親安排酒殽與俺慶賀。須索走一遭去。來到也。不須報復。我自過去。〔做見科趙匡義云〕父親。您孩兒媳婦來了也。〔趙弘殷云〕孩兒來。你且少待。這一席酒敬意的則是與你兩口兒慶賀。等你媳婦兒來時。一同飲酒。〔正旦扮符金錠同梅香上正旦云〕妾身符金錠。自從抛了繡毬兒。本是俺趙匡義接了。不期韓松奪了去。妾身則嫁了趙匡義。有韓松又來追趕。多虧鄭恩躲在轎子裏面。將他打的回去了。今日父親與俺慶賀新婚。安排筵宴。須索走一遭去也。〔梅香云〕小姐。你可稱了心也。〔正旦云〕梅香。你那裏知道也呵。

〔唱〕

【雙調新水令】我雖是洞房無用的女妖嬈。不錯了聖人之道。夫妻是正理。休信外人教。不負了夜月花朝。當日箇綵樓上衆人鬧。

〔正旦云〕可早來到也。令人報復去。道妾身來了也。〔卒子云〕理會的。〔報科云〕大人。有小姐來了也。〔趙弘殷云〕着孩兒過來。〔卒子云〕理會的。有請。〔正旦同梅香做見科正旦云〕父親。

妾身來了也。〔趙弘殷云〕孩兒。你看這筵會擺列的齊整麽。〔正旦云〕端的是好筵會也。〔唱〕

【沉醉東風】則聽的聒耳笙歌鬧炒。珍羞端的奇標。新婚今日成。受了那多少閑焦燥。謝神天保護的便堅牢。〔符彦卿云〕多虧了妙計。今日纔得成就也。〔正旦唱〕今日箇夫婦團圓成就好。〔鄭恩云〕小姐。這一場也多虧了我也。〔正旦唱〕多謝你箇仁兄智巧。

【雁兒落】情理這韓松使燥暴。腦背後都來到。俺這裏鄭恩暗暗的藏。他那裏不住聲高高的鬧。

〔趙弘殷云〕他臨後怎麽去了來。〔正旦唱〕

【得勝令】呀。打的是無處亂奔逃。那其間怒氣怎生消。纔得今朝定。則他這將軍箇箇勞。〔符彦卿云〕既虧了鄭恩。俺慢慢的謝他也。〔正旦唱〕父親你量度。便把他恩臨報。鄭恩你休焦。今日箇婚姻已定了。

〔趙弘殷云〕小姐。你將綵樓上抛繡毬兒的事説一遍。俺試聽咱。〔正旦云〕聽我將綵樓上的事説一遍咱。〔唱〕

【甜水令】當日箇物穰人稠。争頭鼓腦。着人歡笑。尋不見往日燕鶯交。投至得今日開筵。傳盃弄斝。夫妻相照。費盡了多少心苗。

〔鄭恩云〕當日在綵樓下。若不是彦卿大人勸呵。韓松打死多時也。〔正旦唱〕

【折桂令】繡毬兒往下剛抛。不承望他准備着奸心。暗暗的偷瞧。發會村濁。將别人喜事奪了。〔鄭恩云〕依着我的心。就打死了也罷。衆人都勸我。到着那厮無禮也。〔正旦唱〕俺如今事成也再休要計較。且開懷沉醉醄醄。酒泛瓊瑶。樂動簫韶。玳筵排錦簇花攢。端的是堪畫堪描。

〔趙弘殷云〕小校。將酒來。着孩兒與他父親遞一盃酒者。〔卒子云〕理會的。〔做擡果卓科正旦云〕將酒來。與我父親遞一盃。〔做把盞科〕這盃酒。父親先飲。〔符彦卿云〕孩兒。還從趙親家來。〔趙弘殷云〕這酒往常便當某飲。今日正當親家飲這盃也。〔符彦卿云〕是是是。小官先飲。孩兒。你可休要跪者。〔正旦做跪科云〕不敢不敢。〔唱〕

【沽美酒】父親你休動勞。你孩兒正當報。則因那養育三年將我這性命保。指望終身侍老。别離事在今朝。

〔王朴云〕等您飲罷酒。説與您詳細也。〔正旦唱〕

【太平令】多虧你箇恩人説道。將親事不錯分毫。都則爲韓松暴虐。將平人姻緣打落。〔趙匡義云〕夫妻皆是前定。豈他人能破的也呵。〔正旦唱〕呀。我這裏説着。念着。笑倒。險些兒無着無落。

〔王朴云〕今日箇天下喜事。夫妻團圓。聽我與您下斷。您本是柴世忠良。一箇箇胆量高强。則因爲賞春之景。來到你符氏門墻。趙匡義花下閑走。正見您年小紅粧。既結下目前姻眷。搭綵樓招做新郎。有韓松依權挾勢。遣官媒故意商量。惱犯了鄭恩兄弟。施手段顯耀剛强。詐粧做青春婦女。韓松見魂魄皆亡。今日箇已成婚配。開筵會酒泛觴觴。趙匡義文武兼濟。符金錠本性温良。今日箇夫妻完備。一齊的拜謝吾皇。

題目　强風情韓松搶繡毬

正名　趙匡義智娶符金錠

張公藝九世同居雜劇

第一折

〔正末領大末二末三末浄行錢上〕〔正末云〕老夫姓張名公藝。壽張縣人氏。嫡親的四口兒家屬。老夫所生三箇孩兒。大的張悦。第二張玥。第三箇張英。大的箇治家。第二箇習文。第三箇習武。這三箇孩兒。家私裏外。都是俺這三箇孩兒的。自北齊至隋。到今九世同居。曾蒙兩朝旌表門閭。人呼爲義門張氏。老夫自來仗義疎財。爲鄉里欽敬。尊稱曰長者相呼。目今聖人治世。上托着萬萬歲主人洪福。下托着祖宗陰德。似我這般人家。天下罕有也。〔大末云〕父親。有甚麼修身齊家的事。訓教您兒者。〔正末唱〕

【仙吕點絳脣】九世同居。故家喬木。傳今古。則俺這遠近宗族。端的是上下皆和睦。

【混江龍】尊卑有序。俺一團和氣藹門閭。立身的有士農工賈。傳家的有禮樂詩書。想着那累代功名天下有。似俺家滿門忠孝世間無。爲男的孝於父母。做女的善侍公姑。人力衆數百家眷。田宅廣無限倉庾。親戚同高樓大廈。朋友共肥馬輕車。樂天年幽居田野。播芳聲喧滿江湖。但存忠孝以齊家。不求榮顯學干禄。常能如此。更待何如。

〔大末云〕父親。想喒一家兒人家。自祖宗以來。九世同居。富貴奢華。皆因是祖宗陰德也。〔正末云〕您衆孩兒不知。我説與你聽者。〔唱〕

【油葫蘆】似俺般富貴榮華天付與。俺端的心自足。〔大末云〕喜遇明君治世。〔正末唱〕時遇着舜天堯日樂安居。堪嘆的是西山日迫桑榆暮。喜的是高堂月旦芝蘭聚。自北齊千乘君。大隋仁聖主。省差徭免賦税加優恤。見如今旌表耀門閭。

〔二末云〕俺祖輩以來。多受皇家褒奬也。〔正末唱〕

【天下樂】兩度天書出帝都。家也波聲。傳父祖。一家兒孝慈成化俗。士民俱讚揚。鄉閭皆敬伏。俺端的播清風一萬古。

〔大末云〕父親。今日是八月十五日月旦之日。中堂上設祭祀之禮。請父親拈香。〔正末云〕着行錢擡過那香卓來者。〔净行錢做擡香卓科云〕偌多的人。偏要使我做着這箇。行錢好不氣長也。我擡過香卓來了。〔正末拈香科云〕老夫張公藝。自祖宗以來。九世同居。上托着明君治世。國泰民安。俺一家兒虔誠告祝也。〔唱〕

【那吒令】銀臺燒絳燭。祥煙散華屋。沉檀炷寶爐。輕風飄翠縷。金盃奠醁醑。清香噴玉壺。陳饌饈。排樽俎。排列在堦除。

【鵲踏枝】左右行列昭穆。定親疎。追思這祖考音容。洋洋乎在生規模。再拜虔誠告祝。保護一家兒上下無虞。

〔大末云〕拜告已畢。請父親陞堂。以序長幼之禮。〔正末云〕今日月旦。子孫中居長者。各分班次。〔二末做見科〕〔正末云〕張文玉近前。所習何業。〔二末云〕您兒攻書哩。〔正末云〕讀甚麽書。〔二末云〕父親。您孩兒雪案螢窗。朝夕勤勞。攻習經史。您孩兒無書不讀。托祖宗遺德。父親餘廕。學成滿腹詩書。您孩兒聞知大開學校。招賢納士。您孩兒待要應舉走一遭。〔正末云〕孩兒也。聖人道。學則庶民之子爲公卿。不學則公卿之子爲庶民也。孩兒的便是也。〔唱〕

【寄生草】你做須做文章伯。學則學君子儒。可不道書中自有千鍾粟。你爲人要比連城玉。濟時須作擎天柱。〔帶云〕孟子云。窮則獨善其身。達則兼善天下。〔唱〕你達時腰金佩紫掌絲綸。不達時論黄數黑尋章句。

〔三末做見科〕〔正末云〕張武傑所習何業。〔三末云〕您兒學武藝哩。〔正末云〕吾聞詩禮傳家。此子棄文就武。亦各言其志也。曾讀武經七書麽。〔三末云〕您兒讀來。〔正末云〕用兵貴乎隨機應變。勿學趙括。膠柱鼓瑟。不能成其事也。〔三末云〕父親。您孩兒學成滿腹兵書戰策。如今聖主。選用良才。招納四方傑士。您孩兒文武兼濟。若到舉場。必然重用。得了一官半職。光顯門閭。可不好那。〔正末唱〕

【幺篇】你學濟世安邦策。按六韜三略書。則要你識安危動變驅兵旅。察虛實攻守安營戍。分奇正左右依行伍。但能彀雄赳赳虎豹帳中居。煞强如冷清清鸂鶒洲邊住。

〔云〕老夫年紀高大。也無多神思。孩兒每衆多。也有爲官的。也有守莊産的。也有爲商賈的。齊向前來。聽我訓誨也。〔唱〕

【六幺序】我這裏頻囑付。孩兒每自暗伏。休得恣荒淫酒色歡娛。爲儒的早趁三餘。篤志詩書。休得閑遥遥惰却身軀。少年莫道儒冠誤。索將他經史熟讀。聖人言不貳過不遷怒。脩其天爵。人爵從諸。

〔云〕孩兒也。你兩箇學的文武全才。即今便上朝應舉去。則要你着志者。〔二末云〕您孩兒即今便行也。〔正末唱〕

【幺篇】想爲官的要辨賢愚。休要弄權術。愛恤民庶。教化風俗。一片心常思報主。想民瘼不易除。爲農的竭力耕鋤。休教他田野荒蕪。到頭來勤苦是亨衢。飽衣煖食供朝暮。不勤時倉廩空虛。禮義廉恥爲先務。毋忝爾祖。以保身軀。

〔云〕爲官更有幾件分付你也。〔唱〕

【賺煞尾】便好道養育受親恩。仕宦食天祿。這的是父生汝君王食汝。自古君親兩不殊。不忠孝天理何如。愼其獨。似十目視十手指嚴乎。〔帶云〕則要你上合天心下協民望。〔唱〕天網恢恢本不疎。你索温恭自虛。制節謹度。行藏須鑒聖賢書。〔同下〕

第二折

〔外扮王伯清上云〕家業消乏命運乖。父喪不舉意悲哀。讀書萬卷青燈下。曉夜凄凄不放懷。小生姓王。名澄。字伯清。乃江右王原舉之子。小生年幼。不想父親亡化過了。止有老母在堂。家私窮薄。停柩在家。無錢埋殯。父親生前時。説有張公藝。此人平昔仗義疎財。父親在時。與他有一面之交。今日無計所柰。待要投托此人去。儻若有些小財物。殯葬父親。可不是好。不敢久停久住。我須索走一遭去也。憂心切切難驅遣。謁托張公大丈夫。〔下〕〔正末領行錢上云〕老夫年過七旬。不覺的老邁。待將家私分付與孩兒每來。心上有幾件不了的事。索分付孩兒每辦下。以盡平生之願。想人生光陰易老也呵。〔唱〕

【南吕一枝花】鏡添白髮新。人對黄花瘦。光陰駒過隙。世事水浮漚。寒暑相逐。烏兔搬昏晝。昨日春今日秋。過中年萬事俱休。空枉了堆金北斗。

【梁州】我不願生前貴顯。但只願身後名留。此生多感皇天祐。有乾柴細米。肥馬輕裘。千箱羅綺。百味珍羞。倚晴空高閣重樓。捲飛雲緑幕銀鈎。我我我有芝蘭晚節森榮。是是是對松菊終朝唱酧。嗨嗨嗨嘆桑榆暮景優游。回頭。故友。十年間阻干戈後。寄音信細窮究。半上青雲半土坵。題起來雨淚交流。

〔云〕烏兔如飛。日月逝矣也。〔唱〕

【隔尾】逐朝青鏡容顏瘦。一枕黄粮夢境熟。往事回頭盡參透。吾心已休。甘心退守。老却當年釣鰲手。

〔云〕下次小的每。與我喚將張悦來者。〔大末上〕〔見科云〕父親。喚您兒有甚事訓教。〔正末云〕孩兒也。我年紀高大了。一切家私。都分付與你。我心上有三件未了的事。我説與你。你辦下。盡我數年清樂。豈不快哉。〔大末云〕父親有那三件未了的事。父親。頭一件事怎生。您兒不知。父親試説者。〔正末云〕頭一件。與我請箇明師。立一箇義學。但鄉中人家孩兒。儘他來讀書。酒食束脩。我家自辦。左右兩齋。明窗凈几。蓋一座書樓。要整齊者。〔大末云〕知道了。〔正末唱〕

【牧羊關】有一等要讀書的家私薄。更無錢辦束脩。因此上有志難酧。似這般凈几明窗。煞强如桑樞甕牖。〔帶云〕這書樓休覷的小可也。〔唱〕這書樓是一箇未變化魚龍窟。是一箇未發達的鳳凰樓。但能彀禮樂從先進。一强如您鄉閭出下流。

〔大末云〕父親。第二件是甚麽。〔正末云〕你如今撥二頃田莊的錢粮。與我別收下者。〔大末云〕另收下何用。〔正末唱〕

【幺篇】莊田與我親標撥。錢粮與我別項收。恐有那一等受貧窮朋友干求。儻有那連喪不舉的人家。久定難成的配偶。〔大末云〕喪不舉呵。怎的。〔正末唱〕喪不舉呵。我與他齋僧道營墳墓。〔大末云〕婚不了呵。如何。〔正末唱〕女不嫁呵。我與他辦首飾置衾綢。

須教他嫁娶心無憾。免得他居喪禮不周。

〔云〕下次小的每。門首看着。有甚麽人來。〔大末云〕理會的。〔王伯清上云〕小生王伯清是也。因父喪不舉。到此張公藝家。借些小錢物。埋殯父親。可早來到也。兀那門公報復去。道有王原舉之子來見老員外。〔行錢云〕理會的。〔做報科云〕報的員外得知。有王原舉之子來見員外。〔正末云〕行錢。當初王原舉。與老夫有一面之交。請他過來。〔行錢云〕理會的。有請。〔王伯清做見施禮科〕〔正末云〕孩兒也。你有甚麽事。來到此處也。〔王伯清云〕不瞞長者說。我父親曾與長者有一面之交。我父不幸。身亡三載。停柩在堂。無錢殯葬。止有老母在堂。並無親故。想長者有踈財仗義之心。全望長者可憐。借些錢物。以葬我父親。若蒙俯允。此恩不忘也。〔正末唱〕

【紅芍藥】他從頭至尾說因由。和我也雨淚交流。他道父亡三載久停留。並無一箇親識追求。則你那文齊來福未酬。則要你顯男兒得志之秋。〔正末做悲科〕老夫一一記在心頭。我必有箇主意相周。

〔正末取銀子鞍馬衣服科云〕這拾兩銀子。與你埋殯父親。你埋殯了父親。你上朝求官應舉去。這拾兩銀子。與你做盤纏。這鞍馬權與你代步。孩兒。你則着志者。〔王伯清做謝科云〕多謝了長者也。〔正末云〕路遠不及弔問。休怪也。〔王伯清云〕不敢不敢。〔行錢云〕我倒好笑。拏着細絲銀子兒。鞍馬衣服。白與了別人去了。我整日家與他做買賣。倒不與我。真乃是夾腦風也。〔正末唱〕

【菩薩梁州】你與我疾便登舟。休辭生受。顯文章魁首。免你那倚門尊母憂愁。蟾宮獨步占鰲頭。門庭改换傳家後。此言語不虛謬。不枉了燈窗學業脩。萬古名留。〔王伯清云〕就如今辭了長者。若王澄異日發達時。此恩必當重報也。〔正末云〕王伯清去了也。孩兒。我與你説未了。早有這等窮薄的來。喒齎助他些盤纏。豈非美事。更有一件心上事。你與我辦者。〔大末云〕再有甚麽事。〔正末云〕你與我蓋造池亭園館一所。我要每日散心悦情。世間萬事。總是一場春夢。想我爲人在世。此心足矣。〔大末云〕您兒謹依尊命也。〔正末唱〕

【罵玉郎】聲名不落他人後。心已遂更何求。人情世事皆虛謬。想如今故友稀。嘆鬢邊白髮新。喜榻上青氈舊。〔大末云〕父親。你平生所樂何事也。〔正末唱〕

【感皇恩】呀。愛的是山水清幽。喜的是菊松芳秀。伴風月兩閑人。渺乾坤雙醉眼。樂詩酒一儒流。閑散心青山故友。暫忘機滄海盟鷗。夢羲皇。謝塵世。卧糟丘。〔行錢云〕你老人家。偌大年紀。正好吃酒耍子兒哩。〔正末唱〕

【採茶歌】做一箇醉鄉侯。老風流。得優游處且優游。對酒當歌開笑口。一杯消盡古今愁。〔云〕分付你的言語。你牢記着。〔大末云〕您孩兒理會的。〔正末唱〕

【煞尾】把我那西園池館從新構。北院山亭即便脩。留得閑身漫迤逗。栽花種柳。攜琴載酒。我和那松竹梅花做心友。〔衆下〕

〔浄扮貢官領張千上云〕小官姓贓名皮。表德字要鈔。奉聖人的命。今春開放選場。天下文武舉子。都來應舉。着小官做箇知貢舉官。小官想來。我這一頭兒買賣。可也。張千開放舉場。看有甚麼人來。〔浄扮張狂李柰上〕〔張狂云〕小子姓張。家住在金魏陶姜。〔李柰云〕則我是果珍李柰。家住在菜重芥薑。〔張狂云〕小子姓張。是張狂。兄弟是李柰。俺二人學成文武。故來應舉。可早來到也。門裏人報復去。道有兩位能文善武的秀才。特來應舉。〔張千做報科云〕報的大人得知。外面有兩箇秀才。特來應舉。〔貢官云〕着他過來。〔張千云〕着過去。〔做見科〕〔貢官云〕兀那兩箇是甚麼人。〔張狂云〕是應舉的秀才。〔貢官云〕你來應舉。會吟詩麼。〔張狂云〕會吟詩。會課賦。丢了斧子拽的鋸。〔貢官云〕這壯士。你來應舉。〔李柰云〕學生我來應舉。〔貢官云〕你會甚麼武藝。〔李柰云〕我十九般武藝都會。〔貢官云〕只有十八般武藝。偏你十九般。那一般呢。〔李柰云〕我會打筋斗。〔貢官云〕這厮潑説。且一壁有者。〔二末同三末上〕〔二末云〕兄弟。喒弟兄兩箇。自從辭別了父親。上朝取應。可早來到舉場中也。俺過去見貢官去也。〔三末云〕哥哥。俺見貢官去來。門裏人報復去。道有兩箇秀才。特來應舉。〔張千做報科云〕報的大人得知。有兩箇秀才。特來應舉。〔貢官云〕着他過來。〔張千云〕着過去。〔貢官云〕兀那兩箇是甚麼人。〔二末云〕俺是應舉的秀才。〔貢官云〕那箇呢。〔三末云〕我來應武舉。〔貢官云〕您都一壁有者。〔王伯清扮官人上云〕自小習學看九經。一朝及第望身榮。治民有法知條令。報答吾皇水土恩。小官王伯清是也。江右壽張縣人也。自幼攻習文墨。父喪家貧。三載不舉。聞知張公藝長者恤孤念寡。敬老憐貧。出無倚之喪。嫁孤寒之女。小官出於無柰。投於張公藝。借些錢物。埋殯我父親。不想此人與我埋葬之資。又與銀兩衣服鞍馬。將父親殯葬已畢。小生上朝取應。見了聖人。日不移影。應對百篇。加小官爲黄門侍郎之職。今春大開舉場。選用文武英才。着小官爲考官總裁。如今到場中考試文武。走一遭去。可早來到也。〔做見科〕〔貢官云〕相公。恕學生接遲也。〔王伯清云〕有秀才來到也不曾。〔貢官云〕相公請坐。有四秀才來應文武舉。您過來見相公。〔見科〕〔王伯清云〕秀才那裏人氏。〔二末云〕小生江左壽張縣人氏。姓張名珝。是張公藝之子。〔王伯清云〕張公藝。莫不是九世不分居的張公藝麽。〔二末云〕然也。〔王伯清云〕是名家之子。曾讀那一經來。〔二末云〕小生非敢大言。九經皆通。〔王伯清云〕你且一壁有者。〔二末云〕理會的。〔王伯清云〕兀那壯士。你那裏人氏。〔三末云〕某乃壽張縣。姓張名英。乃張公藝第三箇孩兒。〔王伯清云〕習那一家兵書戰策。〔三末云〕某習黄公三略法。呂望六韜書。〔王伯清云〕你且一壁有者。這箇秀才。姓甚名誰。〔張狂云〕小生姓張。是張狂。〔王伯清云〕你通那一經。〔張狂云〕頗曉九經。〔王伯清云〕這箇壯士姓甚名誰。〔李柰云〕小生姓李。是李柰。〔王伯清云〕你讀那一家兵書戰策。〔李柰云〕黄公三略法。〔貢官云〕這兩箇秀才。倒做的官。倒好耍子。〔王伯清云〕兀那知貢舉官。你看這秀才每的文卷。都做下了不曾。如做的完備了。都收將來我看者。〔貢官云〕你這秀才每的文卷。都做完了不曾。連忙攢着做將來。大人要看哩。〔二末云〕文卷都做完備了。〔貢官云〕既然做的完備。將來我與大人看去。你們轃下些人事兒送我。〔做收文卷呈遞科云〕大人。文卷都有了也。〔王伯清云〕將來我看。〔做看科云〕這張狂。李柰。經書不通。怎麼做的秀才。趕出去。這張玥文如錦繡。筆走龍蛇。堪做頭名狀元。這張英機謀廣大。策論熟滑。堪做武舉狀元。小官不敢久停久住。回聖人的話。走一遭去。〔下〕〔貢官云〕我也不曾要你銀子。你也不得官做。我家去也。〔下〕〔二末云〕一舉首登龍虎榜。十年身到鳳凰池。〔同三末下〕〔張狂云〕兄弟。別人做了狀元。把喒趕出來。喒一人唱兩句兒。回家去來罷。〔二净唱〕

【雙調清江引】別人做了狀元喜滿腮。喒兩箇如之柰。他兩箇都爲三品官。齊向金堦拜。喒兩箇躲在那背巷裏悄悄的家去來。〔同下〕

第三折

〔正末同大末行錢上〕〔正末云〕自從將家私付與孩兒每。倒大來好清閑也。〔唱〕

【正宫端正好】人事尚炎凉。世態輕忠信。似這般不義富於我如浮雲。小人若得十年運。早忘了貧時分。

【滚繡毬】向人前敢自尊。胡議論。出言語無半星兒謙遜。氣昂昂傍若無人。倚仗着千兩金。萬兩銀。見一等窮相識並不俫問。若見他富豪人便和氣若雷陳。他親的是朱樓翠閣風流子。他敬的是白馬紅纓衫色新。何足云云。

〔云〕行錢門首看者。看有甚麼人來。〔行錢云〕理會的。〔使命上云〕雷霆驅號令。星斗焕文章。小官乃使命是也。有一及第書生王伯清。在聖人前保奏壽張縣張公藝。見今九世同居。奉聖人的命。差某問他有何齊家之道。不敢久停久住。須索走一遭。説話中間。可早來到也。令人報復去。道有天朝使命。在於門首。〔行錢云〕理會的。〔做報科云〕報的員外得知。有天朝使命。在於門首。〔正末云〕呀呀呀。我索接待去。〔做接科云〕早知天使來到。只合遠接。接待不着。勿令見罪也。〔唱〕

【倘秀才】傳聖旨天臣到門。忙驚訝心中自忖。有甚事傳言達至尊。擡香案。引兒孫。向前接引。

〔使命云〕聖命至此。張公藝。你焚香接待也。〔正末唱〕

【脱布衫】炷金爐寶篆氤氳。遥瞻拜玉闕丹宸。頓首誠惶謝恩。有何事感蒙君問。

【小梁州】止不過草芥微軀一庶民。隱跡山村。〔使命云〕聖人的命。問你九世不分居。有何齊家之道。〔正末唱〕聖人問齊家之道何因。爲甚麼家和順。九世不曾分。

【幺】老夫自小蒙家訓。止不過慈愛寬仁。非老夫能。家無他論。則我這齊家之本。誠意與脩身。

〔使命云〕你有何言語。我與你上達也。〔正末云〕將紙墨筆硯過來者。〔行錢云〕紙筆在此。〔正末唱〕

【醉太平】紙光如素粉。墨濃似春雲。抵多少蘸霜毫筆陣掃千軍。〔做沉吟科〕口無言自哂。待對這萬言長策無高論。待答那表章無學問。〔做寫忍字科〕寫到百十箇忍字對天臣。望傳達至尊。

〔使命做怒科云〕你這等是不敬上。聖人差我來。問你九世不分居的緣故。你寫上許多忍字。儻若聖人問我。這忍字着小官怎生回答。好没道理也。〔正末云〕天臣息怒。聽老夫細說。我齊家之道。止不過在此忍字而已。〔唱〕

【叨叨令】假如道飯食不周衣服不備爲下的道心偏遜。恭敬不至禮節不到爲上的道他生忿。上責下下怨上即漸的生嗔恨。上不慈下不孝必定相争論。〔帶云〕我家不分呵爲何。〔唱〕彼各都忍了也波哥。彼各都忍了也波哥。因此上父爲子隱上下家和順。

〔使命云〕原來是如此。我怎知道也。〔正末云〕天使。不則齊家之法。有此忍字。上至宰臣。下及庶民。皆有此忍。能忍者全身保命。不忍者喪家取禍。天使。聽我説一遍。〔使命云〕你說。小官試聽者。〔正末唱〕

【隨煞尾】這忍字向不平心上安刀刃。呵。心地清能忍清凉絶鬭紛。守口如瓶要安分。防意如城主忠信。能忍呵怨恨成歡讎變恩。不能忍呵恩愛爲讎喜作嗔。能忍呵誰是

誰非盡休問。他弱他强莫争論。能忍呵寬裕温柔保六親。你若要遠害全身止不過在於忍。〔下〕

〔使命云〕誰想這忍字上。有如此齊家之道。小官不敢久停久住。回聖人話。走一遭去。忙馳驛路心何急。回奏天庭達聖聰。〔下〕

第四折

〔王伯清上云〕小官王伯清是也。自從父親亡化已過。無錢殯葬。曾去壽張縣投托張公藝。多謝此人贈我花銀十兩。衣服盤纏。回家殯葬父親。已後小官一舉登第。官至黄門侍郎。小官曾在聖人面前。保奏此人九世不分。遣使命問此人。答以忍字百餘。龍顔大喜。就差小官開讀詔書。贈絹百疋。免他一應差役。旌表門閭。小官乘此良便。就將原借銀兩等物送還。以表寸心。小官不敢久停久住。直至壽張縣。走一遭去。〔下〕〔正末領行錢上〕〔正末云〕兩箇孩兒上朝取應去了。未知得官也不曾。着老夫輾轉思慮。看有甚麽人來。〔雜當上云〕自家是箇報登科記的。如今張老員外的兩箇孩兒。都得了官也。往他家報箇喜信去。問人來則這箇便是張員外家。我自過去。〔見科〕員外。你的兩箇孩兒。都做了狀元也。〔正末云〕是真箇。將五兩銀子來與他。〔雜當云〕多謝了員外也。〔二末三末領祇候擺頭踏上〕〔二末云〕小官張珝是也。這位是兄弟張英。俺二人到的帝都闕下。一舉狀元及第。又蒙王伯清保奏。着俺錦衣還鄉。擺開頭踏。慢慢的行者。〔行錢云〕

員外。有他弟兄兩箇。都得了官。擺着頭踏來家了。〔正末云〕是一派好樂聲也。〔外做動樂科〕〔唱〕

【雙調新水令】揭清天一派動簫韶。聚春風玉驄争道。錦斕斑仙仗擁。花爛熳彩樓高。縣宰官僚。頭踏盡來到。

〔二末云〕遠遠的是父親。左右接了馬者。〔見科云〕父親。俺弟兄二人。都得了頭名狀元也。〔正末唱〕

【駐馬聽】天路迢遥。萬里春風拂繡袍。街衢喧閙。九天恩雨到蓬蒿。黄華使者下雲霄。聖明天子旌忠孝。門閭氣勢豪。翬飛輪奐祥煙繞。

〔做入門科〕〔王伯清上云〕可早來到也。左右接了馬者。令人報復去。道有使命在於門首。〔行錢云〕理會的。員外。有使命在於門首。〔正末云〕使命至也。我索接待也。〔做接見科云〕早知使命前來。只合遠接。接待不着。勿令見罪也。〔王伯清云〕張公藝你聽者。因你九世不分居。風俗忠孝。家道雍睦。差小官特來加官賜賞也。〔正末云〕感謝聖恩也。〔王伯清云〕請長者坐受小官一禮。以伸報謝也。〔正末唱〕

【殿前歡】天使索劬勞。事君王束帶立於朝。承宣走馬長安道。胸捲江濤。〔王伯清云〕長者請坐受禮也。〔正末唱〕偶迎逢一面交。惹議論諸公笑。則道是没見識村夫傲。〔王伯清云〕長者有德。小官年幼也。〔正末唱〕俺年高呵則是箇山林潦倒。您年幼呵則當代的英豪。

〔王伯清云〕長者。你記得小官麼。〔正末唱〕

【川撥棹】彷彿記舊丰標。偶相逢恐認錯。老人多病年高。老景蕭條。僻處荒郊。多因是間别久時間忘了。隔關河途路杳。

〔王伯清云〕長者受禮。小官因父喪不舉。多蒙長者厚贈。以葬其父。此恩寸心不忘。吾乃王原舉之子王伯清是也。〔正末唱〕

【七兄弟】天臣道了。老夫記着。那一朝。爲父喪足下親來到。〔云〕多蒙厚賜也。〔唱〕謝君不責禮輕薄。〔王伯清做遞銀子與正末科云〕長者當時所賜銀兩。今在此奉還也。多蒙長者厚贈。葬我父親之恩也。〔正末唱〕暫周急怎敢思君報。

〔云〕這銀兩我决不受也。〔王伯清云〕長者你收了者。〔正末唱〕

【梅花酒】今日箇事已了。乃朋友之交。我投以木桃。君報以瓊瑤。感足下情分好。並不受半分毫。〔行錢云〕這些銀子你不要。我拏去買酒喫哩。〔正末唱〕謝天臣敬重老。對縣宰衆官僚。他舉金盃勸香醪。談今古恣酬酢。喜歡會在今朝。

【收江南】呀。不覺的淋漓酒濕錦宮袍。春風滿面樂醄醄。一聲長笑海山高。想離多會少。霎時間一鞭春色馬蹄遥。

〔王伯清云〕聖人知你九世不分居。又兼疎財仗義。差小官與你加官賜賞也。〔正末唱〕

【鴛鴦煞】感君王親賜皇宣詔。謝天臣遠踐紅塵道。送別臨歧。走馬還朝。唱道頓首誠惶。瞻天拜表。感謝深蒙雨露恩難報。華胄遥遥。千古清風播皇閣。

〔王伯清云〕你一行人跪者。聽我下斷。聖明朝四海安康。行王道褒奬忠良。張公藝九世同居。天顔悦喜氣洋洋。張㺯爲頭名狀元。張英乃武舉棟梁。更賜與色絹百疋。承恩命滿袖天香。立牌坊孝義之門。免差徭萬古名揚。今日箇加官賜賞。一家兒拜謝吾皇。

題目　忠孝門三朝旌表

正名　張公藝九世同居

閥閱舞射柳捶丸記雜劇

第一折

〔冲末耶律萬户領小番上〕〔耶律萬户云〕胡馬咆哮虜地寒。平沙漠漠草斑斑。兒郎驍勇多雄壯。赳赳威風鎮北番。某乃北番耶律萬户是也。俺這番邦。兵强將勇。海闊山高。四時不辨秋冬。八節豈知歲月。夜觀北斗。便曉東南。每着皮裘。不知冷熱。一陣陣撲面黄沙。寒滲滲侵人冷氣。三春盡無桃杏。百里那得桑麻。四時亦無耕種。全憑搶虜爲家。某麾下番兵浩大。猛將英雄。馬肥人壯。不時在邊搶虜。今屯軍在延州。將各處進貢邀截下。某今下將戰書去。單搦大宋家名將出馬。與某交戰。别辨輸贏。方顯威風北虜强。密排劍戟迸寒光。旗開馬到施驍勇。大宋英雄拱手降。〔下〕〔韓魏公上云〕聖治無爲四海安。小臣何幸列鵷班。孜孜奉國忠良志。草寇賊兵透膽寒。老夫姓韓。名琦。字稚圭。乃相州人氏。嘉祐中某年二十進士及第。當時太史官奏曰。日下五色雲現。是以朝廷將老夫重任。累遷授以平章。次後拜相。聲揚貫滿四方。歐陽脩云。老夫臨大節。决大事。垂紳正笏。不動聲色。而措天下如泰山之安。謂之社稷之臣。老夫自笑。正所謂聲聞過實。君子恥之。皆賴聖人在位。天下太平。頗柰北番虜寇無禮。侵犯邊境。某想虜寇乃是蜉蝣撼大樹。可笑不自量。今奉聖人的命。着老夫傳與八府宰相范仲淹等。舉名將一員。疾去剿除賊寇。若得勝回還。加官賜賞。我想那匈奴鼠竊豈堪論。選將驅兵統大軍。若到邊庭揮劍戟。管教頃刻定煙氛。〔下〕〔范仲淹領祗從上云〕博覽羣書貫九經。鳳凰池上敢峥嶸。殿前曾獻昇平策。獨占鰲頭第一名。老夫姓范。名仲淹。字希文。祖居汾州人氏。後徙蘇州。居住吴縣。幼習儒業。頗通經史。一舉進士及第。隨朝數載。孜孜忠孝。耿耿正直。聖人可憐。官拜兵部尚書。正授天章閣大學士之職。方今四海晏然。黎民樂業。頗柰雁門關耶律萬户無禮。此人不遵天命。侵犯邊境。不時出没。搶虜各處進貢之物。聖人大怒。着老夫在此省堂。聚會八府商議。舉將興師。剪除賊寇。令人門首覷者。衆官人每若來。報復我知道。〔祗從云〕理會的。〔吕夷簡上云〕調和鼎鼐理陰陽。兩手揩磨日月光。判斷山河揮翰墨。權衡秉政輔朝綱。小官姓吕。名夷簡。幼習文墨。博覽羣書。聖經賢傳。無不通曉。一舉成名。官拜大司徒之職。方今聖人在位。四海咸寧。八方無事。真乃太平之世。小官今日正在私宅看書。祗從人來報。范天章大人。在於省堂。會俺衆官議事。須索走一遭去。可早來到也。令人報復去。道有吕夷簡來了也。〔祗從云〕理會的。〔做報科云〕報的大人得知。有吕夷簡來了也。〔范仲淹云〕有請。〔祗從云〕理會的。有請。〔見科〕〔吕夷簡云〕大人。今日唤小官來有何事商議。〔范仲淹云〕大人少待。文彦博來時。報復我知道。〔文彦博上云〕龍樓鳳閣九重城。新築沙堤宰相行。我貴我榮君莫羨。十年前是一書生。小官姓文。名英。字彦博。本貫西川人也。自幼以文墨爲事。科場一舉。名中三魁。累蒙遷轉。謝聖人可憐。官拜大司空之職。正在書房中閑坐。祗從人來報。有范天章學士有請。須索走一遭去。可早來到也。令人報復去。道有文彦博來了也。〔祗從云〕理會的。〔做報科云〕報的大人得知。有文彦博來了也。〔范仲淹云〕有請。〔祗從云〕理會的。有請。〔文彦博做見科云〕大人。小官來了也。〔范仲淹云〕大人少待片刻。衆位官人來全時。有事計議也。〔浄扮葛監軍上云〕我做將軍出醜。平生則會喫酒。若還上陣厮殺。跳下馬來便走。某姓葛。名監軍。字監軍。我文講趙錢孫李。一口氣直念到周吴鄭王。演武善能平定天下。直舞到表正萬邦。因我文武雙全。官拜監軍之職。我一生不尚文翰。專則好飲酒耍笑歡樂之事。正在捲棚内鬭鵪鶉。有范天章學士令人來請。不知有甚事。須索走一遭去。來到也。令人報復去。道有葛監軍老大人至此也。〔祗從云〕理會的。〔做報科云〕報的大人得知。有葛監軍在於門首。〔范仲淹云〕着他過來。〔祗從云〕理會的。着過去。〔葛監軍做見科云〕老先生恕罪。劍甲在身。不能施禮。若還施禮。我就是蝦螘養的。〔范仲淹云〕葛監軍且一壁有者。等衆官來全了時。有事商議。令人門首覷者。等衆官來時。報復我知道。〔祗從云〕理會的。〔陳堯佐上云〕謹侍朝廷爲宰輔。鼎鼐調和理庶民。心無邪僻行直正。封妻廕子顯家門。小官姓陳。名堯佐。字希元。西川閬州人氏。父乃陳省華。嚴法教子。小官攻習孔孟之籍。學成五經之典。到於帝都闕下。一舉狀元及第。隨朝數載。謝聖恩可憐。加小官爲翰林院大學士之職。今有范天章奉聖人的命。在於省堂。會俺八府衆官。不知有甚事商議。小官在此等候唐御史一同見大人去。這早晚敢待來也。〔正末扮唐介上云〕小官姓唐。名介。字子方。祖居江陵人也。幼習經史。自中甲第以來。累蒙擢用。今謝聖恩可憐。官封御史之職。早間奉聖人的命。着俺衆官都到省堂。不知有甚事。須索走一遭去。〔做見陳堯佐科〕〔陳堯佐云〕呀呀呀。唐大人。今有范天章奉聖人的命。在於省堂。會俺八府衆官。不知有甚事商議。小官在此等候。一同見大人去。小官想來。俺爲臣者。要謹侍朝廷。忠於君王。孝於父母。治國齊家。言行忠信。直正公勤。調和鼎鼐。燮理陰陽。於民有益。潤國有功。扶持聖主。便是俺爲臣者補報皇恩也。〔正末云〕陳大人。想爲臣者。方信道掌條法正天心順。治國官清民自安。〔唱〕

【仙呂點絳唇】宰臣每燮理陰陽。聖朝卿相。一箇箇忠君上。立國安邦。扶持萬載山河壯。

〔陳堯佐云〕當今聖人治世。德化千邦。萬國進貢。内外文臣武職。端的是赤心扶聖主。堅意保皇朝。〔正末唱〕

【混江龍】文臣武將。申明教化振綱常。文臣每扶持社稷。武將每肅静邊疆。常則要守法奉公理庶民。屏邪除佞進忠良。見如今明君治世乾坤旺。〔陳堯佐云〕當今聖人。孝治天下。臣宰良賢。堅剛節操。秉性忠直。端的是秋毫無所犯。直正坐都堂也。〔正末唱〕俺若是一心行正。落一箇萬古名揚。

〔陳堯佐云〕説話中間。可早來到也。左右人報復去。道有唐介陳堯佐在於門首。〔祇從云〕理會的。〔做報科云〕報的大人得知。有唐介陳堯佐在於門首。〔范仲淹云〕道有請。〔祇從云〕理會的。有請。〔正末陳堯佐同見科〕〔正末云〕老相公衆官人勿罪也。〔陳堯佐云〕老相公會俺八府衆官。

有何事商議也。〔范仲淹云〕您衆官人每都來了也。老夫非爲私事。奉聖人的命。爲因直北雁門關外。有一人乃是耶律萬户。見今手下有數十萬雄兵。此人虎視羣雄。侵擾邊境。他不從俺調。今要統兵征伐。争柰此人英雄難敵。十分利害。奉聖人的命。着老夫會您衆官商議。可保舉那一員上將。收捕虜寇去。您衆官人可以深思也。〔正末唱〕

【油葫蘆】則説那虜寇軍兵似虎狼。端的是難堵當。〔范仲淹云〕説此人英雄赳赳。狀貌堂堂。十分驍勇也。〔正末唱〕你道他雄威赳赳氣昂昂。見如今無名草寇侵邊上。他正是撩蜂剔蝎將殘生喪。〔范仲淹云〕今日會您衆官。可保那一員名將。收捕草寇去也。〔正末唱〕今日箇會衆官。這件事要主張。如今這英雄中選一箇元戎將。則要他擒賊首伏戎羌。

〔范仲淹云〕若保舉那一員名將。擒拏了草寇。自有重賞加官也。〔正末唱〕

【天下樂】那其間麽子封妻請重賞。則這元也波戎。他將那金印掌。蕩征塵滿野迷日光。擁旌旗排隊伍。統戈矛擺戰場。穩情取掃殘胡一陣亡。

〔葛監軍云〕衆老大兒。我道是誰。原來是虜寇耶律那箇小畜生。我擒拏他。有如撲蒼蠅一般。量他有何難哉。您衆官人每也不必計較。也不必保舉人。我拏耶律萬户。走一遭去。〔吕夷簡云〕住住住。葛監軍。等俺衆官人再做商議也。〔正末云〕葛監軍。可不道將在謀而不在勇。自古用將非輕。須用大臣保舉。豈可自薦。〔葛監軍云〕我説虧你還做管事的人哩。且休説我刀馬武藝。我見今爲監軍之職。我倒不合去。倒舉别人去不成。〔正末云〕監軍。豈不聞楚漢争鋒時。沛公手下名

將數十員。皆不得掛印登壇。直待蕭何舉薦韓信。方拜爲帥。遂能破楚興劉。監軍。聽我說與你者。〔唱〕

【哪吒令】想當日指鴻溝。沛公和那霸王。運籌策。有范增共子房。驅鐵騎。有周勃項莊。〔云〕想韓信在項羽手下。不得意時。〔唱〕**則做的箇執戟郎。他難施展江湖量。他因此上背暗可便歸降。**

〔葛監軍云〕昔日韓信三薦登壇。不是我誇口。那箇若薦我一薦。我連缸都蹬起來。〔正末云〕想韓信在沛公手下。沛公不識韓信。韓信夤夜私奔也。〔唱〕

【鵲踏枝】若不是漢蕭相。舉賢良。不是他三薦登壇。怎能勾建節封王。〔云〕到後來韓信成了功呵。〔唱〕**逼的一箇楚重瞳至陰陵路上。他掣龍泉自刎烏江。**

〔范仲淹云〕葛監軍。便好道欲解倒懸之厄。須仗希世之才。今虜寇侵擾邊境。須憑良將征之。您衆官務要保舉得力之人。攻拒草寇。平定寰區也。〔葛監軍云〕老大人最是箇聰明尚斯文的人。且休說我的人材貌相。若論我腹中的兵書。委的有神鬼不測之機。有捉鼠拏貓之法。我曾一箭射殺一箇癩蝦蟆。一槍扎死一箇屎蜣螂。憑着我這麼手段。量那虜寇。打甚麼不緊。〔范仲淹云〕唐相公。聖人着您八府宰相。各人保舉破虜之人。您衆官在此。可端的保舉何人去也。〔正末云〕相公。小官舉一人。乃是婁宿太尉之子完顏女直人氏。小字延壽馬。此人驍勇。膽略過人。善能騎射。先帝手中。待罪在雲中歇馬。他手下有十萬精兵。若得延壽馬來。覷草寇一鼓而下。有何難哉。〔范仲淹云〕唐相公。你說延壽馬驍勇過人。未知此人那刀馬武藝相持對壘如何。你說一遍。我試聽者。〔正末云〕此人寸鐵在手。有萬夫不當之勇。〔唱〕

【寄生草】他端的能征戰。有膽量。他覷那三層鹿角如平蕩。你看那七重圍子直冲撞。他去那千軍隊裏尋賊將。〔净云〕雖然他會武藝。他是箇待罪歇馬的人。又無甚麼官職。他怎生掌的兵權。〔正末唱〕**你道閑身怎敢掌兵權。可不道皇家選用忠良將。**

〔净云〕你無分曉。我爲監軍。你倒不保我。倒保延壽馬。他怎生破的草寇。對着八府在此。那延壽馬破不的耶律萬户。他去不的。〔吕夷簡云〕住住住。唐侍御。葛監軍道延壽馬去不的。他是監軍。他當去。如今怎生着侍御保延壽馬爲先鋒。葛監軍爲合後。恁的如何。〔正末云〕既然這般。葛監軍你爲合後。延壽馬爲先鋒。你兩箇都到雁門關取齊。則要你得勝而回。〔范仲淹云〕既是這般呵。等取回延壽馬來時。老夫自有主意。陳大人。〔陳堯佐云〕小官有。〔范仲淹云〕你今爲使命。休避驅馳。直至雲州。宣命延壽馬去。將他在前罪犯。盡皆饒免。復還他舊職。就領他手下十萬雄兵。與參謀使李信便赴京師。破虜之後。再有賜賞加官。則今日便索長行。老夫目今便去奏知聖人也。〔陳堯佐云〕小官理會的。〔正末云〕陳相公。國家用人之際。你不避驅馳。便索登程也。〔陳堯佐云〕相公。小官既爲人臣。當以盡力。豈辭勞倦。〔正末唱〕

【尾聲】則今日賫聖敕出皇都。馳驛馬須行上。直至那雲州地方。說與那延壽馬將軍疾便往。〔范仲淹云〕着延壽馬與參謀使李信。便赴京師。〔正末唱〕**命參謀轉運軍糧。他若是**

領兒郎。擺列着闊劍長槍。恁時節得勝也鞭敲金鐙響。〔范仲淹云〕他若破虜之後。自有重賞封官。〔正末唱〕穩情取封官重賞。不枉了我舉賢才的當。〔云〕若得了勝呵。〔唱〕那其間衣錦却還鄉。〔下〕

〔陳堯佐云〕小官則今日辭別了老相公。出的這門來。不敢久停久住。將着宣昭帥印。直至雲州。取延壽馬。走一遭去。奉命承宣離玉堦。雲州去取棟梁材。小官若見延壽馬。不分星夜赴京來。〔下〕〔葛監軍云〕老大兒恕罪。若取回延壽馬來。我和他比試武藝。纔見我老葛手段。我出的這門來。左右將馬來。我往私宅中跑一遭去。我做元戎實有才。堪宜掛面虎頭牌。擒住虜寇不輕放。按着鼻子咬他腮。〔下〕〔范仲淹云〕陳堯佐去了也。若宣回延壽馬來。老夫自有箇主意。回聖人話。走一遭去。昔日常何薦馬周。蕭何施計舉韓侯。剿除胡虜干戈定。朝見天顏拜冕旒。〔同呂夷簡文彦博下〕

第二折

〔李信領卒子上〕〔李信云〕泰山頂上刀磨缺。北海波中馬飲枯。男子三十名不立。枉作堂堂大丈夫。某乃延壽馬將軍手下參謀李信是也。某幼通二典。廣覽三謨。長而號令精嚴。深得行兵之策。佐於元帥手下。俺元帥鋪謀運智。對壘迎敵。千戰千勝。萬夫難當。今元帥手下有十萬雄兵。因得罪在雲州歇馬。俺元帥自從到此。每日則是操兵練士。演習弓馬。今日元帥巡綽邊境去了。着某看守着營寨。小校轅門首覷者。但有一應軍情事。報復與我知道。〔卒子云〕理會的。
〔正末扮延壽馬上云〕自家完顔女直人氏。小字延壽馬。乃婁宿太尉之子。幼習先王典教。後看韜略遁甲之書。十八般武藝。無有不拈。無有不會。爲某累建奇功。襲先父之職。因爲有過。在這雲州立功。已經數載。今日領着衆兒郎每巡邊境而回。想俺爲將者。〔唱〕
【南吕一枝花】則要他黄公三略習。將吕望六韜記。擺順天八卦蓋。列五運轉光旗。赳赳雄威。齊臻臻東西隊。密匝匝前後圍。錦衣郎槍掛珠瓔。繡襖將旛懸畫戟。
【梁州】響瑠瑠鑼鳴金鏡。撲鼕鼕鼓響征鼙。英名久鎮雲州地。端的是人如猛獸。馬似狻猊。弓開玉靶。箭發金鈚。衆兒郎將武藝温習。怕朝廷重用當爲。一時間虎倦龍疲。憑着我運籌策領將驅兵辨風雲武藝對壘。憑着我八門陣厮殺相持。端的。委的。花根本艷存苗裔。延壽馬有名器。輩輩爲官享重職。顯耀光輝。
〔云〕可早來到也。左右接了馬者。報復去。道有延壽馬來了也。〔卒子云〕理會的。〔做報科云〕報的參謀得知。有元帥來了也。〔李信云〕元帥來了也。我索迎接去。〔做迎接正末科云〕元帥有請。元帥鞍馬上勞神。〔正末云〕參謀守寨不易也。〔李信云〕元帥請坐。小校轅門首覷者。看有甚麽人來。〔陳堯佐冲上云〕小官陳堯佐。奉聖人的命。前往雲州。宣延壽馬爲破虜寇元戎。小官行了數日。來到雲州。帥府門首。左右接了馬者。令人報復去。道天朝使命至此。〔卒子云〕理會的。〔做報科云〕報的元帥得知。有天朝使命至此也。〔正末云〕有使命至此。小校裝香來。我索接待去。〔做接科〕〔陳堯佐見正末科云〕延壽馬望闕跪者。聽聖人的命。將你那在前過犯。盡皆饒免。復還舊職。今有塞外耶律萬户作叛。邀截貢獻。侵犯邊疆。意欲命將出師。誅剿此賊。有八府宰相唐介。舉汝爲帥。即與參謀使李信。星夜赴京。領受敕印。向前征剿。你謝了恩者。〔正末云〕感謝聖恩。〔見科〕〔陳堯佐云〕據將軍如此雄威。覷草寇何足道哉。〔正末云〕想某到此歇馬。可早數年光景也。今日差小官征剿耶律萬户。打聽得此人好生英勇。只怕小官近不的他。〔唱〕

【四塊玉】則説他有見識。則説他多智謀。〔陳堯佐云〕將軍有伊吕之才。管樂之術。憑着你手下將勇兵强。無人可及。〔正末唱〕你道我將勇兵强有誰及。争奈待罪犯歇馬在這雲州地。〔陳堯佐云〕據將軍文武高强。智勇並行。手下軍校。人人敢勇。箇箇當先。誰人可敵。〔正末唱〕小官可也武藝低。手下可也軍校微。〔陳堯佐云〕將軍掛了元戎印者。若是遲誤。便抗違宣敕也。〔正末唱〕我怎敢道違宣敕。

〔陳堯佐云〕將軍與參謀使李信。領你手下十萬雄兵。休避驅馳。便索長行也。〔正末唱〕

【哭皇天】既宣詔誰敢相迴避。今日箇便登程須索把軍校齊。元帥印忙掛上。傳號令您聽者。指日把胡巢净洗。説與那參軍副帥。合後先鋒。支撥隊伍。調遣軍卒。對陣處喧天吶喊。鑼鼓聲催。顯的俺這大將軍大將軍有八面威。擺列着戈矛斧鉞。更和這槍刀劍戟。

【烏夜啼】俺這裏人强馬壯英雄隊。擺列着雜彩征旗。陣雲高塵土遮天日。頭戴金盔。身掛唐猊。剿除了殘胡小醜逆天賊。托賴着聖明君洪福同天地。直趕到。沙陀地。把那厮生擒斬首。穩情取得勝而回。

〔陳堯佐云〕將軍。你若到於京師。見了聖人。領兵拒敵。則要你赤心報國。竭力盡忠。若破了虜寇。得勝而回。那其間凌烟閣上標名。丹鳳樓前畫影。書入青史。萬代流傳。古今不朽也。〔正末云〕大人。想俺爲臣者。當以盡忠報國也。〔唱〕

【尾聲】誰敢望麒麟閣上標名諱。我則待狼虎叢中决勝敵。平定了沙陀將大功立。托當今聖德。把匈奴每净洗。博一箇萬代名揚恁時節喜。〔同李信下〕

〔陳堯佐云〕延壽馬去了也。此人但若領兵。必然破了虜寇。小官回聖人話。走一遭去。全憑三略運機謀。爲大帥統領戈矛。剿除了匈奴賊寇。受皇恩拜相封侯。〔下〕

楔子

〔范仲淹同文彦博吕夷簡葛監軍領祗從上〕〔范仲淹云〕燮理陰陽爲輔弼。調和鼎鼐理鹽梅。忠肝義膽扶王業。立國安邦作柱石。老夫范仲淹是也。今因虜寇作亂。侵擾邊庭。唐介侍御。舉薦延壽馬。已着陳堯佐中書。直至雲州。宣延壽馬回朝。至今尚不見到。令人門首覷者。來時報我知道。〔祗從云〕理會的。〔正末同陳堯佐李信上〕〔正末云〕小官延壽馬是也。蒙聖恩着陳中書取俺爲將。離了雲州。行了旬日。已到了京師。參謀使把軍馬屯紮城外。喒見大人去來。〔陳堯佐云〕將軍。俺離了雲州。來到京師相府門首也。左右接了馬者。令人報復去。道有陳堯佐宣延壽馬回還也。〔祗從云〕理會的。〔做報科云〕報的大人得知。有陳堯佐宣延壽馬回還也。〔范仲淹云〕語未懸口。果然宣至了也。道有請。〔祗從云〕理會的。有請。〔做見科〕〔陳堯佐云〕大人。小官宣延壽馬回京也。〔范仲淹云〕久聞將軍雄才大略。弓馬熟閑。有萬夫不當之勇。千戰千贏之力。真爲世之虎將。〔正末云〕大人。據小官才輕德薄。智窮量淺。何足掛念。〔范仲淹云〕將軍。宣你來不爲別事。今有虜寇耶律萬户。侵犯邊庭。無人可敵。延壽馬。你望闕跪者。聽聖人的命。將你在前的過犯。盡皆饒免。復還舊職。着你爲前部先鋒。葛監軍爲合後。統領人馬。在雁門關取齊。征伐虜寇。着參謀李信。領兵截殺。則要您奮勇當先。得勝而回。另有加官賜賞。望闕謝了恩者。〔正末云〕感謝聖恩。大人。某覷虜寇有如翻掌。量他何足道哉。〔唱〕

【賞花時】我這裏深謝皇恩擢用臣。量這箇愚魯村夫有甚能。〔范仲淹云〕將軍有管仲之才。穰苴之略。〔正末唱〕**將我似田穰苴的量看承。謝你箇舉賢才的晏嬰。**〔范仲淹云〕將軍。則要你馬到成功也。〔正末云〕大人放心。〔唱〕**將醜虜生擒住獻入這帝都城。**〔下〕

〔葛監軍云〕延壽馬去了也。衆位大人恕罪。我則今日擒拏虜寇去。我出的這門來。大小三軍。聽吾將令。則要你人人歪戰。箇箇胡纏。刀劍出鞘。弓弩上弦。捨命厮殺。都要當先。憑着相貌英雄能戰討。舞劍輪槍世上少。兩陣之間若還輸。夾着綿羊望家跑。〔下〕〔李信云〕葛監軍去了也。某領兵截殺。走一遭去。因虜寇侵擾邊庭。遣英才統領雄兵。施謀略相持對壘。穩情取得勝還京。〔下〕〔范仲淹云〕延壽馬去了也。憑着此人智勇謀略。量虜寇何足道哉。小官不敢久停久住。回聖人話。走一遭去也。調和鼎鼐文官職。統領貔貅武將能。文武齊心盡忠孝。不信江山不太平。〔同文彥博呂夷簡下〕

第三折

〔耶律萬户領小番上〕〔萬户云〕番番番。地惡人犇。騎寶馬。坐雕鞍。飛鷹走犬。野水青山。俺這裏渴飲羊酥酒。饑餐鹿脯乾。鳳翎箭手中常撚。寶雕弓背上斜彎。林前酒醉胡旋舞。丹青寫入畫圖間。某乃耶律萬户是也。某手下有雄兵百萬。戰將千員。屯軍在居延川。近聞延壽馬與葛監軍領兵前來。與某交戰。量他到的那裏。小番與我喚將阻孛党項二將來者。〔小番云〕理會的。阻孛党項安在。〔二净扮阻孛党項上〕〔阻孛云〕我做番官實希詫。陣前對手聞吾怕。打圍不會射獐狍。則好水中撈蝦蟆。某乃阻孛是也。〔党項云〕我做番將有名聲。六韜三略不曾聞。本待發心吃齋去。則是無處買麵巾。某乃党項是也。俺二人在耶律萬户手下爲將。騎不的劣馬。不好扯硬弓。聽的厮殺。拽起衣服。往帳房裏則一溜煙。昨日巡邊境去。拏住一個偷老鼠的。今日耶律萬户呼喚。不知有甚事。俺見萬户。走一遭去。〔党項云〕可早來到也。小番報復去。道有俺二將來了也。〔小番云〕理會的。〔做報科云〕報的元帥得知。有阻孛党項來了也。〔萬户云〕着過來。〔小番云〕理會的。着過去哩。〔二净做見科〕〔党項云〕喚俺二將。那厢使用。〔萬户云〕喚您二將來。別無甚事。今有延壽馬與葛監軍領兵前來。與俺交戰。撥與你二將三千番兵。你爲前哨。與葛監軍相持去。則要你小心在意者。〔阻孛云〕得令。俺二將奉元帥將令。領三千番兵。與延壽馬葛監軍迎敵。走一遭去。大小番將。聽我發放。人人戴七頂頭盔。〔党項云〕傻厮也。七頂頭盔可怎麽戴。〔阻孛云〕我兒也。你那裏知道。七頂頭盔戴起來。他那邊看見好長漢。那人人戴七頂頭盔。把那鎖子甲連環甲柳葉甲匙頭甲八九層披在身上。〔党項云〕八九層甲傻重的。可怎麽披。〔阻孛云〕你不知道。好遮箭。我騎一匹撒因的抹鄰。衆小番都騎癩象。把旛桿當做長槍。没傍牌就是臉上。也不怕射了鼻子。也不怕射了眼眶。瞎了眼。倒是乾净。省的也算做一員上將。到來日。領番兵敢戰征夫。〔党項云〕全無那智勇機謀。〔阻孛云〕不會騎撒因抹鄰。〔党項云〕也不會弩門速門。〔阻孛云〕好米哈喫上幾塊。〔党項云〕打剌孫喝上五壺。〔阻孛云〕莎塔八了不去交戰。〔党項云〕殺將來牙不牙不。〔下〕〔萬户云〕二將去了。某領本部下人馬。直至雁門關。與延壽馬葛監軍相持。走一遭去。大小番兵。聽某將令。説與那能征好戰的番官。捨死忘生的家將。一箇箇腕懸着虎爪狼牙棒。沙魚皮鞘插雁翎刀。明晃晃耀日争光。背静處老小安營下寨。野陀赤手牽着駱駝。必赤赤懷揣着文簿赤五色石。手架着蒼鷹。里列馬赤口傳着將令。都是那能征敢戰的北番軍。捨死忘生沙寨子。馬壯人强隊伍齊。猛風吹颭皂雕旗。驅兵領將侵邊境。不到中原誓不回。〔下〕〔葛監軍上云〕某乃葛監軍是也。領兵到雁門關外。會合延壽馬一同征進。那延壽馬的軍馬不見到。俺整頓軍馬先殺他一陣。奪箇頭功。却不好麽。擺開陣勢。塵土起處。早有番兵來也。〔阻孛党項躧馬兒領番兵上〕〔阻孛云〕某乃阻孛是也。這箇是我姪兒党項。俺二人奉耶律萬户將令。同領三千番兵。與延壽馬葛監軍交戰。走一遭去。把都兒與我擺開陣勢。兀的不是天朝人馬來了也。〔做見科〕〔阻孛云〕來者何人。趁早下馬受降。但道箇不字。我都哈剌兒了。〔葛監軍云〕某乃大將葛監軍是也。你來者何人。〔阻孛云〕俺二將不是别人。某乃耶律萬户手下阻孛党項是也。你敢與某交戰麽。〔葛監軍云〕這厮説大言。小校操鼓來。〔做戰科〕〔阻孛云〕看了這虎剌孩武藝委實高强。俺兩箇夾着馬跑了罷。〔同党項番兵下〕〔葛監軍云〕這厮近不的某。走了也。看北番家有何名將出馬。〔耶律萬户躧馬兒領番兵上〕〔萬户云〕某乃耶律萬户是也。大小番兵。擺開陣勢。來者何人。〔葛監軍云〕某乃行不更名。坐不改姓。則我便是大將葛監軍。你來者何人。〔萬户云〕我便是耶律萬户。量你何足道哉。你敢來與某交戰麽。〔葛監軍云〕交戰麽。我來和你耍來了。我和你決戰九千合。小校操鼓來。〔做調陣科〕〔葛監軍云〕我近不的他。走走走。〔下〕〔萬户云〕這厮走了也。遠遠的一彪軍馬來了。〔正末躧馬兒同李信領卒子上〕〔正末云〕大小三軍。擺開陣勢者。〔唱〕

【越調鬬鵪鶉】戰鼓聲催。三軍布擺。發喊連天。遮籠日色。憑着俺將勇兵强。威風

氣概。施戰韜。顯妙策。急颭颭雜彩旗搖。明晃晃槍刀器械。

〔李信云〕將軍。俺這一場征伐醜虜。不弱如古之名將。排兵布陣也。〔正末唱〕

【紫花兒序】不弱如秦白起坑卒破趙。不弱如燕樂毅奮勇收齊。不弱如唐李愬雪夜平淮。〔李信云〕將軍。俺統大勢雄兵。當與皇家出力也。〔正末唱〕我如今掌兵權掛印。蒙聖主親差。誰敢道是推捱。我若是破不得賊兵和姓改。憑着俺威風勢大。托賴着聖主洪巍。穩情取將虜寇擒獲。

〔萬户云〕來者何人。〔正末云〕我乃大將延壽馬是也。你是何人。〔萬户云〕我乃耶律萬户是也。恰纔你那葛監軍。被某殺敗了也。量你何足道哉。〔正末云〕這廝好無禮也。衆將操鼓來。〔做調陣科〕〔唱〕

【調笑令】喝一聲陣開。好着我怒盈腮。好着我怒盈腮。呀。不剌剌一騎征駹走到來。則見他橫槍驟馬將咱搦。你更怕我力盡筋衰。〔萬户云〕兀那延壽馬。量你那武藝。到的那裏。及早下馬受降。免你一死。〔正末唱〕我將這合扇刀舉起劈他腦蓋。我教你目前見橫禍非災。

【禿厮兒】撲鼕鼕征鼙鼓凱。響瑲瑲助陣鑼篩。見征塵蕩蕩雲霧靄。我看你怎生捱。可便支劃。

【聖藥王】我將這猿臂舉。驟征駣撞滿懷。把鋼刀舉起覷箇明白。他可便難措手。忙架解。四下厢軍兵滿野暗伏埋。着去則一箭生射下那厮戰鞍來。

〔做射死耶律萬户科〕〔李信云〕將軍是好武藝也。則一箭射死耶律萬户。一來托賴聖人洪福。二來是將軍之功能也。〔正末云〕射死了耶律萬户也。衆軍校跟隨着某。追殺那敗殘軍去來。〔唱〕

【尾聲】今日箇感吾皇恩福齊天大。殺的他遍野屍山血海。今日箇破草寇得功回。聖明主永掌山河萬萬載。〔同李信下〕

第四折

〔外扮范仲淹領祗從人上〕〔范仲淹云〕胸中志氣凌霄漢。腹内詩書貫斗牛。老夫范仲淹是也。今爲唐學士舉薦延壽馬。與耶律萬户交戰去了。有飛報前來。被延壽馬大破虜寇。得勝回京。奉聖人的命。今日是五月端午蕤賓節令。御園中一來犒勞三軍。二來設一太平筵會。衆官慶賀蕤賓節令。都要打毬射柳。安排筵會已完備了。祗從人門首覷者。衆官人每來時。報復我知道。〔祗從云〕理會的。〔吕夷簡文彦博陳堯佐上〕〔吕夷簡云〕萬卷詩書遵孔孟。一襟清氣溢乾坤。小官吕夷簡是也。因爲延壽馬破了耶律萬户。得勝回京。奉聖人的命。時遇五月蕤賓節令。都要打毬射柳。宴賞太平之世。可早來到也。令人報復去。道俺衆官來了也。〔祗從云〕理會的。〔做報科云〕報的大人得知。有衆宰相每來了也。〔范仲淹云〕道有請。〔祗從云〕理會的。有請。〔做見科〕

〔吕夷簡云〕呀呀呀。大人。俺衆官人每來了也。〔范仲淹云〕衆大人每來了也。老夫奉聖人的命。因爲延壽馬破了耶律萬户。今設一太平宴。等延壽馬與葛監軍來。論功行賞。令人門首覷者。若來時。報復我知道。〔祗從云〕理會的。〔浄葛監軍上云〕我做將軍實是能累經惡戰建奇功。但若廝殺腰便轉。聽的相持肚裏疼。某葛監軍是也。因爲耶律萬户作亂。奉聖人的命。差某同延壽馬破耶律萬户去。南無阿彌陀佛天尊。不瞞天地説。論我的那武藝。那裏近的耶律萬户。我和他交戰不過十合。被他殺的我碎屁兒直流。我便走了。後有延壽馬與他交戰。被延壽馬一鎖喉箭。射死了耶律萬户。我如今到元帥府。則説是我射死了耶律萬户來。横竪我的面皮比他大些。這功勞都是我的。可早來到也。令人報復去。道有葛監軍得勝回還也。〔祗從云〕理會的。〔做見科云〕報的大人得知。有葛監軍得勝回還也。〔范仲淹云〕着他過來。〔祗從云〕理會的。着過去。〔葛監軍做見科云〕衆老大兒每。某已來了也。有酒拏來我先打三鍾。然後猜枚行令耍子。〔范仲淹云〕葛監軍你來了也。某奉聖人的命。今日會您衆官員在此。着老夫論功行賞。葛監軍你去戰耶律萬户。有何功勞。〔葛監軍云〕不是我老葛誇大言。到的雁門關。見了耶律萬户。我和他戰二百合。不分勝敗。着我佯輸詐敗。那廝趕將來。被我一鎖喉箭射死了。得勝還營。有好打剌孫拏兩碗來。與我解困。〔范仲淹云〕住住住。延壽馬將軍安在。〔葛監軍云〕你還問他哩。我則説怎麼一箇好延壽馬。到的兩陣之間。着我一箭射死了耶律萬户。不知他跑的那裏去。誰見他影兒來。〔范仲淹云〕噤聲。你未來時。先有飛報。説你被耶律萬户殺的大敗虧輸。却是延壽馬一箭射死了耶律萬户。你怎生説是你射死了他來。〔葛監軍云〕我若賴他的功勞。我就喫蜜蜂兒的屎。我就是桃疙疸的兒子小桃疙疸兒。老大兒。本是我射死來。〔范仲淹云〕也憑不的你説。等延壽馬來時。您二人自己對證明白。我着人請延壽馬去了。這早晚敢待來也。〔正末同李信上〕〔正末云〕小官延壽馬是也。當日虜寇侵犯邊境。某與葛監軍領兵。到於彼處。將賊兵一鼓平收。得勝班師。今有聖人的命。着范學士迎接設宴。犒勞衆將。幸遇蕤賓節令。聖人的命。在西御園設一宴。名曰太平蕤賓宴。會有衆官員。都去射柳擊毬。小官須索走一遭去。〔唱〕

【雙調新水令】忻逢佳節滿皇都。賀端陽樂年歡助。則見那錦衣懸綵仗。繡襖間公服。擺列着玉葉金簇。端的便屯滿御園路。

〔李信云〕將軍。可早來到帥府也。令人報復去。道某與延壽馬將軍來了。〔祗從云〕理會的。〔做報科云〕報的大人得知。有延壽馬同李參謀二位將軍來了。〔范仲淹云〕道有請。〔祗從云〕理會的。有請。〔做見科〕〔范仲淹云〕呀呀呀。二位將軍來了也。途路驅馳。老夫奉聖人命。在此御園中設一宴。與您論功行賞。時遇蕤賓節令。着您大小官員。都要射柳打毬。將軍。你看這御園中景致。端的是榴花噴火。緑柳拖煙。紅紫芳菲。堪描堪畫。正好宴賞也。〔正末云〕大人。這御園中是好景致也。〔唱〕

【喬牌兒】我則見榴花恰噴吐。翠柳映微露。茸茸芳草生香浦。勝丹青如畫圖。

〔范仲淹云〕令人安排酒餚。與衆大人每。翫賞端陽。開懷暢飲。然後射柳擊毬。堦下有輪槍舞劍。耍棍打拳的人。喚幾箇來筵前遣興。祗從人與我喚將那部署來者。〔祗從云〕理會的。部署安在。〔外扮部署領打拳打棍四人上〕〔部署云〕輪槍舞劍顯高强。跌打全憑膂力剛。百藝精通天下少。名播寰區四海揚。自家是本處的部署。時遇五月蕤賓節令。大人在西御園安排筵宴。喚俺去那裏跌打耍拳。衆徒弟每。跟着我見大人去來。〔做見科云〕大人。喚俺有何事分付。〔范仲淹云〕兀那部署。時遇蕤賓節令。奉聖人的命。在此園中安排筵宴。與衆宰輔論功行賞。有能打棍打拳的。喚將出來。筵前服侍。〔部署云〕有。兀那幾個打拳的教手每。上露臺來耍一會拳。服侍衆位大人每。〔衆做耍桿子打拳科〕〔打住〕〔打棍的打住〕〔范仲淹云〕看了這部署每打拳耍棍。真箇高强。您且回去罷。〔部署云〕理會的。衆徒弟每。俺服侍了大人每也。俺且回去來。〔下〕〔范仲淹云〕延壽馬將軍。想當日虜寇作亂。侵犯邊境。你與葛監軍。端的是誰射死耶律萬户來。没有憑據。你兩箇射柳打毬毬。若射着柳打過毬門的。這功勞都是他的。賜與他黄金千兩。香酒百瓶。錦袍一領。玉帶一條。還有加官賜賞。若射不着柳。打不着毬門。便是賴人功次。聖人賜與老夫勢劍金牌。着我先斬後奏。您衆官員都近前射柳。〔衆都射柳科了〕〔正末云〕相公。小官與他射柳。〔范仲淹云〕先着葛監軍射柳。看他武藝如何。〔葛監軍云〕老大人。這功勞本是我的。着我和他射柳。有何罕哉。耶律萬户被我則一鎖喉箭射死了。量這箇柳枝打甚麼不緊。我覷他如撿爛杏而已。衆大人們。看在下射柳。〔做射箭科云〕着去。〔净做射不着科〕〔范仲淹云〕葛監軍射不中柳也。你且在一壁有者。可着延壽馬射柳去。〔正末云〕該小官射也。左右將馬來。〔做上

馬科〕〔唱〕

【雁兒落】錦標就地鋪。翠柳堦傍竪。則聽的簫韶彩仗擺。更和那鼓吹聲喧助。

〔云〕將弓箭來。〔唱〕

【得勝令】呀。我在這鞍上整彪軀。手内月彎弧。遠步馬通先路。則他那雙蹄口内吐。俺則辨箇贏輸。取勝如神助。〔做射柳中科云〕射中了也。〔唱〕柳中這金鏃。〔云〕監軍。〔唱〕我和你敢再賭。

〔范仲淹云〕延壽馬射中了柳也。葛監軍。你衆官可打毬門去。〔葛監軍云〕這箇可也不打緊。頭裏不干我事。是我這馬眼叉把來走過去了。這打毬門。我從小裏可弄的熟。等我先打。〔衆做打毬門科〕〔葛監軍做打科云〕過去。〔做打不中科〕〔范仲淹云〕葛監軍又打不中也。延壽馬將軍。你打毬門去。〔正末云〕理會的。左右收了弓箭者。〔正末做打毬門科〕〔唱〕

【川撥棹】見花柳似錦模糊。賀蕤賓如畫圖。彩索靈符。酒泛菖蒲。丹漆盤包金角黍。巧結成香艾虎。

〔范仲淹云〕若還打過毬門的。聖人敕賜黃金千兩。香酒百瓶。錦袍玉帶。兀那軍士。擺列的嚴整者。〔正末唱〕

【七弟兄】明晃晃擺着利物。齊臻臻列着這士卒。武將每一箇箇有機謀。施逞那武藝高强處。我恰纔穿楊射柳定贏輸。上雕鞍驟馬當先去。

【梅花酒】呀。你可便看我結束頭巾砌珍珠。繡襖子絨鋪。鬧粧帶兔鶻。撲鼕鼕鼉鼓凱。骨剌剌錦旗舒。您可也衆稱許。款款的驟龍駒。輕輕的探身軀。杓棒起月輪孤。彩毬落曉星疎。

〔做打過毬門科〕〔唱〕

【喜江南】呀。我則見過毬門一點透明珠。見文武將盡歡娛。金銀玉帶共香醑。聖人便賜與。則願的萬年千載永皇圖。

〔范仲淹云〕葛監軍射柳打毬。都在完顏將軍之下。那擒那耶律萬户的功。端的是完顏將軍的了。你便更有何話説。〔葛云〕罷罷罷。我也不與他争了。做了他的功罷。俺自先回去也。〔范仲淹云〕葛監軍靠後。延壽馬將軍你近前來。爲你射中了賊寇。殺退番兵。今日穿楊射柳。打過毬門。葛監軍爲你遇敵怯戰。賴人功賞。摘了牌印。罷了監軍。今日慶設筵宴。犒勞功臣。一壁廂歌兒舞女。大吹大擂。慶賞太平筵席。一壁廂動樂者。〔外動樂器舞科〕〔行酒科〕〔范仲淹云〕俺慢慢飲酒。看有甚人來。〔外韓魏公上云〕老夫韓琦是也。奉聖人的命。當日因虜寇侵邊。有八府宰相薦舉延壽馬爲帥。與參謀李信。領十萬大軍。到於彼處。將草寇一鼓平收。今日得勝班師。聖人大喜。命八府宰相設宴慶賞。又遣老夫到於御園中。與衆官加官賜賞。可早來到也。左右接了馬者。令人報復去。道有韓琦奉聖人的命至此也。〔祗從云〕理會的。〔做報科云〕報的大人得知。有韓琦老相公。奉聖人的命至此也。〔范仲淹云〕衆宰輔每。有韓大人奉聖命。與您加官賜賞。俺迎接大人去來。〔做迎接科〕〔范仲淹云〕呀呀呀。老宰輔。老夫有失迎接。望大人寬恕者。〔韓琦云〕衆大人恕罪。延壽馬望闕跪者。聽聖人的命。爲你統領雄兵。托賴主人洪福。旗開得勝。馬到成功。剿除匈奴。平定了醜虜。累建大功。今日加你爲兵馬大元帥。俱向闕跪者。聽聖人的命。爲草寇叛背朝廷。遣二將出塞屯兵。延壽馬生擒耶律萬户。唱凱歌得勝回營。你本是將門將種。運韜略建立功勳。加你爲兵馬大元帥。封三代廕襲子孫。受誥命丹書鐵券。盡忠義永輔當今。葛懷敏心藏奸計。駕虛詞圖賴功勳。臨戰陣畏刀避箭。罷官職貶爲庶人。陳綱紀賞功罰罪。受黜陟同荷聖恩。〔正末唱〕

【折桂令】今日箇賀豐年錦繡皇都。〔正末做拜科〕〔韓琦云〕當今聖主。豁達大度。寬仁厚德。萬民安樂。端的是千邦納貢朝仁主。一統乾坤永聖明。〔正末唱〕托賴着聖主寬仁。德勝唐虞。〔韓琦云〕大將威嚴。平定醜虜。〔正末唱〕見如今四海安寧。千邦納土。一統車書。〔正末做拜科〕〔韓琦云〕爲將者眠霜卧雪。多與皇家戮力。雖受了那百般若楚。今日箇坐享千鍾。〔正末唱〕俺則待盡良忠開疆展土。輔助着萬萬年鞏固皇圖。〔正末做拜科〕〔韓琦云〕將軍孝當竭力。於國盡忠。落一個青史標名。〔正末唱〕我如今秉笏披服。拜舞三呼。三舞蹈頓首誠惶。讚明君懾伏的萬國降服。〔同下〕

題目　顯英才醜虜走邊疆

正名　閥閲舞射柳捶丸記

附録

（一）本書各劇所據版本

附録

（二）現存全部元人雜劇目録